瓷窑

姜国兴 著

中国民族文化出版社

北 京

图书在版编目（CIP）数据

瓷窑 / 姜国兴著. — 北京：中国民族文化出版社
有限公司，2020.9
ISBN 978-7-5122-1402-6

Ⅰ.①瓷… Ⅱ.①姜… Ⅲ.①长篇小说—中国—当代
Ⅳ.①I247.5

中国版本图书馆CIP数据核字（2020）第174736号

瓷窑

作　　者：姜国兴
责任编辑：李文学
责任校对：张嘉林
出 版 者：中国民族文化出版社　地址：北京东城区和平里北街14号
　　　　　　邮编：100013　联系电话：010-84250639　64211754（传真）
印　　装：唐山楠萍印务有限公司
开　　本：710mm×1000mm　1/16
印　　张：19
字　　数：234千
版　　次：2021年4月第1版第1次印刷
标准书号：ISBN 978-7-5122-1402-6
定　　价：76.00元

目录

引　子　　　　　　001

土　篇　　　　　　003

金　篇　　　　　　080

木　篇　　　　　　134

水　篇　　　　　　191

火　篇　　　　　　234

土　篇　　　　　　267

后　记　　　　　　297

引 子

瓷窑村人千百年来引以为自豪和骄傲的是生养他们的这片厚重的土地！

瓷窑人的第一个自豪和骄傲之处是，紧挨村子南面的长达 1600 千米的秦岭大山脉。2500 年前老子在秦岭研著了《道德经》。秦岭是中国南北的分界线，更是长江黄河水系的分水岭。"秦岭地处中国中心，瓷窑在中国的十字路口！"瓷窑人时常自豪地说。

瓷窑人的第二个自豪和骄傲之处是，村子北临的那条名不见经传的天下第一河——灞河。河的南北留下了华胥氏、女娲、元君等先祖的足迹。20 世纪 60 年代在灞河的两岸，发现了公王岭猿人、陈家窝猿人、半坡母系氏族公社等多处女性遗址。瓷窑人更为骄傲！他们常说："是灞河水汲养了老祖先，老祖先是从瓷窑村走向长江黄河两岸的！"

瓷窑人的第三个自豪和骄傲之处是，与秦岭隔灞河而望的国顺坡。国顺坡上有羲母陵遗址，羲母即华胥氏，是中华民族的始祖母。华胥氏生伏羲女娲，伏羲女娲生少典，少典生炎帝和黄帝……"我们是中华民族的主根，是老祖先的嫡系后裔！"瓷窑人说到这里时，定会唾沫星飞溅。

瓷窑人的第四个自豪和骄傲之处是，村庙——元君庙。"元君"是道教对地位崇高女仙的尊称。庙中供奉的全是女神，主殿主神是"救天圣母"——女娲。女娲东侧是羲母，西侧是伏羲女娲在山顶滚磨为婚的壁塑。中殿是被十日炙杀的女丑，前殿是填海的精卫。"我们的元君庙是瓷窑先人为对华夏有伟大贡献的女性而建的，这样的庙天下仅此一家！"瓷窑人说到此又是满脸红光。

土 篇

瓷窑村，从华夏的历史深处艰难走来！瓷窑人也走过了新中国的互助组、初级社、高级社、人民公社、文化大革命等各个阶段。

1976 年，毛泽东、朱德、周恩来三位伟人陨落。1976 年 7 月 28 日凌晨 3 时 42 分，中国唐山发生了 7.8 级地震，震亡 24.2 万余人，重伤 16.4 万余人。1976 年是中国的国殇之年，瓷窑人同全国人民一道为国殇悲伤着，这是他们最大的痛！在 1976 年 1 月至 10 月的 10 个月内，伴着瓷窑村 19 个孕妇的小痛，瓷窑村多了 18 个属相为龙的小生命。11 男，7 女，本来是 20 个小生命，但因一孕妇营养不良而夭亡了一对双胞胎。对这 19 位孕妇来说，大多都是三胎或四胎，分娩的痛就像给生产队割草时不慎割破手指一样不值一提，甚至像上厕所一样简单。

其中一位孕妇就是楼花。她同丈夫赵土头生的四个男孩，名字很有特色，老大叫跟山，老二保川，老三爱塬，老四向水就是 1976 年出生的。

还有一孕妇是谢芬芳。她同王仁庆生有二女三男，大女王国华，二女国雅，大儿国建，二儿国利，三儿国强是 1976 年伴着国家的大痛和芬芳的小痛爬出了娘肚。

孕妇麦芽是非说不可的。她和赵尊脉生了三女一男，他们生前几个孩子时，正是"贫下中农扛大旗"的时期，所以就给大女取名品霞，二女品忠，三女品农，小儿子的降生使赵家有了顶门立户的"娃子娃"（方言男孩），尊脉全家喜得牙呲得老长，所以给小儿取名品喜，大伙称他顶门杠子喜喜娃。用尊脉自己的话说："我家娃的名字连起来是贫下中农喜！"说起品喜的出生是有传奇色彩的。尊脉和麦芽生了三个女孩，一心要再生一个传宗接代的牛牛娃（男孩），品喜是按心上来了，这使赵家扬眉吐气，能在人面前大声说话了！品喜上世后与众不同而具神气，一降生满口的牙，头上有两个肉角，肤色黑如包拯，只有鼻尖上有指头蛋大的一点白，嘴将黑手嗫得吱吱响。时近满月，品喜头上的肉角更像龙角，鼻尖上的白渐渐地扩展到全脸，脸色如玉，气色颇佳，可脖子和身上还是车轴般黝黑。他出生 30 天后就开始整天哭嚎不止，瓷窑村的"活神"——香婆对尊脉说，在村道和大路旁贴上"天皇皇"的告示，球娃（男孩的爱称）就好咧，内容是：

天皇皇，地皇皇
我家有个夜哭郎
过路君子看一看
一觉睡到大天亮

尊脉照办后不到一天，说来神奇，品喜不哭反而喜笑颜开，乐得尊脉夫妇合不拢嘴。

品喜的生辰八字是 1976 年出生的 18 个娃中最好的。他的生日是 1976 年 9 月 28 日 12 时，瓷窑人常说："初八、十八不算八，二十八才是福疙瘩，男当正正当午，女当子夜时。"品喜全是好时辰呀。后来香婆计算后发现喜喜娃是一个"暗败"。香婆惋惜地说："要是个明败还好些，可是暗败呀！这娃上世来就命中注定是个苦命人！""啥是明败和暗败？"

老黄媳妇大撒急切而虔诚地问。香婆同情地回答："人都有属相，12 个属相的动物都有它的败月，如正月的蛇，二月的鼠，三月的牛，有一个顺口溜，正蛇二鼠三牛头，四月猴满山游，五月兔没处蹦，六月狗大张口，七猪八马九羊头，十月虎满山吼，十一月的鸡架上愁，腊月的老龙不抬头。出生在败月是明败，怀孕在败月是暗败，但暗败比明败更马卡（不好、差）。按品喜的生月推，刚好是腊月怀上的龙呀！"

大撒瞪大眼睛有些奉承地对香婆说："婆呀，你老是咱东川的神，活菩萨，你拾（接生）得木犊娃（方言婴儿）多得用车拉，你给神敬的香拿担担，你做的善事一辈子说不完，你老嘴里出来的话应验得很哩！你老的名字叫姚仁香，我看你老是'要人想'呀，咱瓷窑少你是要塌天的！"香婆轻轻地笑了。

白梅与棱子结婚多年，但是白梅坐了三个空月子，棱子甚至连火炕的高度都降了，炕沿上的木板也扒了。村中香婆给白梅做推拿针灸多年，1976 年 6 月白梅生下一男婴，孩子刚一出生，接生的香婆就将婴儿从锅灶洞钻了三钻。香婆这样做是有讲究的，生多次娃不成的人，可以用在锅灶洞钻的法子使孩子成活。果然白梅的第四胎存活了下来，因而取名为宋灶。但宋灶是大病不生小病不断的主，白梅四处求医，效果不佳，最后还是香婆对白梅说："回娘家时把娃抱上，在娃他舅家的牛槽马槽里滚几滚，舅家无牛马，就在舅家村人的牛马槽里滚滚，一家的外甥，是一村的外甥嘛！"奇迹又在宋灶身上演绎，自从宋灶在舅家的马槽滚过后，他身体好了。白梅和棱子为保住这十亩地上的独苗，就让宋灶在舅家长到六岁才回的瓷窑。

队长尚德德的媳妇会会这年又生一女，他们的孩子乳名很有意思。1966 年生的老大尚钢锋叫公蛋；1968 年的老二兆锋叫母蛋；1970 年生的大女燕玲叫香女；1972 年生的三儿进锋叫臭娃；1974 年生的老四儿小锋叫黑蛋；1976年生的是小女尚金玲，乳名白妞。瓷窑人给小娃起乳名有说法，名字越难听越贱，孩子长得越壮越顺当。

石纳的媳妇粘娃也生了一子，他俩口前三个孩子是女孩，非生个男孩不行，这回喜得结巴的粘娃说话都利落了。他们四个孩子的名字分别是宋春霞、宋夏霞、宋秋霞，1976年冬季生的男婴顺理成章地叫宋冬旺。

老黄和大撒也有三个女儿，在1976年又生一个，第四胎是男孩，乐得老黄在门口放了一鞭草炮。老黄和石纳是邻居，炮声惊了早生几天的宋冬旺，石纳还与放炮的老黄吵了两嘴。老黄四个孩子从大到小分别叫宋惠佳、宋惠丽、宋惠萍、宋惠军。儿子惠军便是1976年所生。

赵立立和线兰有三个男孩，老大生平，老二社安，老三革新。1976年也生一女婴，取名玉花。

只要到过瓷窑的人，无不惊叹它的美丽。美丽是因逶迤的大秦岭，春天的秦岭恰似温柔的少女，夏季的秦岭如健壮的小伙，秋天的秦岭犹如风韵犹存的贵妇，冬天的秦岭便是那悟世的老者。清澈见底的灞河在春季如美梦初醒的仙女。河水中成群结队的蝌蚪，自由自在的鱼群，悠闲自得的虾队，闲庭信步的老鹳，沐浴阳光的鳖蟹就是仙女天衣上时刻变化的图案。夏时暴涨的灞河像是雄赳赳气昂昂奔赴前线的将士。满目黄金的秋季，灞水犹如大酒海中千年的陈酿，是那样的醇香和沉厚。银装素裹的冬季，灞水像是舞动在天地间的丝带。灞河两岸的垂柳，春如纱，飞絮时节柳絮如雪；夏似帐；秋如少女黄色的睡裙；冬天雪后随风摇摆的柳枝，仿佛是一条条水晶链。五月的稻田像地上生出的翠玉，此时成熟的麦海像天降的黄金。六七月的荷塘，荷花亭亭，荷叶田田，彩蝶飞舞，美得像一幅幅油画，月夜荷塘即为仙人仙境。八月村庄内外房前屋后，南北二岭满是红彤彤的柿子。九月的瓷窑，空气中全是稻香和玉米清甜的味道。十月，迷人的芦苇荡在银波荡漾的水中合着金秋的柔风摇曳，飞扬的芦花是顽童心田的梦，在皎洁的月光下轻轻摇摆的芦苇荡恰人间天河。

说起瓷窑村的地形，有远观和近看两种。

一是远观，如果站在灞河北岸较高的国顺坡坡头向南望时，神奇的景象让人屏气凝神，无不惊叹自然造化。因为此时，处在秦岭北麓和灞河南岸之间的村落轮廓，像一只巨大的展翅欲飞的凤凰，巨凤头伸在灞河中像是在喝水。

凤尾梢上就是猿人遗址，瓷窑村正嵌在凤背上。凤东翅是田地，东翅的下面是元君庙。凤东翅东邻是王爬岭，相传当年王莽在此追杀汉光武帝——刘秀时，刘秀从此岭爬过，故得名"王爬岭"。秦岭山上的棘刺都是向下钩的，神奇的是唯有王爬岭的棘刺是向上弯的，传说是因为刘秀是天子又向上爬，荆棘就让路。王爬岭的东边又是一峪，人称倒沟峪，此峪又与刘秀有关，传说王莽追刘秀于此，正值大雪封山，刘秀心生一计将鞋倒靸进峪，王莽依脚印判定其出峪，因而得名"倒沟峪"。王爬岭和倒沟峪都是瓷窑村的产粮区。凤西翅亦是良田，在西翅的北面，也就是灞河的南岸叫赵疙瘩，这里有几家住户。更奇特的是凤西翅西边的山坡轮廓酷似一条昂首的龙，瓷窑人将这里叫"龙口嘴"，龙口嘴更是优等田。

第二种是近看，如果站在灞河南岸的村头，会发现它像一只扬帆带樯两头翘的船。有一首打油诗这样描述："瓷窑村，两头翘，元君庙是帆，赵疙瘩是杆。"近看瓷窑是船，是因为看不见凤头和凤尾，只看见凤凰的背和一对翅膀，所以像是两头翘的船，说元君庙是帆，是因为庙处村东，古时庙门口有一杆铸铁旗杆，高三丈九尺九，就像船的帆。可惜旗杆在大炼钢铁时期被毁。说赵疙瘩是杆，这里是船槁的意思，赵疙瘩是瓷窑这艘船的桨。

生产队时期的瓷窑村，人人都是从正月初一忙到腊月三十。过劳动化的春节更是家常便饭。从正月初一开始修河堤，依次地修补凤东翅、凤西翅、凤尾、龙口嘴、王爬岭、倒沟峪的梯田，人工翻留下的早玉米地、棉花地和红苕地。二月二龙抬头，他们却在低头锄麦地，清明前后农活繁多，除了种瓜种豆外，还要耙稻田、平莲菜地。谷雨后种棉花、种早玉米、下稻种。立夏，进行田间各种农作物的管理及夏收夏播所需种子、农具的准备工作。小满收割大麦后，大麦地要起垄放水耙平插稻秧。芒种是龙口夺食的"三夏"大忙时期，要收割、碾打、晾晒小麦，又要种玉米、大豆。夏至，定玉米、大豆苗，锄玉米、大豆。小暑、大暑，玉米、大豆需要田间管理和施肥，棉花需要打掐和喷药。立秋是收水稻和秋收秋播的准备时期。处暑收晒早玉米。白露种早麦。秋分寒露节气是收晒晚玉米、谷子、豆类和种晚小麦的时候。霜降拔棉花、刨红苕、拔萝卜。立冬割芦苇。民间在施肥方面有一农谚："冬上金，腊上银，过了年土疙瘩糊球抢。"所以小雪、大雪、冬至、小寒、大寒这些节气主要是给田里担送家肥，其次是修河堤、修梯田。

1977年立冬后，雪就时大时小地下个不停，直到冬至那天才放晴。瓷窑人在冬至有吃饺子的习俗，祖上说在这天吃饺子不冻耳朵，所以各家就将面瓦瓮中专门留的拳头大小的麦面拿来包饺子。

老黄的媳妇大撒嘴噘脸吊（很不高兴）地嘟囔："就这一怂（方言，贬义，骂人或物的词）把黑面还包疙瘩（方言饺子）！就是全包，能够全家8口子谁塞牙缝，连包的馅都没有！吃疙瘩能顶个屁，全家8口年年耳朵还不是冻了8双！今年吃糊汤面！"老黄家1977年冬至最终吃了玉米糁为主的糊汤面（玉米粥和面条混合）。

石纳媳妇和好鸡蛋大的一块面后问："掌——掌柜的，拿啥——啥包——包，馅在——在哪呢？"石纳正在给4个娃造碗，他是学队长德德的法子。因为娃多，年龄又小，所以吃饭常摔碎瓷碗，德德就找来一截两米长一抱粗的圆木，在圆木上刻了十多个巴掌大的圆涡子。这样一开饭就将饭盛到涡子里。6个娃就分别趴在圆木两边吃，这样就不会摔碗，洗也方便，洗时将圆木扳倒用水猛冲两下就干净了。德德的大儿公蛋已11岁，他常说："我爸妈把我姊妹当猪喂呢！"石纳有4个娃，当然碗碎得招架不住，就也找来一截柿子木给娃造连碗。石纳应话："我刻得就剩一个涡子了，完了就去弄疙瘩馅，你让面醒一醒！"

石纳和老黄是邻家，他出门就喊："黄哥咥（吃得很香）疙瘩了没？""吃屁呢，没馅，你嫂子做的糊汤面！"老黄丧气地回答。只见石纳凑到老黄耳边叽咕几句，老黄淡淡地笑并点头。石纳从家里拿了一个烂口袋夹在胳肢窝（腋下），同老黄向村西走去。半尺厚的积雪在他俩的脚下咯吱咯吱作响，雪明白他俩的心思。

大地银装素裹，两个黑点出现在瓷窑村的莲菜地边。这两个黑点是老黄和石纳，他们偷生产队的莲菜来了。说起瓷窑村的莲菜，那是大有来头的，在灞川县县志里有这样记载："瓷窑莲藕又称'九眼莲'，莲生九孔为华夏祥数，质美肉厚且酥脆溢香，汁如玉丝似烟，九眼观九州，瓷窑圣莲，列朝御品。"石纳鬼祟地在地畔趴下，身下的雪变成了又一个石纳。老黄边放风边说："手顺着杆朝下摸！""你也来，咱俩都摸，摸得快！"石纳口气中有点怨气。"我要看人呀，咱都趴下，来人让逮住咋弄？看德德的猪脸，让全村人溅牙（批评），好让唾沫星子淹死！"老黄训（埋怨、批评）了石纳。"黄哥，我拽住了一个娃胳膊，软乎呢！""咱瓷窑的莲菜瓜就是胖娃胳膊，放麻利，小心人来咧！"老黄高兴而低声地催戳（催促）。石纳轻轻地拔，只听咯吧一声，三节莲菜瓜瓜出了世，像刚出生的婴儿，浑身冒着热气，这时石纳觉得他抱得是老婆刚生出的儿子冬旺。"发啥瓷（呆、愣）呢，还不赶快揭挖（快速离开）！"老黄边说边拿过石纳手中的莲菜，迅速装进烂口袋。俩人将地里的泥平好又放上干荷枝，再将雪地胡乱地踢踏，然后两个人面向莲菜地美美地尿一泡。老黄尿得高而远，石纳尿得低且近。老黄将口袋一卷夹在腋下昂头挺胸地说："今年咱比皇上吃得早！"

老黄家1977年的冬至最后吃上了一盘炒莲菜，那盘莲菜的香，让他津津乐道。石纳家1977年冬至全家8人吃了8个莲菜馅的饺子，那8个饺子的香对石纳家8个人是刻骨铭心永世难忘的。石纳问老婆说："香不？"粘娃笑说："香——香，就是有——有贼腥——腥气——气！"

转眼是小寒节气，进入了三九天，农谚说："一九二九不出手，三九四九冰上走。"瓷窑人对三九天却这样描述："三九三，冻破砖。"三九三的瓷窑，除了龙口嘴下的九福泉没封冻，其他山川河流都进入了深深的思考期。大地冻得如磐石一般，灞河旁的麻子石被冻得发糟，脚一踢都掉渣。河两岸的垂柳树干和枝条沾挂了冰雪，仿佛是一把把洁白的大拂尘。灞河水结了厚厚的冰，少了春季的温柔，夏时的湍急，金秋的沉稳，此时的灞河就像天上的银河那样安静老练。每年三九三是瓷窑人最忙的日子，在上工的间隙，老少男女在封冻的河面上砸冰并拿回家放入自家的咸菜瓮、浆水菜瓮、柿子醋瓮中。瓷窑人的这一习俗缘自神奇的灞河水，因灞河发源于秦岭腹地，纯净的水流过千百种香花药草，又经花草根茎的过滤，灞河水变成了神水，放了冰的菜瓮，咸菜会香而脆，浆水菜会酸而爽，柿子醋便醇香持久。灞河水的神奇是有例证的，谁的身体有小伤小疮，用河水洗上几次就好了。谁不小心割烂了手指或摔破了额头，都会不慌不忙地去河里洗洗，伤会好得神奇地快且不留疤痕。

天寒地冻的三九天，瓷窑人还在往地里送粪。老黄家的水茅化（厕所）已对过3次水，没了屎尿味；德德家的厕所也兑了多次水，石纳家的旱厕也掺了多次土和草木灰，生产队饲养室里 7 头牛所产的粪便早被掺了多次土后担得精光，3 头猪的粪尿也被刮了又刮。

紧接着到了腊月初五，瓷窑人有一句顺口溜："五豆腊八二十三，过年只剩七八天！"瓷窑人在腊月初五要吃五种豆子煮的稀饭，所以叫五豆；腊月初八喝腊八粥，吃腊八菜；腊月二十三过小年，要烙饦饦馍（圆的小饼）祭灶神；二十四是打扫屋子。

初五那天仁庆媳妇芬芳用苞谷掺和大豆、小豆、豇豆、绿豆熬了稀饭，就算是 5 种粮食吧。仁庆的大女儿国华已 11 岁，她双手捂着小半碗红豆稀饭依着大门喝，喝得吸溜吸溜响。这时赵疙瘩尊脉家的大女儿品霞来家玩，国华问道："品霞，你屋煮红豆糊汤没？我妈说今是五豆，要吃五豆饭，吃了五豆饭明年啥都好！"品霞不高兴地说："我屋分得豆早吃完了，拿啥煮呀！"芬芳在屋里听到了两个孩子的对话说："品霞，我娃往回走，婶给我娃舀一碗。"话声未落，芬芳已到了门口，双手端了一满碗红豆稀饭，饭很稀但很红，红得像早上初升的太阳。品霞只觉得芬芳手中的饭碗就是一颗滚烫跳动的红心。"婶我不吃，我刚吃过！"品霞的脸泛了红，不好意思地推辞。"给，我娃端上，你俩赶紧喝，我还等着打折（清理）锅呢！"芬芳硬将饭碗按到品霞手中。这时正在喝稀饭的国华做了个鬼脸，吐了下舌头说："给品霞舀得比我的还多！""悄着（甭出声）！"芬芳窝（瞪）了国华一眼转身去了灶房。过后，只听见俩孩子咯咯咯地笑。

线兰家也煮了五豆饭，线兰的丈夫立立在社教运动和文化大革命时期是"运动红"，1966 年就吃了商品粮，在省城上了班。他家在瓷窑村是富户人家。线兰先给老婆婆盛了一碗，然后给大儿生平、二儿社安、三儿革新、小女玉花和自己各盛了半碗。大儿生平端了碗坐在门磕石上吃，突然老黄家的大公鸡飞起来啄走了生平碗里的豆子，它夹走了两粒，一粒花豆和一粒红豆。线兰家的葫芦老母鸡不干了飞过去骂道："不要脸！咋（怎、为什么）抢我家的五豆饭，鸽一粒倒也算了，还给你老婆芦花顺便抢一个！"老黄家大公鸡死皮赖脸地笑说："抢了白抢，你还把我球咬咧！"葫芦母鸡气得脸红如头上的冠，飞上去骂道："你还没球哩！"它用嘴鸽用爪子乱抓，但它只挠掉了大公鸡的一支毛，对方却鸽烂了它的脸，葫芦鸡无可奈何地扇着翅膀在原地打旋。它只能骂："你狗日的知道今天为啥吃五豆？！就是为教育像你两口的懒怂们！过去有个财东娃，他父母死后，他和媳妇胡踢浪董（不会过日子，不节约），不好好过日子，到了五豆这天实在没得吃，只好将装过各种豆子的囤扫扫熬了一顿饭。像你两口的懒怂样，迟早要把日子过得和那财东娃一样！"老黄家的大公鸡又是恬不知耻地笑，说："我们就是有了一顿，没了抱棍，实在不行就偷就抢，凭啥你日子好过？我日子恓惶（穷、可怜）！我就是今朝有酒今朝醉，明日无酒喝凉水！"葫芦鸡的脸早气得乌青，说："我家是粗嘴，你屋是细嘴，我细粮换粗粮，你细粮一顿咥（吃的很香）！"葫芦鸡嘴不停地叫"真——个，真个——咯咯蛋——咯咯蛋！"最后只听见线兰在屋里喊："咯嗒啥呢？葫芦鸡往回走！"

　　眨眼便是腊八，因粮食奇缺，瓷窑村没几家熬腊八粥，大多还是喝苞谷糁。腊八菜最好就是水煮的萝卜拌黄豆。土头端着饭碗，只见他使劲地在苞谷糁汤里捞着什么，他好不容易捞到半寸长的黑面条，并将它挂在门前的柿子树上。瓷窑人有腊八给果木树吃腊八饭的习俗，目的是祈求来年果木结得多而大。这时石纳端着能照见人影的糊汤饭就着浆水菜走到土头面前："土，给柿子树吃面哩？""嗷，石纳你吃糊汤呢？"土头的一答和一问，使石纳有些尴尬，同时也来了气。"你给树吃面想让多结柿子但不顶球啊，结了柿子都是集体的对你有球好处，还不如把面给人吃！"石纳报复地说道。土头拉长了脸说："咋不顶用，柿子结得多，给我核得工分多，我年终还是分得多！"石纳叹惜地说："道不同，不相为谋，那你就等着分吧，分是越分越少，越分越穷，将来穷得干球打得炕栏疼！"石纳背操着空碗转身回去了。身后又飘出一句："娃呀，记住分字怀中一把刀，一把带血的刀！"

日子难过，年更难过。瓷窑村的队长德德又在为大家的过年头疼，因为每年一到腊月，瓷窑村家家都快揭不开锅了。他只能向北岭的窑湾村借粮，来年小麦一下来就赶快还给人家。借粮他不怕，窑湾的老支书不打绊，他俩好得像兄弟，他怕窑湾村村民的神态。那眼神中少一半是同情，多一半是嘲笑，他进村时人家在笑，招呼他时人家在笑，他带着捎粮的小伙子走时人家还在笑，那笑脸使他的头想弯到双腿之间，甚至恨天无路地无缝。就这样寅吃卯粮，这几年在瓷窑村找去借粮的小伙都难找，德德只能找他最见不得（讨厌）的老小伙石纳和老黄。

冬天夜长，老黄做了一个砍树的梦，他激动地醒来并掀身旁酣睡的老婆。大撒不睁眼地骂："有——麻——达！""我梦见砍树捎木头呢！"大撒一辖辘坐起说："树是财呀！"这时德德敲门说："我给石纳说了，今年的借粮队伍还是咱仨，快起！"

路上老黄趴在石纳的耳边小声说："我梦见砍树咧！"石纳惊奇地回答："咱的梦一样，今儿个借粮咱偷着在裤裆装几斤，这梦就灵应了嘛！"德德头没回地问："日鬼（捣鬼）啥呢？"老黄嬉皮笑脸地对德德说："咱仨是瓷窑村脸皮最厚的，我离城四十里下马，石纳八十，你队长一百二！"气得德德眼窝睁到额颅骂道："嘴夹紧，我脸不厚，你喝风屙屁呀！"老黄还是死皮赖脸地说："不是我老黄喝风屙屁，而是全瓷窑人喝风屙屁！"德德又骂了一句："避远（滚）！"老黄还是死乞白赖（死皮赖脸）地说："让我避，谁捎粮食桩子，我避了，你就是光杆司令！"德德不理他，老黄跟在德德的身后嘎嘎笑。

转身又到了小年腊月二十三，瓷窑人要烙饦饦馍。烙饦饦馍的面是从窑湾村借的几袋麦子磨的，每户分到了两平碗。分面时德德特意叮嘱说："一碗是烙二十三饦饦的，一碗是年三十包疙瘩的，不能胡吃海喝，要省着吃！"瓷窑人今天要烙饦饦馍，只有石纳和老黄家的大而白，其他家的小而黑。仁庆家的饦饦馍是玉米面的，质量最差。在吃不饱的年月，再生老汉只能用分的大米、小麦、豌豆换玉米或麸皮，这样就可以 1 斤细粮换得 3 至 5 斤粗粮，换来粗粮必定要比原来的细粮多好几倍。难吃是难吃，但在饿肚子的时节是高明的法子，的确让王家人少挨饿，也得到了会过日子的好名。

香婆原是省城的大家闺秀，她已去世的丈夫轩真是瓷窑村的才子。民国初年，轩真在西城上学时和香婆相识，香婆与娘家没来往，二人年龄相差太大，婚后二人一直没孩子。轩真有本事，是村上的干部，可惜在"四清"运动时就去世了，香婆就一个人过活。她有文化，懂针灸，会接生，能推算，瓷窑村及邻村的小孩都是她接生的。谁有个头疼脑热，她从眉间或两鬓用针挑一次就好了，谁家丢了东西，就会找她"打时"（推算、掐算，有神奇色彩），她只需思量思量，就会告知东西去向，往往是十拿九准。现在家里只有一只老猫陪她。香婆住在村西去赵疙瘩的路口上。一间小厦房，南檐窗下是火炕，灶台与炕相连，烧锅烧炕的烟将屋顶熏得黑如锅底，在北檐墙上贴着毛主席的大画像，像下是一个漆黑的柜子，在光线昏暗的锅灶前有一小瓷碟，碟上放了两个饦饦馍。老猫卧在火炕和灶台之间的矮界墙上注视着香婆。香婆口中喃喃："灶火爷，灶火婆，你二老忙活一年了，就要上天给玉皇报告今年的景致（情况）了。今年我给你们二老烙的馍你们甭嫌瞎（不好、坏），求你们在玉皇面前言好事，祈老天拨得人间璇满囤囤（璇、囤是蓄粮用具），求老天让瓷窑村收成好，我明年给你二老烙白馍，烙油饼馍！"老猫喵呜着对香婆说："婆呀，你给灶神烙馍保咱一家就行了。我看老黄、石纳从来就不给神敬献馍，你就不记当年人家整轩真爷和你的仇！还求神保全村人好过哩！把神挣死累死操心死顶啥呢，你看全村有几个人好好干，不是磨洋工就是偷懒，我看老天惩罚他们才对哩！"香婆拍了老猫的嘴说："胡囔囔，小心老天爷捏你鼻子！""我就是要说，光神干活能弄啥，主要是人瞎咧。照这样弄，明年连个麸子馍都没有！"香婆气地赶走了老猫，老猫喵呜一声跃出房门。

腊月二十四，各家叼空（抽时间）将屋子扫扫，再用白石崖挖回的白土和蓝土合成的涂料水把墙壁刷新。各家还把家具、锅碗瓢盆洗刷干净，摆放整齐，准备过年。

腊月二十五的早上，德德敲响了铁钟召集开会，他要安排过年工作。老黄会杀猪，所以派老黄杀一头集体的猪分给大家；派生生去姚家河村压棉花籽油；再派人去挖莲菜分给各户，剩下的莲菜大部分到西庙集上变钱归集体。

腊月二十六一大早，清晨的第一束阳光穿过倒沟峪的沟道，落在元君庙东面的大场上。大场上早站满了人们，小孩来回奔跑带起的蹚土，在晨光中像是升起了雾，雾中有许多闪光的东西，这些闪烁的精灵在尘雾和金黄的阳光中时隐时现地跳舞。

德德大声地指挥着："老黄、石纳绑杀猪架，磨刀，寻肉剁子；正正、土头去仓库抬杀猪锅；生生滚仁碌碡准备支锅……"

今天的德德就像一名勇冠三军的将军，他的每句话都是如山的军令，每一粒唾沫星都是一枚钢钉，深深地钉入瓷窑的旮旯拐角。平日里犟牛般的老黄和石纳等人，今天是如此地言听计从，乖觉得像香婆怀中的老猫和白娃家的板凳狗。总之，今天的人们都变得勤快和听话，个个有了眼色，有了干活的灵感，不用分派，自觉地从家拿来杀猪所需物件，鬼知道啥时候烧烫猪水的柴火早早放到了戏楼东的山墙边。

一袋烟工夫，杀猪架在碌盘南边耸立，六尺开口的杀猪锅被三个竖立的大碌碡支起，大锅下已起了火苗，四周烟雾升起。锅里是刚从九福泉担来的泉水，水面还冒着热气。这时从饲养室方向来了一只吼叫的猪和一群欢笑的人。猪不大也不胖，但很有力气，它的四条腿直直地蹬着地，地面被猪蹄犁出四条深渠。猪嘴被老黄用肉剜子钩了向碌盘处走，四周的小伙使出吃奶的劲提猪尾巴，揪猪耳朵，愣是将猪拖到碌盘边。猪知道要被这些平日里喂它的人所杀，所以发出声嘶力竭的呼救，呼救声穿透了瓷窑村的所有角落，钻入饲养室内的猪圈、牛圈。猪圈里剩下的两头猪发疯地嘶叫着撞墙、拱栅栏，牛圈里的 7 头牛也不停地碰缰绳并扬蹄哞叫。

瓷窑人在谝闲传（聊天）时常有"四难听"和"四红"之说，在猪的被杀过程中，这两个话题再次被自然而然地谈及，并被不断地扩充和发展，成为大家久嚼不衰、乐此不疲的谈资。在老黄"一、二、三"的号子声中，猪被提腿抓耳拽尾巴地侧压在碌盘上，那时的猪叫让在场的男女老少领略"四难听"之一——杀猪。老黄边在猪身上边挡刀边说："杀猪、发锯、驴叫唤、石头窝里磨铁锨。"话声未落，老黄将明晃晃一尺长的杀猪刀连手塞入猪脖。猪叫停了，猪身猛烈地抽搐，只见老黄握刀的手在猪身内转了一圈说："放滴血盆！"石纳迅速地放好盆应道："早准备好了！"当老黄拔出刀时，瓷窑人又见到了"四红"中的两红——杀猪刀、滴血盆。只听石纳阴阳怪气地说："杀猪刀，滴血盆，姑娘的月经，火烧云。"石纳第一个将双手塞到猪血中，这时线线、会会、麦芽、大撒等，有的将手放入盆中，有的拿早准备好的小碗舀猪血，舀来猪血的人将血给自家娃手、脸上抹。"撒了，倒了，可惜了，倒谁身上了？"石纳疯喊着，大家高兴着。瓷窑人认为热猪血可以治冻疮，所以用热血洗手、洗脸，不大一会儿一盆猪血被抢得精光。

将猪放入大锅的热水中翻烫，然后放到碾盘上去毛，再挂上杀猪架开膛，老黄整套动作干净麻利酣畅淋漓，犹如武术大师的现场表演，动作准确到位，老黄做得无懈可击，帮忙的也配合得天衣无缝。最后老黄用一节小竹筒刺入猪下身，又爬上去对竹筒吹了吹后，他叫了一声德德的大儿子："公蛋，来，给你们个猪尿泡踢毛蛋（皮球）去！"只见老黄将圆鼓溜球的猪膀胱扔向了公蛋。公蛋和身边的小家伙们，你一脚我一脚地一哄而去。

腊月二十六下午猪杀好了，油也轧停当（好），九眼莲也摆在大场上。除香婆外，所有的人家都分到三份东西：一块肉，一小瓶油，一条莲菜。因香婆不吃肉，所以只要了油和莲菜。石纳的小娃流涎水，所以他拿了猪尾巴，老黄偷偷拿了猪鞭。

大年三十晚上，香婆用筷子在油瓶中蘸，然后在打满补丁的锅底点，她要炒莲菜过年三十。香婆家的猫趴在锅顶对香婆说："香香香！"香婆用干柴似的手轻抚老猫说："你陪我过了十多个年了，咱婆孙们又过年了！"

突然白梅在门口喊："香婆呓——香婆，香婆——呓，毛丽要生咧，你赶紧来！""噢，就来，就来！"香婆三两棍打灭了锅下的火，夺门而出。老猫喵呜一声窜出了门。

当香婆来到毛丽的炕头，老猫早窝到了毛丽的炕脚，老猫十多年来目睹了瓷窑几十个人的生死。香婆看了情形，不慌不忙，她接生的次数自己也记不清。遇到的难产比过的桥还多，有立生的、横生的、一条腿先出的，有屁股先生出来的。为啥线兰的男人叫立立呢，他就是立生后得的这名字。麦芽的男人，品霞、品忠的爸咋叫正正呢，原因是出生时头先出，他是香婆接生最快的一个。对毛丽的临盆，香婆明白，因是头胎产道紧，所以时间长，娃是头在下，是顺产没有啥危险和困难，她只是安排帮忙的妇女准备热水、剪刀、包褓等。她等毛丽喝了红糖水后说："鼓劲，我娃鼓劲，就像屙屎一样，一会就生了！"毛丽痛喊："我不生娃咧，我再也不生娃咧，疼死我咧！"香婆笑着说："女人都是要生娃的，若真的不能生娃才疼心，要疼一辈子，生娃只疼一阵子！"这时窗外起了彩色的弧光，凤尾上的锦鸡鸣叫了，大家觉得神奇。

在香婆的鼓励声和老猫的喵呜声中，瓷窑1977年的年三十又多了一个男孩。娃出生后脸和唇有点青，香婆边洗手边说："没事，是毛丽的骨盆窄，又是头胎把娃夹得脸青。"到了第四天，毛丽发现娃有点抽搐，就让生生又将香婆唤来。香婆说："娃是'四六疯'，这是在出生的第四天和第六天发病。没事，我给娃灸一下再瞥一瞥。小娃经得苦难多，只要他挺过来了，将来是有出息的！"只见香婆用针在娃的眉间灸，再用瓷瓦在娃的胸乳间来回地剐蹭，果然第六天小娃不抽搐了。赵生生给孩子取名翔龙。

1978年的大年初五大家还是担粪。香婆在沤的有机肥旁挖土，只见楼花慌慌张张地对香婆说："他香婆，你孙娃向水的气蛋（疝气病）犯了，疼得哭哑了，还翻了白眼！"香婆轮着三寸的小脚到了土头家，只见刚会走路的小向水手捂着睾丸在地上滚，睾丸大得像气球，娃疼得已不能声唤。在香婆揉捏抚慰下，向水乖觉下来。

小娃的疝气在瓷窑是普遍的，它的病因主要是小孩哭得太多，累得大肠下坠而成。

瓷窑的小娃，因父母婆爷忙于挣工分，无人看管，所以男女疝气病多得是，都是香婆慢慢摁在大腿内侧给按摩好了。这些娃娃的父母婆爷对香婆报答都是："你老过世，让娃娃给你送一个花圈和二丈蟒纸（纸质祭品）。"香婆笑着说："我死了，花圈、蟒纸能摆十里路！"她布满皱纹的老脸笑起来像成型的绣线菊。

1978 年的立春过了，但天还是冷得厉害。灞河两岸的冰还牢牢地冻着。枯黑的狼尾巴草和泛黄的白蒿蒿草在冷冻中轻摇。阴面和低凹处的雪还是没有化去。老黄、石纳、正正、生生、棱子等人在河边垒堤。正正用铁钎撬石头，生生用铁丝箩子套石头，棱子挥铁锤将要用的石头棱角砸整齐。棱子毕竟是有名字的，姓宋名广元，因他的石头垒得棱正，所以有了棱子的外号。每年修河堤、修梯田时，他是砌石的主力。老黄双手伸在棉衣袖中，袖口的棉絮露了出来，石纳不时地将双手放到嘴前哈气，哈了气又捂到耳朵上。正正喊："老黄、石纳，下来抬石头，干活就暖和咧，冷的是闲人！你问棱子冷不冷，他抡大铁锤连棉衣都脱了，现在还是一脸的汗水！"老黄和石纳这才慢悠悠钻到抬石头的木杠下面。"一二三"生生喊了号子，但石纳没有直起腰，只听石纳喊到："失塌（坏）咧，这下屙得下下（糟透了）的，把腰拧咧！"只见石纳瘫趴在石头浪中。生生打趣说："你本来个头低，腰再不实起，咱四个人抬，谁偷懒谁招祸（惹祸），起起起，装啥呢！"正正过来就往石纳屁股上踢。石纳最终没能自个儿爬起，是棱子、正正、生生、老黄等人抬回放到石纳的炕上。

　　最早赶到石纳家的还是香婆，其次就是德德和会会。香婆会接骨，她沿着石纳的脊柱骨来回按摩后说："不太要紧，脊梁杆好着，骨缝都合得很好，只是左边的筋出了槽，让德德几个人扶石纳到大门口，爬住门脑打个秋（秋千），婆再给你拿擀杖擀擀就屁事没有咧。"石纳不想到大门上打秋，德德、会会、粘娃硬扶，香婆笑着督促，石纳在吼叫中打完了秋，又在吼叫中被扶上了炕。石纳在炕上吼叫着接受了香婆的擀杖疗法。石纳边声唤边对队长说："德德你要给我计工分，我这是工伤！""你怂（口语，坏）真是啬皮，都成这球样了，还记着要工分！行，行，没麻达（问题）！"德德苦笑着应承。

其实石纳的腰疼经香婆的土法治疗第二天就好多了，但他还是睡在炕上哼哼叽叽。村里来看望的人大多都带一包红糖、10个麻糖、3个鸡蛋。石纳在来人面前当然是龇牙咧嘴挤眉弄眼，以示他的疼痛。人走后他对媳妇唠叨："老黄怂细发，看我来是空手，还是邻家呢；羊娃也差得远，她媳妇坐月子你去不也拿了3个鸡蛋1包红糖吗；狗蛋人也不行，他爸身子不美（生病）我去还拿了1盒宝成烟外加3个麻糖（麻花）！"粘娃说话结巴不清："你被——弹——疼哩，被弹（摔伤）美，弹成扁扁！"其实粘娃是骂石纳："你——咋没弹成片片！"

石纳在炕上美美地睡了5天，直到自己的身子发酸，才起来上了工，缠着德德计了5天工。

灞河的河冰完全消融后，瓷窑各处的早玉米地、红苕地、棉花地也被一锨锨地翻过。翻过的地仿佛是黄色的水浪，煞是好看。

德德家的燕子在屋檐下呢喃，瓷窑人在糖东凤翅的早玉米地。线兰家的燕子在电线上变幻着五线谱，瓷窑人在整理西凤翅的棉花地。芬芳家的燕子穿着崭新的燕尾服在蓝天翻飞，瓷窑人在整理烟粉台的红苕地。

农历二月初一的后响，放工后，线兰妈坐在门前槌布石头上整理线绳。麦芽坐在她家房阶上给三个女儿梳头。"仄仄仄！你三个碎鬼（对小孩爱的称呼），虮子把头发粘严咧，叫你们勤洗头，就是不听！"麦芽埋怨着。"妈，咱屋早没皂角了，用洋碱（肥皂）洗头腻得很！"二女品忠翻嘴说。只见麦芽抓着二女的头发摇了一下说："伺候你到啥时候。"二女疼得叫了一声。只见麦芽将口水直接吐在二女头发上，用篦子刮，一边刮一边哎呀叫着，然后将刮下的虮子在鞋底上挡掉。二女儿头上的虮子刮完后，她将口水吐在左手心并将口水抹在二女儿头上，换用梳子把二女头梳得背光。下来用同样的程序和方法给大女、三女梳头。每次给她女儿梳头都是先生气后高兴。高兴的是女儿像花一样越长越水灵，生庙前与戏楼之间的大场上，碾麦工作正进行得如火如荼。年轻小伙都要拽碌碡的，每 4 人拽一架碌碡，几组小伙喊着震天的号子奔跑着。羊娃猛猛地拽了一场生场麦，厚厚的麦层被碌碡压得贴在地上。他累得有了怨气，发泄地狠拉了一把拽绳，只见碌碡的拨架脱了卯，细发瞪羊娃一眼，赶紧修拨架的卯。

小伙们粗布大裤头从腰往下已湿了多半，满脊背的汗珠豌豆大，汗珠中都映着一个太阳。不断滚落的汗珠落到他们脚下的麦子上。麦秆说："好咸呀！"麦芒说："好苦呀！"麦颗却说："烫死个人啰！"麦子身下的土场说："我在洗澡么！"

只见棱子被换下来，他平平地在核桃树下一躺，脚手一伸形成一个"大"字，胸膛下滚得汗水将他那酒盅大的肚脐窝充满了。这时白梅端了一碗糖精水过来说："娃他爸喝一口！""等一下，我累得息息的（累极了）！"棱子的胸脯一起一落，就像起伏不断的秦岭山脉。最后棱子喝了那碗凉到心底的糖精水。那是他们三夏里最贵的奢侈品，也是最高的礼遇。棱子的身子带走了核桃树下的一些土，他又去麦场了，但树下的那个"大"字形的棱子湿影还睡着。

7 头牛也拽着碌碡转，架牛的人头上都戴着用大叶子杨树枝编的帽子，树叶在头顶哗哗作响。突然长犄角的牛尾巴一乍，它要屙屎，石纳是架这头牛的，可他困得上下眼皮打架。德德忙喊："石纳快伸笊篱接牛粪！"石纳突醒，但毕竟晚了，一部分牛屎落到麦场上，随后被牛身后的碌碡碾了，牛屎糊住麦粒的脸，它只能紧闭嘴眼，屏住呼吸。

天似乎比平时要短许多，直到掌灯，麦场才出现了两个小山。德德喊道："喝完汤（吃完晚饭）来了扬场。"夜幕下，大场西边的大叶杨树拍着手对核桃树说："风来啦，风凉啦，风来了！"核桃树也招着大手回答："是是是、是是是。"杨树笑得呼啦啦、呼啦啦。东边的天空泛起了气的是女儿不替她操心家事。

　　线兰家和麦芽家是斜对门，线兰妈坐在她门前的石头上，给孙子和孙女搓花花绳。每年的二月二龙抬头那天早上，瓷窑人要将用多种颜色细线搓成的花绳戴在娃的手腕、脚腕和脖子上，以及大门环上，以此求得孩子和家庭的平安和顺。花花绳一直拴到清明才解下来，然后绑在小孩子荡的秋千上。线兰妈见麦芽边给娃梳头边骂娃就笑着说："芽儿，不要笑话娃，你那先（那时）还不如娃们呢。结婚过了门，两鼻孔鼻涕吊过嘴沿子，撒上的虱跑得轱辘轱辘的！"麦芽听后哈哈笑了，大家都笑得脸疼肚子疼。这时香婆走了过来，手里拿了搓好的花花绳，她是给没花花绳的人家送来的。香婆每年都给大家送，并叮嘱大人一定在二月二早上给娃们都戴上。

　　香婆每年二月二鸡叫头遍就给老猫的脖子上和门环上绑了花花绳，然后将水瓮里的水舀得干干净净，并对老猫说："快到九富泉提二月二龙抬头的水走，用龙抬头的水把咱的头脚洗洗。"

　　二月二，天不明龙口嘴下的九富泉就像开了锅。瓷窑以及灞河张的人，桐花湾的人，还有不知哪里的人，早将九富泉围了个里三层外三层，大家都想争个头桶水。这样的场景有多少年的历史，没有谁能说清，但九富泉泉水的神奇是大家公认的。瓷窑村后的巍巍秦岭中，生长着一种叫咪咪梢的树。相传很久以前，灞川县遭遇了千年不遇的饥馑，大家饿得奄奄一息。元君庙里的一个僧人做了一个梦，梦中的仙人告知僧人，将秦岭山中的咪咪梢树的叶子采回，用九富泉的温泉水浸泡揉搓后，过滤放凉即可食用。第二天僧人就按梦中所述，果然大获成功，用咪咪梢制得凉粉救了千万百姓。所以大家给它取了美好的名字——"神仙粉"，至今只有九富泉做的神仙凉粉最地道。以前九富泉的泉水不知医好了多少人的疑难杂症，不时会发现在九富泉的槐树上有红绫，经常会听见泉旁震耳欲聋的鞭炮声。很久以前人们就给九富泉编了个顺口溜:"龙口嘴,坡地畔,有团泉水显灵验,古以来真热闹,又烧香来又响炮!"

瓷窑村的钟声急促地响,脸盆大的铁钟是挂在戏楼同元君庙之间的歪脖国槐树上的,钟是大集体实行时就挂上去的。钟上的铁链已勒入了歪脖树的肉里,歪脖树勒得变了形,生出了个大瘤子,树上的所有枝干越发地细了。每一次敲钟,钟在笑,但歪脖树在哭,哭得哇哇的。敲钟的是队长德德。

人到齐后德德说:"今儿个是二月二龙抬头,咱们大伙也要打起精神干活呀。春耕的准备工作要着手了,人误地一时,地误人一年。眼下,沟子(屁股)门门的活就有翻耙稻秧地,备晒稻种,平莲菜地;不到八天就是惊蛰,马上就要锄麦,锄麦是大头子;按往年的情况,雨水到清明就把人卖到麦地里了,清明前后种瓜种豆;眨个眼就是谷雨,谷雨又要种棉花和早苞谷,下稻种。每年都是老路数,大家都要上心,按时上工。再一个,棱子你要把工分计准计好!"棱子答:"没麻达!"

当时有一句顺口溜:"上工一条龙,下工一窝蜂"。的确,瓷窑的社员是对得住这句话的。单就这18个母亲来说,一家人都忙着挣工分,所以没有闲劳看管这些吃屎的娃娃,让哥姐照看又不放心,所以她们不约而同地想了一个办法,那就是将这些小家伙像拴猪狗一样地拴起来,再叮嘱比他们大两三岁的哥姐看着。只是她们拴的地方不同而已,有的拴在窗栏上,有的拴在门环上,有的拴在门槛的猫道缺口上。然后她们用干瘪的乳房哄这些小家伙,当这些小家伙不哭了,才拿起锄头去地里。她们上工就像单个下饺子。队长德德很生气。他大声地说:"上工要积极,来晚的人要扣工!"所有的男劳和女劳没有一个回声。只有顽皮的春风在人群中嬉戏,它犹如一群鱼儿,时而串入男人的胸膛,时而栖息在女人的怀中。

德德说："船东梢的去王爬岭，由仁贤领工；船西梢的由生生领工，去西凤翅；其他的人由我领头去龙口嘴。等锄完后再说东凤翅、倒沟峪和水田的活，活多得很哩！"队长德德的话后就出了三条龙，一条龙向东边的王爬岭，第二条蜿蜒地去了西凤翅，第三条龙慢悠悠地去了最西边的龙口嘴。

当日头将大伙的人影压得快看不见的时候，大家都将目光抛向了队长德德，德德龇牙一笑说："肚子松咧，放工。"哗啦，再看人们真是一窝蜂往回跑，跑在最前面的当然是那些有吃奶娃的母亲，她们急着看拴在窗栏、门环、门槛上的娃娃！

母亲们扑回家，有的小人哭得哑了声，有的被屎尿糊了身，有的还在梦中抽泣，只有他们来回爬动形成的扇形是清晰的。特别是楼花将向水拴在门槛上，久而久之，向水将拴他的门前爬得瓷光瓷光。他家门前的那个扇形是最有味道的，有向水的屎尿、涎水混合味，更有鸡猫狗的味道，就连家门前的那群蚂蚁的气味也留在上面。

当灞河南北两岸的柳树罩上淡淡的青纱时，瓷窑村的头遍麦已锄完，这时各家的锅头上就都多一样菜——浆水菜。浆水菜对他们来说，是上好的佳品。浆水菜的炮制是简单的，女人们将锄地锄下的米米蒿、羊七芽、豆瓣瓣、尖刀刀、油油根（几种野菜）等择洗干净，焯熟，再用下过面条的汤泡着，不过三五天，这些野菜就会发酸，吃起来真是酸爽。

到了清明，人常说清明前后种瓜种豆，但瓷窑还有两件重要的事要做。清明节是祭祀的时节，每家都要在各家的祖坟上悬挂纸絮，在每个先人的坟头上压几张麻纸。等到上完了坟、祭过祖，德德还是同往常一样敲响了挂在歪脖树上的铁钟。钟声惊飞了树上一群麻雀，钟声是在聚瓷窑的男女劳力。

德德派仁贤、生生等多个男劳平整凤头西的莲菜地。另派十多个男女给莲菜地担屎尿和烂叶烂糠，将家肥和有机肥沤在挖过莲菜的清泥坑里，给来年施肥壮土。挖莲菜是有讲究的，挖时不能全挖，是挖一道留一道，留下的是为来年留种，挖过莲菜的泥垄是不平整的，第二年开春，将家肥、有机肥沤入渠中，再将泥垄整平。

德德又安排正正、土头等多个男劳去凤头东的水田整地碱、耙稻地，准备育稻秧以备5月份栽稻子。在凤头东的水田里，正正、老黄已挽起了裤腿，老黄的裤管挽到了大腿根。一冬没洗腿，老黄的脚肮脏无比，垢甲有一铁锨厚，膝盖上有一个圆圆的垢甲片。正正的腿黑而粗，毛很长。他挖苦老黄说："你的腿脚脏成那怂样，娃他妈能让你上炕？我看你那五个娃不像你。"老黄淡笑着说："咱生产队不是少肥料吗！我两腿的垢甲能上二亩稻秧。我就是年年这个空顺便给腿洗个澡，我这是屙屎逮虱一举两得，放了工我还要让德德给我多计工分，我的垢甲不是白给稻地上的。"和着笑声与铁锨入泥的嘶嘶声，一块湿漉漉的伴有泥土清香的地成形了。劳动之后，大家头上、手上、腿上生起了淡淡的热气。正正给地里放满了水。德德身先士卒地下了水，他拉起了耙对大伙说："下来都拉，耙地！"

农民是最劳累的、最辛苦的，也是最易满足的，同时也是简单快乐的。

"鼓劲拉！石纳，把绳拉成弯弯了！"正正开玩笑说。石纳回说："我尿憋，老黄屙屎老半天了，让我尿的时候看一下。"石纳跑去堎后，他看老黄蹲在渠畔闭眼自言自语："你能出来就出来，想让我鼓劲努是不可能的。"石纳笑说："你是屙歇来了，不是屙屎来了！"老黄还是闭眼说："没听见你尿么，你也是尿歇来了。"石纳咯咯笑。一袋烟工夫二人回来了，德德说："你们是屙井绳还是尿灞河哩？"老黄一边拿拽绳一边说："多年都是耙来耙去，干来干去，从早忙到黑，就是肚子吃不饱！"这个不经意的反问使在水田里的人哑口无言。此时只能听见脚从稀泥里拔出的噗叽声和脚前迈时划过水面的哗啦声。沉默之中石纳说："关键是给生产队干，不是给自家干。脚下这块地旧社会是地主王家的，人家稻子打得比咱现在多得多。"又是一阵沉默，队长德德用眼美美地窝（瞪）了石纳一眼说："嘴夹紧，撒稻种，绑草人！"

小满时收大麦，德德家住在东船梢，离元君庙最近，但今天德德老婆跑来得最迟，这时人群中就有了窃窃的议论声。议论的是那几个常迟到、磨洋工、啥活都不好好干的。只听老黄说："扣咱的工分骂咱迟到，今儿个看他德德咋弄？"石纳也小声说："老说我石纳，说我来得迟，今天看谁是个肉怂（慢，行动迟缓的人）！"不知谁藏在人背后说："看他狗日的今天嘴咋闪，他老婆来得最迟。"声音像是猪娃的。只听尊脉小声说："会会可怜的娃些多，就是让穿鞋、尿尿、屙屎也要半天，说啥哩，算了。""去去去！避远，有你说的啥！"老黄不屑地说。

德德是明显听到了反面声音。这些平日里让他骂过、扣过工分的人今日是扬眉吐气。德德的火一时间喷发在自己老婆身上，他的眼睛立了起来，睁到了额颅（额头）大骂道："把你死到屋里咧，三两步就到了！你却是倒数第一，不给我促脸（给脸面、赏脸、帮忙），给我下巴支砖（难堪，下不来台）！让我这个队长咋当，咋样管别人？！"

德德本想用指桑骂槐杀鸡儆猴的办法杀杀老黄、石纳等人的气焰。但这当众的辱骂让会会不能承受，会会就觉得丈夫的破口大骂像攮子（匕首、尖短刀）扎她的心，猪尿泡打她的脸。会会在全队人的注目下也开了腔："你没良心，你放工回来还可以歇一会，我既要看娃、管娃，给小的吃奶，还要烧水做饭。你眼窝（眼睛）瞎咧？昨天放工回来拴在柱子上的黑蛋让屎尿浆咧。你能对住老还是小，咱6个娃哪个不是像猪狗一样拴着长大的！"会会哭倒在地。这时妇女中有了帮腔，先是线兰她一边扶会会一边说："伺候老人、喂养小娃要我们，一家老小身上的布要我们织，生水变熟水，生面到熟面，就这还求哩子哩（这不对哪不对、挑毛病）！"楼花也来了话："等把老大娃收拾好，老三屙下咧，刚把老三的屎打折（清理）净，老四又叫唤（哭泣）着要吃奶，能把人累连（辛苦）死。上工时看娃睡着了，放到炕上用枕头被子围住，再叮嘱他哥瞅着，可抽空回去一看，摔到炕脚底（炕下地面），鼻子口的血！"麦芽也说："照看娃和上一天工，晚上困得睁不开眼，可男的还往身上爬，让我生了这些娃。男的真是鸭子屙蛋，德德你能对住咱瓷窑哪个娃？这几茬娃哪个不是拴在窗、门、柱子、门槛上长大的。把你死了没人抬（无人抬棺材送葬）！"德德此时脸色有些内疚。被麦芽的话逗得有点想笑，但快速地严肃道："对咧，歪啥哩（发什么火，别责备了），干活干活。还都是你们婆娘（中年妇女）的理了！"

德德拧身带头割大麦，不一会儿，他已割出一丈开外。

生产队种大麦实际是为了给"三夏"的吃食作补给。每年到收麦时各家的锅就揭不开了，大麦收回不等干就分得精光。

倒沟峪一沟两行的槐花早被大家捋干抹净了。立夏，算黄算割（杜鹃）鸟就在凤尾坡的柿子树上不停地叫唤，柿子树崩出的金黄的小花，如金星缀在枝头，勤快的蜜蜂在花头吟唱。

羊娃父亲宋细发是远近闻名的木匠，打车辕做板柜，活人住的房子，亡人用的棺材，只要出自他的手，总让人赞叹不已。所以德德年年派他修农具。他正在仓库门前的梧桐树下修扇车。树上的桐花如一个个紫色的铃铛，正在桐花中采蜜的蜜蜂就是铃铛的心，蜂群之声仿佛千百个铜铃在嗡响，听得人迷迷的，一个劲地打瞌睡。狗蛋爸能编会绑，用水曲柳条编的簸箕、圊篮和粮食囤在全省手工比赛中获得一等奖，他绑过的扫帚，大家都爱用。此时，他坐在细发对面的石头上用苟树皮绑叉头。

猪娃妈宁叶和五六个妇女也坐在桐树下缝补生产队的粮食口袋。宋细发说:"我做个小板凳坐了20年,也不见坏,咱队扬场的木锨咋年年坏呢?锨头还是枣木呀!""木匠哥,怪你的手艺不高。"宁叶开玩笑地说。细发慢悠悠地说:"我这一辈子,不会吹牛,我的手艺要是不行,那咱瀍川县他就再没人了!咱元君庙传说是鲁班建的,门窗上的阁子花和房上的斗拱没有几个人会。新中国成立前的二次修缮都是我弄的,过后人都说和以前的一模一样。"善才笑着说:"木匠哥是咱东川的老把式。家具爱失塌(坏),是因为干活的时候不爱惜,干完后都是随手一撒,掮满满一袋粮不慢慢放,就是随便一撂,口袋不扯才怪呢!"只听妇女中的一个人说:"生产队就没有不失塌的东西。"全场一片寂静,只有头顶的蜜蜂仍在辛勤地采着蜜。

农谚说:"蚕老一时,麦熟一晌。"芒种时节,太阳炙烤着大地,万物在热浪中摇摆,成熟的麦海就像老黄梦中吃到的金黄发糕,手一捏黄灵灵的发糕陷了个窝,一放手又返起。三夏,骄阳似火下的瓷窑割麦如同蜗牛爬行,急得德德像热锅上的蚂蚁。无奈,德德只好将闹钟放在地头,看谁来得迟,就要扣工分,但还是不行。最后他和会计、计工员商量后,以割麦的多少计工,割麦进度一下快多了。

割麦的壮年男人大多是开腔亮肚,老人们戴草帽,壮年妇女们头上顶着毛巾。割麦时扬起的尘土扑满脸,加之汗水一冲,成了一条一条格子,如果不是眼睛和嘴在动,割麦者的脸像是芬芳织的条条粗布,有的将汗水擦了两下,脸就抹得像老虎脸,年轻媳妇的脸热得发红,没有了少妇的风韵,更像是猴的屁股。有的人手臂都被麦芒扎得起麦疙瘩,衣服被汗水浸透,返起一片片盐花,裤子被麦灰搞得黑嘛咕咚(很黑很脏、脏乱),可犒劳他们的只有九富泉水。龙口夺食的三夏大忙,瓷窑的大人们都要褪去一层皮。

鱼肚白，秦岭显出朦胧的轮廓。庙门前、戏楼前各出现了一座红色的山丘。扬场的人们个个灰头土脸，斜三顺四地就地睡着了。

分夏粮的群众会议在庙东的三棵大核桃树下进行。队长德德、会计正正、出纳土头面朝南坐在北边的树下，其他人都自然地坐在偏南的两棵树下，棱子和饲养员吾道在东南的树下"丢方、狼吃娃"（民间游戏），狗蛋、猪娃在围观。线兰妈、德德妈、细发、善才等老人们在东南树下静静地坐着，老人们的嘴在不断地蠕动，像在嚼东西。中青年妇女有的拐线，有的纳鞋底，只有老黄、石纳、羊娃等人在西边的核桃树下叽叽咕咕。

"大家注意啦！"德德宣布了分粮会开始。

尊脉清了清嗓子说："今年夏粮和往年差不多，大麦、小麦的总产量为45138斤。减去三大扣除，其中公购粮8275斤，种子2000斤，饲料4000斤，总量减去三大扣除就是今夏的总分粮量，30863斤。"德德让大家酝酿分粮办法。只见老黄第一个说："人八劳二地分！"接着这些劳力少，劳动日少的人都和老黄成了一条战线。但赵疙瘩以赵猪娃等为首的硬扎（体力好）男劳要求人六劳四地分。人们吵得成了一锅粥。劳力硬（劳动力强）的人说："二八分我们太吃亏！我们干下的粮食，让人多却没干活的人分走了！"家中有老人但工分少、人数多的人说："四六开坚决弄不成！"芬芳、线兰、麦芽、会会、楼花、粘娃等小娃多的人就气愤不过，喊："三十年河东，三十年河西！过几年，我们这些缺粮户的娃上来了（长大了），成了劳力，你们余粮户的媳妇生了娃，老人上了年纪，你们吃的不是我们干来的吗？！"最终，队长、会计、出纳折中了一下宣布："三七比例作分配方案。"

大场上的石磨子和仓库里的电磨子忙了一段时间，大家也都改善了一下伙食。赵疙瘩猪娃他爸圪蹴（蹲）在路口的碾盘上，手里端了一碗捞面（不带汤的宽面条）。他不停地挑面，特别是有人看他时，他的动作更夸张，但很少见他将筋道的面送到口里，不知他是彩话（炫耀），还是一年到头只吃一次而舍不得吃。

天气进入了灼热难耐的伏天，知了的叫声让人坐卧不宁，苞谷长得一人高，结出了小小的棒子。八亩壕是瓷窑的菜园和瓜果园，那里有西红柿、黄瓜、苹果、西瓜和香瓜。虽然没有熟透但也可以食用。这些吃嘴的东西看得村中小伙子和碎娃（小孩）眼珠子发绿，他们经过时，心中都有一个奇怪而恶毒的希望，盼望看园人得个紧症（突发病），他们好吃个肚肚圆（吃得很饱）。每年的伏天，大家都会睡在打麦场上，原因是屋里闷热且可恶的蚊子不停地"亲吻"。当然，睡在露天有多个好处：一是人多热闹，二是能打牙祭。皎洁的月亮下，老黄、石纳、棱子、土头、生生、羊娃、狗蛋等在麦场上用碌碡支高床，床板是各人拿来的木板或门扇连成的大通铺。

老黄跷着二郎腿，睡在高床上对身边的人说："想吃好的不？"大家兴奋地答："想吃！"老黄坐起来说："那就去偷！"棱子说："维贤老汉看着哩，让逮住咋办？"石纳哼哼地笑说："饿死胆小的撑死胆大的，不敢下手还想给嘴过生日！"土头说："我不敢，反马了（暴露了、失败），我当不成计工员了！"生生说："没事，黑咧又不是大白天，维贤老汉的耳朵不行，眼也不亮，就是他发现了也撵不上。"最后大家潜入一人高的苞谷地，一猫腰就到了园子旁。月光下，维贤老汉没有睡，他坐在庵子口卟嗒卟嗒地扇扇子，不时听见他拍蚊子的啪啪声。羊娃悄声地说："他们几个大人吃省受（现成），贼（奸猾）得很！"狗蛋说："可咱们的确想吃呀，舍不得娃套不住狼，弄！"他又说，"我负责偷西瓜和香瓜，羊娃的任务是弄苹果，生生的目标是搞洋柿子（西红柿）和黄瓜。"3人匍匐向自己的目的地。石纳在苞谷地畔鬼头鬼脑地"警戒"，棱子在路口看人。狗蛋很快成功了；羊娃将裤腿口绑紧搭在脖子上，裤子成了他的袋子，苹果很快就装满了；只有生生的工作难搞，因为西红柿和黄瓜地离维贤老汉很近，所以他的心提到了嗓子眼，自己能听见自己的心跳声。最终维贤老汉发现了黄瓜地里有人，他大喊一声："贼娃子（小偷）！"3人就像离弦之箭嗖地跃了起来，此时只能听见狂奔时耳边呼呼的风响。

一阵胆战心惊之后，他们出现在高床前。羊娃逃跑时挂烂了一个裤腿，只剩下一条裤腿的苹果，他的腿脸被苞谷叶拉得烧疼，就像伤口上有辣面；狗蛋抱回一个西瓜和两个香瓜，可崴了脚；生生偷了5条黄瓜和7个西红柿，可惜有两个在裤兜里压得汁子流了一裤腿，他的损失是上衣挂了一尺长的三角口。

生生喘着粗气说："把人能吓死！"狗蛋放下西瓜，边从衣兜掏香瓜边说："狗日的把人能累失塌（坏了），脚腿支不住身子！"羊娃叹息："一裤腿苹果跑遗了（丢了），可惜，可惜！"石纳和棱子回来得迟，他俩没有跑，只是走得快而已。他们要保持大人的威严。石纳说："你三个跑那快做啥，大胆些，摘几个吃的至于吓成那样？"棱子笑着说："娃咋能和你比，平时木讷，但干这事时是'鼓上蚤'时迁！"

生生从裤兜里掏烂洋柿子说："软成这样！"老黄说："能软成啥样，还能软过'四软'？"生生问："啥是'四软'？"老黄咯咯地笑，大家也边笑边吃香瓜。石纳说："狗日的真香，要是熟透了，能把人香死！"老黄又说："能香过'四香'！"石纳满嘴的香瓜笑。棱子说："甭胡说，你都是娃的爷哩，狗蛋和羊娃还没娶媳妇呢！"老黄说："没事，没事，娃到知道的时候了。'四香'是天明觉半夜妻，羊肉饺子黄焖鸡。"棱子用拳手砸开了西瓜，西瓜没熟，吃起来又硬又酸，有股尿水的味。狗蛋猛咬了一口苹果说："呀，瓷硬呀！"棱子也说："西瓜瓢也硬！"老黄又鬼鬼地说："能有'四硬'硬？"羊娃没反应过来。但棱子使劲地蹬了老黄一脚说："狗嘴里吐不出象牙！"大家又是一哄而笑，这时正吃黄瓜的土头放一个屁，屁声很长很响，震得高床发颤。老黄说："计工员，你的屁咋这牛哪，吃了啥好的克化不过，是不是你们干部又吃好的了？"土头不语。石纳说："臭，臭，臭得能熏死人！"老黄说："干部的屁能臭过'四臭'？"老黄翻身下了床，他平趴在地上，屁股对着碌碡使劲。石纳说："你吃得多唡，闲得没事！""我刚吃了西瓜、苹果、黄瓜我克化不过么"！老黄在月亮地里发疯。突然石纳放了一组连串响屁，震得通铺抖。"我肚子痛，要上……"上字没出口，屁股的稀屎射箭般地射在床铺上。老黄挖苦说："穷命鬼，不敢吃好的，一吃好的也要屙了！"正说着他也提着裤头向麦草集后面奔去，紧接着所有人都捂着肚子四下跑去。

中秋节前夕，老黄趁着月光潜入倒沟峪的地中偷玉米，当他掰了十多个棒子时，好像听见几处掰玉米的声响。他屏气凝神后发现，偷玉米不是他一人，他决定猫腰从没声响的地方神不知鬼不觉地逃回。当他刚出地畔，就与人撞了满怀，两人没敢吭声。借月光老黄仔细辨认出是尊脉妈。尊脉妈差点被撞倒，老黄扶住她低声说："老婶呀，你咋来了，我是惯偷，你老是顾脸的人呀！"尊脉妈无奈地说："孙子们实在饿呀，我真的没法，只能不要脸了！"老黄扶着老人回了村。

八月十五中秋节到了，红灵灵的柿子在朝着人笑，夜空中的月亮圆得像瓜园里的西瓜。瓷窑人忙着砍稻子收玉米。

大场上，大家都围着大碌子摔稻子。线兰说："稻子咋一年不如一年，稻子颗瘪得很！"芬芳说："下稻秧、起稻秧，栽稻子、捞稻子、割稻子、晒稻子、碾稻子、腾稻地、挖稻地、耙稻地、累连（辛苦）人得很！"赵疙瘩的赵发说："米变屎不容易呀！"石纳说："种稻子一年不如一年，到头来各家只分一把，又把人劳的，要我说干脆都种麦和苞谷零干（算了）！"德德走了过来，大家都不言传（出声）了。只有猪娃说："队长，今年的稻子不如上年，颗瘪，是肥跟不上。"德德抓了一把在手里掂了掂，扔回了原处，哎了一声，转身向玉米堆走去。

瓷窑龙口嘴和烟粉台搬回来的玉米棒，显然没有去年的体量大；王爬岭的正在掰；倒沟峪的在阴处，玉米穗还没黄壳。但从眼前的玉米堆和平时田间的情况分析，1978年秋，瓷窑是失败的，更是他德德的再一次失败。德德的脑海中，尽是失败的镜头，他的良心拷问他，他也回答了良心，没有问题，他整天为生产队操心想方子（办法），拴在门槛上的儿子，老婆会会埋怨的骂声是最好的证明，他对得住良心，也对住生养他的瓷窑，但辛苦咋就没有回报呢？

秋季的玉米穗不用拨壳就以三七成分了，玉米秆在地里用长条凳量着分了，大豆也都归了仓。霜降前瓷窑用那七头牛种完了小麦，地里又出现了湿漉漉的新土。只有棉花、萝卜和红苔在等着瓷窑人的农具。立冬前，萝卜、芦苇被收回分了各家，各家就用萝卜和萝卜缨子做浆水菜。整个冬季，瓷窑又重复着往年的事儿。

1978年12月18日至22日党的十一届三中全会召开。这次会议的决定是很多中国人不能想象的，它对中国人命运的改变是始料未及的。会议精神如春风般吹遍中国大地。大多数瓷窑人没有多少想法，多次运动将他们搞得有点麻木，多数人还和以前一样地生活和劳作着。他们并不太懂啥是改革开放，啥是家庭联产承包责任制。他们在等待一个叫"改革开放"运动的到来。只是一些青年人高兴得走路像是跳，说话总在笑。

1982年党的十二大召开，大家又知道了一个新名词——"建设有中国特色的社会主义"。这是德德和村支书在乡上开会，会上的文件和报纸上印的。

1982年冬天，生产队种的麦子已有半拃高。这时瓷窑村像沸腾的水，人们的热情将整个寒冬溶化。

德德敲响了铁钟，大家又在元君庙前开会，他们这次开会是宣布如何将瓷窑的土地分给各家各户。白天他们拉尺拽绳，走川上岭下沟，晚上秉灯计算地亩，讨论土地等级。最后用抓阄的形式将生产队的土地和生产用具分了。瓷窑人将家庭联产承包责任制的热情，化成了无休止的劳动，他们将这一生产制度精炼地称作"大包干"。

老黄每晚都要起来三回，不为别的，只为看自家的粪，生怕谁偷了他家的粪。就连石纳也勤快得整天往地里跑，不是担家肥就是翻早玉米地。

1983年小麦长势特好，麦穗弯头，像是给瓷窑人鞠躬致谢。颗粒饱满而金黄的麦子在告诉人们，今夏是一个特别的丰收年。全村都沉浸在幸福之中。可仁庆爸，"文化大革命"前的老队长——王再生病倒了。

仁庆在单位收到了家中的电报，内容是"父病重，快回！"仁庆出现在瓷窑村村头时，龙口嘴的麦子已开了镰。他背了一个大铁盆，盆中有10斤粉条、2斤旱烟和一条"工"字牌卷烟。仁庆爸是老队长。在他的领导下瓷窑有了苹果园、菜园、瓜园，还办了粉房。在社教运动中他成了"四不清"，白天被批斗，夜里上学习班。1978年才给他落实了政策，平反。老人平反后心劲是松了，但身体每况愈下。仁庆姊妹四个他为老大，老二仁贤，老三仁达，妹妹嫁了南山。仁庆是王家第五代，前三代都是闻名百里的老中医，家境殷实。他爷行医常骑一头四个蹄子白、周身光如黑缎的毛驴，相传毛驴脖子上的银铃声可传十里地。

王家祖上的发迹是有传奇色彩的。他家在瓷窑的凤背上，坐南朝北，八间三进大瓦房，每进房都雕梁画栋。现今残存的几块刀子活，就连三刨平木匠细发也赞佩不已。第一进房，东边一间房的地面长了一棵四人才能合围的大槐树。仁庆的老老爷是用这棵槐树的槐子，换来的银子购得医书，学得医术，从此发家。此树可以说是王家的"恩人"，王家一直将此树奉为"神"。神树同王家的列祖列宗是同等礼遇。仁庆爷从他爸手里传承了医术，家境更翻了稍（发达），盖头一排八间大厅房时，槐树有碍建房，王家不仅不伐树，反而多花了百十两银子专门给树盖了一间房，房顶上留了一个大窟窿，让树厚密的枝叶穿出屋顶。

这种做法在当时招来非议，多少人说这是王家在暗彩话（侧面炫耀），耍他的人五人六（人上人）。王老中医对家中大小人说："甭管旁人狗球猫叫（乱七八糟）地炸洋炮（贬义的赞誉，说闲话），咱对老槐树磕头作揖，烧香挂红，咱有咱的象况（原因、来由），不是这棵槐树，能有咱家的今天？能有咱满槽的骡子马？能有咱县上的铺子字号？人要知恩图报，懂得谢承（感谢）！"王家人就是以这样的言行德旨一点点从小财东走向大财东的。仁庆他爷自然是子承父业，成为一个不逊于他爸的中医，当时有"神仙一把抓"的美誉。到 20 世纪 30 年代，国运不佳自然家境衰落。到土改时，八间前房被分。社教运动时，第二进的八间房被拆，用这些木料砖，集体在凤东翅盖了六间饲养室。最后一排的八间房，其中五间分给了别人，王家只留下现今的三间房了。那棵老王家的救命立家的神树，也被一锯一锯解（锯）成了板，铺了饲养室的板楼。仁庆爷倒下了，血喷出了老口，不久撒手人寰。仁庆爸又是"四不清"，因家庭成分他家子女早被停学。仁庆就在 1970 年扛着镢头去修了铁路，1976 年正式招了工。

碾打完小麦，瓷窑村家家大丰收，产量是生产队时的三倍，大家都兴奋地晾晒小麦。看着多少年没见过的高产，见到麦堆就像见了多年不见的孩子，人们亢奋不已，与其是晒粮食，不如说是晒甜蜜的心情。

仁庆爸丢了祖辈的医术，但仍是半个医生，他深知自己的病情，所以极力地阻拦子女为他请医生治病，他说："我的心病现在了了，自个儿的瞎瞎病自个清白，不要往沟里胡摆钱咧。我想美美地咥一老碗用新麦擀的裤带面，去见马克思！"老伴和儿子、儿媳妇、孙子都哭得泪人一般。

1983年阴历四月二十三日下午，仁庆家将3000多斤小麦晒干入仓后，仁庆给躺在炕上的父亲交代丰收事宜，再生老人的脸上褶皱舒展开了。他老泪纵横地笑着说："我，我一辈子都在为全家人的肚子忙，忙活操心，记得1962年咱全家10口分34斤8两粮，一家人肿得个个像弥勒，从今往后咱再不操心肚子咧！快快去装一口袋麦磨了，吃新麦面，回来面不进瓦瓮咱咥燃面。"

再生老汉最终没有吃上包产到户后的第一茬新麦面。当热乎的裤带面端到他面前时，他微笑了一下就咽了气。在裤带面的两边分别是热气腾腾的肘子肉和细白如玉的荷包蛋。再生老汉走时是个睁眼子。因为这碗被誉为"陕西八大怪"之一的裤带面，是大包干后头一料新麦面所擀，枣红色香气四溢的肘子肉，是他亲手喂肥的伢猪后大腿，黑明发亮的瓷碗中，漂亮的荷包蛋是他老伴精心呵护的芦花鸡沟子（屁股）里的金疙瘩。

仁庆没来得及抹合他爸的双眼，就背过了气。仁贤多次抹合他爸的眼，可眼闭不上。最后仁庆妈说："唉，你爸没吃上新麦，咱大伙帮他吃了，让他好合眼！"全家老小都吃了面，再生老汉的眼合上了。

那一天仁庆家前半天在天堂，后半天就被摔到了地狱，并重重地摔在地狱的石头棱子上，全家声嘶力竭的哭声能把房顶掀起。

仁庆弟兄三人在炕头给父亲烧了倒头纸。在村中长辈的帮助下，再生老汉被剃了头，刮了胡子，擦洗了手脚并剪了指甲。穿齐备了所有的寿衣后，脚朝门口停放在一张枋板上。清瘦的脸被盖上了麻纸，双脚的寿鞋上绞了麻绳。仁庆弟兄们又在大门外烧纸人纸马，"三刨子平"木匠说："给两个纸人把名字写上，一个叫乖娃，一个叫顺情。纸马的座子要剪掉，捎马（马背上搭的布袋）里放些五谷杂粮，那是马的草料，捎马上把你爸的名字写清。"

第二天，执事们就各自去报丧，让老黄去县上请龟兹班（乐队）来入殓。一大早善才去桐花湾请风水先生。12点仁庆的亲朋都到齐了，入殓的当然是木匠细发。在亲人们的哭嚎中，再生老汉被放入棺材。在他的身下先是一层白灰，白灰的上面是一层柏朵，柏朵上是一层麻纸，麻纸上是一层棉花；棉花上是殁单。在殁单上，木匠细发用铜钱摆北斗七星；脚下摆南斗六星；腰带里放3个铜钱，意为福禄寿三星；再上面是黄色的褥子，盖的是白色的被子，这叫铺金盖银；左手中拿了他的旱烟袋和9个小馒头；右手中攥了几枚麻钱；脚上的麻绳被解去。瓷窑村人讲究左手中的馒头是在阴间路上喂狗的，右手中的钱是买路钱，意思是让人一路走好。风水先生掐算了开挖坟的时间，下葬是农历四月二十六日早9时，坟是早先箍好的。木匠细发用一包包灰包将再生老汉夹紧，最后棺盖缓缓封上。在众亲的哭声中，在钉棺盖的锤斧声中，在跳跃的纸钱火中再生老汉离开了。离开了他辛苦操劳一生的家，带着一生没有吃饱饭的肚子，带着对幸福生活的憧憬，离开了他热爱的人间。

入殓后大家吃了旗花面。在安葬那天，大家吃的是"九大碗"，菜是两荤七素，两荤是一个方块碗子（肘子），一个木梳篦碗子；素菜是萝卜丝凉、萝卜片热、白菜凉、白菜热、白豆腐、油炸豆腐，外加一碗粉条。再生老汉去世的待客席面，算是多年来瓷窑村最体面最高档的一次，大家吃得很是满意，村人议论了好长时间。

老队长再生的去世，对瓷窑村来说是划时代的，是饿肚子时代的结束，也是大家干活磨洋工时代的结束，更是改革开放在瓷窑村的真正开始。

王再生的葬礼后，德德着手原来生产队大件物品的分配，大的就是7头牛、电磨子、扇车、轧花机、粉条机、瓷水瓮、砖模等，最后用抓阄的方法分了牛、瓮、扇车、砖瓦模子。老黄抓到了1头老牛，但他嫌牛老，就让给了队长德德，另外几头牛分别给了呆印1头，棱子1头，尊脉1头，赵疙瘩赵生生1头，仁庆家1头，村西有才家1头。宋细发要了扇车，狗蛋分了砖模，猪娃拿了瓦扎。棉花机、粉条机没人要，暂时放在仓库，电动磨面机由狗蛋承包。

瓷窑村的小学设在元君庙，庙与戏楼之间的那块大场，农忙时是热火朝天的劳动场，农闲时是学校的操场。

元君庙是坐北朝南的二进房，前殿五间，后殿五间，在前后殿之间是东西廊房，后殿是四五年级教室，东廊房是三年级教室和男老师的房子及灶房，西廊房是一二年级教室和女老师房子，前殿是村支部和大队部的办公室。瓷窑村的幼儿班（学前班）是没有教室的，所以1976年出生的这些小孩只能露天上课，他们的教室是在戏楼东的空地上。场上有三棵树，一棵大叶杨，一棵核桃树，一棵皂角树。每天幼儿班的小家伙们上学都要从家中拿一个小马扎，他们的课桌就是各自的双膝。上课时会发现各色的花布书包放在双膝上煞是漂亮，酷似百花帐坐满小娃娃。戏楼东山墙扎了一个大土钉，挂着大约一平方米的黑木板，木板时间久远，漆褪得有了斑驳，四角磨得发了圆，木板之间的合缝开裂了半指宽。

幼儿班的老师是瓷窑村木旺的媳妇三丫。她娘家在玉山湾，高小毕业后嫁了木旺来到瓷窑，成了一名民办代课老师。三丫是个美人坯子，眉间生了一颗美人痣，时常身穿白蓝相间的土布衣服，女人的身条在她身上体现得淋漓尽致。她对本村的小孩个个爱护：下雨下雪背送，平时给这些小家伙擦屎倒尿，天冷时把自己的棉窝窝（棉鞋）轮换给学生穿，天热时学生们坐在树荫下，她却站在阳光里。

幼儿班的娃谁没书，三丫就向一年级或二年级的孩子借。这些借来的书大多都揉得像牛肉串（褶皱得严重），三丫就用蜡水滴到一张张褶皱的书页上，将书用蜡水裱硬压平。老黄的儿子宋惠军没有写字本，她就自己拿钱给小娃买。如果下雨下雪，幼儿班的学生就自动放假，假若大队部没有事能错开，这帮小娃就在大队部办公室上课。谁也没有把这些小娃娃放在眼中。他们大多只是认为把小孩交给三丫看管，能认几个字认几个字，可三丫是用自己的爱心不懈地调教着这帮小家伙，让他们多份礼数，多写几个字儿，哪怕是歪七扭八的。

仲夏的一天，三丫在山墙东上课，小黑板上写了"人口手上中下"六个字。三丫问："谁举手把这几个字先念一遍？"突然见黑蛋举手，三丫说，"尚小锋今天表现很好，回答问题很干脆。"只听黑蛋说："老师我屎憋了，要屙！"惹得国强、宋灶、翔龙、向水等哄堂大笑，玉花也笑了，就连坐在木制轮椅上的品喜也笑得前仰后合。三丫哭笑不得地让黑蛋到场边塄下大便，继续提问。大家都顺利地读出了那六个字。不一会儿，听见黑蛋在塄下喊："老师我屙毕咧，擦沟子！"三丫笑着下了场畔，顺手抹了一片苞谷叶，在黑蛋的屁股上一擦说："好咧，回去上课！"黑蛋刚坐在小马扎上又突地举手说："报告老师，为啥我尿尿是站着，我妹子白妞尿尿咋和我屙屎一样蹲着？"这一问，使三丫一时无法应对，羞得黑蛋旁的白妞——尚金玲将头贴在膝面的花布书包上。一会白妞狠狠地瞪了他哥黑蛋一眼，哇哇地哭了。三丫边哄白妞，一边轻抚黑蛋的头说："尚小锋你的提问很好，但这个问题只有你今天好好学习，将来长大了，有知识了自然明白。"黑蛋高兴地说："那我好好念书！"放学后白妞没有和哥哥黑蛋一起走，而是和玉花走在一块。向水、翔龙推了木轮椅上的品喜。

品忠、品农、国建、国利、香女、臭娃、革新、爱塬等都上到四五年级，他们的教室是后殿，过去这里供奉的是元君。元君像不知看着多少代瓷窑人，从嗷嗷待哺的婴儿变成耄耋老人乃至死亡。瓷窑人祖辈都要在初一、十五给元君进香，元君是瓷窑人的心理盾牌，一有大事、麻烦事就来求元君相助。在"破四旧"中，瓷窑人用胡基（土坯）垒了墙将元君像保护了起来。后来被驻村工作组发现了，几个狂热分子，用胳膊粗的麻绳拴在神像的脖子上，喊着号子将像拉倒了，最后像被砸碎当了肥土上了地。

四五年级的教室是相通的。四年级面东，五年级面西。课桌是用胡基垒的高台，板凳是用砖支的小台。老师用稀苞谷糁将土台糊了又糊，可一些淘气的学生还是在课桌上挖弹球窝，冬天老师怕砖把孩子的屁股冻伤了，就用硬纸板给每个砖堆垫上。四五年级的老师只有一个，姓蒋，名文化，他瘦小干练，戴一副近视镜，看人时总是眯着眼，笑起来只见形不见声，讲课细声慢语有条不紊，鼻音较重，个别淘气学生背地里叫他二饼或齉鼻。可这位"二饼"老师多才多艺，他面朝东给五年级上语文，面朝西给四年级上算术，拉起二胡给大家上音乐，拿起画笔教美术。所以学生们还是很喜欢这位齉鼻老师。一天晌午上自然课，他特地让大家拿了自己的小铁锅和油盐，又让品忠、爱塬等几个同学回家拿笼和笊篱。蒋老师把大家领到灞河上课，这已不是第一次，所以大家感觉很平常，只是奇怪为什么拿锅、笼、盐和油。

这时正是6月末7月初，灞河的景色美得像中国画。大家来到稻地和荷塘的交界处，稻子有二尺高，马上就要出穗，翠绿的稻田在夏风中如海浪般浮动。成群的老鹳在水渠中食小虾、小草，它们皎白的羽毛就像绿色海洋上升腾的白云。荷塘里多色的荷花斗艳，蜻蜓在花丛中轻飞。大肚皮大眼睛绿衣服的青蛙在稻田和荷塘中忙碌着，油罐虫在水面上时急时缓地划着，身后出现一圈圈渐大渐弱的水纹，将平如镜面的水面划得扑朔迷离。一眼望不到边的芦苇荡，仿佛碧绿的幕帐在风中慢摇，莺呱呱鸟在清澈见底的灞河水面上翻飞，鱼儿不时地跳出水面，用嘴和身子在水中作画，一个个水晕与一串串鱼鳞片般的水纹相加相融，就像写意画家在宣纸上大染大皴。河两岸的垂柳摆动的枝叶就像舞女绿色的长裙。

蒋老师突然情不自禁地吟道："众立盛夏，灞水西去，九福泉头，看瓷窑绿遍，层林尽翠，鱼跃水面，百鸟翔游，荷蜻共舞。"就见国利问："老师你念的是啥，我咋听不懂？"蒋文化笑笑说："我在吟词，见如此美景，情不自禁来了个照葫芦画瓢，可我没有伟人的心胸和气派呀！"爱塬也问："啥是伟人，啥是心胸和气派？"蒋文化指着高大的秦岭说："这就是气派！"又指着广阔的大地和灞河水说，"这就是心胸！"说完后自己又摇摇头说："好好念书就懂得啥是伟人。如果不好好学习，即使是长到七老八十也不一定懂得！"

最后他和学生们用笼和笊篱在水渠中捞鱼虾，一笼上来笼底全是活蹦乱跳的虾，你一笼我一笊篱，不一会儿就半小锅。国建、臭娃、爱塬还挽了裤管下河摸鱼，不时听爱塬喊："我逮了一条！"国利喊："我也逮了两条！"突然听臭娃高兴地喊："嗷，我逮了个娃娃鱼！"大家都一起围上来，娃娃鱼有一尺长黑黄相间的身子，四个爪爪不停地扑蹬，尾巴把臭娃的胳膊打得啪啪响，同时发出婴儿般的叫声。蒋老师对大家说："娃娃鱼对水质要求很高，灞河里有它，说明水好呀。尚进锋你的小名叫臭娃，娃娃鱼也有娃字，你们有缘，就放了它吧！"臭娃嘬着嘴把鱼放了。

蒋老师用三块石头支起了小锅，倒了油，又让大家捡干树枝烧火，油冒了烟，将活蹦乱跳的虾鱼蟹倒入锅中，瞬间它们便个个金黄，再撒些盐，香气直向鼻子钻。大家垂涎三尺，你一把我一把地抓，但又不约而同地让老师先吃，品农给老师拧了螃蟹大钳，香女递给一条小鱼，革新送他一把小虾。宋灶高兴地说："蒋老师，今天自然课上得美（好），还能吃鱼虾！"蒋老师问："鱼虾在清水里活还是在脏水里活？"大家异口同声喊："清水。""所以大家要爱惜灞河，咱不能滥捕鱼虾，贪婪破坏！"蒋老师接着说。国利忙抱起锅将炒熟的鱼虾倒到河里说："咱不能吃，就让它们回家吧！"蒋老师说："今天咱们看到的一切美景，它是最好的自然课。大家将来要爱自然中的一切，美才能永在！"

瓷窑的玉米忙碌地长着，瓷窑村的一部分人也忙碌他们的大事。只见老黄、羊娃、狗蛋、石纳等时常往赵疙瘩猪娃家跑，有点鬼鬼祟祟、神神秘秘。不几天，赵疙瘩靠灞河边上的几棵柳树不见了。队长德德急忙问赵猪娃。猪娃说："我不知道！"德德问道："那你院子的几根柳树股咋来的？""我前几天砍的，想烧柴。"猪娃硬气地说。"这树叶树股明明是新的，咋能说是前几天，老实说把树弄到哪里去了？！"德德说话时唾沫星喷溅。可瘦小的猪娃没有像生产队时期那样胆小。他将脖子一拧，迎着头说："都包产到户咧，土地分了，你还凶啥，你还以为是生产队呢？吆三喝四人五人六！"德德只觉得猪娃的眼光像匕首，话语像尖刀，刀刀都扎在他的五脏六腑里。他眼见心上的血顺匕首往下流，肺上的血沿着尖刀滴，德德就觉得腿发软，眼前金星转，但他奋力地摇摇头，金星少了。他告诉自己：尚德德你不能溜下去！不能在猪娃面前耍软蛋！德德静静神说："那是集体的树，你凭啥伐？"猪娃不急不慢地说："啥是集体的，树上刻了集体的字，你能把树叫答应？"德德感到心口有点憋闷，他骂道："你狗日的就不踏犁沟（不讲道理），背着牛头不认赃，你这样胡成愣整（胡乱干事），我要告到村支书那儿，再不行上乡里，让政府拾掇你，给你怂穿皮绳夹夹（捆绑起来）！"德德转了身，但打了个趔趄，气呼呼地走了。

下午宋姓的那几个人又在猪娃家喝酒。老黄嘎嘎地笑说："这回把德德气炸咧（气得厉害）！杀杀他的威风，让他也知道喇叭是铜，锅是铁！"猪娃说："德德怂扬言要到乡政府告咱，咱咋弄？"羊娃不屑地说："怕个球，乡上来人你就说树罩在你地头，你嫌树挡庄稼光，所以伐了；大不了把树钱给他，他还能把咱攥出瓷窑？伐树又不是杀人，甭怯火（不要怕）！"石纳说："怕啥呢，现在改革开放了，气色（情况）变成了啥？经济搞活，日子过谄（好），政府能管谁伐了几棵树？"这时，两只苍蝇在羊娃的光头上打架。石纳笑着说："队长撒上的苍蝇谈恋爱呢！"老黄嘎嘎笑："你看哪个是母的？"石纳抖飞了筷子上的苍蝇后夹花生米，但几次没夹住，他用手抓了一把扔到嘴里嚼。嘴角就起了白沫说："在领导撒上待得时间长的是母的，母的爱美，它把领导的光撒当镜哩！"石纳帮羊娃用手赶，苍蝇就挽了圪垯飞，一只落到老黄的酒杯上，一只打了旋落在猪肉上。老黄说："就是乡上人来了，就像羊娃说的伐树又不是杀人，他要绑人，咱都穿他的皮绳夹夹，没事，法不治众，你就放几百条心，没逮事！"猪娃妈说："你几个不去干活在我屋喝啥酒哩，叽叽喳喳！"老黄还是嘎嘎地笑："嫂子，现在早都散社了，地里的活能干几下，现在干活要耍脑子，不是耍一股子蛮劲！"他们边说边喝，直到村里的鸡上了架。

当天晚上，队长德德家的麦秸堆着了大火，火光照亮了整个船东梢。戏楼西山墙上"防火防盗，人人有责"的标语清晰可见。元君庙西山墙上"禁火入场，以粮为纲"的字迹分外清楚。大家都帮着救火，但老黄、羊娃脚下慢得踏死蚂蚁，石纳说他后跑（拉肚子）了，肚子疼就回家了。

第二天一早，德德家东边到戏楼西的空地上，一片狼藉。德德家东山墙被熏得乌黑，两棵树被烧死，一棵是柿子树，一棵是榆树。满地草灰，遍地黑水，黑焦的麦秸堆还冒着呛人的白气，呛得德德不停咳嗽，他一边擤鼻子，一边在鞋帮上抹，眼睛红肿，原本老高的颧骨更显得突出，有点凶神恶煞。媳妇会会在昨晚救火时崴了脚，正在炕上呻吟。德德爸在"文化大革命"前同仁庆爸搭的班，他是会计，他为集体的事也是豁出命干，人披挂子美（体格健壮），是吃不饱干不乏的主，走路咚咚响，他干起活来，浑身的汗水像滚豆，当时人们开玩笑说他，沟渠子的水浪打浪，所以人送外号"抢脱卯"。老人现在也趿着鞋坐在门墩儿上抽旱烟，公蛋、母蛋、香女也都成了灰人。

第二天晚上，德德家门口的南瓜蔓被连根剜了，一棵胳膊粗的香椿树被拦腰砍断。第三天一大早，会会拖着伤脚倒尿桶时发现，尿罐被砸得粉碎。这次她断定麦秸堆着火是人为的，瞬时气得七窍生烟破口大骂："谁挨刀子地糟蹋我，狗日的不得好死，出门要让车轧死，不死也要得个紧病！"她的骂声惊起一村的鸡叫，线兰的公鸡告诉了母鸡，毛叶家的胡胡鸡告诉了麦芽的芦花鸡，香婆家的猫转告了白梅家板凳狗，全村的鸡都说："会会打，会会打。"德德黑着脸将会会拉回了家，全家都面面相觑。

第四天，德德家倒沟峪的一亩玉米有二分被人生生"斩首"，还有凤西翅的一分水稻也被下了毒手，玉米马上就要打苞出穗，心疼得德德爸眼泪在眼窝打转转。

德德爸用一把锃明瓦亮的大马刀，将可怜的苞谷和稻子挑在刀尖，耍起了当年的抢脱卯，光了身在村巷中骂。"我屋得罪了谁，这样糟蹋人，你是牛牛娃（男娃，男人）从门里来，用暗箭伤人，算啥本事，有兜头（勇气，胆量）的今儿个和我老汉打一场，你不敢吭声就是蹲着尿的！"骂得大叶杨树不敢响，骂得柳树不敢摇，骂得椿树不敢动，吓得槐树不出声，骂得鸟儿鸡儿迷了眼。香婆来劝："甭骂咧，快回去把衣裳穿上，把你气得有个这那，还不是娃们子的罪！"德德爸嚼了一口稻子说："仁香，咱都是难处过来的，你是知道的，当年没啥吃，人屙的都不是人屎，今我憋得慌呀！这么好的庄稼被糟蹋，这比掐死我还难受，这庄稼长在地里招谁惹谁了，这不是造八辈子孽吗？！"香婆只是点头，她的眼泪滚落在地上，地上多了小坑坑。

会会在家正和德德吵："这是秃子撒上的虮明摆着，是谋你队长这个位子呢，你还看不来水弦（情况）！不当就不当，无官一身轻，你当了多年的队长，家人只能跟着吃苦受罪！哪个娃你在怀里抱过，两个老人你伺候过几回？为集体操烂了心，可落了个好心成了驴肝肺！"德德呼哧地喘气："这几个狗日的可憎得很，想糟蹋我，我偏要干，看他们还能杀了我！"会会苦笑着说："咱修先人哩，让先人不得安宁，咱稀罕个烂队长，八辈子没当过烂队长！"德德躁了（非常生气）："叨叨个啥，烦不烦，聒死人咧！"这时德德爸回来了："你两个馇（争吵）啥呢，人家这样折腾咱，不就是看着德德的位子吗？好，咱装个鳖，让人家干！""爸，我咽不下这口气！"德德蹲在墙角。"娃呀，咱不怕人，怕又糟蹋咱庄稼，庄稼是咱农民的命根子呀！不就是一个队长吗，你也干了多年了，也该下来了！将来咱把日子过到前头，让他们知道咱不是孬种！"德德妈也劝说："算了算了，咱安稳过日子，一家平平顺顺的就是福分！"

针对德德家的恶作剧没有停止，更恶劣的行动再次上演。第八天的早上，当德德开门时，门怎么也开不开，他只好翻后院墙绕到前门，可当他看到门环上的情形时，德德就觉得有人给他当头一棒，他有点趷踉。

他一摇头才知道是幻觉，可又觉得有人猛击他的双腿，他低头一看也没有人，趔趄一下倒下了。他短暂间清醒过来，只觉得左脸疼，鼻孔有蚯蚓在往下爬，爬过了他的双唇，爬过了他的下巴，钻进了泥土。他门环上系着几条莲菜，门槛前是被打散了的莲菜瓜瓜，第一反应这是他家地里的莲菜。

第九天，德德开会宣布了他的辞职决定。村支书主持了新队长的选举会议。会上老黄说："就让羊娃干吧，他年轻！人也灵醒。"德德说："我提议让棱子干，棱子为人老诚，干活卖力。"支书说："那就民主投票，他俩谁的票多谁当选。"选票是白纸条，发给每个人。土头拿了个红瓦块在戏楼的墙上写正字。老黄唱票：宋仁生、宋羊娃、宋羊娃、宋仁生、宋广元、宋羊娃、王仁达、尚德德、尚德德、宋仁生、宋羊娃、王仁达……

最后宋仁生以最多票当选了新队长。羊娃提名狗蛋当会计，猪娃当出纳。其实，老黄等早在村中做了许多工作，他们宋姓和赵姓人通了气，还走动了一些对德德有意见的杂姓人家。

德德回到家，扑倒在炕上号啕大哭："瓷窑的天变了，人变了，变得我都认不得我了！一帮鸡骨头马撒（不入流的东西）都成人了，我知道他们要干啥，他们想集体的家当哩！完了，完了，这下完了！"

玉米甜丝丝的气味弥漫了整个瓷窑，金黄的玉米穗辫子和红灵灵的柿子葫芦挂满了瓷窑的旮旯拐角。

秋蝉在疯狂地鸣叫着，它们想吮足秋天的丰收之气。1983年的秋天，对瓷窑村来说，是土地下放后的第二茬大丰收，是名副其实的金秋。除去公粮和种子，家家都有余粮，户户也在粜粮，村中开始有更多的猪、狗、鸡。

八月十五中秋节到了，德德让大儿公蛋去他舅家送礼，二儿母蛋到他姑家，香女、臭娃去了姨家。当然，德德和会会也吃到了外甥送来的油糕和点心。瓷窑村人都收到了亲戚的中秋节礼。这可是一年巨大的变化，前些年亲朋往来少得可怜。

中秋节，许多村人的嘴角都有吃过点心的馅屑，香婆嘴角的最多。

1984年春节转眼就到，仁庆是腊月二十三小年那天从单位回来，一进门儿子国利就给他饦饦馍："爸快吃二十三馍，给咱家领粮，祝咱家明年再丰收！"仁庆笑着说："给你婆了吗？"国强说："早都给了，也给我爷献上了。"芬芳见男人回来，喜形于色，一边往搪瓷盆倒热水，一边说："洗一下，坐了一路车，上炕把腰长一长，炕早热腾腾的！"仁庆问："咱妈呢？"芬芳说："可能在楼花家，香婆刚来叫走了，说是楼花的老四娃子向水人不美，就让咱妈和香婆给叫魂、幕量、绞柱子（民间有神秘色彩的治病方法）。"

人常说冬天的太阳是冬至当日回，从这天起天变长了，瓷窑人形容天长天短有一个有趣的顺口溜："过了五豆长一碌碡，过了腊八长一杈把。"但天还是黑得出奇得快。天麻黑，楼花的老四儿子向水，头向着门口躺在炕上，脸色蜡黄，身体还不停地抽搐，身上盖了三条被子还感觉冷。只见楼花站在门前的大榆树下，仁庆妈扶着楼花家的大门，上身是青色对襟袄，下身是黑色土布裤，青色的裹腿布。香婆站在楼花家水瓮旁，双手握着擀杖在水瓮中左三圈右三圈，为向水叫魂。瓷窑人有个讲究，帮人叫魂的人必须是三人，而且必须是三姓。香婆这时就问保川说："向水和咱村的碎豆（小孩的爱称）这几天在哪耍过？"保川想了想说："香婆呀，我想起了，前三天向水和我跟革新、黑蛋、国建在南坡摘柏子哩。"香婆和仁庆妈同时说："对对对，是农运！"

说到农运，"文化大革命"前他是瓷窑的出纳，"文化大革命"时跳井自杀了，后被捞上来用席子裹着埋了。香婆说："是农运吧，婶知道你冷，是你，你起身！婶一时就给你烧两张纸。"筷子立住了。香婆对楼花说："给水碗掐些馍花再放几根烟，农运爱吃烟。"下来是搅柱子，另一头在向水的头上边绕。不一时，筷子倒向了南边，香婆端着水碗来到向水头前说："向娃，我娃拿左手的中指在水中蘸三蘸，再往碗里吹三口。"香婆出门将水泼向南方。

腊月二十四，各家都在打扫屋子，只有仁庆家没动手。国强问："人家扫屋子准备过年，咱咋（怎么、为什么）不扫呢？"芬芳说："你爷刚去世，三年不能打扫屋，一扫一漫墙，你爷过年回来就认不得咱屋了，咋和咱过年哩？"

腊月二十九，村人都拿红纸来仁庆家，请他写春联和先人牌位。仁庆写一手的好毛笔字，所以过年全村的春联都是他包揽。但今年不同的是，许多常不贴春联的人都来了，家中非常热闹。裁纸的裁纸，接纸的接纸，折格的折格。只听老黄问尊脉："老会计呀，听说你给女子找婆家呢？"尊脉说："不瞒你，刚踏摸了个对象，是桐花湾的。""那好，咱就等着耍你的女婿。"老黄还是嘎嘎地笑。这时石纳问立立家的大娃子生平说："写对子（对联）你爸没来，你爸单位不放假？"只见老黄捅了捅石纳给他挤眼。就见棱子说："石纳，你怂真是个货，哪壶不开提哪壶！"石纳不服气地说："闹运动的时候生平还在线兰的怀里吃奶哩，懂个啥！"生平他爸"文化大革命"时是运动红，批斗仁庆爸时是积极分子，所以他不来。仁庆对生平说："听我屋你婶说，你爸给你准备订媳妇？"生平说："就是的，是灞河张的娃，比我小一岁。"仁庆又问生平："那你不上学咧？"生平说："不上咧。我班大多数都不上了，女娃更多，大多都有婆家了！"春联到下午才写完。仁庆的腰痛得直不起。大女国华心疼地说："明年不写了，腰能弯个驼背！"仁庆一边缓慢地直腰一边笑说："娃，平时我不在家，给邻家也帮不上忙，爸再能弄个啥，就是能画两笔吗！"仁庆家的春联是："和睦才平顺，好日子不忘父恩；国泰方民安，美家园铭记勤劳"，横批是"佳节思亲"。

仁庆贴好了对联，将三代先人的像挂正，牌位立端，燃好香，将雪白的大枣花馍和祖先牌位、酒壶、烧纸放在盘中一起端到大门外。在地面画了一个圈后，他和国建、国利、国强一起跪下。仁庆一边点火一边说："给祖先们烧纸！"几个儿子一起烧纸，然后他在火焰中奠了三盅酒，国强响炮，父子四个在炮声中磕头作揖，将老先人的神位请回了房正中的大板柜上。蜡烛头像跳动的心脏，袅袅升空的香烟像仁庆爸口中吐出的旱烟雾。

1984 年的除夕夜，人们把丰收的喜悦化成了无休止的爆竹声。压在人们心头的大问题——饿肚子的问题解决了。所以整个瓷窑村被炮光照得亮如白昼。鞭炮声不绝于耳，此起彼伏。仁庆在煮肉，准备做肘子。芬芳给孩子们收拾过年的新衣服，仁庆妈在烧锅。肉煮好了，全家就在炕上包饺子，仁庆给每个娃发了压岁钱。孩子高兴地把钱藏在自己的枕头下。

初一早，瓷窑人有相互端送饺子的习俗。但以前因粮缺，这个习俗中断了，实行家庭联产承包责任制后的第一个春节，这个习俗又恢复了。

过了初六，瓷窑村仅有的两个"商品粮"上班走了。但立立和仁庆没坐同一班车。转眼到了正月十五的元宵节。德德让公蛋放学回来时从镇上捎了红纸。他用红纸糊了一尺高的纸筒，又折了把扫帚枝儿，对儿子说："今年把这些灯上到咱祖坟去，再把我结婚时的宫灯挂在大门口，宫灯多年没挂了，可不要让虫蛀了，咱村只剩我这对灯了！'破四旧'时，村上其他宫灯上写的都是长命百岁、恭喜发财等，所以被烧了，只有咱的灯上写的'艰苦奋斗，厉行节约'，所以保住了。只是后来村上要社火跑马时，火星把绸子烧了几个小洞。把你舅今年初六送的碎灯笼也发着，十五黑要明哩！"

多年不见的小娃打灯笼和坟头上灯笼的景象再一次出现。十五的晚上，站在国顺坡上往下看，除了鞭炮的火光外，漫山遍野是火红的灯笼，美得就像天上的星辰，只不过天上的是银子，地上的是金子。天上的每一颗星代表着一个人，那么现在坟头上的一盏盏红灯笼的确是一个亡人。活人与亡人通过这盏小红灯笼将心魂相通相连。

瓷窑的村巷里到处是打着灯笼的小娃，他们时跑时停，一会连成圆形，一会变成一条长龙。他们嘴中还不停地喊"打灯笼，赛灯笼，谁家灯笼红，谁家灯笼明……灯笼暗了回家睡！"黑蛋拿他的灯笼和大家的灯笼碰，但碰到翔龙的灯笼时他的灯笼着了火，急得臭娃把灯笼打落在地用脚踏，火是灭了，但灯成了扁扁，黑蛋就哭着要臭娃赔他的灯笼，兄弟俩就打了起来，惹得大家哈哈笑。大家一直玩到灯笼中的蜡烛燃尽，才极不情愿地回了家。瓷窑村这时才安静下来，它也要睡觉了。

立春前十天，瓷窑的人忙开了。有的伐树，有的移树，还有的在门前挖地基垒猪圈。瓷窑人称立春前的前十天为"乱水"。乱水中可以不请阴阳先生看日子就动土。相传土地爷有五个儿子，分别叫金旺、木旺、水旺、火旺、土旺，五儿子土旺是盲人。土地爷对老五特别疼爱，很少让他干活。一天，土地爷将春夏秋冬四季分给金、木、水、火四个儿子管理，没分土旺活。土旺说："爸呀，事都让我四个哥哥干完了，我静吃白坐不行呀！"最后父子六人商量，四个哥哥每人抽出自己的两天半给土旺，加起来就刚好十天。因土旺是盲人，所以在这十天里可随便动土。

赵疙瘩的生生和猪娃是邻家。赵猪娃现在是出纳，有点小权，所以张狂多了，他和以前判若两人。以前是前襟低后襟高，可现在后襟离地近，以前见人就赔笑，现在脸拉得比他狗脸还长。猪娃在他家与赵生生家的界畔处挖地基，他准备垒猪圈。生生走了过来说："过界了！""咋可能过界呢，我垒起来你再看，现在只是挖了底子咋看得出？！"猪娃头也没抬说。生生一下子急了："来来来，你站在中间看，看过来了没，至少有五寸多！"猪娃没有停下手中的活说："喔，一怂点还值得咋呼（喊叫）！"生生一下发了火："我咋呼，你咋不向你那边放两寸呢？国家和国家还寸土必争，动枪动炮哩，以前咋不垒呢？你不就是一个碎（小）出纳么，张狂啥哩，小心把大衫子张（嚣张，耍威风）扯咧。没当官的时候巴不得叫爷，给人磕头，这刚一当上碎官就眼窝（眼睛）睁到额颅，翻脸不认人，真真是用人时搂到怀里，不用人蹬到崖里，啥人景（德行，品行）嘛，啥货嘛！"猪娃扔了手中的镢头跳了上来说："改革开放咧，在我门前就是我的！"两人很快撕打在一起。两家的媳妇又开骂了，语言不堪入耳。生生媳妇是一个邋遢女人，整天头发罩得像鸡窝，脸只洗前面，像戴着猴子面具，衣服扣子常是一高一低，两个稀松的乳房隔衣服能见乳头，裤子脏得可以单独站立，屁股后面会周期性地出现经血；她说话和处事黏得像她鼻孔里的黏鼻涕。只听生生媳妇飘着骂："人家有本事，为了男人当官都卖哩！"人常说骂人不揭短，打人不打脸。猪娃媳妇像护崽的母狗扑向对方，口中道乱骂。女人打架胳膊显长，只见四只手乱抓。最后，只见两个乱发带血不见脸面的女人在地上滚，犹如一对撕咬的恶狼一般。大家都来拉劝这两对打手。只听有人说："快去叫羊娃和狗蛋！"但二人一直没出现。香婆说："叫德德去！"德德来后拉开了两对肉疙瘩，闹剧才算收场。香婆叹息着说："瓷窑村咋成了这？！"她迈着小脚摇摇头回家了。

　　猪娃家的猪圈最终是垒起来了，只不过猪圈和他家的东山墙对得分毫不差。

　　瓷窑村西苹果园里，苹果花开得正艳，园子已没人看管，没有维贤老人打掐花的身影。德德婆爷的坟紧连着果园。今天是清明节，他来给坟上挂纸祭祖来了。他想起疼他的婆爷，眼泪哗哗向下滴。当他看见这个园子时，他又想起了死去的仁庆爸和农运，还有他那行将入土的老父亲。他看见苹果花在对他哭，在流血，满园的苹果花是树的泪和血。

突然戏楼前的钟声响了，德德好久没有听见这亲切的钟声。这当当的钟声使他周身舒坦和兴奋，他的脚下像腾了云驾了雾，轻快得如十来岁的娃娃。

大家来得很快，可能是都因长时间没有开会有了一份渴望。一个个伸长了脖子，支长了耳朵，仿佛是等婴儿出生一样焦急和兴奋。

新任队长羊娃说："我刚从乡上开会回来，县乡要求有两个，第一是大力发展农业，提高生产效率，大力改善生活条件；第二是狠抓厂矿企业的发展。"人群中就有了议论声："咱咋提高生产效率，咋改善生活条件？"羊娃说："第一条，说具体就是今后咱不能种地还是几千年的老样，镢头挖铁锨扎，扁担担肩膀捎，要用机械整，改善生活就是要吃好住好穿好；第二点就是办副业，办工厂，有了厂子来钱快！"这么一说，大家好像都明白了。但大家又说："哪来钱买机械，办工厂，哪来钱做本钱？""大家不要老是生产队的想法，现在改革开放啦，是实行承包制，干啥要个人化。咱现在的 6 间饲养室闲着没用，那就卖给个人，一路两行的树也可以卖，灞河两岸的柳树也能变钱么！现在咱住的都是老土房，人进了屋像掉入了黑煤窑，有几家的厦房檐都掉到地面，所以咱村准备在村西放庄基，地就是果园。"羊娃的讲话像口袋里倒核桃，干干脆脆哗哗啦啦，慷慨陈词。不停地讲话使羊娃有些热，他解开了扣子，头上也开始冒气。大家也听得瞪大了眼睛，情不自禁地脖子伸得更长，好像灞河里的老鹳。只有德德越听越冷，他的身子不停地收缩，缩得像河里的鳖，而且是缩头的鳖，德德心中原来想到的出现了，但没有想到会来得这么快。他只想到羊娃会卖树卖房，但他没有想到，要砍果园做庄基地。

羊娃在卖房卖树方面下了决心，所以他操办起来雷厉风行。卖房的事很快定下来，开会地点当然是那 6 间饲养室。羊娃开了口："大家酝酿一下，咱分 3 个小组，每组研究一个价，最后把 3 个价综合一下就是价格。大家看行不行？"老黄说："行，合理得很！"其实羊娃是想买的，但他又不想出高价，就暗地里和人通了气。德德当然和船东梢的人是一组，他不想让羊娃得逞。所以心里想，把价给狗日的定高，并且是打擂台式的。谁出的钱多谁得房。很快德德组是 3000 元三间，船身的是 2400 元三间，船西梢和赵疙瘩是 2200 元三间。德德先发言："咱是谁出的钱多谁得房。"羊娃说："咱以最低价起，今天谁钱交得早房就归谁。"老黄、石纳、狗蛋等宋姓人一同喊："同意，这个主意好！"2200 元在瓷窑人心里是一个天文数字，谁家能当场拿出这么多钱，大家在心中捋抹（排列、摆顺）了一遍，目前只有仁庆和立立有这个可能。但仁庆和立立都不在家，那这事就是干摆到这里，所以大多数人都同意了羊娃的提议。在一段沉默后，羊娃说："2200 元有人加没有，我再说 3 遍没有人加就是这个价了，一——二——三，2200 元这个价定了！"突然羊娃妻掏出了 2200 元拍在桌子上。"我要东边的 3 间。"德德一下子惊呆了。

后来没有通过会议，羊娃以同样的价格把西边的 3 间卖给了立立，听说羊娃吃了 300 元黑食（贿赂）。接下来就是将西边仓库里的棉花机、粉条机以废铁的形式也卖了，只剩下空空的一间库房。再下来卖树，公路和河两边的树很快被卖给了本村人和外村人，豁然开朗的公路和河边让人一下子不能适应，就连鸡、狗、猫、鸟都不习惯，老猫在正流水的树桩旁哭，花花狗围着树桩转着咬。路边和河边的树伐完后，羊娃对大家说："村西的苹果树谁要烧柴就去砍，砍得越快越好！从今天起，谁要庄基就到狗蛋那里报名写申请，再给村交 540 元就行，保证把庄基证给到手上！"

从羊娃卖房开始，德德就病倒了，他一想起自己一手置办的集体财产被卖，就好像是割他的肉、卖他的娃。一闭眼眼前就是流血的树桩树干，他也曾找过支书和大队长，可支书说："改革就是变化，就是摸着石头过河，要试探，不试探哪知水深浅，当然改革就要付出代价。"德德已没有勇气去阻挠人家砍果树，因为他觉得自己快死了。会会叫来了医生，人不烧不冷，医生看不出毛病，开了一些补药走了。这下把全家吓得乱了方寸。德德妈成了一摊泥，几个娃蹲在墙角哭，会会哭得成了泪人，只有德德爸在脚地吧唧吧唧地抽烟。香婆三步并一步跑来了，小脚像织布机上来回穿梭的梭子，老猫紧跟其后，老猫后面还有鸡，还有芬芳的狗。香婆进门就说："德德咋啦？"德德爸气愤地回答："那是气的，是心病！"只见香婆又是掐脚又是掐手、揉肚子，可人还是不清醒，昏昏欲睡。德德做了个梦，他梦见仁庆爸、农运和轩真。轩真走到他面前左右给他抽脖子（耳光），骂道："你个败家子，瓷窑让你给糟蹋了！"又见仁庆爸瞪着眼睛说："要不是我死了，我非打你们这些逆子不可，好好的树咋砍！天热了在哪下凉，鸟在哪里落，鸡狗在哪里耍，牛在哪里拴？河里发水瓷窑非淹不可！"农运鼓着大肚子走过来，笑笑地说："我是阴间的鬼，是阳间的横死鬼，我非上去缠你们不可，你看你把瓷窑弄成啥咧！"这时他就只觉鼻根疼，眼睛前是恍惚的重人影，渐渐地看清了一个老婆婆的脸，最后发现是香婆的脸。

德德在炕上昏睡了三天，急得会会头发发白，眼眶深陷，眼珠子凸出。德德妈请来香婆："他婆啊，你快给看，人不烧不痛的就是个睡，你给娃捻弄捻弄（修理，治理）一下！"香婆将德德的双手握在手中，十个手指一个个地掐，最后把德德左右手的中指掐了好长时间，过了一会儿她对德德妈说："对，德德是心病！"会会急切地问："婆那可咋弄呀？"

香婆对会会说:"你去准备红白纸。"纸来后,香婆顺手从炕边拿起了剪刀,飞快地剪起来。香婆是一个剪纸的天才,她剪的窗花就像真的一样。她那树枝般的老手上下翻飞,不一时,剪了三个带有尾巴的小人,两个白的,一个红的,还剪了白龙、白马、红羊。香婆稍显轻松地说:"夜深人静时,把这白龙、白马和红羊在西南的十字路口烧了。"

瓷窑的夜晚就像入睡的孩子,微微的山风就是孩子鼻孔的呼吸,轻轻摇的树木是孩子起浮的胸膛。麦叶宽的月亮牙放在秦岭的顶上,淡淡的月光下,瓷窑村朦胧而神秘。德德爸借着月光向村西走着,他一直在想,仁香咋剪了一条龙,一只马,一只羊,这是咋?人都熟睡了,路过棱子家时,听见了棱子震塌炕的鼾声。当过了船西稍时,他突然看见有亮光,静神一看,这是队长羊娃家的电灯光。他心里犯了嘀咕,这时间羊娃还没睡?他想去偷看一下,又觉得不合适,更何况还有烧纸花的事。他很快走到西南十字路口,蹲下来点着了白龙,点燃白龙的一瞬间,他恍然大悟,仁庆爸不是属龙吗,农运不是属马吗,羊娃不是属羊吗!德德心中轻松了许多,他回身就往回走,但他不知不觉已站在了羊娃亮着的窗台下。就听有人说:"羊娃这三把火猛很么,火得快赶上抢脱卯咧!"羊娃说:"抢脱卯算个球,只知道出力,他哪知道现在耍的是智商!"德德爸听出了第一个说话的是老黄。只听狗蛋说:"卖树卖房钱咱准备咋花?"猪娃也紧接着说:"就是呀,总共要 8000 多,我这一辈子也没见过这么多钱呀!""你个穷怂鬼!没出息的样子,钱都不会花,你会吃不!"老黄笑着骂猪娃。只听羊娃说:"我买饲养室时借了外村和亲戚的不少钱,我想先从这个钱里垫上。下一步我还想自个买四轮车拉东西,再就是给队上买个脱粒机。"老黄哈哈地笑:"你灵得很,啥好事都让你占了!我们几个为你当队长出了大力,什么好处没有,那咋能行哩!"狗蛋、猪娃也说:"就是的吗,你当队长、买房我们鼓了大劲,你这样做事不义气呀！"羊娃笑说："你把我当成和尚朱元璋了，我会卸磨杀驴？不是驴，是卸磨杀人？到时给你三个在公路口各弄三间庄子，不要分文，你们看咋样？"话后屋里一片爽朗的笑声，德德爸听到这里已气得打趔趄，发出了声。就听屋里喊："谁？"当羊娃开门时，德德爸早已窜了。

　　两天后，德德出现在歪脖树下，他手拉着铁钟的麻绳，仰头看着黑红的铁钟发愣，几只麻雀在树上嘎嘎地叫着，一只啄木鸟在树瘤上梆梆地啄。羊娃妈抱着3岁的孙子到船东梢串门子，猪娃妈也抱着孙子跟着，她们是来找仁庆妈拉家常的。芬芳说："我妈去戏楼东的堎沿捋槐花去了。"二人又去大场，路过戏楼时，看见了德德。宁叶怯怯地问："队长你这三天强些（好些）了？"德德嗷了一声说："你俩个抱孙子游（转悠）呢？"宁叶见仁庆妈踮着小脚摘被人捋剩下的小槐花，就喊："仁庆妈，你不会歇歇，你咋就和享福有仇哩？生产队时干得欢，这时咋还更争火（厉害）咧！"仁庆妈笑着接过宁叶怀中的娃，亲了又亲："这碎怂（长辈对晚辈小孩的爱称）长得就是像猪娃，这碎怂长得奴（漂亮可爱），瞎看（好看）的！"仁庆妈转身坐到碾盘上，和猪娃儿子要了起来："笭笭面面，吃狗屎屙蛋蛋，屙了赵家一院院，叫狗没狗叫赵家老婆吞两口！"小孩在仁庆妈怀里咯咯地笑，仁庆妈又将小孩抱起，用嘴亲小娃的"牛牛"。突然娃尿了，正射在仁庆妈嘴里，大家笑得秦岭山起了"崖哇哇"（回声）。羊娃妈笑说："童子尿治病哩，'娃子娃'尿到身上值钱哩！"仁庆妈说："碎怂给我美美浇了一泡，我要兴时（好运来）哩！"仁庆妈又抱羊娃儿子。她又说起了故经："麻叶雀，尾巴长，娶了媳妇不要娘，把娘撂到山背后，把媳妇抱到火眼头（火炕的火头），赶紧吃赶紧咽，小心老母见了面！"宁叶哈哈地笑："老嫂子的故经（故事）就是多。"仁庆妈对她俩说："把你俩衣服襟撩起，给你都掬两掬槐花，回去给娃做槐花疙瘩吃。咱不谝（聊天）咧，我还要回去给我5个崽娃子孙子做槐花疙瘩呢！白面的，油倒上！"

晨曦中，石纳在灞河的南岸刨树根的身影，灵活得像身有三窟的狡兔。红彤彤的太阳一跳一跳地上了歪嘴崖。石纳的大半个身子已没在土壤中，他头上冒着白气，已是赤膊大战了。时不时从土壤中传出斧声和扔出树根。这时老黄唱着《三滴血》也来了，正唱着，一个从土壤中扔上来的树根砸在他的脚后跟，老黄"妈呀"一声蹦起老高，他以为让蛇咬了，回头静看是石纳挖的树根。他抓起了一把土砸向汗流浃背的石纳，"你家伙能得很么，起得早咥独食来了，也不叫上你邻家我！"石纳咯咯地笑。老黄一脚踢飞了石纳放在树根上的衣服说："我就要在这挤热窝（看样子，凑热闹）！"

不到饭时，石纳和老黄就各刨出一个柳树根。石纳边擦汗边说："呀呀，这大一个树根，回家可以做个切菜墩，没用的须根能烧几天锅呢！"老黄也在为他的战利品自豪："这树少说有 100 多年，要不咋能有三尺的面，将来做扎柴墩是绰绰有余的。"大撒拉来了架子车，三人好不容易将树根翻上了车。

榜样的力量是无穷的。下晌，河的两岸尽是忙碌的刨根人，铁锨声、斧声、使劲的号子声，此起彼伏，那场面就像战场。很快灞河两岸的河堤就变成了长城墙头的垛口。德德阻挡了多次无果，他急得眼发红，嘴里不停地喊："你们把河堤挖成豁豁子（缺口），发了大水瓷窑是要坐船的！"没有一个人听见他的闲淡话，将树根据为己有才是最实在的。

紧接着挖树根的第二场战役开了火，战场就在公路两边。正当大家挖得热火朝天时，一辆卡车自东向西开来，坐在驾驶室里的羊娃伸出头来大喊："唉、唉，脱粒机买回来了，帮忙卸车！"这时人们才回过了神。"脱粒机是个啥玩意儿？"狗蛋不屑地问。羊娃高声说："有了这个铁狗娃，将来咱再就不用碌碡了，不受炸红日头的洋罪，也不受扬场的苦了！"人们跟着卡车后面跑，人越来越多，就像卡车长了尾巴，车拐进了村子，车后的队形也变了，变得像蝎子尾巴。脱粒机卸在立立家西边的库房。瓷窑男女老少像看新媳妇一样，瞅着这个奇怪的铁家伙。它前面的大口中有个皮履带，后面黑窟窿里尽是一排排的铁齿，身上左右是好几个拐把子。铁家伙的身下是三个转轮，二前一后，独轮上有一个牵引杆。

人们稀奇地看看这，摸摸那，小娃们稀罕得像是见了外星人，围着脱粒机转圆圈。大家对这个铁狗半信半疑。只听几个人议论："这东西值多少钱，有羊娃说得那么神？不会是中看不中用吧？！"羊娃听到了议论，胸有成竹地说："我今儿个拍着腔子（胸膛）对大家说，这3800元不白花，一用便知！"

羊娃将自己的承诺变成了实际行动。他请来了乡上的农机员，安装调试。两天后脱粒机调试成功。羊娃对乡农机员说："你看我村事故硬不硬，咱县东川我们的脱粒机是头一份！"农机员恭维地说："你的事故硬（人有能力，事办得体面），全县农业像这样，农业机械化不是梦想呀，我作为农机员高兴呀！"羊娃说："高兴的事在后头呢，今儿个高兴我请你下馆子，咱兄弟喝两盅！"最后农机员、羊娃、狗蛋还有猪娃骑着自行车颠颠地去了镇上。天麻黑时羊娃红着脸骑车回来了，狗蛋摇摇晃晃地推着自行车，猪娃趴在车的后架上，手脚都拉在地上，他醉得一塌糊涂。

算黄算割鸟叫得麦发了黄，瓷窑的小麦挨了镰。各家小麦一捆捆地绑了腰，整齐地站在戏楼头的土场上，像是一个个接受将军检阅的方阵。这时德德家的一捆小麦问隔壁仁庆家小麦说："今年咋不见拽碌碡的牛和人呢？"只听老黄家的小麦说："你们真是孤陋寡闻，今年变了打咱的方法，不是碾压，而是旋转着用铁轮子打。你们就等着挨打吧！"德德家的小麦弯着头说："转着用铁轮打，那头晕呀！"仁庆家小麦说："哎，咱天生就是挨打受磨的料，但总归比牛羊好吧，羊让人把奶挣了，牛给人把地种了，可到头来还不是白刀子进红刀子出，落下个死，成了人刀下的菜！"这时一阵风吹过，全场的小麦都在点头说："仁庆家的说的有道理有深度！"

脱粒机吱吱扭扭被拉到了麦场上，接好了电。因为仁达懂电，所以他成了脱粒机的保镖。从村东开始，还是村腰、村西开始，这让羊娃犯了难。他就去问船东梢的老队长德德，德德说："我不用那洋玩意，那铁狗能有碌碡碾得干净！"羊娃碰了一鼻子灰，拧身走到麦场上，说："咱还是抓阄！"可大家都有老队长德德的心理，害怕麦穗脱得不干净，所以家家瓷愣（怠慢、不主动）着不吭声。气得羊娃大喊一声："这有啥哩，我好心落了个驴日处（不信任），对对对！把机子推到我麦集前！"羊娃黑了脸拉了牵引杆，大声吆喝："一、二，三，走！"

脱粒机稳稳当当地放好，羊娃就让两人在前头喂麦捆子，妇女小娃在中间接麦粒，小伙子用杈在后头挑麦秸。只见仁达推电闸，电闸弧光一闪，脱粒机马达轰鸣，传送带哗哗地转了起来，石纳吓得不敢往传送带上放麦捆。羊娃板了脸喊："避，你能日软蛋（不行）！"说着双手各提一个麦捆，扔上传送带，只听咔嚓一声两个麦捆冒了一股雾气就从机子后的窟窿里飞蹿出去，机身中间的斗口里滚出干干净净、利利落落的麦粒。石纳飞快地扑向机子后边，抓起一把麦秸，将麦穗放在手里揉，放在脚下搓，可麦穗干净得如用篦子刮过的头发。石纳兴奋地有点发狂，他大喊："这机械玩意儿就是美，不相信科学不行呀，这铁狗把麦嚼得净净的！"不到两个小时，羊娃家的四亩小麦脱得一干二净，黄白的小麦喜得羊娃爸合不拢嘴。

在后来的一星期内，瓷窑村除了德德家没有用脱粒机外，其他人都脱完了。沿着麦场的东边一眼望去是排列整齐而大小不同的麦秸集。大家都已经在晒小麦了,可德德才用碌碡在场面碾麦。碌碡是公蛋、母蛋、臭娃、香女拽,公蛋婆爷用权挑地上的麦秸。德德骂公蛋懒不鼓劲。其实父子4人个个好似落汤鸡。公蛋今年19岁,他极不情愿地说:"有脱粒机那好的机械不用,让人出这牛马力,让我和老二还罢了,让臭娃和香女拽不是出洋相吗,他们碎(小)呀!"德德踢了公蛋的屁股说:"让你拽碌碡咋哩?老祖先辈辈不是这样吗,到你碎狗日这里就不行了?拽,非拽不可!"公蛋来了气,把绳一摔拧身走了,嘴里说:"炸红(大红)太阳下晒得人能脱一层皮!"德德妈扔了权,轮着小脚边追边喊:"公蛋,你碎怂到哪儿去?"德德骂道:"你甭撵,碎狗日的有本事甭回来!"德德妈最终没有追上公蛋,公蛋去了镇上方向。

后晌炙热的太阳隐入了云里,南边的秦岭戴上了黑云帽子。"云朝北晒干麦,云朝南拦水潭,南山戴帽白雨(大暴雨)马上到。"大家就像上战场一样收拾着自家的麦子。可德德家碾着场,要起走麦秸才能推麦糠和麦粒,急得一家人红了眼。夏天的雨就像鲁莽的小伙子,说来就来,刹那间,核桃大的雨点砸了下来,大暴雨快得如离弦之箭,大得如盆倒。麦子被水冲走了。

天快黑了,不见公蛋回来。会会对婆婆说:"妈,我的右眼皮跳得不停,督乱得很,要寻娃!"掌灯时候,四五个人满腿泥回来,个个唉声叹气,一无所获。会会边刮鞋上的泥一边嘟囔:"说娃几句就行了,动不动就动手动脚!"德德爸这时也乱了阵脚说:"嚷(吵)出个花,一闹仗(吵架)娃就回来了。走,都寻走!"说着披了夹衫出去了。一家8口都去寻了,瓷窑村不断地响起会会、德德妈喊公蛋的声音。秦岭山也起了"崖哇哇"(回音)公——蛋——3个小时后,8个泥人回了家,会会坐在脚底(房内地面)喔喔地哭,黑蛋和白妞也哇哇地抹眼泪,德德妈坐在灶火不停地嘟囔，德德爸抽闷烟。突然，会会从地上爬起来，去了香婆家。

香婆早知情况，她想了一会说："娃去了县里，这公蛋要走好运咧，这娃将来有出息。德德这脚踢得好，踢到正向上咧，也踢到好穴上了！"会会听得有点纳闷，但毕竟心里舒坦了很多。

瓷窑人忙罢了。德德在场上晒麦，老黄走过来说："老队长咋还晒麦呢？"老黄顺手捏了几颗扔进嘴里，只听嘣嘣声。"麦干得爆爆响的，还晒呢，能晒得蹦了花？"老黄讥讽着问。德德一边搅粮一边说："交国家的公粮能不晒干？"老黄扑哧笑了："要交给国家的公粮，公粮还拾掇得这么净、这么干？你真是脑子进了水。你没看见，谁不是用下茬麦胡球（胡乱）晒三天就充了公粮。"石纳走过来问："俩人谝啥呢？""研究公购粮呢。"石纳不屑地说："你以为你们是国家领导呢，公粮也是你俩说的论的。乡政府叫交咱就交，那是农民的义务么！""呚嘛！石纳没看出你这个铁公鸡一毛不拔的货，啥时候觉悟变得这么高，爱国主义情操高涨呀！那你一定把公粮弄停当了？"老黄带着挖苦意味说。石纳笑笑地回答："不瞒两位，我早准备好咧，只不过……我有点不好意思……怕说出来……"石纳鬼鬼祟祟地笑说："那我说了老队长可甭打我。"德德有些不耐烦。老黄在石纳的头上扇了个巴掌说："你咋比粘娃生娃还难！"石纳低着头翻眼说："我的公粮是捞老队长家的。不过就是有些出了芽。"德德抢起手中的搅粮耙向石纳打去，石纳"妈呀"一声跑了，跑得一只磨破底的布鞋都掉了。他想回来拾，但德德向前一扑，石纳又拧身跑。石纳嬉皮笑脸地说："说好不打，老队长不义气！"德德又扑上去说："你狗日的，真是过河沟渠子都夹水（爱占便宜）！"一脚将石纳的那只鞋踢到垇下。惹得老黄嘎嘎笑，笑得弯了腰，笑得坐在土地上。歪脖树上的姑姑等等鸟也笑了，它看着石纳光着一只脚跑，大声地叫着："姑姑等等，姑姑等等……"

学校放麦忙假，国利拿了他从地里拾来的一斤麦去学校交给了蒋老师，这是学校勤工俭学的老规定。可臭娃、爱塬等贪玩，没有拾麦，只好从家的麦瓮里舀。

会会见臭娃从瓮里舀麦就骂："你个懒货，有时间在河里打江水（游泳）逮鱼也不在地里拾麦穗。你看人家，国建、国利拾得麦不光够学校交的，还给家揉了一斗一簸箕。你只知道从瓮里舀。"臭娃说："不要我舀我就不上学去！"臭娃婆问："又叫老师撵回来咧！"臭娃说："没办法，老师说了，勤工俭学的麦是上面的硬任务，谁不交就不给报名！"德德生气地说："挖一碗快上学去！"

公蛋出走后的第三天下午，一个年轻人找到德德家说："钢锋和我一个厂里干活，他让我给屋里说一声，让家所有人甭操心。他学电焊，厂里只管吃住没工钱。"会会一颗悬了三天的心总算落到了肚里。

星期六，品忠、国雅、母蛋、革新、爱塬等从镇上初中往回走，路上国雅问："革新你们二班娃报名咋样？"革新苦笑着说："还能咋样，还是老样，班里坐不到三分之二！"国雅"嗯"着说："和我一班差不多。"爱塬说："我不想念了，我不比母蛋，我念不动，白花屋里钱！"母蛋忙说："甭胡说！你不念，咱村三班就只剩下我一个了，连个伴都没有！"但爱塬还是坚决地说："我最多念到初中毕业，说不定就这半学期。"一行的小伙伴一路沉默。

时间不知不觉地从瓷窑人的手缝中溜走。转眼间已是玉米红胡子、稻子弯腰、荷香四溢的中秋。

人们都说秋雨绵绵，可这次的秋雨下得大而猛。王爬岭、倒沟峪、凤东西翅和龙口嘴，所有的黄豆地和玉米地都有了被雨水冲出的深渠，这些交错万千的水渠像是游走的蚯蚓。歪脖子树的棒棒鸟不见了，各家门前树上的红嘴鸟不见了，就连多嘴的麻雀也没了踪影。大家只能看见倾盆大雨和渐流渐涨的河水，听到的是雨水扑打树叶和房顶的哗哗声。雨下了半个月还不停。香婆用筷子蘸了油，洒在房檐下的雨水中看油晕，可她一次次哎嘘和摇头。灞河里的水在狂吼，吼得吐了血，清水变成了黄水，再变成了红水。河水的声音像一群老虎在吼，又好似一群雄狮在搏斗。咆哮的洪水翻过了河堤，冲进了树窝子，淹了稻地，漫了荷塘，上了赵疙瘩。芦苇荡只能见个芦苇梢。雨还是如注地下，河水飞速地上涨着。

猪娃和媳妇因雨多闲得无聊，在一场翻云覆雨的亲热下，抱在一疙瘩睡着了。猪娃梦见他和媳妇在水中干那事，兴奋得醒了，可发现他俩在黄水中搂抱着。当明白是水淹了火炕，箱柜在水中游动，猪娃才打醒一丝不挂的媳妇，没命地呼救。邻家的赵生生家也乱了套，猪圈和厕所早被水淹了，蛆蚰子爬到了锅盖案板上，不知道那是灶房，那是茅房，都是一个味——屎尿味气。半夜里的赵疙瘩到处是小孩的哭声，年轻媳妇的惊叫声，老人的咒骂声，牛狗猪鸡的叫声。惊慌可怕的情形，使人不由得联想到恐怖的场面。

当赵疙瘩的人扶老携幼地逃到高处时，老人没有了平时的庄重，因为在众目睽睽下是光身子，只有大裤头；新媳妇没了往日的讲究和羞涩，因为个个披头散发，只是用单子或衣服挡了丰盈的奶子。和生命比起来，这些有辱斯文的事是不足挂齿的。他们目睹了自家的房屋被洪水像小娃耍家家一样轻松地推倒，赵疙瘩人个个成了落汤鸡。最后羊娃对赵疙瘩的人说："都将就着在船东梢和船西梢的谁家歇着吧！"瓷窑村人都起来了，他们怕水还会涨，都一个个地干站着，连冷带吓人人发抖。猪娃两口去了棱子家。宁叶抱着孙子去了香婆家，香婆取出她的衣服给宁叶换上，又将猪娃儿子放到炕上。"今晚出了乱子，往后赵疙瘩的日子咋过呀？！"宁叶呜呜地哭。

　　暴雨没有怜悯瓷窑人，更加肆虐地抽打大地。人们眼睁睁看着八亩壕的玉米地一豁一豁、一大块一大块地被房高的洪水吞噬着。老黄、石纳哭丧着脸说："我最好的地没有了！"

　　3天后暴雨终于停了。生生回了他家，水是退了一些，但还是没过了大腿，猪娃家的土坯房塌在原地，只能看见残塌的屋顶。生生家的房西南山墙彻底坍塌，和猪娃家相挨的山墙倒了一半，房顶一边高一边低地斜着，像古时郎中歪歪戴的帽子。生生家的牛被房梁砸死了，屁股露出水面。生生抹着眼泪搬着泡水的粮食和能用的家具、被褥。大家也都帮忙将水泡的东西搬到高处。赵疙瘩的树杈上、石头上凌乱不堪地晒着各种颜色的物件。羊娃骑自行车去了乡政府。

　　香婆家的老猫在戏楼旁的碾盘上点全村猫的名字，点到猪娃家的丽丽猫时，生生家的黄猫回答："猪娃家的猫没来，昨天晚上淋雨发了高烧，在戏楼里休息呢。"老猫又说："咱的总数对不对？"大家答道："总数够，没麻达。"老猫操心的脸松泛（放松）了。它说："那愣着干啥，赶紧看戏楼里的花丽丽。"猫儿们一溜烟地奔向戏楼。

　　德德家的狗在戏楼和它家的夹巷中也整它的队伍，狗数是够的，猪娃家的黑狗在逃命时崴了一只脚，现在正龇牙咧嘴地呻吟。白娃家的板凳狗过来劝说："没事，一会让香婆给你捏咕一下，歇两天就没事了。"德德家的粗尾巴狗说："擢拨扑拉（虚张声势）啥哩！生生家的老牛让墙塌死，猪娃家的一只猪没了尸骨，崴个脚称道（虚张声势地说个不停）个没完，没丢命就是万幸了！"全村的狗也都安慰黑狗。后来大伙陪着一瘸一拐的黑狗去香婆家。

　　芬芳家的芦花鸡在它家的门前树下清点了全村的鸡名，发现少了13只，都是赵疙瘩的。它低下了戴有红冠的头，产蛋的红脸发了白，其他的鸡也低下了头。

八亩壕幸存的几棵玉米秆倾斜地站在土塄边上说："这次咱们损失惨重，上万兄弟失踪，我们要永远记住这个不幸的日子！"幸存的玉米向着河水方向鞠着躬。

5天过后，赵疙瘩的水完全退去。大家清点了一下，死了1头牛，5头猪，失踪13只鸡，漂走了8个箱子，打了9个瓮，塌了6家房，人都没事，就是多数人感冒发烧。

乡政府的张书记和翟乡长在村支书的陪同下来了瓷窑，查看灾情后，张书记站在一个碌碡上说："乡亲们，我受县委县政府的委托来咱村，目睹了大家的灾情，对大家表示慰问。同时也带来了上级的关心和温暖，一会儿把救济的东西发给大家。父老乡亲们你们受苦啦！下来请翟乡长给大家说几句。"翟乡长说了嘘寒问暖的话后，刚才和颜悦色的脸变得很严肃而且还带了手势说："看了大家的灾情我十分痛心，所以要根本解决这个问题就必须搬迁，迁到地势高的地方。大家有困难，我会请求县上给资金上的扶持。但地方问题你们村上协调处理，上报到乡上。"羊娃弓着腰笑着说："地方我们早有想法，我抓紧办，抓紧办。"大家发出一片欢送的掌声。

生生将砸死的牛往架子车上装。香婆走过来说："到集上卖呀，牛可怜地干了一辈子，又瘦又老能换几个钱？找个地方埋了吧！"生生说："要盖房，翔龙还要上学哩！"石纳也要去集上，他手里提了一只死鸡，生生一眼认出了是他家的冒冒鸡，就说："石纳你哪来的鸡，咋是我家的冒冒鸡？"石纳有些怨气说："光你家有冒冒鸡，我屋就不能养？！"香婆插话："石纳我到你家串门老没见过呀！"石纳理直气壮地说："娃他姨前天给抱来的！"说着快快地走了。宁叶也用独轮车推着一头淹死的半大猪去集上。就见老黄急忙跑过来："嫂子，猪卖给我吧！"宁叶高兴地说："行呀，省得我推到西庙去卖，你给嫂子个价。"老黄乍了一个手，宁叶说："行行行，嫂子给你推到屋里去！"老黄忙拉着说："嫂子是5块。"宁叶一下子黑了脸："你当我3岁娃，这大个猪你给5块！"老黄笑笑地说："猪是淹死的，乡上将来有补助，卖给我算是个人情，我大撒不会抚劳（管理、照顾）娃，你看4个娃瘦得一口气能吹倒，给娃补补吧！"宁叶说："少些可以，你给25块。"老黄手做了个手枪势，宁叶说："啥？8块！"气呼呼地同生生一起走了。

猪娃家淹死了两头猪，大的让他推去卖了，一头小猪先留下来，准备自家吃。可老黄来了，他在猪娃耳边蛊惑了几句，就将猪崽提走了。不到一个小时，老黄叫猪娃去他家喝酒。到老黄家后，发现石纳、羊娃、狗蛋都在。猪娃说："队长和出纳都在哩！"老黄说："好事不会少了你，咱边吃边谝！"

大撒揭开锅盖，满屋的肉香，大撒偷偷地拧了一个后腿藏在锅项里说："肉马上来，我给再撒些盐。"大撒将带肉的骨头留下，又舔了舔手说："来了来了！"一大盘颤悠悠的崽猪肉上来了，老黄嘎嘎地笑说："咥猪娃肉！"猪娃瞪了老黄一眼。老黄笑说："不是猪娃肉是猪肉。"狗蛋说："你叫个猪娃，人还不敢吃猪娃肉啦，那你屋把猪娃叫个咪么？！那要是吃狗蛋就是咥我，吃羊就是吃队长啦？！"几个人哈哈大笑。老黄又说："猪娃你的猪不白死，今儿个就是研究给咱划庄基的事，你看是不是好事？"猪娃笑了。他们五人喝着酒，划着拳，太阳回了家。

羊娃雷厉风行的作风又一次展现，村西果园的苹果树被连根刨了。猪娃开始在最东边打胡基。生生这次没有和猪娃做邻家，而是隔了两家，他也在打胡基。老黄、土头、棱子、仁贤、仁达在给生生打胡基，棱子边提锤子边喊东边的老黄："黄哥你也该要一份庄基，你的娃也眼看着大了，将来娶了媳妇，媳妇进了门，可住不开呀！"老黄正吸着纸烟，咳嗽了两声说:"要是肯定的,但这是赵疙瘩的专区呀,咱坐不成顺风船!"土头也跟着说:"我没本事,想把日子过好,但费了九牛二虎的力,日子过得还是蜘蛛罗网——到处的窟窿!四个光葫芦(男孩)一个跟一个,老大跟山也该提媒事了,也得盖房呀!"石纳也开了腔:"我扑腾扑腾地生了三个女子一个儿,盖房也是脚面上的事呀!"只有尊脉最痛苦,三个女子将来出了嫁,只有瘸子品喜一个,将来婚事成不成很难说,他有低人一等的感觉。大家看出了尊脉的不快就都不说了。这时羊娃来了,他听到了大家说话,就对尊脉说:"尊脉叔,难过啥呢,你给二女或三女随便招个人(入赘)不就行了吗?社会都到啥时候了,还是老思想,如果你同意,大家给你踏摸(留意),把门撑起!"这时老黄说:"对呀,天下招人一层子呢,没啥了不起的!"尊脉这才笑笑说:"那不也要盖房吗?"羊娃把手中的烟一扔:"叔呀,看把你可怜的,还要你盖房!招他谁,他谁掏钱,有你操的啥心?!你把庄基钱掏了就行了,先把地方占住。"

羊娃的话说得尊脉热血沸腾,他就觉得口渴,放下了胡基锤子去喝水。不光尊脉心里舒坦,其实在这里干活的人心里都舒坦。每个人心里都有了梦想,身子舒服得像是吸了大烟,人有点飘,飘得上了歪嘴崖。突然石纳"妈呀"了一声,将大家的魂从歪嘴崖上喊了回来。石纳的魂走了,所以胡基锤子砸了脚,脚立马肿得像蒸馍。仁贤问羊娃:"队长,赵疙瘩把庄基占完了,我们船东梢想盖咋弄?"羊娃扑哧笑了:"仁贤叔,你只想盖与不盖,想通想好了给我说一声,不过把钱准备好!"仁贤问多少钱,羊娃拉长了脸说:"上次开会你不在,还是没听清?540块!"说完后,羊娃拿了一支宝城烟摇摇晃晃地走了。

人有高级思维和情感,人更爱美,美就要装饰。在公王猿人出土的地方,就发现了一些类似装饰品的石块和骨头。当然现在的赵疙瘩人,再不愿盖他先人盖的土坯房，他们想将山墙墩子和门用砖装饰，一是比土坯结实美观，二是显得比先人能行。

一场轰轰烈烈的制砖造瓦运动开始了。先是赵疙瘩人在龙口嘴下取土，将这叫斑斑土或观音土的红土用架子车运到戏楼前的大场上，后来一些准备盖房的人也加入到挖土大军之中。这样一来，取土场面就蔚为壮观。两人一辆架子车，一人一辆独轮车，装的装，驾辕的驾辕，掀的掀，推的推，摩肩接踵，酷似搬家的蚂蚁群。瓷窑人有句俗话，"人怕做活，活怕人做。"不到一天大场上生出了一座小土山，大家将土山盘开，又成群结队地从九富泉担来水，浇到土里。一部分人又到灞河里弄来细砂，撒稻种般地撒在土堆上。

第二天瓷窑村的六头牛进了泥池踏泥，猪娃与赵疙瘩的人就光脚也来踏，猪娃高兴地说："这就像原先生产队时的耙稻地。"棱子笑说："稻地的泥哪有这泥踹着暂劲（称心如意、有心劲）！"太阳落山时，踏好的泥巴被堆起了泥墙。村里做瓦坯的老把式仁庆爸已故亡，只剩下德德爸抢脱卯，羊娃爸三刨平宋细发和编笼圣手善才了。三人虽然上了年岁，但干起这泥活来却如鱼得水般轻巧。

碌碡上放个磨扇，在磨眼上楔了楔做轴，放上了转盘和瓦扎模，德德爸熟练地用铁丝弓在泥墙上刮下泥片，然后将泥片裹在瓦扎上，手一推转盘，啪——啪——啪，用双手里的木板拍起来，一会儿光溜溜的泥瓦坯就成型了。只见德德爸抢脱卯用七寸长的"T"字形铁棍的上沿切瓦扎上口泥圈的毛边，这样就定出了瓦的高，他轻轻地一推转盘，泥坯上沿的毛边泥离开了。编笼圣手善才敏捷地提起泥条，头也不回地一扔，泥条准确无误地落在泥墙上，他右手提起做好瓦坯的瓦扎模。三刨平宋细发左手提了空瓦扎模已在碌碡前等着了。就这样抢脱卯、三刨平、善才来回倒班。拆瓦扎模也是技术活，三刨平拿一个铁钉，在圆坯内壁四等分自上而下划了 4 个钉，划的深浅是功夫，这关系到坯干后将圆坯磕成四片瓦的成败。3 个人配合得悠然自得，不时地吼段乱弹（秦腔），那种默契和自然让围观者赞叹不已。

石纳看抡脱卯做得轻松自在就说："卯叔，让我试一下。"抡脱卯说："行么，来来来！"石纳是晕头转向地败了下来。老黄嘎嘎地笑着骂了一句，抡脱卯骂了老黄一句："你货嘴里啥时有过象况（规矩，分寸），甭耍嘴皮咧，到那头摔砖去！"

摔砖相对来说简单些，在木制的砖模盒里撒匀草木灰，向模盒里摔泥，用木棍沿模口将泥刮平即好，然后模口向地面扣，弹出砖坯就行了。生生的全身都是泥点子，有点好笑。仁贤说："你看都成泥人了！"生生笑着说："我的鸡卡衫成了花大泥了。"大家一同相视而笑。这时德德家鸡和芬芳家的鸡上了刚做好的砖坯，急得毛丽赶紧喊："喔日——喔日——！"鸡走了。老黄取笑着，又恼又气的毛丽挖了一把泥砸向老黄，老黄并不闪，泥沾在老黄的额颅。鸡是走了，但爪印深深地留了下来。德德家的鸡对芬芳家的葫芦鸡说："他们做砖盖房，砖坯上有人的手印，也应有咱鸡的足迹！"说完后，大公鸡甩了一下头。

半个多月来天出奇地好，砖瓦土坯都干了。大家将土坯向一块垒，这时猪娃说："这做瓦摔砖又累又麻烦，累赘得很！到冬天里用麦秸烧窑，一窑货装 3 天烧 7 天，晾四五天，掏 3 天，瞀乱得很呀！"羊娃硬气地说："这场窑活是瓷窑历史上最后一回，我打算明年就在西凤翅和龙口嘴下建个大砖瓦厂，用机械做，用煤烧，再也不出这牛马力气！"

赵疙瘩人谋算着进秦岭砍漆树和葫芦松、白皮松。白皮松是上好的椽。猪娃就和赵疙瘩的七八个小伙磨好斧头弯镰，趁着月光进了秦岭。后半夜个个满载而归，都是 4 根一捆的漆木椽或白皮松椽。猪娃是想将小腿粗的漆树锯成 2 尺的节儿，让三刨平给他揭栈板，以备开春盖房用。

开始他们一天刚晚上去砍，后来胆大了白天也去，不到半月，各家 3 间大房的椽都够了，并且漆木栈板也绰绰有余。

瓷窑人常说"蔫工出细活"，可三刨平细发却不蔫，他的木匠活漂亮而结实。他做家具合板缝从不单眼望线，只是推三刨子，看都不看地合了缝，结果是严丝合缝，所以人送外号"三刨平"。三刨平揭栈板当然是闭着眼干的，他和围观的大人和小娃不停地要笑，可手里的活一点也没耽搁。黑黄的漆树汁染的三刨平手乌黑。这时香婆走过来说："你们站在漆木旁寻着中漆毒哩！"大人们立马走开了，只有几个小顽皮不相信。最张狂的是老黄的儿子宋惠军。他说："木匠爷我不怕漆！"三刨平笑笑说："军娃子，你怂真的不怕，那爷给你脸上抹些。"惠军努嘴说："脸上抹算个啥，要抹抹在肚子上！"说着撩起了脏烂的棉衣，露出了白白的肚皮。三刨平笑说："啥瓜结啥蛋，品种没变，这碎怂和老黄一个式子（样子）！"说着顺手在惠军的下身弹了一下。"都走都走！"三刨平哄走一窝小家伙。第二天，瓷窑有几个人中了漆毒，其中就有羊娃。羊娃是个瘦高个儿，可一出漆好看多了，人显得富态，嘴肿得能挂住油壶，眼睛红肿胀得像青蛙眼。再一个是惠军，他的小阴茎肿得像鸡蛋。

漆毒在瓷窑村蔓延，人人谈漆色变。石纳也肿了起来，但他一见谁就抱住谁，用他的肿脸在人家脸上蹭，吓得人们见了他就像见了瘟神，只有老黄不怕。他和石纳抱在一起蹭，像是两口子亲嘴，老黄始终没有中漆毒。最后还是香婆给大家出了治漆毒的法子。香婆说："治漆毒，就要吃螃蟹和韭菜。"这样一来，中漆毒和没中漆毒的人都去灞河逮螃蟹，螃蟹在八九月最多，现在到了十一月，螃蟹不好逮，但大家还是挖地三尺地寻，河边的石头都被翻了个肚朝天。最后，大家终于逮到了螃蟹。一段时间瓷窑村闻不到白皮松的清香，取而代之的是炒螃蟹的鲜香。几家菜地里细细的韭菜也被人劂净了。大家就进秦岭寻野韭菜，漆毒再没蔓延，它收敛了。

瓷窑人有句骂人的话——"南山猴，一个挼球都挼球。"进秦岭捋松木橡不再是瓷窑人的专利，玉山湾、桐花湾、灞河张、姚家河、石头湾、天晨村的人都钻进了秦岭。有的妇女拧着屁股晃着奶子也进山捋了橡。

在 1985 年冬季的第一场雪来临之前，站在灞河岸向南看，近山已不见了葫芦松、白皮松，只能看见白花花的树桩和砍树飞满的白斧花。德德在家里骂："人都成了贼了么，光天化日砍国有林。一个个还笑呵呵的，真是把脸当了沟子（屁股）！"香婆也在嘟囔："把树砍了，人倒是舒心了，可山疼树疼呀！"

德德黑着了脸去了乡政府，他要告诉政府有人明目张胆砍伐国有林。到了乡政府，张书记和翟乡长不在，办公室的人说："书记到南方学习改革开放的先进经验去了。"德德问："啥时能回来？"工作人员说："说不来，是县上组织全县的党政一把手到南方取经，可能要过一段时间。"德德说："再过一段时间秦岭山里树都砍完了！"工作人员笑说："老队长有公心，更会说笑，秦岭里树多得数不清，咋可能一月半月就砍完，还是回去等等吧！"德德大声说："那我就到县上告去！"工作人员忙说："老队长，你给我们说，不对口，你最好去林站，那是现管。"德德背着手去了林站。

第三天，林站的人开宣传车来了，车上贴了"爱护森林，人人有责，国有林木，砍者重罚"的标语，并叫来了支书和村主任，当然还有羊娃。林站的木主任问："你们村的小伙子是不是进山砍树去了？把你们的会计、出纳也叫来，我们了解一下。"羊娃忙说："我队的会计身体不好，去了医院；出纳他小姨子结婚，一家出门去了。"木主任说："把情况给你传达一下，严禁砍树，抓住了罚款和拘留！"后来木主任让村干部和工作人员将"国有林木，砍者重罚"的黄红标语贴在显眼的墙上、树上，就开着车走了。

瓷窑村人和周边的人找到了一个来钱的门路，他们不仅仅是为盖房而进山砍树，他们不约而同地发现，砍树做椽换来的钱，比养猪、种麦、种苞谷来得轻松和迅速。将椽运到北岭以下的渭城和西边的省城，换钱容易得像喝甜酒！村头贴的几张红黄标语和实实在在的人民币相比，那标语字显得是那样的可笑和微不足道。标语的震慑作用不到一天就荡然无存。

猪娃一边撕墙上、树上的标语，一边说："我屋正好没有擦沟子纸了。"老黄笑说："你不怕把你和媳妇的沟子染花了？"狗蛋笑说："染了怕啥，只要有钱，买了香皂往白里洗么！"猪娃把一张标语攥成一疙瘩砸向狗蛋说："就是要买香皂，还要玫瑰香味的。"大家知道是德德告的状，所以就更逊（讨厌）他了。

进山砍树的行动没有停下来，反而变本加厉。在大家心中有一句话："把德德这个老家伙肠子气青，气成节节子！"他们深知用一捆捆白灵灵的椽来对付德德，要比用千方百计来回应德德有力和解气得多。德德一看见成群结队地掮椽人就来气，特别是他们肩上剥的白花花的白皮松。此时德德就觉得自己是一条蛇，人们肩上的椽就是打蛇的棍，而棍棍都打在蛇的七寸上。

德德又去了林站，林站这次动用了持枪的林警。林警进了林子，向空中放了一梭子弹，哒哒哒的枪声吓得人四处逃窜，大多数人扔了椽和刀斧。老黄和猪娃一前一后掮着椽跑，秦岭山中，峰高路陡，树木众多，到了一个急拐弯的路口。后面的猪娃脚下一滑，人向前一扑，他掮的椽关正顶在老黄的腰眼上，只听老黄"唉哟"一声扔了肩头的椽，可面前是万丈深渊呀，老黄本能地抱住了一棵小松树，冲劲使老黄绕着树转了两圈才停下来，但人却系在悬崖口。吓得猪娃呆若木鸡。只听老黄骂道：

"你狗日的还不过来拉我，真的想害我！"猪娃这才如梦方醒，扑过去拉住老黄的手，老黄终于被救了上来，但两人瘫软在地，像两摊稀屎。

林站的人最后用卡车拉走了人们扔下的椽，足足拉了两大卡车。秦岭安静下来了。瓷窑人将偷砍来的檩椽埋在土里，以防林站的检查，埋毕木头，大雪落了下来。

1985年冬天的这场一尺厚的雪，注定要让瓷窑人刻骨铭心、至死不忘。公路方向跑来了国建、香女、革新、爱塬等几个在镇初中上学的娃，他们踏着没膝的积雪连爬带滚地扑向村子。谝闲传的人们有些纳闷："今天不是礼拜呀，咋着急忙慌地回来了！该不是学校又要建校费？那要钱又不是要命，至于跑得这么凶？！"棱子起身迎上去说："你几个咋啦，出了啥事，急得火烧眉毛？"几个娃口中不断地吐出白气，只见革新胸脯一低一高地说："我……我……我要寻黄、黄叔和石纳叔！"棱子说："甭着急，缓口气再说。"爱塬接着说："惠军和冬旺出事咧！"这时香女的舌头发了直说："夜黑（昨晚）下大雪，雪压塌了房顶，把睡在教室的惠军和冬旺压了！"棱子立马像被使了定身术，直戳戳地发瓷。仁贤追问："那情况咋样？"国建说："从砖头瓦块刨出来时鼻子、口都是血，正在镇医院抢救呢！"当老黄和石纳得知后，发疯般地扑去镇上。

镇医院抢救的主治大夫出了抢救室，满脸的惋惜和无奈。他告诉早在门外焦急等待的家长说："可惜了，给娃料理后事吧！"老黄失去了理智，咆哮着冲入抢救室，抱着满头是伤的儿子喊："老四呀你醒醒……爸抱我娃回！！"喊着，喊着，老黄夫妇昏死过去。石纳夫妇得知冬旺亡故后，原地溜下去，也不省人事。

老黄和石纳的儿子尸体在香婆、德德等乡亲的帮忙下，用架子车往回拉。两个架子车上都绑了缚腿的公鸡。架子车轧在雪地里，咯吱咯吱地响。大家分了四组人扶着老黄两口和石纳夫妇，他们一个个昏昏沉沉，双腿几乎是被拖着拉的。大雪洁白得如老天的泪，上苍在哭送这两个逝去的小生命。雪地留下了两组车印和数不清的脚窝。

瓷窑村一下静得怕人，连往日里的鸡、狗、猫、鸟也一声不吭。老黄家的狗在流泪，石纳家的鸡在哭，瓷窑村所有的动物都在安慰劝说老黄家的狗和石纳家的鸡。

第二天，老黄和石纳红着眼睛去了镇上初中，他们要质问初中的校长，因为他们的心里憋屈得像是吃了水银。进了校长办公室，校长慌忙起来倒水。老黄说："不必倒了，倒了也喝不下！"校长惭愧地说："两位家长坐！"石纳说："坐着没有立着气顺！"校长说："本来学校想早点去看望一下你们，可又怕去了让你们更伤心，正打算明天去，没想到两位今天来了！"老黄大声地说："没想到啥！没想到我娃会死！我说你们是咋回事，年年要建校费，季季要苞谷麦，可学校的危房咋不建？男娃没有宿舍，睡在教室里也行呀，可瞎好也把教室修好呀？你们把钱弄了啥，你现在赔我娃的命！"老黄激动地拍桌子。平日里为人师表的校长，这时吓得像过街的老鼠，蹲在墙角任由老黄和石纳唠叨，甚至是不堪入耳的辱骂，校长心里边如刀子在剜。最后校长拿出了2000元人民币分别给老黄和石纳，老黄和石纳不约而同地将钱打散一地，说了声："钱能换回我娃的命？！"拧身出了房门。

埋葬老黄和石纳儿子的葬礼是瓷窑最悲痛的一回。太阳躲在云后，天色又黑又低，因是白发人送黑发人，可以说是送乳臭未干的碎娃娃，没有搭棚请乐班，也没设席待客。在送葬的队伍中多了县教育局的领导和镇上初中的师生。村里的鸡、狗都低着头，大人们将两个小娃葬好就回家了，只有国建、品农、香女、臭娃、革新、爱塬等一伙他们生前的小伙伴，在两个坟头前久久不愿离去。

县教育局的文局长将2000元的安葬费和6000元的补偿款递到了老

黄手里说："我对不起你家，更对不起走了的两个娃。我今天当着大家的面保证，不会让这戳心窝子的悲剧再发生。雪一化，就开始全县范围内的初中危房改造！"老黄和石纳一个多月都没出家门。

雪化去一半的时候，从公路上又走来一个西装革履的青年，他戴着蛤蟆式黑色太阳镜，镜上的商标还十分显眼，头发向后梳得背光，雪白的衬衣领下打了鲜红的领带。一身崩直的黑色西装在白雪下十分炸眼。脚下的黑皮鞋铮明瓦亮。他左手提了个大提包，右手拎了不少吃货。

麦芽正在路口挖雪地里的蒜苗，她准备给尊脉擀面，见到这样打扮的人，心生好奇就跑到前面凑着看。年轻人摘了眼镜说："姊呀你看啥呢，我成了大熊猫？！"麦芽静静神，一脸的狐疑："谁家的小伙子？我瓷窑没这排场（英俊、漂亮）的娃。你是走亲戚还是寻朋友？"只听年轻人哈哈大笑："姊呀，你真认不得我了？我是德德家的老大——公蛋么！"麦芽"妈呀"一声说："哟——是公蛋，我娃当官挣钱了，看你这身行头（衣着）瓷窑八辈子没么，看我娃的头梳得光的，真真是栽倒蝇子滑倒虱。吮——我娃的衣服硬峥（有棱有角）的，皮鞋亮得能照住姊的影子了！"公蛋不自在地笑着，从左手的袋子里拿出一块点心给麦芽，麦芽高兴地跑着喊："会会、会会，公蛋回来了！"会会出了门也先是一愣，又扑上来笑着在公蛋背光的头上扇了一下，说："你个海兽（不听话、不干正经事的人），能把一家人心操烂，快进屋坐火炕！"婆爷见大孙子回来了，高兴地脸开了花。公蛋脱鞋扶着柱子上了炕，他看着坐在炕里头的靠墙的德德说："爸，其实我很想咱屋人的！"德德一脸平静地说："我还以为把你货死到外头哩。"在锅头上忙活的会会说："你嘴上咋不出个疮，胡呔（胡说、乱讲）啥呢！"公蛋龇牙咧嘴地笑着说："让我爸骂，谁叫我是他儿呢。这是我屋，我咋不回来？我回来还要过年呢。"德德说："听你这话过了年还走！"公蛋笑说："不走，不走。"德德这才高兴地吩咐会会说："今个燀煎饼子，咱咥黄狗拉裢子！"

公蛋给香婆买了灞川县的水晶饼，给爷买了收音机，给妈买了红花的上衣。会会说："你给妈买又花又红的衣服，妈咋穿得出门？！"公蛋说："咋穿不到身上？城里比你大的人都穿呢！"会会穿了红花衣服在镜前一照说："不行不行！花得穿不出，让妈脱了！"这时香女说："妈穿着好看，年轻了十多岁！"公蛋也给他爸买了一条黑绒外裤，还给弟妹们也都买了鞋袜和军用书包。

公蛋的回村，打破了瓷窑那悲伤的气氛，也热火了大家冰冷的心。公蛋吃了饭就去了两个小伙伴的坟前，在坟前沉默了许久。

香婆治好了公蛋疝气。小时候香婆常给他吃好的，年年给他绑花花绳，虽然不是亲婆亲孙，但公蛋从心里爱这个爱笑的婆婆。公蛋给香婆拿了水晶饼。香婆抚着公蛋的头说："我娃在县上干啥？半年不见洋火（排场，气派）得很么！"公蛋说："我刚到县上，在铸造厂当电焊学徒，厂里说我灵醒，学得出色，就让我焊重要的东西。后来省城一个科研所的人到厂里来订货，发现我手艺高，就将我挖到他们研究所里。进了他们单位，我才知道那是一个造军工航天的大厂子，他们厂工人一万多人哩。在那里我电焊手艺高，所以工资也高。"香婆又露出牙笑了。

德德爸抢脱卯有了收音机，那可是瓷窑的大新闻，所以他到哪儿，人群就会跟到哪儿。收音机里面传出瓷窑人听不太懂的普通话。只听老饲养员呆印说："换台，换台！"抢脱卯高兴地调到了秦腔台，只听戏匣子里唱："……当年考文会，包拯应试中高魁，披红插花游宫内。"就见善才和三刨平木匠眯了眼，摇着头，晃着腿说："嘹扎咧、谄火（很好）！"

跟山妈楼花和生平妈线兰走了过来说："卯叔，大孙子给你买了个戏匣子，品麻（傲气）、邹干（精神饱满）得很，见人眼窝眯上，人得（气派）很么！"抢脱卯赶紧赔笑说："炸你叔的洋炮（取笑），我几个老家伙正听乱弹（秦腔）《铡美案》哩。"善才说："唱得好，但比起三刨平的

《铡美案》可差得远！"呆印老汉也说："对，细细品味确实赶不上三刨平的。"

说起瓷窑村的秦腔戏，过去是大有名气的。元君庙对面的戏楼也曾经八面威风过，精致的猫头瓦也曾见过省城名角的身影，雕梁画栋的椽柱也听过国家级伴奏团的二胡唢呐，就连墙缝里的老鼠也能吱吱哼几句，戏楼屋顶雕刻精美的砖雕也曾见过人山人海的戏迷。可今天戏楼上的所有物件都丧气地垂下了头。

楼花和线兰接着说："叔呀，我俩是抱壮腿（拉关系）来了！"抢脱卯笑说："我又不是干部，哪来的壮腿？"两个妇女笑说："你回去给你公蛋说，再去省城把跟山、生平厮跟上，你看得行？"抢脱卯咯咯笑说："跟山、生平和公蛋是精沟子耍大（从小玩着长大）的，关系铁得很，还用我老汉多嘴。你叫生平、跟山端直寻公蛋，何苦绕这么大的弯子。"楼花和线兰高兴地说："有你老叔这句话我俩就放心了。"俩人边拧身边说："公蛋运气咋恁好，让他爸一脚踢到金窑里了！"

大雪后的几天，雪化得只剩下斑斑点点，赵疙瘩的几家人筹备烧窑。瓷窑村的砖瓦窑在公路边，也就是元君庙后的北边。那是一个直径3米、深4米的深坑，就像一个大水瓮，它的四壁被草泥抹得溜光。在朝元君庙方向有一个一人高的洞，洞与窑底相通，那是烧柴禾的窑口。

猪娃和媳妇想烧头窑货，所以天刚明就去了瓦窑。天冷得人往一疙瘩缩，两口缩头缩脑站在窑口望下看，心里都犯了嘀咕，心想："窑底有啥？打扫得干干净净，今儿个咋有一堆苞谷秆？"猪娃说："谁瞎得朝窑里撂苞谷秆，又要让人打折（清理）！"猪娃媳妇高兴地说："那怪好咧，给咱烧窑送柴火呢！"猪娃通过洞口进了瓦窑，当他拿开苞谷秆时吓得"妈呀"一声坐在地上，猪娃媳妇也吓得惊呼起来，她边往村里跑边喊"……快来人呀！瓦窑里死人了！"猪娃媳妇的叫喊引来了全村的人。窑里苞谷秆盖着一个二十一二岁的小伙子，喉咙被割断，身上有多处刀伤。

所有人判定这是一起凶杀案。德德问："羊娃呢，快报案！"三刨平说："羊娃不在屋，他去渭城买四轮车都第三天了！"德德跑去镇上报了案。

公安人员来了，问猪娃情况并作了笔录，照了许多照片后，就将尸体运走了。后来得知那男青年是镇信用社的营业员，刚来镇上上班不到半年，就被抢信用社的歹徒杀了。

瓷窑村又一次陷入死亡的恐惧和悲哀的气氛中。烧窑的心热劲凉了下来。村子又一回窒息起来。

这事发生后的第六天中午，羊娃开着四轮拖拉机，出现在公路与入村路的岔口上。拖拉机的拖箱里放了一个大纸箱，上面印着大大的字"黄河牌电视"。嘟嘟的拖拉机声打破了村庄的寂静。一帮小娃跟着四轮车跑，羊娃高声喊："从今往后咱们可以看电视了，也能知道外面的大世面！"四轮车和电视机是瓷窑人的奢侈品。仁达问："给你家买的电视？"羊娃说："电视是给队上买的，让大家有个文化生活；四轮车是给我个人买的，谁家盖房拉个石头、沙子就方便多了。"

德德嘟囔："人怂（张狂，嚣张）哩，还不是拿瓷窑村的钱耍人（摆阔）！"公蛋说："爸呀，你管人家哩，咋老是和羊娃不卯（不和）？"德德生气地说："就是像你们这样的人太多，才让人家用咱的拳头戳咱的眼！"公蛋不高兴地出了门，去了羊娃家。到了羊娃家，狗蛋、猪娃、黑蛋、玉花、向水、宋灶这帮人都在。狗蛋说："羊娃哥，把集体的电视放到哪儿，放到库房？"羊娃说："放到库房等贼偷哩！"狗蛋疑惑地问："那到底放到哪儿？"羊娃说："远在天边，近在眼前。"狗蛋惊讶地说："放你屋！"羊娃问："不可以？"狗蛋说："那哥你就不怕人咬舌根子？"羊娃哈哈地笑："有啥嚼舌头的，我这是为群众服务。"猪娃说："肯定有人说你把队上的电视放到你屋，拿集体的钱给你置办家当。"羊娃有点生气说："有啥怕的，当队长不喝两桶恶水（洗锅洗碗后的脏水）还能行？两点子唾沫星子就吓住了，那球都干不成。况且电费还要我认哩！"

电视最终放在羊娃家的大柜盖上。当天下午，村里的人挤在羊娃家看电视，人们对这个方疙瘩产生了浓厚的兴趣。瓷窑人第一次看到了电视剧和广告，也第一次看到女人原来可以穿成那样，男人的头发原来可以梳成公蛋的那个样子。第二天全村的碎娃都记住了一段好笑的洗衣机广告"秀兰……给你把洗衣机买回来了咧。啥牌的？双鸥牌的。你可把我解放咧。那当然么！"这段广告不仅让碎娃高兴，更让瓷窑村的年轻媳妇们想入非非，她们内心都想当广告里的"秀兰"。

宁叶、白梅、楼花，还有香婆在一起说家长里短。白梅对香婆说："婆呀，咱村今年是咋了？一个瞎事一个好事地出。先是砍树挣了钱，后来林站撺人收椽，这是一瞎一好；再是学校房塌，死了娃，但不久公蛋回来了，人家娃出息得很，这是瓷窑'文化大革命'后的骄傲，这又是一好一瞎；再下来是瓦窑里死了人，这是瞎事，可羊娃又给咱买了电视机，这又是一个好事。真不知道还要出啥瞎瞎事！"香婆严肃地说："事不过三，过了三就不好了。"宁叶神秘地问："婆呀，你能掐会算，给咱掐算掐算，看是哪里走了绞（出了差错），最好给咱村拾掇（修理，治理）一下！"香婆平静地说："走的是明绞，还用掐算吗？"楼花瞪大了眼问："啥明绞？"香婆说："咱瓷窑有一个顺口溜'瓷窑村，两头翘，元君庙是帆，赵疙瘩是杆'。现在赵疙瘩这个撑船的槁没有了，那还能好吗？"在场的人个个瞠目结舌。宁叶又问："婆呀，那咋捻弄（修理）禳治（有神秘色彩的修理）呢？"香婆说："没办法。主要是人心变了，变得没个深浅。"大家又是一头雾水，一脸茫然。

瓷窑村的几窑砖瓦烧毕，1986年的春节就到了，村子的气氛才缓了过来，又回到了一往鸡毛蒜皮、油盐酱醋、喜怒哀乐并存的平凡日子。生活本来就是起起伏伏、磕磕绊绊、悲喜交加的。

金　篇

　　1986年的大年三十，鞭炮声更是超过了1985年，瓷窑村最大的变化是有了收音机、电视机和四轮车，再就是堆在戏楼头的红砖和青瓦。新年的春联是非贴不可的。今年绿纸春联多了老黄和石纳二家，从而变成了三家。仁庆爸没过三周年，所以还是绿纸春联。再要说变化的话那就是过年的吃食和穿衣。过年不再是过去的一棵大白菜一把蒜苗，而是多了猪肉、豆腐、粉条、鸡蛋、莲菜等；穿衣不再是"新三年旧三年，缝缝补补又三年"的老样，变化最大的是孩子们。1976年出生的这帮小家伙，脱去了洗得发白、肘弯打了补丁、袖口起毛的叽卡上衣，换上了蓝色的新条绒外套，那土布烂裤早被摞到一边，穿上了黑色的条绒筒裤。脚上平时漏脚指头的窟窿布鞋不见了，而变成了千层底的白边棉窝窝。脸没有像前些年那样皱得像榆树皮，而是抹上了玫瑰味的雪花膏。头上没戴他爸黑脏的火车头帽子，而是戴上了崭新的人造皮棉帽或解放军帽。

　　大年初三的早上，瓷窑村的小娃在大场上玩耍，有的打尜，有的跑马铃（民间游戏），有的滚铁环，有的斗鸡，有的玩媳妇跳井和丢方（民间游戏），有的在玩弹球和打面包（纸折的方片）。国建、臭娃、革新、爱塬等领着1976年这帮碎娃娃在打尜。只见国建用二尺长的尜板在地上画了一个圆圈，他们将这圈叫"城"，然后将人分成两组，以手心手背的形式开了局。头局是臭娃组先打，就见臭娃将三寸长两头圆的夯放在"城"内，用木板击打夯头，夯弹起来，紧接着臭娃又猛抽弹在空中的夯，只听啪的一声夯飞向西去，在三丈远落了地。大家高兴地鼓掌："打得好！"下来该臭娃组的国强打"二板"夯，国强人小技术差，他有点紧张，他害怕"棒死夯"，"棒死夯"就是没将夯打起。国强组的喊："拾起来望空里撂，打吊板！""吊板"是打夯中的规矩，可以在"一板"之后用，国强没有打住"吊板"夯"吊死了"，气得国强扔了夯板。国建组的"敌人"高兴地喊："臭把头，吊死咧！"臭娃对向水说："甭恼火，上，打三板！"向水打成功了"吊板"，夯在一丈远的地方落地；小波打了四板；宋灶打了五板；夯出了大场，到了村中的巷道。这时围观的人多了起来，男女老少都给小家伙加油助阵。该国建用夯"攻城"了。"攻城"就是将对方组打出的夯扔回"城"内，成功了"守城者"就是投降，失败了就要受到胜方"吼毛"的惩罚。国建组的"攻城"是艰难的，因为在攻的过程中对方可以逮夯，逮夯可以用手、帽子、衣服、筛子、笼和圃篮，逮住了就可以往远处扔。第一局国建组败下阵了，接受了国强组"吼毛"的惩罚。"吼毛"就是学着鸽子叫，并将夯顶在头顶或者夹在大腿间放到"城"里，胜方人还要在输方的身后边戏弄对方——"接鸽粪"。

　　元君庙的门口，女孩在"跑马铃"。品农、玉花、白妞等就在其中。"跑马铃"是两组相同人数的人手拉手，保持距离，相对而站。就听品农组的女孩手拉紧后喊："蜘蛛绳，跑马铃，马铃开，要哪外？"就听品农喊："我要对面的白妞赶过来！"话声刚落，白妞就冲了过去，她小人，没有能冲开品农和玉花的手，所以将自己"输"给了品农组。品农组又喊了一遍："我要对方的香女赶过来！"声落后，香女冲向了白妞和玉花的拉手处，白妞和玉花的手被轻而易举地冲开了，白妞又被"救"了回去。这时正打陀螺的母蛋喊："哎，哎，品霞的女婿来了，耍新女婿要糖走！"哗——一大群小孩奔向了尊脉家。母蛋跑得快，但摔了一跤，头上的帽子滚了，但他拾起帽子土也不拍地跟了上去。德德家的粗尾狗紧随其后。

去年品霞和桐花湾的桐争辉订了婚，品霞的妗子、姑、姨也都去了男方家看了屋见了娃，挺满意。按照瓷窑的风俗，大年初三，结婚和未结婚的女婿都要到丈人家拜年。品霞女婿桐争辉正端着老碗咥丈母娘麦芽擀的长细面。这帮碎娃冲进了门，桐争辉拧身端碗想从后门跑，可后门早有了守军，只见公蛋和社安一个箭步窜上去，一人一条胳膊地摁住了他说："老实交代，叫个啥。"周围的小兵小将齐口喊："说，快说，叫个啥！"品霞女婿红着脸说："桐——争——辉。""啥？这个名字，一疙瘩铜少一豁子，还是个灰灰子！"社安笑说。大家哄堂大笑，这时品霞和麦芽给大家拿来了水果糖和瓜子。玉花喊："不吃不吃，今儿个要吃新女婿买的。"大家又一哄子喊："对，要吃新女婿买的。"麦芽笑着说："社安、革新、玉花你姊妹仨甭张狂，你生平哥今儿个在人家灞河张也正挨拳头哩。"社安说："婶呀，甭转移视线，我生平哥在灞河张挨打，和你女婿现在掏钱买糖是两码事。"公蛋问桐争辉："我姊擀得长面香不香？"桐争辉笑着说："当然香，香得很！"麦芽哈哈地笑。公蛋接着说："我看调和不美气，来给争辉哥调些辣子盐。"不知哪个碎人（小孩）应了一句《三滴血》里的戏词："老爷，早准备好咧！"说时迟那时快，大瓷勺辣子盐进了争辉的面碗。公蛋一边笑一边帮争辉搅。"来！来来，兄弟给我哥调馅搅匀！"人群中又有人喊："公蛋哥你看还要醋不？我看麦芽婶案下有一桶子柿子醋呢！"公蛋回答："不急，不急！到咱哥吃第二碗时再上不迟。"说着公蛋就将红辣辣的面条往争辉嘴里喂，争辉一下子呛得咳嗽不停，辣得可劲吐舌头。社安耍笑说："都看，吐舌头像个啥？"大家齐喊："像个狗，哪儿的狗？""桐花湾的狗！"桐争辉知道今天大家图个高兴，更知道不顺从的严重后果，他说："我投降，我买糖。"公蛋问："掏多钱？"争辉答："3块。""才给3块，都不够正月十五放'天灯'（孔明灯）的买纸钱，脱衣裳，抹鞋！"公蛋一声令下，桐争辉的新网球鞋和灰色的中山装被脱了下来，大家一溜烟地跑了，社安临走时说："拿10块钱来赎！"争辉笑着光脚上了炕。

不一会尊脉找到了"娃王"公蛋说："这是新女婿的喜糖钱10块。"公蛋说："新女婿咋不来？"尊脉笑说："你把新女婿的鞋都抹咧，咋来嘛？！"社安笑哈哈地说："叔你是心疼女婿哩！"尊脉幸福地拿了衣服、鞋回去了。公蛋用耍品霞女婿要来的钱买了大白纸和糖，糖分给村里人。到了仁庆家门口，公蛋给芬芳一把耍女婿的喜糖。芬芳说："婶急等吃你的喜糖哩！"公蛋咯咯笑。

初三的下午，公蛋、生平、跟山等就领着全村的小娃开始了"天灯"的制作。"天灯"是孔明灯，相传是三国时期诸葛亮在打仗时发明的，它利用了热气上升的原理，但瓷窑人不叫它孔明灯，因它能升上天，就直截了当地称其为"天灯"。公蛋吩咐黑蛋、向水、国强等小娃说："到学校院子折个长竹竿来。"小家伙们屁颠屁颠地去了元君庙，竹子长在西廊房的南墙边，可现在放了寒假，前殿的大门紧锁着。但庙房年久失修，围墙也塌了豁子，小家伙就翻了进去。他们都已升到了小学三年级。东廊房就是他们的教室。房屋时间久远，所以里面加不少顶柱，就像少林寺里的"梅花桩"。他们蒙着眼睛都能知道哪儿是哪儿，并轻车熟路地从教师灶房里拿了斧头砍下竹子，又身轻如燕地翻出墙，快步如飞地到了公蛋他们面前。公蛋夸他们说："红萝卜调辣子——吃出看不出，几个碎豆的身手蚕火呢！"生平将竹竿破成四条，用其中的一条围成直径一米的竹圈，再用十字交叉的细铁丝拉紧后拴在竹圈边上，这样就形成了一个像蜘蛛网的圈儿，天灯圈就这样做好了。大家又把纸糊成与竹圈直径相等的纸筒，又将纸筒的一头糊严，只不过封严的一头呈尖形，就像炮弹的尖头，这样天灯在升空时空气的阻力就小。然后再将纸筒开边的一头糊在带有丝网的天灯圈上。天灯就糊好了。

再下来就是做天灯的"捻子"。就听公蛋说："大家拾柴火焰高，都回家拿些漆蜡来。"公蛋的话就像皇上的圣旨，大家都积极地拿来了。母蛋从家里拿来了大铁勺，公蛋将蜡放到铁勺里，架在火上一边化蜡一边吩咐，把剩下的纸折成二指宽一拃长的纸条。小家伙们又是踊跃了一番。公蛋将折好的纸条放入溶化的漆蜡中渗透后说："大功告成，准备拿出吃奶的劲撺天灯！"大家一片欢呼和雀跃。

天麻查黑，公蛋把糊好的天灯拿到大场上，准备放飞。他对母蛋说："去，到麦秸集扯一把麦秸，把天灯烘一下。"烘干天灯，公蛋将渗好的蜡纸条往天灯圈中间的网子上架。他架的纸捻子就像怒放的黄菊花，把捻子固定好后，公蛋点燃了那激动人心的天灯捻。一盏橙色的天灯冉冉升起，它带飞了瓷窑所有小娃那一颗颗浪漫的心，更照亮全村所有大人的心！一群天真可爱的孩子开始追撺渐飞渐高的天灯，也在追赶着他们的梦！

很快到了正月十五元宵节。晚上公蛋给坟头送了灯回来对德德说："爸，我要回西城厂子。"德德一下来了气说："你不是说，不走了吗？"公蛋说："待在瓷窑咋办呀，你也不看社会都成了啥了？还是老思想。"德德说："老思想咋咧，考不上学就好好种地，往城里胡跑啥哩？！"公蛋说："你爱种地就让我也种地，这是强制吗？"德德骂："谁强制，农民就本本分分种地。你要清白，你的根在瓷窑而不是西城！"公蛋说："我就是要走，不仅走，还要再领上两个，生平和跟山他妈都和我说好咧。像我们20岁左右的小伙子谁不想到城里去！"德德头嗡的一下像是炸了一样疼，他骂了一声："你狗日的去，从此甭进这个门！"

正月十六一大早，德德还在炕上躺着，公蛋就提了包出了门。这次同去的有跟山和生平。在公路上送行的除了会会、跟山爸、生平妈外，还有生平订婚但未过门的媳妇——灞河张的张花花。张花花长得漂亮，两个马尾辫乌黑发亮，上身穿了深绿的条绒棉袄，这是在订婚封礼时生平在灞川县百货大楼买布做的。白嫩透粉的脸在深绿棉袄的衬托下，有些楚楚动人。她害羞地不停用手拨弄着她的马尾辫对生平说："平，你要常回来，常写信捎话，可甭把咱结婚的日子忘咧！"说着又将手帕包好的煮鸡蛋塞到生平的手里说，"路上吃！"公蛋说："哎呀，才几天感情就这深的！看的我都想订媳妇了。回去，都回去，省得一会儿流眼泪。"车来了，公蛋向会会摇了摇手上了车，车飞快地消失在众人的眼际。所有的人眼泪都在眼壳里打转。

村里多一个人不显多，少一个人就觉得不习惯，加之元宵节刚过，没有了年味，就越显得冷清。抢脱卯听着他的戏匣子解闷，三刨平给赵疙瘩盖房的人家做门窗，香婆整理着她剪得别人看不懂的窗花，宁叶抱着孙子在村里串了东家串西家。

麦芽在家里纺线，她准备用桐花湾送来的两捆棉花织布，给品霞做嫁妆。这时猪娃媳妇因准备动工盖房来借铁锹。她见麦芽在纺线就说："婶呀，纺啥哩，等你把棉花纺成线到了猴年马月了。现在改革开放，集上纺好的把子线多的是，你还当生产队时候哩！"麦芽如梦初醒地说："对呀，我咋把这茬口忘咧！那两捆棉花咋办？"猪娃媳妇说："给品霞缝一套被褥不就行了！"麦芽说："哎呀，当了出纳的媳妇立马干散利气了，真是'跟了杀猪的翻肠子，跟了当官的做娘子'！"猪娃媳妇笑说："甭炸我洋炮了！"猪娃媳妇乐滋滋地拿着铁锹走了。麦芽送了一声："少啥家具再来嗷！"

第二天是镇上集，麦芽没有按出纳媳妇说的那样将棉花缝被褥，而是将一捆背到集上卖了钱，用卖棉花的钱又买了把子线回来。一回家麦芽就在大锅里浆线，给女儿做嫁妆的心，比锅里的浆线水还热。中午一把把浆过的花线早躺在正月柔和的阳光下了。香婆去大场扯麦秸秆，路过麦芽门口说："麦芽呀！给大女做陪房（嫁妆）哩，要帮忙言传。"麦芽说："香婆呀，给你娃做陪房咋能少了你老！明个打筒子你老给说说。"香婆高兴地说："没麻达！"第二天麦芽叫了芬芳、会会、楼花和香婆在她家打筒子。打筒子就是将指头粗一拃长的竹筒套在纺车的铁锭上，搅着纺车将线轮上的线倒到竹筒上。就听会会说："现今不纺线就是省事，活整顿（顺，统一）呀！"宁叶和羊娃媳妇都抱着娃来串门，羊娃媳妇一进门就咋咋呼呼地说："麦芽婶，叫一屋人给品霞做布呢，也不叫上我！"麦芽赔笑地说："你有吃奶的娃，走不开么。"宁叶抱着孙子说："麦芽呀，我给你帮不上忙，我媳妇贼驴日的是个'窜肚娘'（游手好闲的人），猪娃又是个软耳朵降不住婆娘，把娃摞给我个老婆，就求子溜溜（一切）都不管咧，我熬煎（操心）房咋盖得起！"楼花听得有些不顺耳就说："出纳妈，你是来帮忙来了，还是摆亏欠（诉苦）来了，让人咋倒线打筒子！"宁叶闭了嘴。芬芳问羊娃媳妇说："你学织布不？"羊娃媳妇说："我学了几回，只学会了打筒子，其他的工序麻烦得很！"香婆说："现在买省受（现成）把子线，还麻烦，你不会织布，将来乍精沟子（光屁股）呀！"羊娃媳妇说："电视上城里人不种地，我也没见人家吃屎；人家不纺线，也没见乍精沟子！"宁叶又说："电视上，城里的女人就是穿得少，肉露得多，才省布哩。"羊娃媳妇哈哈大笑说："和你这些上年纪的人说不清，我不学！我回去呀，羊娃在乡上开会，屋里门还大开着哩！"说着屁股一扭一扭地走了。

　　香婆对从棉花到成布的程序记得如数家珍。先是弹棉花、搓捻子，再是纺线、拐线、染线、浆线、打筒子，再下来是经布、引布、安顿机子、掏乘、掏曾、紧盛子，下来就是穿梭子织布。第二天，还是那几个妇女和香婆在大场上帮麦芽经布，到了下午就在场上引布。第三天就安顿好了织布机，第四天就听见麦芽咣咣地织布声。

半月后，大家又都坐在芬芳家核桃树下的捶布石旁，梆梆地捶开了布。芬芳家的捶布石和屋东边两抱粗的核桃树在瓷窑村已有上百年。正在帮忙捶布的仁庆妈说："这石头人老几辈都没动过窝，它是我老太结婚的陪房！"香婆说："这可是王家的作念（纪念品）呀！"生生妈、仁庆妈、香婆、德德妈和麦芽五个人在圆石头周围铺了厚厚的麦秸秆，然后盘腿坐在麦秸上有次序地、有节奏地捶着布。

羊娃急匆匆地骑自行车朝公路上蹬。香婆喊："羊娃，忙啥呢，忙得两头不沾家？"羊娃跳下自行车说："婆呀，正儿八经的紧板（着急）事，也是大好事！我这段时间整天在乡政府和信用社里泡着！"麦芽问："你不开你的四轮车挣钱，到乡政府和信用社做啥？"羊娃说："乡上的张书记和翟乡长年前从南方取经回来。刚过年就集合全乡村干部开会学习南方经验，鼓励支持各村兴办企业。我费了九牛二虎的力才争取到一个项目，正跑贷款哩！"德德妈问："羊娃，啥是项目？"羊娃苦笑说："项目就是给咱村办个砖厂。"香婆问："在哪开砖厂？"羊娃蹬上了红旗牌的自行车头也不回说："龙口嘴子！"香婆猛停住了手里的棒槌，仁庆妈的棒槌砸在香婆的棒槌上，香婆的棒槌像打杂一样飞了出去。

瓷窑人都有自己的打算，大家都在为自己的打算努力。赵疙瘩人的目的是尽快地将新房撑起；队长羊娃的目标是立马建设砖瓦厂，并投入运营；麦芽的打算是风风光光地在下半年将品霞送到婆家；仁庆和芬芳的理想是将在高中补习的大女国华培养成瓷窑村"文化大革命"后正儿八经的第一个大学生；德德的大女子香女的愿望是直接从初三考上"中技"，从而早些工作挣钱，为家分忧；立立和线兰的心事是为大儿子生平在年底将灞河张村漂亮的儿媳张花花娶进门，好早些抱孙子；老黄和石纳也揎摸（来回走动着计划）着在公路边下盖房的地基；狗蛋不能生育，他不能怪媳妇的地不好，只恨自己的种不行，他的目标是在1986年让媳妇的肚子鼓起来，这样父亲善才也就有了脸面，自己和媳妇对全瓷窑村人也有个交代，证明自己"能行"，也说明媳妇不是不下蛋的老母鸡，这几年不开怀是没到"抱窝"的时候。

　　猪娃家的新房就要上大梁了，全村的人都在帮忙，男人有的在泥池中和草泥，有的抬木头，女人们在锅头上忙活。在一阵急促的鞭炮声中，三间房最中间的一条檩绑了红布画了八卦图，稳稳地架在大梁上。一根根白光光的松木椽被哐哐地钉在檩条上。摆栈子的人在三刨平的指挥下，一个在前檐东，一个在后檐西，开始哗哗地摆。再下来是用泥包向房上提泥，老黄在前檐给灞河张的工匠供瓦，只见老黄每次拿五片布瓦向檐上扔，扔得不差分毫。工匠头说："老黄呀，你要是干泥水匠，准是把好手，瓦摆得这嫽（好）的！"老黄嘎嘎地笑："我是心比天高命比纸薄，今辈子只能修地球了！"这时石纳跑过来说："老黄你到后檐去供瓦，我供不上了！"老黄明白后檐高费力，就故意惹石纳说："前供后供都是供，换个啥味气？"石纳硬是掀走了老黄。老黄来到后檐没有用手向上扔，而是换了铁锨。他对狗蛋说："把瓦三个一摞地放到铁锨上。"老黄哧的一声，三片布瓦准准地落在后檐工匠的手中。工匠夸赞说："后檐比前檐高，刚给石纳说用锨摞，石纳就是不听，犟得很！"老黄笑说："人家为啥叫实襄呢，喔货是偷奸耍滑（偷懒）呢！"到吃午饭时，瓦施过了少半。饭是酸汤旗花面，另加了四个小菜，热菜是豆腐粉条和肉炒莲菜，凉菜是酸辣萝卜丝和煮熟调盐的大黄豆。老黄对猪娃媳妇喊："有菜没有酒，咋能是席面。快去拿酒去。要不拿酒，瓦下午就施不完，我的胳膊都疼咧！"猪娃笑笑说："支人买去咧，喝喝喝，可不敢喝醉了，醉了后响没人摞瓦咧！"老黄说："喝醉了摞得才美！"酒是一元一角的公王大曲，老黄、石纳等人划拳吹喇叭。下午时分，三间瓦房的瓦摆完了，屋脊是三刨平的设计，脊的两头翘了角，正中造了一朵花。

猪娃盖好房以后，老黄和石纳走出了亡子的悲痛，回到了平常而琐碎的日子中。生活不如意之事常常是十有八九，痛苦和艰难其实是生活的常态，再艰难，日子必须过，并且要努力过好。

赵疙瘩的人在果园的地方盖房，羊娃没有去帮一次忙，他在忙砖瓦厂的事。现在一切都有了眉目，他喜出望外。羊娃前些天看见秦岭的迎春花在向他笑，现在迎春花落在地上，但村里的白梨花在向他笑，粉红的杏花也向他点头哈腰，大叶杨树叶子没长开就急着向他拍手，一切在羊娃眼里都是在笑。

两辆"东方红"牌的推土机，在龙口嘴下哼哼地推着土，红色的土在推土机的大铲下挪了地方。羊娃给推土机司机不停发纸烟，并高声地喊："辛苦了，加劲干，我想早点建窑和工人宿舍。建成了请二位喝酒下馆子！"不到半晌，龙口嘴挨生产路的南面就出现了一个三亩大的平地。羊娃还是忙东忙西指指点点，轰隆隆的机声淹没了他的声音。他瘦高的身体不停地指指画画，就像是无声电影中的演员用肢体在说话。

突然，德德疯了似的扑到一辆推土机的前面吼道："停，停，停了！"机车被迫停了下来。羊娃、狗蛋、猪娃等人跑了过来："咋回事？德德叔你这是做啥？"德德的胸脯像是干滩上鱼的腮，呼哧呼哧地扇呼，他手指着羊娃说："谁让你在这推好好的庄稼地，你看这一豁口（一拃）高的麦长得多好，你也不怕造孽，把麦糟踏了，你喝风屙屁，也让瓷窑人跟着喝风屙屁呀！"羊娃脸色有些难看，先前的脸色是麦色黄，眉毛眼睛眯着嘴角上翘，可让德德劈头盖脸地指骂，脸色发了紫，有点像猪腰子色，眉间立马挽了疙瘩，眉毛和嘴都成了"八"字。羊娃强笑着对德德说："叔呀，我挣死爬活（特别辛苦）地为了啥，还不是为了办砖厂！办砖厂为啥？还不是为瓷窑人的日子，你这样说话让我心寒呀！"猪娃笑笑说："叔呀，你甭着气，有话好好说！"德德甩了一下胳膊说："看你笑比哭还难看，避，避远！"猪娃碰了一头钉子，灰眉土脸地退了回去。德德又说："办砖厂你开群众会了没有，谁给权力让你在可耕地里胡整？你这是独裁，哪里还有民主！"羊娃说："你还是生产队时候的思想，现在不是都在施行'夏令时'了吗？改革，就是对体制、机制进行创新；开放，就是对外界新事物、新情况要有豁达的态度。邓小平不是说了吗，黑猫白猫逮住老鼠就是好猫。人家南方的厂子挂了大大的标语'时间就是金钱，效率就是生命'！要是这也开会那也商量，这也不敢那也不敢，讨论了半天，时机不就白白耽误了吗？"羊娃一口气说完后，整了整的确良上衣的领子，扣好刚才身子发热时解开的扣子。德德反对说："我不懂它什么改革开放，白猫黑猫和夏令时，我只知道龙口嘴的粮田不能毁，土地是农民的命根子，民以食为天，国无粮而不稳！"羊娃无奈地说："好好好！我马上就开群众会，如果大家不愿办砖厂，我就到玉山湾去办，如果群众同意，你也是大数通过小数牺牲！"羊娃对两个推土机司机说："你俩也下来歇歇，明天咱再推！"

戏楼前的歪脖树上，一群红嘴鸟在叽叽喳喳地吵，一只公红嘴鸟对一只母鸟说："老在这棵歪脖树上窝，也不换个树落落，烦不烦？！"母红嘴鸟说："瓷窑的树多得很，杨树、桃树、柏树、梨树、椿树、榆树，还有柿子树、皂角树、核桃树，咱为啥要落在槐树上呢，是因为咱窝在槐树上舒服，只是落习惯了，所以一落就落到歪脖槐树上。落顺了就习惯了，习惯了也就诣火（舒适）了！"

羊娃气轰轰地跑到槐树下，红嘴鸟"羊娃"霍地一声飞走了。铁钟多时没有用，铁锈又起了一层。羊娃拉住钟绳猛地一摇，钟当地响了一声，是因为钟绳风吹雨淋太阳晒糟了，被羊娃拉成了三节子。羊娃跳起也够不着断绳，他想用地上的石头瓦块砸，又怕砸不准，急得他原地转圈。突然眼前一亮，他看见了德德家房前一棵擀杖粗的香椿树，树头还有鲜的香椿芽。羊娃嘎巴一声将椿树折倒了，可树没立马断开。羊娃心里骂："狗日的，香椿树干脆得很，今儿个咋变成这，德德家的香椿树都和别人不一样！"羊娃更来了气，他掐了树头上的香椿芽窝到嘴里嚼，手握着树身子原地转了好多圈，硬是拧断了椿树干。他嚼着香椿，用树干当当地敲钟。

　　很快人到齐了，羊娃说明了办厂事宜，又将乡上开会的精神说了一遍。最后他说："在龙口嘴办砖厂，一是咱有斑斑土，这是上好的砖坯土；二是现在大家生活好了些，盖房的人多了起来，用砖比胡基美观又结实；三是砖厂可以给瓷窑带来经济效益，村里的男人、妇女都可以去上班挣钱，上班挣的钱比打粮食换来的钱多得多！"大家就不停点头。老黄说："好，是个好事情我支持！"后来猪娃说："我后悔了，如果迟盖房的话，就可以整一砖到顶的大瓦房，我也支持！"德德提出了反对的意见："砖是盖房好，可占了可耕地，毁了良田，将来吃啥喝啥，咱没有了土地，咋活咋过活？"又有一部分人也不停地议论说："德德说得对，没有了土地，农民成了啥咧？"羊娃又说："说到咥饭有啥怕的，西城人没一个种地的，我也没见过人家饿肚子。北京、上海的人不种地，不也吃得比咱好，穿得比咱好。人家为啥吃饭上桌子，咱在大门外；人家为啥坐沙发，咱坐石头疙瘩；人家娃读一拃厚的书，咱的娃为啥打牛后半截？人家女人为啥穿露沟子露奶露大腿的料子裙，咱的女人为啥裹的粗布片片；人家男人为啥出了门车来车去，咱下雨天两腿泥，像灞河里的鳖！雨天水里跑，晴天扬灰路，这都是为啥？人家没有种地没有出咱的牛马力，为啥过得比咱好？一个原因，咱没嘎（钱）！咱爱土地，土地爱咱不？年年就是 500 斤的产量，能槑几个钱？！所以我要让瓷窑人过上有嘎的日子！媳妇有'双鸥'牌洗衣机，有化妆品和奶罩；男人有'BP机'和一脚蹬的电驴子；娃子们能在敞亮的教室里念一拃厚的书，而不是坐在顶满木头的元君庙里提心吊胆！"

羊娃的话就是一个天才的演讲稿，他的话句句都是实情和真感，他的这段肺腑之言，上句是蜜糖，让人甜，甜得迷迷糊糊；下句是尖针，是刀，扎得人痛在心里，记在脑中。就这样一甜一苦、一起一落、一软一硬、一高一低，搞得德德也哑口无言。大家一个个就像僵尸一样戳着，一动不动，惊讶的神态就像达·芬奇的画《最后的晚餐》中的人物。一段时间的沉默后，羊娃说："现在举手表态，同意的举手，不同意的省点力气，把手放下！"只见除了德德外，所有人齐刷刷地举起了手，石纳和老黄踮着脚尖都举了两只手。那一瞬间只听见衣服和空气的摩擦声——刷。"那下来谁不同意请举手。"只有德德和香婆举了手。羊娃奇怪地问香婆："香婆呀，你刚才举了同意的手，现在咋又举了不同意的手，这是啥明堂（原因）？！"香婆无奈地说："我同意你也同意德德，德德的心思没错，你的做法也对。"羊娃疑惑地追问："婆呀，我咋听不明白，你是两面派。还是抹稀泥？！"香婆还是说："你俩谁都对，也谁都错，这对错只有在多年后才能得到应验！……"在场的人，个个是丈二和尚摸不到头脑。德德最后说了一句："果园西边我爷我婆的坟不能动！"羊娃得到了彻头彻尾的支持和拥护，他就像一头发情的"公羊"，尽情地享受办砖厂的快感和惬意。他很快拉回来了砖机，拉砖箍窑进行得热火朝天。羊娃总是跑东跑西不知疲倦，即使是站着也总昂首挺胸，前襟高后襟低。

麦芽、会会、芬芳、线兰等在麦芽门口铺了两张并排的席给品霞缝被褥。就听芬芳说："哟，这太平洋被面和单子就是好，看棉的，柔瓤的，铺上盖上肯定舒服！"会会也感叹地说："咱们到瓷窑的时候有啥陪房，都是光席，最多是七尺的一个粗布单子，你看今儿齐整（很好）的！"线兰叹了口气说："唉，甭提了，我的陪房大家也都知道，是一担粪笼，笼里担的是《毛主席语录》，就那，立立后来还和我闹离婚，我这几十年都没给外人说！1968年我和立立到公社去离婚，你猜民政干部说的啥？"线兰的这个话题吊起了所有老媳妇的胃口。麦芽急切问："1968年你俩还闹过离婚，我咋连个影星都不知道？！"线兰说："人家当年不是'运动红'吗，吃了商品粮，就看不起我这个黄脸婆了。"大家就不约而同地嗷嗷。白梅又追问："当年民政干部说了啥？"线兰盘脚搭手地说："我俩进了民政干部的门，我和立立说下定决心坚决离婚，民政干部说排除万难再过几年。我们又说生的伟大，相互都怕！民政干部说抓革命促生产，你们的事情我要管！"线兰说毕大家笑得缝不成被。芬芳说："人家民政干部就管住了你们！"线兰说："我们就没扯成离婚证，一拧沟子回来咧！"

香婆提了一笼蒲公英从公路北边往回走，会会喊："香婆呀，你笼里剜的啥菜？"香婆说："到这个时候野菜都老了，我是剜顶刚刚（蒲公英）去了。"线兰问："你剜一粪笼做啥？"香婆回答："这时的顶刚刚药性最好，我剜了备上，天一天天热了，谁要是喉咙痛熬了汤喝能治病哩，再一个猪娃的媳妇奶生个疙瘩，痛得黑里白日坐不住，我回去捣成泥汁给她敷上，早晚各一次，管保五六天就见轻！"

这时品喜坐在轮椅上喊香婆："婆呀，你进来，我给你说个话！"品喜快10岁了，本来今天也上学，但他有些发烧，就没去。品喜大腿以下这几年还是不能动。10岁的品喜有了十五六岁的面容，不太晒阳光，所以脸蜡纸一般的白，瘦小的双腿就像剪刀一样交着。香婆心疼地问："喜娃，有啥问婆？"品喜严肃地问："婆呀，我见品忠姐老脸咋肿着，是不是有了啥毛病？"香婆惊讶地想：我还以为喜娃问他的病情，可没想到他一个弱势人却操心人家欢蹦乱跳的品忠。真是一个心细的乖觉娃！想到这里香婆笑笑地说："我娃放心，等你品忠姐从地里回来，婆给看看，如果不行就到镇上的医院瞅瞅。"品喜低下头眼泪夺眶而出说："婆呀，我一个跛子，屋里为给我看病，三个姐都停了学，只有我一个上学，我念书能念个啥吗？我也不想念书了！"香婆为可怜的品喜悲伤的同时又心中暗喜，这个本应只知玩耍的孩子，却有这样的想法和心思，真是穷人的孩子早当家！香婆强忍悲痛对品喜说："喜娃，你懂事得很，知道家人对你的好，那你就要好好地念书，书理深了才能有出息！"品喜还是自责地低下了头。这时品忠从地里回来，笼里放了许多老的发黄的羊七芽和豆瓣瓣，还有开了花的荠荠菜。香婆说："品忠，你锄地时挖的野菜太老了！"品忠昂着微微发肿的脸对香婆说："不老、不老！用开水焯一下，调了盐醋，就着糊汤香着呢！"香婆看着品忠的笑脸，一边抚摸品忠的小辫子一边说："又是一个会过日子的乖觉娃！"

品忠今年17岁，品农14岁，姊妹俩因家里要给品喜看病也停了学。其实她们学习都挺好的。可一切也没有弟弟的身体和生命重要，所以她们还是恋恋不舍地离开了学校，回家帮爸妈干些农活，也照应伺候跛脚的弟弟。香婆细细地看了品忠的脸，心中一惊，心想，品忠的脸肿不是和死去的麻三妈一样吗，麻三妈后来在医院诊断出是肾病，不到5年就死了。香婆又用手压了压品忠微肿的脸，窝子过了一会泛上来了，她又提起品忠的裤腿，压了压窝子，和脸上一样。香婆这时有点慌，心跳得按不住，她二话没说笑笑地出了门，来到还在缝被的麦芽身边，用手戳了戳麦芽说："麦芽你起来，婆给你说个话。"麦芽笑着说："有啥悄悄话还要到一边说！"两人走到了墙角，香婆压低声音说："麦芽你给二女子到镇上看一下先生（医生），我看娃脸有些肿！"麦芽不以为然地说："喔，是不上学不操心，这几天胖了！"香婆又拉了拉麦芽的衣襟，正儿八经地说："查一下，有了毛病咱早早治，没麻达更好，就是求个放心！"麦芽不耐烦地说："行行行，听你的，我忙完这阵就去！"

下午，国强、黑蛋、玉花、向水、宋灶等来品喜家，这几个龙年出生的孩子一块玩着长大，少了谁都显得不自在，所以放了学就来和品喜玩。向水问品喜："还疼不？你看我几个给你折了啥？"说着将藏在身后的一股爪一股爪的嫩榆钱送到品喜的手上。黑蛋说："你先尝，甜得很，你再想吃我就马上折去，再过十来天，我们再给你捋槐花吃！"品喜一边嚼鲜嫩的榆钱，一边笑着说："香婆给我在太阳穴挑了3针，吃了些药睡了一觉好了。呀呀！榆钱就是甜！"

5天后，麦芽领了品忠去了镇上的医院。医生让化验一下"三常规"，结果出来后，品忠和麦芽都大吃一惊。医生说："娃的肾病要抓紧治，要常到医院来做定期检查，我给开一些西药和中药，先服着，如果效果不大就到西城给娃查。"麦芽惊慌地问医生："先生呀，娃的肾病就这严重，还要到西城看，那要花多少钱？"医生说："作为医生，我要说实话，你女子的肾病不是一般的肾病。目前咱镇医院的设备和水平不能给出明确诊断，还是去西城的大医院查查，总之是一个比较麻烦的肾病。"麦芽自言自语地说："天呀，穷人还得了一个花大钱的病，这咋办呀？！"娘俩蹒跚地提了药往回走，四条腿就像是灌了铅水一样沉重，从镇上到家的五里路如走万里路。回到家，聪明的品喜从两人的脸色上判定姐姐品忠得了马卡（不好）病。

星期天下午，芬芳背了一大网兜的烙馍，给在西庙高中补习的国华送去。国华7月份要高考，自一开学每星期都补课，所以没时间回来取馍，芬芳例行去送馍。这时在镇上读初三的香女也要背馍去学校，所以两人就可以同行一段路程。

路上芬芳问香女："今年考高中没问题吧？我国建说你学习是前几名！"香女不好意思地说："你国建学得也不差，全年级也有名次。不过我不想上高中，我想考中技，中技上两年就可以分配工作，就少花家里的钱么！"芬芳连连点头："对，是的，这样是个出路，我给我国建也说说。"芬芳又问："香女呀，你们初中的危房改造了没有？你看把老黄和石纳的娃子可怜的！"香女说："早开始了。过去住宿只有女娃的'女生院'，而男生没有宿舍，只能睡在教室。现在也给男生盖宿舍了。"芬芳说："那就好，省得家长提心吊胆，我老操心睡在教室的国建！""婶，你甭操心了，盖的房马上就可以往进搬了。"香女兴奋地说。到了初中门口，芬芳拿出了几片锅盔馍递给香女："女呀，把这几牙锅盔捎给国建，就说我后天给他送一网兜，让他安心念书，屋里有我哩！不说了，婶要赶紧去西庙，现在用的是夏令时，比过去的时间早一个小时，我怕去得迟了，又要去教室寻国华。"芬芳和香女道了别，她快步地向西庙走去。

芬芳和仁庆在"文化大革命"期间因家庭问题挨过批，后来仁庆1972年出去修了铁路，所以家中的几个娃和老人要她照应，也可能是孩子多，吸走了她身上的钙，腿有些"O"型，走路有些蹒跚。再加之劳累缺吃，芬芳身体一直不好，得了"鸡明泻"（天不亮拉肚子的胃病），老是不到天亮就要跑后院（厕所）。

可今天她蹒跚摇晃的身子是那样的有劲儿和轻松，因为大女国华就要高考，班主任不止一次地在她送馍时对她说："你国华要给你屋放卫星，也要给西庙高中放卫星。补习一年后，国华考大学是十拿九稳的，我们肯定她考陕西师大如囊中取物一般！"所以芬芳越发觉得周身有劲，脚步越发地轻快，她只觉得脚下驾了云又生了风。不知不觉已到了高中门前，可芬芳还沉浸在无边的畅想和兴奋中，当"准时到校"四个大红字挡住她时，她才如梦方醒。"嗷，到了！"

国华今年 20 岁，真是女大十八变，再也看不出儿时的寒酸，她梳了两个一尺长的头发辫，辫头用缠了红毛线的皮筋扎了，大红的绒衣上套了一件咖啡色的条绒外套，下身一条的确良的深蓝裤，脚上是白底黑面的条绒布鞋，朝脚面的地方加了两块黑白相间的宽松紧带；高鼻梁大眼睛，一对柳叶弯眉微微上翘，俊俏的嘴巴下是圆中见方的下巴；胸脯将衣服轻轻撑起，显然是一个亭亭玉立的大姑娘了。见母亲到来，她有一种高兴和内疚的表情，快步接过网兜里的馍，轻声细语地叫了一声："妈，你来了，快坐下，我给你倒一口水！"芬芳高兴地说："妈不渴，见了我娃，妈啥都好！快把妈刚烙的锅盔给你宿舍的同学尝一口！"国华一个一个地让，大家都不好意思吃。最后一个同学说："姨呀，你烙的馍就是香，我们都吃了多回了！"芬芳哈哈地笑："只要你们爱吃，下回我多烙些，反正现在又不缺粮了！"一阵急促的铃声响了，同宿舍的同学一个个怀抱了书，同芬芳道别去了教室。芬芳对国华说："我娃快上自习去，妈这就回去了！"国华将母亲送出学校大门。芬芳是满脸的笑，而国华拧过身子却是哗哗的泪珠子。

生平准备年底结婚，线兰请棱子、生生、尊脉解枋板，板是让三刨平给生平做衣柜和箱子。就见棱子他们将一抱粗、七尺高的一截桐木立绑在榆树上，桐木两边绑了架，一边一个人，站在架子上锯，锯是没有锯弓的大锯片，锯片有一拃宽五尺长，锯齿就像一颗颗锋利的狼牙，锯片两头的大环上穿了胳膊粗、一尺长的圆棍，两边的人抓紧穿过环的圆棍，嘿哟嘿哟地拉锯，锯口飞出了雪白的锯末子。棱子拉得出了汗，他光了上身，可尊脉、土头等都上了岁数，拉一阵就上气不接下气。生生换了他们继续拉。生生拉了一会就累得像牛出气。生生说："唉！这拉锯真不是个活，拉两下就挣得挨不起，这是小伙子的活。"尊脉说："现在就没有人么。老黄是个尖撒细帽杆（不老实，偷懒的人）；石纳又是一个尖尖沟子（办事不踏实，偷懒的人）坐不住；羊娃人家是队长，忙着建砖厂；狗蛋拉两下，肯定帽杆乍起来（招架不住）；猪娃一拉肯定也会炸了圈（半途而废）……德德和羊娃尿不到一个壶里（意见不统一），气不顺不可能来；抢脱卯、三刨平、善才、呆印和维贤都成了棺材瓢子（快去世的老人），干不动；三丫的男人木旺气喘；支书和村主任是不可能干的；只有仁贤和仁达了！可'运动'时立立把再生老汉给得扎（使坏超出限度），再加上立立老不在家，村上有啥事，要用他的人用不上，用他的钱也离得远，所以干活帮忙的人就少！"棱子说："甭扯闲的，拉锯！紧锤缓锯，咱就老牛破车——缓缓拉！"

线兰家的枋板解了半个月，一张张白花花的木板靠了线兰家一山墙。不久三刨平就弯着腰"喔嗤、喔嗤"推起了刨子，"咣当、咣当"地凿起了卯。岁月不饶人，三刨平老了，他腰弯背也驼，手中的刨子和斧头慢缓下来。线兰开始收拾 3 间饲养室，准备给生平作新房。瓷窑在住房上有讲究，那就是哥东弟西，线兰将 3 间房扎垒成一明两暗，东边是生平的婚房，西边将来是老二的婚房，中间一间是走路的地方。她又让老黄和石纳在白石崖偷砍松木橡时，给她捎回一些白土和蓝土，将白土和蓝土用水泡后搅匀，用蓝土水刷了前后檐墙，用白土水刷了室内的墙壁，刷漫过的墙立马精神了许多，就像队长羊娃那高昂的头。

线兰又请来了石纳，因为石纳会编席，还会用芦苇秆绑仰棚（格栅）。仰棚是瓷窑人专为新郎新娘新房作的天花顶，是将芦苇秆十字交叉扎成一个个 10 公分见方的方格，然后在方格上铺层白纸，再在仰棚的四角和中心贴上五颜六色的剪纸，就是高档的天花吊顶了。东邻的羊娃来到新房中参观说："拾掇得不错！石纳仰棚扎得匀，纸也铺得平。香婆的剪纸最特别，你看东南角是'钟馗嫁妹'，西南角是'老鼠迎亲'，东北角是'多子多福'，西北角是'金玉满堂'！"羊娃说："人家都说香婆是瓷窑的神，我不服，今儿个服了，香婆脑子不知是啥长的？！"羊娃又转到西边房子，西边的房没有扎仰棚。突然他发现西边的房门和东边的房门不对称，是错开的，就问线兰说："啥都拾掇得嫽，就是东西房门没有对端，不对称不好看。"线兰笑笑说："这还是香婆特意交代的，门不能端对，端对是门煞，家中爱打捶闹仗（打架吵架）！"羊娃又是一惊说："唉，这世事大得很，讲究这多，越说越神咧！"

当三刨平给生平把新婚的衣柜、箱子做好油漆完毕时，算黄算割鸟已在凤东翅、凤头尾叫个不停。

小满节气的第三天，瓷窑村龙口嘴和凤东西翅的小麦籽粒饱满，穗子弯沉，它们一步步地走向成熟。这天上午，乡上的张书记和翟乡长同包村干部到村上召集了支书和羊娃等人。张书记说："以往年的情况看，咱们夏季的公粮征缴工作不太理想，全乡的总体情况是群众交公粮不积极，许多村子有少部分人，根本就不给国家交公粮。咱们瓷窑村的情况在乡上来说是较好的，存在的问题是小麦质量差和上缴时间长。就拿老黄来说，交公粮老是最后一个，去年老黄交到粮站的时候是10月份！"说着他看了包村干部一眼，包村干部点了点头。他又接着说："所以，今年咱们瓷窑村要加大宣传和征缴力度，充分做好群众特别是村干部的思想工作，各级干部都要把征缴工作提高到对党、对国家、对人民高度负责的认识上来。还有一件主要工作，那就是计划生育，同样要做好人们的思想工作，多宣传，多教育。下来具体的工作开展请翟乡长讲一下。"翟乡长身宽体胖，后背头梳得很光，胖大的脸有些臃肿。他咳嗽了一声，脖子上的肉颤了颤，说："征粮工作是一年一度的重头戏，也是最困难最有意义的工作。咱们的工作重点是宣传、引导，特别是对个别'顽固'

分子要多督促。今年县上对党政'一把手'施行了新办法，那就是征粮工作和政绩奖金挂钩，所以乡里压力也大。希望咱们的村干部切实带好头，负起责任，把今年的征公粮工作完成好。再一个重要工作是计划生育。计划生育是我国的一项基本国策，它关系到国家的发展和兴亡，但由于人们思想认识的问题，一年来，越计划，人口越增加，所以国家下了决心，一定要把人口降下来。今年县、乡明显感到工作执行的强度异常之大，为了完成上级的工作部署和任务，我们必须把今后的计划生育工作作为工作的重中之重！对咱们瓷窑来说，工作思路首先是摸清育龄妇女的底子，有针对性地开展工作，另外要用白灰水刷上计划生育的标语。标语的具体内容在包村干部手里，你们一会儿拿一下。我的话讲完了。"

羊娃想鼓掌，但见大家都没动，抬起的手又放了下来。就听支书说："书记、乡长你们说的事情，我们知道重要，但现在农村工作不比以前了，我干了几十年的村支书，我明显觉得目前的官不好当，因为都是单干，对我们村干部来说，不是国家编制内的人，我们祖祖辈辈都在这个村，死了也要埋在瓷窑的地盘上，和你们不一样。你们这待三年，那里干三年，升的升，调的调，没有后顾之忧，我们都是一步近邻，吃一个泉里的水，低头不见抬头见，我们有后顾之忧呀！大家都形象地把吃国家饭的干部叫'飞鸽'牌，把我们的泥腿子村干部叫'永久'牌，咱们的牌子不一样，当然工作思路和想法也不一样。希望上级给我们一些时间，我们的工作是'上面千条线，下面一苗针'！工作要一件件地干，担子太重，我们的腰撑不住！"村主任不停点头。听完支书的话后，书记和乡长的脸色不好看。羊娃却自告奋勇地说："工作是人干的吗！没有攻不破的山头，请领导放心，我们一定完成好所有工作！现在请二位领导到村上的砖厂建设工地指导一下。"

村砖厂建设出奇得快，机器设备已安装完成，砖窑和工人宿舍也在安门安窗。羊娃兴奋而自豪地说:"麦忙后就可以生产运营,到时要请二位领导剪彩点火!"乡书记和乡长参观完砖厂后,脸色可以用眉飞色舞来形容。翟乡长赞许地说:"宋仁生同志,你的工作能力是有目共睹的。咱们瓷窑村砖厂是全县学习南方先进经验后的第一个成功果实,它对灞川县经济工作是有重大意义的。到点火开工时,我一定将朱县长请来,让他在瓷窑开一个经济现场办公会!"说完后翟乡长胖脸上的肉在跳。他拍了拍羊娃的肩头说:"工作仍需努力!仍需努力!"

下午羊娃让仁贤、仁达分别提一个白灰水桶,在村巷子中写计划生育的标语,标语是乡上拟好的。仁贤将戏楼西墙上原有的"防火防盗,人人有责"的标语用水洗去,但洗不干净。元君庙的前殿西北墙上"禁火入场,以粮为纲"的历史标语用水洗了。不一会"生儿生女一个样,女儿也是传后人""把经济搞上去,把人口降下来"的标语完成。仁贤去了墙东边再写,许多人就围上来说:"今儿个下势(用大体力)用白灰水写在墙上,不知又要咋闹活?"善才老汉丧气地说:"还计划生育呢,我家想计划也计划不成!"香婆说:"狗蛋媳妇开怀迟,没到时候哩。"善才弯腰驼背地说:"我怕是把地拱个疙瘩,也抱不上孙子。你看人家羊娃、猪娃和狗蛋一前一后结的婚,可人家羊娃的老二过了百天,猪娃媳妇肚子又大咧,还有仁达媳妇二胎显怀了。狗蛋的媳妇就是个'石女'么!"香婆无奈地走了。仁达在船西梢写标语,在猪娃的新房东山墙上写,可将"国家兴亡,匹夫有责,计划生育丈夫有责"的标语写到一半时,被猪娃媳妇挡住了,原因是标语写上面,墙面太难看。仁达说:"这是队长让写的,你挡个啥!"猪娃媳妇说:"在我墙上写,是不是看我怀了二胎,欺操(欺负)我呢?"仁达气愤地说:"我媳妇不是也怀了二胎吗,那我还给计划生育刷标语哩!"猪娃媳妇手插在腰后,挺起微起的肚子往仁达面前拱,仁达说:"我不和你这粘迷子(不讲道理的人)失牙摆嘴(吵架），好男不跟女斗！"转身提了桶走着说，"我就刷到我墙上去！"猪娃媳妇想跳着喊，可想起怀娃的肚子，支起的脚放了下来。后来，仁庆家后檐墙上出现了"普及一胎，抑制二胎"的标语；赵疙瘩新盖房最西边有才家的西山墙生出了"想要富，少生孩子多种树，想要发，少生娃多种瓜"的标语。

瓷窑村公路边的麦子黄了，在夏日的骄阳下倍显光亮。这时从公路上走过来一个年轻人，头发长得披了肩，并且是膨胀螺旋形的，紫红的蛤蟆镜挡了脸的上半部分，下身是深蓝色的喇叭裤，脚穿头长而尖的皮鞋，鞋擦得锃亮，上身是火红的红衬衫，红衬衫扎在裤腰里。炎炎烈日照得人睁不开眼。正在地里看何时可以下镰的德德，发现了一个火辣辣的"太阳"向他飞来，他就觉得浑身热得难受，他赶快避让"太阳"，但最终被"太阳"逮住了。德德的眼使劲地睁，他发现这个"太阳"有头发和鼻子眼，再一静看，是一个穿火红衬衫的青年人。德德生气地说："快让开！"那个长头发戴蛤蟆镜的人哈哈笑。德德气得拧了身："收麦呀收麦呀，碰上了个疯子！"嚯地，这个青年人蹦到他面前，还是一个劲地笑。德德笑笑说："娃呀，你不怕热，我嫌热哩，路让开！"突然，这个青年人猛地摘了大眼镜喊他一声"爸"。德德吓了一跳，德德发现那鼻子、嘴、眼睛和自己一个式子，他一下子明白这是那个让他操烂心、气断肠子的海兽公蛋！德德的五官立马错了位。他就看见对面站的公蛋，被一个人影子打了抽脖子。"啪啪"两声干脆的耳刮子后，德德说："羞人哩，咋咧，疯咧，你看看，男不男，女不女是个啥样子，也不撒泡尿照照！！"德德趔趄着颤颤地往回走。公蛋去扶德德，他头也不回地甩开了儿子的手，公蛋怯怯地走在德德后边，脸上左右各起了五个梁，火辣辣地疼，像是谁在剥他的脸皮。公蛋本意是试探父亲对时髦的态度，这是第二次了，但父亲用打骂清楚表明了他的态度和立场。

公蛋又一次突然出现在瓷窑村，是炎炎夏日里一道火辣辣的川菜，让吃了菜的人个个辣得脸红、冒汗、吐舌头。这些连灞川县县城也没去过的农村人，哪里见过这阵势，公蛋妖怪式的头形和衣着，就连羊娃家里电视上也不多见。电视里的是戏呀，戏里的东西是虚虚实实真真假假的，它怎能与现实生活比呢？！大家更多的想法是：公蛋在外面干事，外面的花花世界并不是人们说的那样容易，肯定是公蛋受了啥刺激——疯了！

人们见了公蛋怯怯的，公蛋和谁打招呼，那人也就是应付一句就匆匆走了。公蛋有点奇怪，他能明白大伙的举动，摇了摇头去找香婆。这时羊娃骑自行车要出去办事，他见公蛋蔫蔫地走，就噌地跳下了车子说："公蛋，咋了，叫霜打了，变成这？！不要和村里这些没见识的人一般见识。他们一辈子只知道窝在碎碎的瓷窑村，有的连县上集都没上过，更别说西城了，都是些只能看到脚面的主，你上啥心呢？！"羊娃的这番话说得虽然有些难听和刻薄，但公蛋还是听进去了，并且感到舒坦和亲切。虽然这些人包含了他公蛋本人和生养他的父母在内，可公蛋的脸色缓和多了。羊娃又非常羡慕地说："公蛋呀，你是改革开放后，咱们村第一个最有胆略、最有勇气、最先进的瓷窑人，虽然是个碎娃，但你是咱村第一个吃螃蟹的人，我佩服敬重你呀！真是灞河水后浪推前浪呀！如果瓷窑人的思想和行为都像你这样，咱瓷窑就可以很快脱了人老几辈的穷酸皮，早上再也不吃浆水菜就糊汤，下午再也不是一碗白面滴上几滴柿子醋和几颗盐的老样样！"

公蛋突然觉得他和羊娃像古时的伯牙与钟子期，是知音呀！他也突然觉得自己应该重新认识这个瘦高个儿的羊娃——宋仁生了。羊娃又说："公蛋混得不错吗，穿得就是时尚，喇叭裤，蛤蟆镜，BP机，爆炸的狮娃头，这都是时下最流行最时髦的东西，是在西城才见到的稀罕玩意儿，没想到在土窝子里见了！"说着就拿公蛋别在腰上的BP机。公蛋说："羊娃哥，我给你把铁链链也卸了。"说着公蛋啪的一声捏开了铁链的卡口。羊娃兴奋地拿在手中翻来覆去看，就像一个古董商在甄辨一件古玩。突然BP机叽叽叽地叫了，吓了羊娃一跳，羊娃说："来信息了，公蛋你先看看。"公蛋笑笑说："看了也没用，咱村上又没电话，咋回呢，还要跑到镇邮局。哎，我非买一个大哥大不可，这传呼机到了咱农村就是个摆设！"羊娃咯咯地笑："兄弟，等你下次回来，就会用上哥装的电话了，当然我希望你不用，而是沟子后面别了砖头式的大哥大！好了，回来再谝，我要出去定做砖厂开工的请柬呢。"说完他一个鹞子翻身上了自行车，衣服飞了起来，就像一个白肚黑翅的夜骠虎（蝙蝠）。热浪中飞出了乱弹："他大舅他二舅都是他舅，高桌子低板凳都是木头，金疙瘩银疙瘩还嫌不够……"

公蛋来到香婆家，房子还是他记忆中的那样，这散发着香蜡味的小屋还是那样的亲切。公蛋曾暗暗发誓，等他挣了钱就帮香婆翻修黑屋子，可又有种莫明其妙的东西在告诉他，这个小屋子不能拆，拆了就毁了香婆和他美好的记忆。那就让这个渗透香蜡的屋子永远留下吧！

香婆怀里抱着老猫，猫身上盖了香婆的蓝棉袄。公蛋惊奇地想：这么热的天，香婆搂猫还盖了棉衣，就不怕猫热吗？香婆哽咽着对猫说："你呀，陪我快20年了，一生没有享过福，过上好日子，这刚够吃了，世事稳当了却要走了。唉！生死是天定的规矩呀。你走了，丢下我这个孤老婆子喽！"香婆用衣袖擦了擦老泪。公蛋来到香婆身边时，香婆抬起了头，她没有像村里其他人那样惊讶公蛋的头形和打扮，笑笑说："公蛋我娃回来了，婆没顾上看我娃去，只是听村里人说你刚回来。"公蛋蹲下依在香婆身边，他被香婆的话和表情感动了，因为村里人，包括他的家人，看他的眼神如看到一个"怪物"或"四不像"，只有香婆每次看见他时都是永远记忆中的慈祥和仁爱，不管是儿时的精球啷铛，还是初中时的补丁衣裤和磨穿鞋底的窟窿布鞋，再就是上次回来的西装革履，这回的奇装异服，不男不女的爆炸头。这些在常人看来，如同眼中扎了针进了刺的事物，在香婆这里是那样的平淡和不值一提。公蛋说："婆呀，我心里憋屈得难受，我想对你掏掏心窝话，本来想在你这里大哭一场，可见你为快要老死的猫流泪，我就更想哭了！"说着公蛋的泪珠就像九富泉底的水眼咕嘟咕嘟地冒。香婆说："我娃有啥难常事给婆说，婆帮不了你大忙，可婆能细细听你的心声，你说了就畅快了！"公蛋摇了摇头说："婆呀，我原本想做一个本本分分的庄稼人。1985年我不考大学了，我知道考上了更难常，我姊妹多，我婆爷都年纪老了，我妈爸上有老下有小。羊娃买了脱粒机，我爸硬叫我们全家拽碌碡，我说了几句就打我，我憋气跑到城里干了工。我知道我爸和羊娃意见不同，我心里憋屈的不是我爸和咱村的人，是我进城后的所见所闻。咱们农民供养了城里人，他们吃的是咱们农民用血汗换来的粮食，穿的衣服是咱生平的棉花所做，农民到了城里本来是恩人，可他们却排斥和下眼观！我刚到城里重活脏活累活都是我干，一不小心还要罚钱。就连吃饭也没有人愿意和我这个'土豹子'坐在一起，宿舍我睡在最拐角的上铺。我发誓要学好本事，让他们瞧瞧！原来，在瓷窑总觉得农民就应当日出而作、日落而归，种地、收庄稼、结婚、生娃。可到了西城，我才发现不是这回事。同样是人，活的条件和活法大不一样，可以说一个天上一个地下。我发现城里的人不比咱农村人灵（聪明），就拿我来说，学好电焊别人要学一两年，我两个月就熟得如我们小时玩的翻绞绞（翻线游戏），高级焊工的精细活，我半年后就能拿下！"

这时，一对乌鸦落到香椿树上，它们嘎嘎地说话，尾巴一翘一翘地打着节拍。香婆怀里的老猫腹部起伏加剧，老猫叫了一声，公蛋的身旁就起了一股旋风。旋风旋上了香椿树，那对乌鸦就随旋风去了凤尾，旋风带了白气，凤尾就起了雾。

公蛋望着神秘的凤尾说："婆呀，你说，人家为什下得苦少，干的活少，日子却过得比咱滋润？就是这样的日子，城里人还不满意，还是端起碗吃肉，放下筷子骂娘！社会上流传了许多怪话：'学好数理化，不如有个好爸！'我们厂的许多领导干部包括工人都干私活捞外快，有的干脆办了'停薪留职'，炒了单位的鱿鱼独干了！咱农村人好呀，苦再大，条件再差，也只是说上几句牢骚话。我准备到秋季就不干了，炒了单位的鱿鱼！社会大变了，人家城里人日子好，为啥还是不满足？咱们农民日子这么烂却很满足，真是十亩地一头牛，老婆娃娃热炕头！所以我要苦干并干好！！可我回到瓷窑村，村里还是老气氛。我对瓷窑感情深，我不想离开这里的人和山水树木！可我的心野，又必须出去闯，我心里瞀乱难受！婆呀，你说我该咋办？是去外面，还是待在瓷窑结婚生子？！这些话不能给我爸说，我一开口就是鞋底子。一切都在我心里憋着，我只能在你这儿哭！"香婆听明白了意思问："那你的意思是不在西城干了，那你下来干啥？"公蛋认真地说："我准备今年收完秋，贩柿子到西城，将来在咱村办个醋厂，再加工一些土特产。"香婆说："你灵醒，稳稳干，到时婆把我拿手的柿子醋方子教给你。你的心里话婆明白了，你是觉得咱农民不比城里人差，却处处不如城里人，因这憋得难受，咱不和人家比。婆只能给你说咱农民的粗话，啥事不能等般齐（一样），人的五个指头伸出来都有长短，一个奶头上的姊妹都有个灵笨，一个母猪下的猪崽都有个大碎。我娃只要心放平，心放正，路看准，下功夫，日子就会自自在在、平平顺顺地过！"公蛋会心地笑了。

老猫死在香婆的怀里，它是听着这婆孙俩融洽而沉重的谈话笑笑地走了。香婆笑说："你看老猫是笑着死的，死得多好！"公蛋看见猫的嘴角向上翘，眼线弯弯的。

婆孙俩将老猫埋在香婆门前的香椿树下。香婆说："将来大家吃香椿的时候就能想起它。"

公蛋离开香婆家往生平和跟山家走去。他心里轻松了很多，脚步轻盈，喇叭裤甩得哗啦响，长头发迎风飘，身上的红衬衫更像一轮八九点钟的太阳。到了生平家，线兰慌忙急迎公蛋。公蛋哈哈笑："婶呀你甭怕，我是个疯子，但不会伤着你，我是给你汇报生平的情况来了。是我领生平和跟山出去的，我就应该给你们一个交代。生平电焊的水平提高很快，一切都好，回来时我问他俩回家收麦不，他俩说不回了，好不容易立住了脚，请假怕不好，这就让我捎回来 200 块钱，让收麦时用和种秋、买化肥。"线兰惭愧地说："公蛋呀，婶咋能说你是疯了呢，你先坐，我给你沏红糖水去！"公蛋笑说："不忙了，我还要到跟山家去一趟，随便把跟山的 200 元给他家。"说完公蛋就跳下了房阶，飞快地消失了。线兰拿着一沓"大团结"发愣，突然她在自己的脸上扇了一个耳光。

紧张的"三夏"大忙结束后，瓷窑的男女老少都黑了许多。老黄在撕胳膊上被太阳晒起的肉皮。羊娃走过来说："老黄呀，今年收成咋样？"老黄说："比去年强。"羊娃又问："那把公粮准备好了？"老黄抬头疑惑地看着羊娃。羊娃笑说："这样发瓷地看我做啥？"老黄说："我明白了，你这是要卸磨杀驴了，最起码是过河拆桥！"羊娃又笑说："你胡咧咧啥哩，我是那样的人吗？我不会忘了你帮过的忙。"老黄冷笑说："但愿如此吧，我知道你是催我交公粮哩，公粮是给国家缴了，但谁吃了呢，还不是让吃商品粮的人吃了吗。我屋没吃国家饭的，我为啥交？"羊娃说："公粮是给国家上的税吗，自古是天经地义的事！"老黄又说："地要我翻，种子要我买，肥料要我花钱，汗要我流，血要我身上出，你看你看，日头把人晒得长虫（蛇）脱了壳！"老黄撕了背上一片肉皮给羊娃看。羊娃说："老黄呀，你想在公路畔盖房不？"老黄一下像触电似的站了起来说："想，做梦都想！"羊娃傲慢地说："想盖房，往后交公粮积极些，乡长说了谁不交不给谁批！"老黄一下子软了，他满脸赔笑说："我明天就晒，明天就晒！"

3天后，瓷窑村公粮很快装上了羊娃的四轮车，嘟嘟地驶向镇粮站。忙罢后，瓷窑村砖厂点火仪式的筹备工作在有条不紊地进行，乡上非常重视，多次到村上具体安排。翟乡长对羊娃说："朱县长愉快地答应了咱们的邀请，并且要在瓷窑开一个落实改革开放政策的现场会。朱县长已将精神下发到各个乡。并要求在各镇抽出一到两个'万元户'或改革开放先进个人参会，让'万元户'和先进个人讲致富经验和致富思路！"羊娃听后激动地说："好，太好了。这样就能很直接地对群众进行解放思想的教育。我一定努力做好接待工作！"翟乡长拉着羊娃的手说："宋仁生同志呀，我看你就是咱乡的'万元户'吗！"羊娃羞愧地直摇头："不行不行，我哪是万元户呢！"翟乡长说："你不是家里有电视和四轮车吗，就这一点全乡就没有第二个，再说，这是一个鼓励引导教育的大会，不一定是'万元户'！好了，就这么定了，不要推托！唉，我听说老队长的大儿子在西城干活干得不错，人很年轻，是瓷窑第一个吃改革开放这个'螃蟹'的人。能不能领我见一见？"羊娃的心怦怦地跳，激动地不行，他就用手压在狂跳的心口上。翟乡长关心地问："仁生呀，是不是这段时间太劳累，身子吃不消？要注意休息呀！"羊娃眼睛有点红，他忙说："没事没事，是我太高兴了！好，我这就领你去见公蛋，噢，不是，是尚钢锋！"

来到德德家，公蛋准备回西城上班，正收拾行李。就听德德骂："不要叫我爸，我没有你这个儿子，从今往后咱谁不认得谁！""谁不认得谁，老队长呀，骂娃干啥呢？"德德一看是翟乡长就赔笑脸说："这东西不好好当农民，老在城里胡漂，看将来咋收场？！"翟乡长看看公蛋，就哈哈地笑了起来说："很好，一看这个头式和穿着就很'改革开放'吗，宋仁生同志，咱们改革开放先进个人就是尚钢锋了！老队长呀要恭喜你，你养了一个'改革开放'的儿子，应该高兴呀，全村，不对，应当是全县人民都要向你的儿子学习！"公蛋和德德就像装在布袋里的猫不知道发生了什么。翟乡长又说："钢锋呀，我还有事，就不停了，过几天见面时好好谈谈。"说完转身走了，羊娃紧跟其后。羊娃又转回头对公蛋说："哥一会儿再给你谝，但你不准走，走了打断你的腿！"公蛋和德德都树一样地立在门口一动不动。

又过了3天后的大清早，龙口嘴下的砖厂前，人山人海，比镇上集市的人还多。砖窑是东西而建的，窑的东北角停了几辆小轿车和吉普车，自行车沿砖窑南边摆了一大串。仁贤、老黄、石纳等用糨糊在砖窑的北面贴会标。老黄喊："仁达，灞川县的灞字贴歪咧！下边，靠右靠右；还有，改革开放的放字，向下向下！唉，还有会字，现场会的会字！"最后灞川县落实改革开放政策现场会暨改革开放先进个人表彰大会的会标牢牢地贴在砖窑上，只是现场会的"会"字贴得不太正。

棱子、生生和仁达在窑上架高音喇叭，棱子用手在台上话筒头上敲，喇叭就发出轰轰的声音。窑的正北面，面朝北摆了一排桌子。桌子用床单盖了，但很不统一，有蓝色的，有红底白花的，有粉花蓝底的。桌子上整齐地摆了一排水缸子，这明显是领导的主席台。在主席台的后面是从元君庙里拿来的长条板凳，同样整齐地摆了两行。狗蛋媳妇用抹布擦长条板凳。羊娃媳妇在给桌上的水缸里放茶叶和倒水。狗蛋媳妇对羊娃媳妇说："这么多青年媳妇都不来，就叫咱俩收拾！"羊娃媳妇瞪了狗蛋媳妇一眼说："让猪娃媳妇和仁达媳妇来，挺个大肚子能使得，那是背着鼓寻槌，搊着纸刷子招鬼么！"这时羊娃快4岁的大女子边喊"妈"，边跑了过来，可脚下一拌，来了个"狗吃屎"，小女子哇哇地哭。狗蛋媳妇跑过去忙扶起问："晓兰女，可怜的把撒弹了疙瘩！"这时老黄过来说："不就给额颅埋个洋芋（土豆）吗，没事没事，今儿个给你爸过事哩，要促脸（长脸），叫唤（哭）啥哩！"狗蛋媳妇把手放到晓兰的额头上揉："疙瘩疙瘩散了，甭叫兰兰她爸见了。"羊娃媳妇没有理她的亲生女儿，她有重男轻女的思想。羊娃媳妇骂道："你跑那快急着吃屎呀，叫你在家把娃看好，你跑来挨刀呀！唉！"狗蛋媳妇责备说："生了一个牛牛娃（男孩），刚过百天就见不得女子了，咋有你这号子亲妈？！"羊娃媳妇害气（生气）地拉了女儿一只手，像拉猪狗一样地提走了。

白姐催德德引她去砖厂看热闹，德德将白姐掀开说："不去凑热窝，在屋里待着！"白姐说："我要去看我公蛋哥。""不准去，去了打断你的腿！"德德瞪着牛眼吓唬白姐，白姐呜呜哭了。会会过来拉走了白姐说："走！甭招识（理睬）你爸人来疯！"

线兰准备和玉花去砖厂看开会，可她发现玉花上衣的胳肢窝开了线。瓷窑人把衣服开线叫'绽风'，这如果是革新的衣服，她可能不太上心，可这是玉花，女娃衣服绽了风会让人笑话的，而且今天有全县的"能行"家，不能丢瓷窑人。所以线兰对玉花说："把衫子脱了，妈给你联（缝）两针！"玉花因看热闹心切就是不脱。气得线兰跑到灶房掐了一支麦秸咬在口中。瓷窑有个讲究，如果不脱衣服直接在身上缝补，拿针线的人一定要在嘴里嗽麦秸秆，而且口中还要念念有词："身上联身上纳，谁讹我娃日他妈！"线兰缝好衣服后，三步并着一步地拉了玉花向砖厂跑去。

县上对这次会议的重视程度超过了羊娃、张书记和翟乡长的预料。朱县长正和全县的局、乡领导及40多个先进个人参观砖厂时，突然一辆乌黑发亮的小轿车嘎地停到了村西的路口。因为人太多，车开不到砖厂这边，就见一个秘书模样的人对朱县长说："县委黄书记也赶来了！"朱县长哈哈地笑着说："你们看，县委是多么的重视，我前天给黄书记汇报时，他就说市上如果没重要会议一定会来的。"朱县长和黄书记见了面，朱县长问："你不是今天在市上有个会议吗？"黄书记说："我让马书记代我去了，我也给市上领导打过电话，这次会议对灞川县的意义不可估量，我怎能不来！"

大会在县改革开放办公室毛主任的主持下开始了。主席台正中坐了县委黄书记。毛主任说："灞川县的父老乡亲们，首先，让我们用热烈的掌声欢迎县委书记黄书记和县委副书记朱县长莅临大会，感谢他们能在百忙之中指导我们的工作！"哗哗的掌声淹没了高音喇叭声。黄书记起身给大家打招呼，朱县长起身慢，见黄书记坐下了，就再没起身。毛主任又说："下来让我们再一次用热烈的掌声欢迎我县宋仁生、尚钢锋等40多名改革开放先进个人进入会场。"瓷窑的人站起来鼓掌，有的跳着拍手，他们此时因是瓷窑人而骄傲和自豪。自合作化以来，瓷窑就没有像今天这样让瓷窑人有脸面。羊娃的媳妇怀里抱着吃奶的娃，她的脸仰得很高；三刨平平日里弯着的腰现在挺得很直，但就是腿有些弓；公蛋爷抢脱卯平静地吸着旱烟；会会笑容堆满了脸；黑蛋蹦得最欢，一会儿跑到人群的前面，一会儿跑到人群的后面。

40多名先进个人上台后，一一和书记、县长握了手，都到后面的条凳坐下，他们一个个胸戴大红花，肩上整齐划一地披了红。只有公蛋的红花和披红布不显，因他穿着大红的衬衫，但在所有的40多人中，他又是最显眼的一个，台下外村人一下起了骚动："呀，这么碎一个娃，能行很，听说是抢脱卯的大孙子，德德的大娃子，难怪！老子英雄儿好汉，他大卖葱娃卖蒜；咱的娃娃咋就那样窝囊呀！没办法，真是龙生龙凤生凤，老鼠生儿会打洞，猪生一窝拱墙根！""咱就没有人家瓷窑的脉气没，人家都骑在凤凰背上，龙就在村西，听听听，看下来还说啥！"

毛主任又说："今天的大会有三项议程：第一项，请朱县长讲话。第二项，先进个人代表讲话。第三项，瓷窑砖厂的点火仪式。下来逐项进行，请朱县长讲话，大家欢迎！"雷鸣般的掌声再次响起。朱县长是个长脸，头发稀少但较长，有点秃顶，上身穿一件白色的短袖衫。他清了清嗓子，面带笑容地说："还是先让黄书记讲话！"黄书记摇了摇手说："我是突然参会，就按原来的会议议程走！"朱县长点点头说："父老乡亲，我非常高兴能参加这次大会，原因很直接，那就是因为灞川县改革开放以来，农村人民生活发生较大变化，在解决温饱问题的同时，又涌现了一大批'万元户'！但乡办企业、私办企业发展缓慢，人们常说无商不富，可喜的是瓷窑村开了灞川个体办厂的先河。它的意义在于，它是全乡个人开办企业的样板，是灞川县的排头兵、先锋队。可能它的规模还小，可能它的条件还差，或许还存在这样那样的问题，但必定它勇敢地迈开第一步。改革开放的总设计师——邓小平同志说，我们要允许犯错误，更重要的是要知错就改，改革开放就是摸着石头过河，没有现成的经验可循，所以只能大胆地闯，认真总结经验教训，才能杀出一条血路！"40多位先进个人哗哗地鼓掌，台下的人们也拍起了手。朱县长喝了一口水接着说："咱们有句俗话'吃不穷穿不穷，计划不好一世穷'，计划很简单，但好的计划就很不简单，好的计划从哪里来？说到底就是要解放思想、实事求是。但我们现在关键的关键是思想不解放，思想不解放，怎样能改革和开放，怎样实事求是，我想我们将来的主要难题是在解放思想上，这个工作可能要许多年甚至更长时间！"又一阵经久不息的掌声。

六月天是狗大张口的时节，早上的太阳虽然刚高出歪嘴崖三丈多，可就有了灼热的感觉。朱县长有些热也可能是讲得激动，所以喝了水后又解开了领口的一个扣子说："我希望全县的人民都要向'万元户'和先进个人学习，解放思想，开动脑筋，勤劳苦干，不仅吃饱，过好咱们的日子，又要搞圆咱的袋子。全县乡镇要向瓷窑村学习，学习他们因地制宜，实事求是的精神。他们村有斑斑土可以烧砖，那么你们的村可能有其他优势。人们不是常说'靠山吃山靠水吃水'，这就是最早的因地制宜嘛！"台上台下的人听得入了神，有人议论："难怪人家是县长，说话就是有水平，又高深又通俗，马卡（差的，不好）县的老爷不马卡呀，都是人胡说哩！"就见朱县长又说："天气很热，咱们下面的会议议程还要进行，我就不啰嗦了，看黄书记还有没有指示？"黄书记笑笑地说："我就不讲了。朱县长讲得很具体也很实在，更切中了咱们的要害——思想问题。那么这个思想问题具体怎样解决，就请我县的'能人'讲，我就不耽误大家的时间了！"主持人毛主任说："下面请瓷窑村的宋仁生同志代表先进个人发言，大家鼓掌！"掌声又哗哗地响起。

羊娃紧张地走到主席台前，先给主席台上的领导和先进个人鞠躬，再给台下的人鞠躬。羊娃虽然在瓷窑村说话淌淌如水，他长这么大，都成了两个娃的爸，但他哪见过这场面，明显能看见瘦高的身子在抖，头上的汗往出冒，双手都不知往哪儿放。朱县长说："宋仁生同志，不要紧张。台下坐的虽然是各乡镇的领导，但今天你们是主角，他们是向你们学习来的，不要怕，放松点。"说着将他的水递给羊娃，"喝口水，怎样想、怎样干的就怎么说，放松放松！"朱县长鼓励着说。台下发出笑羊娃怯场的笑声。羊娃在县长的鼓励下很快静下来，他心想，咋想咋说，只要不说到坡里就算成功了。我是个泥腿子，能站在这里就不错了，我还怕啥！羊娃是"屙屎攥拳头暗使劲"。他喝了一大口水后大声说："感谢黄书记、朱县长，感谢所有关心瓷窑的领导！"朱县长笑说："仁生同志说正题，不要客气。"台下又轰地笑了。羊娃说："我一定要说谢谢，我要感谢领导更感谢改革开放。没有改革开放，我宋仁生今天不会站在这里，也不会有今天'万元户'这个词。此时，我很激动，很高兴，因为我们不光看到了幸福和希望，而且马上要得到它们。我村建砖厂，是沾了改革开放的光了，遇上了国家的好政策。是贫穷让我思变的，是见识让我思变的。我到西城买过东西进过料，到渭城买过四轮车和机器，到汉中买过脱粒机，我没有去过广东和深圳，但我听说也从电视上看了，我知道西城、渭城和广东深圳的差距，差了十万八千里！可咱们瓷窑村和人家相比，又是一个天上一个地下！我常常想，我们农民天生就该世世代代受穷受苦吗？我们农民为什么不能想办法让日子变得更好？我们要学习和借鉴别人的好方法好经验，通过自己努力改变命运，而不是'十亩地一头牛，老婆孩子热炕头'的自足。我们为什么只吃苞谷糊汤，而不想着尝尝西红柿鸡蛋汤呢？所以我们要解放思想，把改革开放的大火烧得更大、更旺！"

羊娃一口气，一个呵噔不打地说了下来。他只觉心里敞亮，身子轻松。朱县长第一个鼓起了掌，随后是久久的掌声。台下又有人议论："羊娃怂也能说么，能行能行（有本领）！"羊娃的媳妇不知不觉地感到有许多眼光在看着她，那羡慕的目光飘在空中，她就觉得她是下面成千上万人的观世音菩萨。毛主任说："刚才宋仁生同志说出了先进人物的心声，希望与会的大家好好回味，认真思考，从中吸取经验和启发。现在进行第三项，请县委常委黄书记和县委常委朱县长给瓷窑砖厂点火！"一长阵鞭炮声后，大型鼓风机轰轰嗡嗡地响了。

半个月后，瓷窑村的砖厂生产出了第一批红艳艳的砖头。掏窑时砖头相碰的声音就如金珠落入玉盘，发出金声玉应的美音。虽然是6月下旬，可炙热的天气，没有给在40℃的窑中掏砖的人们带来丝毫困难，他们全都只穿裤头，汗水早将粗布裤头渗透，一个个就像刚出水一样，头发、眉毛和睫毛全是白白的粉尘，汗水将身子的粉尘冲走了，只留下弯弯曲曲的汗水印，那带有粉尘的汗水就像身上爬满了吸血的蚂蟥。烫手的砖头在他们手中不是烧手的疼痛，而是像攥着一个刚出锅的"狗舌头烧馍"那样兴奋和激动。在他们看来，汗水和辛苦是天经地义的，更是与生俱来的，不吃苦不流几身汗，哪来的红火的日子，所以他们还是在桑拿房般的砖窑里边掏砖边五马长枪，相互开着玩笑炸着洋炮。快活得如同3月天里的春燕叽叽喳喳……

不时有手扶拖拉机、四轮拖拉机和叫作"嘎司"的小卡车拉走了一车车鲜红如血的砖头。羊娃、工人和村人个个高兴地合不拢嘴。

转眼就到了香女考中技的时候，会会给香女煮了鸡蛋，包了三个"油旋馍"（花卷馍），塞给了香女九块钱，送香女上了去灞川县的班车。香女考完回来，高兴地对会会说："妈，我感觉好着哩！"

每年7月，7、8、9号这三天是高考的时间，这个知了鸣叫、太阳发威、白雨多发的季节，更是全国考生千军万马挤独木桥的时节。千军万马过一个独木桥，肯定只有极少一部分人马才可以挤过去，大多数"人马"都在7月被挡在了河的一边，或被从桥上挤下而名落孙山。所以大家风趣和自嘲地称7月为"黑色的7月"。

7月1日，仁庆给单位请了假回来，目的是给大女子打气助阵。7月1日是党的生日，也是仁庆的生日，所以芬芳在晚上给刚进门的丈夫擀了硬刷刷的长碱面。因是仁庆的生日，全家都坐在门口的树下吃长寿面，边吃边纳凉。仁庆吃完了长寿面，把老碗放在脚前的地上。他从衬衫的口袋里拿出一圈用皮筋扎紧的人民币，说："掌柜的，上交。拿出20元给咱妈。"芬芳笑笑地接过一卷"大团结"说："我当啥掌柜的，几个娃上学花大钱，还要攒钱盖房哩。现在娃都大了，睡觉坑都挤不下，再说仁达、仁贤两个兄弟都也有了娃，三间房挤三大家子人，的确不行呀！老二媳妇还闹着分家哩！仁达的媳妇虽然没开口，但从脸色上也能看出——分家是心里事！"仁庆一下子默然了。他也知道家中的住房紧得火烧眉毛，可钱这东西是硬头货，盖房就是用钱和泥，没命地加班挣钱吧！说真的，王家祖祖辈辈都没分过家，人丁最多的时候 30 人在一个锅里搅勺把。但土地下放后，有了吃，分家的趋势却日益明朗了。仁庆是老大，所以住了东边的一间；仁贤住了中间的一间，但只能走后门；仁达给西边一间的后檐续了一间窝檐厦房，将就着住了；老娘住在房东南边的小房中，这小房坐东向西，过去是王家的磨房。

　　一家都吃完了长寿面，仁贤、仁达 4 口都走了。仁庆就问老娘说："妈，咱家的情况你清白，分家是非分不可的，只是早晚。我先打你一个口风，如果分了家，你打算跟谁？"仁庆妈脸带悲伤地说："庆儿，咱家就是在刚喝光汤的时候也没分过家，在东川人都知道咱王家弟兄先后（妯娌）们一股绳，可到了你们弟兄这茬，有吃有喝，社会没运动了，却要闹活着分家！唉，我不识字，但我眼窝没瞎，分家是就复（肯定）了，我思量过，要分家我跟老碎。老话说，天下的老向着小。你是公家人，仁贤有手艺，仁达能吃苦，人也不笨，可终究是老碎 (小) 呀！"仁庆说："妈呀，你也知道老二媳妇的性子，人歪！老三媳妇平日里不吭声，但肚里有主意。你和芬芳相处的日子长，她是啥人你心里有数，我觉得你跟我比较好。我的这几个娃哪个不是在你的炕上睡大的，娃们子也都习惯了呀！"仁庆妈又说："你的娃都大了，顶小的都到了四年级了，可仁达的老大还小，老二还在肚子里，我给你和老二把娃看大了，也该给老碎看娃了！"仁庆见母亲是铁了心的就说："那就这一两天我和老二、老三商量一下，再把老舅请来同上村官人（村干部）把家分了，省得时间长闹得难看。仁庆妈说：叫你舅和官人（村干部）做啥，咱家就是给你爸看病和送埋你爸搭了一些账，把账一分就行了，门口的大小树弟兄们看着一分，房每人一间，老三管我，那间磨房就归他，还同啥人哩？！"仁庆点了点头说："到时再说，最好同个人，'分书'总不能咱写吧！"

芬芳在灶房洗锅，傍晚的知了发疯地叫唤，时而齐刷刷地停，时而突地叫起，知了尿从核桃树、楸树、榆树、柿子树上飞下，就像春季的毛毛雨。仁庆问："国华，高考马上就到了，你要注意休息，不要有太大的包袱，甭没个黑里白日，心态要放稳，考试不要怯场，我和你妈当然想让你上大学，但我们不能让你身体和心理受吃亏！"仁庆又问："咱村今年高考就你和保川两个？"国华说："就两个，我是补习生，他是应届生。保川学习也不错，就是爱怯场，平时考得好，到期终考试就是不稳定。"仁庆又问国雅："你高一咱村有谁？"国雅回答："剩下母蛋、我和社安，但社安计划停学，准备去西城干活。"仁庆又问国建，国建说："准备上高中的只有革新，爱源不念了。香女考了中技，考上高中的也就是我和革新。"仁庆的眉又皱了一疙瘩。

第二天一大早，仁庆洗罢后就在门前扫地，他想早点将分家的事同老二、老三商量一下，但两个弟弟还都没有起来，所以就坐在核桃树下的捶布石上等。7月的清早，气温稍低于体温，微风吹到人身上舒坦得如猫儿在舔，满眼是翠绿的大小树叶。磨房南墙角有两株一人高的月季花开得正艳，一株粉红的，一株大红的，美得像两个亭亭玉立的少女。面对这样的美景，仁庆不由自主地想起了他的单位——朝城煤矿。那是一个偏僻的山区，他每天在地下几百米深处默默地苦干，他干过掘进工和运输工，可现在又成了一名采煤工。漆黑的巷道，哗哗飞转的煤溜子，嘟嘟作响的风钻，震耳欲聋的炮声，煤灰飞扬的工作面，一群只有牙白眼仁白的矿工。黑色粉尘在矿灯一道道光束中狂舞，偶尔光束中也会出现几个金黄的精灵，那精灵可能是亡故工友的魂，也可能是他自己的灵魂。他每天看到的只是乌黑的煤和出大力、流大汗的弟兄们，感觉到的是冰凉的回风和滚热的汗水。可他还是努力地干着，在他看来，当时自己是捎着镢头去修路，一是可以挣些钱，更重要的是离开那时的斗争之地，用繁重的体力劳动来麻痹和冲散众多的烦恼。他的大学梦像肥皂泡一样破灭后，原想做一名兢兢业业的乡村教师，可村里批斗人的材料都要他这个"四不清"的后人来写，所以他修铁路后又成了朝城煤矿的第一代开拓者，但在矿上又要他写"批林批孔"的文章，他受不了将《论语》断章取义的折磨，就又申请当了一名一线下井工人，说到今天成了吃国家饭的人，他很自足。他欣慰的是家庭虽然清苦，但必竟没有政治运动，他的大学梦可以通过子女来圆。子女都乖觉灵醒，所以他高兴地不知何时笑了起来。

这时仁达房间的门吱一声开了。仁达这是要到砖厂去上工，现在是砖厂一名熟练的砖坯工。仁庆叫住了仁达说："老三，哥和你商量个事，你晚些去上工。"仁达答应了。兄弟二人来到后门的仁贤门前，仁达上前就要敲门，仁庆挡住了说："咱等一会儿，估摸老二也快起来了。"仁贤是个泥瓦匠，现在盖房的人多了起来，就和邻村的几个人搭了帮盖房。不一时，仁贤的房门开了，只见仁贤提了尿罐跨出了门，他没有想到老大和老三在不远处站着，猛地看见有些不好意思，脚步犹豫一下，还是红着脸问："你俩在这干啥？"仁达有些生气地说："快倒你的尿去，一个大男人，老是黑里提，第二早倒，你就窝囊……"仁贤羞答答地倒了尿回来说："哥你等一下，我回去抹一把脸！"

弟兄三人来到了灞河边，河水的哗哗声如同从地下深处传过来，柔和的让人昏昏欲睡。仁贤张了一个口说："哥呀，有啥神秘事，还要到河边来说？"河边已没有了柳树，河面显得更宽。仁庆坐在河边的一块大石头上说："咱屋的大事——分家！"弟兄三人的表情一下沉默了许多。就听仁贤说："我也不想分，可英花一天嚷嚷个不停，我督乱得受不了！不答应呢，老打捶！"仁达发了火："你就是怕老婆，她能把你吃了！"

仁庆制止了老三说："我和咱妈说了，咱妈的意思是无论如何跟老三。咱爸是合家埋的，就是看病和送埋拉下一些账，账在我这，村上分的那头牛给爸看病钱紧卖了，总账是640元。昨晚我也想了，家里也没有几件像样家具，没有啥可分的，这640元的账我全背。我的娃多就多分我一棵柿子树给娃吃嘴，房前屋后的槐树、榆树、楸树、椿树、杨树你俩商量着分，我不要一棵，那就是磨房东边的那棵桐树给我，我好给女子出嫁时做箱子。"仁达说："账咋能让你一个背，这640元是给咱爸花的应平分才对。"仁庆说："我不是月月有国家发的工资吗！"仁达说："我不想让人说闲话，无论如何都要给我分一份，要不然成了啥了！"仁贤也说："是呀，不能让你一人背，门前的树都给大哥。"仁庆说："榆树最好给老三，将来好给咱妈做寿枋。"仁达说："既然大哥执意，那其他树我和二哥二一添作五，但账多少是要给我们分的，大哥你五个娃都上学，况且国华马上就高考了，考上了又要花钱！"这时芦苇荡里莺呱呱鸟叫了，像是在吵架又好似在说话。3个人达成了基本的框架。仁庆又说："那咱就给咱舅家说一声，再把支书、大队长（主任）、羊娃等人叫上，把家分了吧。分了也好，自个儿过自个儿的日子，两口子也没了矛盾，只要日子好，就是给咱王家争了气。回去和媳妇们说一声，也商量商量。咱过两天后同人写'分书'！"

　　后晌仁贤干活回来，将分家的事同媳妇英花说了，两口立刻骂了仗。就听英花说："家不能这样分，咱爸搭下的账咱不背，他老大挣国家的钱，老不在家，他的娃多，地要咱种，力要咱出，是咱养活了他的婆娘娃！他怂子溜溜心不操心，到时一家刚吃饭，挣了钱都是他的，好事都让他老大占了！"仁贤说："你不要喊，这只隔了个墙皮皮，让大哥和仁达听见了！"英花声反倒更大了说："就是要让他们听见，我不是馕包怂（笨人）！"芬芳在东边，将英花飘过来的话听得一清二楚，人就浑身打战，气得想回声。仁庆小声地挡住说："行咧，行咧！人家说婆娘娃是他们养的就是他们养的，为这事闹仗又不是一回了！"芬芳埋怨仁庆说："你每次回来不过夜就把所有的钱给了咱爸，连回程的路费都是我借的钱，她咋不说？就你仁庆是个瓜瓜（傻子）！"西边仁达的媳妇梅丽听见了老二媳妇的话，心里也有同感。就对仁达说："二嫂说得对，账就要他老大全背！"仁达气愤地说："你能知道个饭香屁臭！咱大哥挣的钱不都交给咱爸了吗，二哥和咱结婚的钱是哪来的？给咱爸虽然落实了政策，恢复了党籍和名誉，但村里没钱只用那堆砖瓦顶了退赔！娶你和二嫂的钱还不是大哥的！闻早（提前）悄着（不要出声）！"梅丽不吭声了。最后仁贤和媳妇打到了一块，英花抓烂了仁贤的脸，仁贤倒在拉架的老娘怀里哭得呜呜呜。仁庆妈拍着二儿的头说："甭叫唤（哭）咧，我娃就是这妻命！唉……"

仁庆因每次将工资一分不拉地给了父亲，每次回单位时都要向芬芳要车费，芬芳最早还嘟囔埋怨："你挣钱，还向我一个屋里人要盘缠（路费）！你瓜（笨、傻）的不给自己留个路费，都一五一十地上交了！"可日子久了，芬芳也就习惯了，每回用自己卖鸡蛋的钱或借的钱给仁庆作回程的路费，可自从再生老汉过世，他就将这一卷钱完完全全地给了芬芳。

第四天的晚上，仁庆的大舅到了，村支书和村主任还有羊娃都来了，芬芳在灶房里炒菜准备给来人上菜。人都到齐了，仁庆妈笑笑说："都麻烦村官人（村干部）了，我原本说就不吃'割事'（契约）咧，后来我想，让他舅和你官人来对着哩，给弟兄仁把家分得清清的，省得往后日叨叨（吵架）！"仁庆舅先说了话："谁都知道王家老辈浑（团结），可今儿个要分就分了吧！现在就兴'单干'么，我刚和庆儿见了话，我看庆有些亏，但他庆的枣树上能打下枣他又愿意，就按他弟兄仁商量的一分就成了！分家要一碗水端平，每人都称心难呀，兄弟们多了，总要有吃亏占便宜的！"就见英花说："舅呀，我爸那640元账，我一分都不背，我大哥挣的钱都过了他的日子，就没给大家子用，一年到头他能回来几回，地里的活他干得不多，有个人来客去行门户，他就没掏过钱，凭啥要我背账！"芬芳一下急了说："那我娃他爸每回从矿上回来不是把钱都交给了咱爸？大家子花的不是仁庆的钱？！"英花不屑地说："我没见过！""那仁庆给咱爸钱时还要把你叫到当面！"芬芳气轰轰地说。梅丽也想给英花帮腔，但见仁达瞪着她，就不敢吱声。妯娌一吵，支书、主任、羊娃不好意思。就见仁庆说："英花你甭嚷，芬芳也悄着！640元我全背了行不行？"芬芳又要辩理，被仁庆恨住（用面部凶相表情制止）了。仁达说："大哥呀，我二嫂不背，你和我平摊一人320！"这时梅丽不答应了说："背，咱也只能背200多一些！"仁达就要扑着打梅丽说："这有你说的啥，吃饱不知搁碗的货！"仁庆一看形势不妙，就说："老三呀，坐下好好说，不能动手，梅丽有身子，你这一动手，让舅和村干部咋下台，咋出咱的门，脸往哪搁？"就见羊娃说："我看清白了。兄弟三人的心思我也摸到了八九不离十，我说个分法你看行不，树和地没有啥分，也没有啥麻达，主要是把账一分就成了吗！这样看行不行？账仁庆叔掮大头，仁达叔掮小头，仁贤叔和姊到我婆老了（去世）送埋时，拿一斗麦二斗苞谷就行了，看仨人同意不？"仁庆说行，但芬芳狠狠地瞪了他一眼，生气地回房去了。英花这时暗自在心里笑。仁达不好意思地点了点头。英花又说："我想盖房那堆砖瓦也给我。"仁贤羞愧地坐在那里不抬头，头快碰地。后来村支书写了分书，王家三兄弟就这样分了家。

7月7日，仁庆和芬芳将国华送到了考场门口，仁庆一眼瞅见了"提高一分超越千人"的横幅，学校门口挂了"带着饱满激情与自信把热血洒向 86 高考"的标语。就见芬芳先说:"华,我娃心里甭加负担,稳稳考就没麻达!"仁庆也说:"爸这次回来主要是给你鼓劲来了,你一进考场爸就要回矿上,你现在是安下心,不要慌,屋里有我和你妈哩!至于上学的钱你不要操心,我们会有办法的。"国华红着眼说:"爸妈你们放心,我这回一定能考上,你们就都回吧,爸你回矿时路上当心些!"仁庆哈哈笑着说:"爸将西朝线都踏平咧,况且西朝线就是我们当年修的,咱灞川县的三线战士连我是连长哩!"一家三口都笑了。

三天高考很快就结束了,国华估了分数,比去年高得多,内心非常高兴,就心里想着挣些学费为家分忧,所以同芬芳和国雅加紧了纺门帘。当时灞川县外贸公司让农村人用苞谷壳纺成黄豆粗的苞谷绳,再用苞谷绳编一串一串帘子,装订成门帘,销往外地。一个门帘卖三块五,所以全家纺的纺、编的编、装订的装订,这样干下来,一个暑假能挣 50 多元。

瓷窑村的青年妇女大都去了砖厂搬砖坯,男劳在生产线上,有的拌土,有的装烧好的砖块,众多青年妇女中,狗蛋媳妇是个轻省活——给不能回家吃饭的人做两顿饭。羊娃媳妇当然是计工员,来了买砖的她收钱,来了给厂子送煤送柴油的她付钱,所以是出纳会计一人兼,一天到头忙得不亦乐乎。羊娃成了甩手掌柜。羊娃没有闲着,他在谋划着更大的事情——在灞河里建砂石厂。

暑假是孩子们最开心的时候,国利、国建、臭娃、黑蛋、革新、向水、宋灶、翔龙等在灞河牛楼头的水潭里游泳。一个个一丝不挂地在水中表演,你一会儿扎猛子,他一会儿乱扑腾,一会儿从岸上跳起扎入深绿的水中。就听臭娃说:"没有了苹果园和菜园就是不美,要是往年,咱能偷吃苹果和洋柿子、黄瓜。"革新骂道:"都怪羊娃把果园推了,让我们没有水果享用!"向水说:"那咱就让羊娃先死,咱们给羊娃修坟箍墓。"大家一轰扑上了岸,水潭边是厚厚的沙子,向水就开始和大家堆沙子，不一会儿，一个大大的沙堆出现了。革新对国强说："去，找个平板石头给羊娃做墓碑。"一个 2 尺长 1 尺宽的白石头拿来了。臭娃说："那用啥在石头上写字呀？"宋灶自告奋勇地说："这任务交给我和翔龙。"只见他两人光屁股跑到莲菜地边，这时正是荷花盛开，荷叶翠绿的时节，两人都折了大荷叶和荷花，飞似的跑了回来。国利问："弄荷叶荷花弄啥？"宋灶鬼笑着说："弄就弄好，这是给羊娃做花圈用的。"国利的字好，墓碑当然由他来写。"宋仁生之墓"，五个青泥字在白色石头上十分显眼，用荷花荷叶做好的花圈放在沙堆上，这时向水第一个假哭了起来："羊娃呀，羊娃你死得好惨呀——"随后大家都光屁股围着沙堆哭，只有革新手扶着牛牛一边尿一边哈哈地笑。

这时羊娃来河里看砂石厂的地方，见这帮小家伙在哭他又气又笑地悄悄走过来，他朝背影尿尿的革新屁股上轻踢了一脚，革新没拧身就骂："踢我弄啥呢？我倒把你妈给……"当他拧过身子瞪眼一看是羊娃，就惊叫道："甭哭咧，羊娃来咧！"这一声吓得低头正哭的小家伙衣服不要地飞跑起来。羊娃看着白石头上的青泥字笑了起来，心里想：这些碎驴日（笑骂小孩）的还真有想象力，这字写得比我强多了！他对着远处的小家伙喊："这字谁写的，是国利写的吧？你碎怂（带有爱的骂）字能赶上你仁庆爸！"说完笑笑地拧身走了。革新、国利等怯怯地返回来，将"墓碑"拔了扔到深水里，又你一脚我一脚将沙堆踏平了，拿起了衣服边穿边回家。

炎热而快乐的暑假快结束了，瓷窑村又出了两个爆炸性的大新闻。一个是德德家的大女子香女——尚燕玲考上了中技，再一个是仁庆家的大女子国华考上了省师范大学。这可不单是这两家的骄傲，而是瓷窑村的骄傲，更是乡初中和西庙高中的骄傲。这样的喜气在瓷窑久久不能消去。

队长羊娃来到仁庆家说："国华妹子，你是咱村的里程碑，是'文化大革命'后第一个正儿八经的大学生，是省上名牌大学的大学生，哥真是羡慕你，甚至有些嫉妒！哥我是没逢上好时候，我当年也是西庙高中的梢子生，可惜让那个时代把我掐了！"他又说，"你要到学校去报名，钱不够就开口。嗷，对了，我知道公蛋的传呼号，去西城你不熟，家里人又送不了，你给公蛋打电话让他在西城车站接你。"国华感激地说："羊娃哥多谢你了！我到时就让公蛋帮我。"羊娃同芬芳打了招呼笑笑地走了。羊娃走后芬芳说："羊娃这人是个阳性子（直性情），人是好人，有时脾气怪！"羊娃拧身又去了德德家，他要向香女贺喜。他刚一到德德门口，就看见德德正在给老得快死的老牛梳毛。羊娃笑着对德德说："叔呀，给牛梳毛哩，香女在家不？"德德翻了一下眼说："香女在哩，你寻香女做啥？"羊娃笑说："香女考上了中技，将来是要当老师的。我来给香女和你贺喜来了！"德德还是没有停下手中的梳子说："你只要不日鬼（使坏）我就行咧，'黄鼠狼给鸡拜年'！"这时香女从家里出来说："爸，羊娃哥是好心，你老是戴个有色眼镜看人！"德德对香女说："我想戴有色的眼镜还没有呢！"羊娃尝到德德的话味，就再没回话。他对香女说："你上了中技出来是教小学的吧？"香女点了点头说："要学两年。"羊娃说："那就好，哥求你个事，请我妹子答应我这个碎队长！"香女惊讶地说："求我，我能有啥本事？！"羊娃笑说："我求你学校毕业后回咱瓷窑村教咱村的娃！"

香女被这突如其来的请求惊呆了，她从来没有想过毕业后回瓷窑。在她原来的思想里是留在西城，最次也是灞川县城。城市是她做梦都想去的地方，那里是亿万农民向往的福地呀！好不容易跳出了"农门"，剥了"农民皮"！咋能将白生生的袜子又向青泥里塞呢？父母艰难地供就，自己辛苦地学习，不就是要离开农村这个让人看不起、出大力、流臭汗的泥窝窝吗？羊娃看出了香女的意思就说："妹子不想回瓷窑是对的，就是呀，谁愿意来这山旮旯呢！对了，不说了，你到西城报名时和国华厮跟（一块同行）上，相互有个照应。到了西城让你公蛋哥一接，如果人手不够，不是有生平和跟山两个大小伙吗！"这时德德对羊娃说："不要勾拐（骗，引诱）香女！我娃成了公家人，人往高处走水向低处流，书念成了回瓷窑干啥？"羊娃苦笑："叔呀，你爱咱村不？"德德说："爱不爱，反正比你羊娃爱！"羊娃还是苦笑说："爱咱村就是让咱村有学问、有本事的人都到城里？那将来瓷窑咋发展，谁来建设，瓷窑的娃就老让蒋文化老师一个人教，一个人带3个年级？咱祖祖辈辈的瓷窑娃就在快塌的元君庙里上课，等着让房倒了往死里塌，都向老黄和石纳的娃子？！"德德一下低下了头。香女也十个手指不停地抠，她就觉得脸发烫。以前她认为羊娃是一个只知道挣钱的人，但羊娃多次开会的讲话，特别是刚才反问她爸的话，让她突然觉得羊娃不是光想挣钱，他有为瓷窑的公心，也有更高层次的追求。羊娃又对香女说："就安心念书去吧，但不要成了城里人就忘了咱瓷窑！"香女不好意思地回应："哥呀，咋可能呢，生养我的地方我不可能不回来！"羊娃笑说："难说，你爸是咱村的老死党，刚才不是也说，你已是吃商品粮的公家人了吗？你爸这样爱土地、爱农村的人都要'往高处走'！何况你个碎娃哩！但愿以后回来，还能认得你这个当队长的羊娃哥！"羊娃说完，扬长而去。父女两人瓷了一双（你看我，我看你）。

国华写信将她考上省师大的好消息告诉了爸爸。仁庆妈和芬芳高兴地给国华在核桃树下缝单人褥子和被子。这时香婆高兴地提了一笼晒干的桐花走过来说："芬芳把我拾的桐花给国华装一个枕头，让娃上学拿着，这桐花又香又醒脑，枕上好得很！"芬芳连忙起身接了说："香婆呀，我正愁少个枕头哩，这下好了，你老是神人呀，总是紧板处帮人忙！"香婆又说："娃走时把咱巷子口的土给娃包些带上，这车辙土防水土不服哩。"芬芳说："是去西城又不是出省、出国。"香婆坚持地说："带土做个备用么！"说毕香婆又拧身说："回呀，回去再提一笼给香女送去！"就听仁庆妈说："你老心好，能活200岁！""对呀，我要好好活，等着看好世事，享大福哩！"香婆轻快地挪着小脚回去了。

　　国华和香女到西城报名上学要走了，全村的男女老少都到村口的公路边来送行，当然还有村中的鸡、猫、狗。你一句我一句地叮嘱着这两个一大一小的姑娘，说的话比两个娃的亲妈还多。这时羊娃发了话："大家伙儿，咱村社教运动后出了两个公家人，一个是仁庆叔，一个是立立叔。可20年后的今天，咱瓷窑村又出了两个公家人，况且是两个女的。一个是'状元'，一个是'举人'，咱队上给每个人100块钱的奖励，敲锣打鼓地给送来！"说完将10张"大团结"双手递给了芬芳，又将10张递给了会会。芬芳不要，她说："国家不要学费，我只给准备两个月的生活费，往后她爸月月从矿上邮。"羊娃说："非接不可，不多这100块，这是对娃和你家的肯定和承认，也是对村人的鼓励！"芬芳就激动地接了。在接钱时她想：这100元可是我喂两头大肥猪的价格呀，是我全家熬夜挽门帘要干两个暑假才能挣来的，是他爸在地下煤窑窟窿苦干两个月的工资呀！她的眼红了，对羊娃说："我不知道咋谢你这个队长，这钱可是咱村人的心呀！"羊娃笑着说："婶呀，甭谢我，要谢就谢现在的好世道，我当年要是这世道，我不是北大就是清华，现在不当这个碎队长，我起码是个市长或县长！"会会也感动地说："羊娃，谢你了。香女和我屋人会记下你的！"羊娃看了看正抽着旱烟的德德，德德拧了一个身。

　　香婆右手拉着国华，左手拉着香女说："我娃都有出息，一个个要飞到大世界去了，你们都是婆接生的娃，可一闪眼都要独个管自己了。咱村现在有6个西城干事的人了。婆不知道少了两个女娃，再加上公蛋等几个男娃，瓷窑村是咋样的不习惯，日子是要冷清一阵子！"国华和香女眼泪开始朝外涌，香婆和送的人也都红了眼。香婆给两个女子抹眼泪说："往后放假就回来！"国华和香女只是不住地点头和擦眼泪。车来了，两个娃同家人和乡邻道了别，恋恋不舍地上了公共汽车。上了车都不约而同地趴在座位上呜呜地哭。公共汽车屁股冒了一串黑烟后，飞快地消失在众人的眼际。

车驶过了灞川县城，在通向西城的 312 国道上飞驰，路两旁参天的杨树迅速地向后倒去。车窗外的夏风吹起了两位姑娘的秀发，国华出神地透过车窗凝视着夏季的风景，她陷入了深深的回忆之中。那是一个扎着羊角辫，身着粗布衣，脚穿毛底布鞋的小丫头，在凤尾的猿人遗址旁采野花；她从九富泉槐树上扯下红布当头绳；她在倒沟峪里捋槐花；在王爬岭上挖小蒜；在凤头的稻田里逮蚂蚱、抓螃蟹、捞鱼虾；在芦苇荡里采水芹菜；在荷花池里追青蛙；在灞河里戏水、摸"金瓣鱼"；在河里炒鱼虾烧着了叽卡裤，回去让妈妈拿扫帚在屁股上打；偷生产队的豌豆，逃跑时被麦芒扎得脸稀烂，婆抱着她哭；她考试得了第一，爷爷领着她上西庙集吃粽子釉糕；她怀揣着"三好学生"奖状回来，爸爸给她买《新华字典》；她上小学五年级时，作文写得好，蒋文化老师把她抱到胡基垒的讲台上……不知何时坐在车里的国华眼泪已落到放在腿前的手背上。香女也在回忆之中，她这时正想起 1985 年那场大雪，她回忆起了老黄的儿子惠军和石纳家的冬旺，她想起了他们鼻子、口淌血地躺在冰冷的雪地上，她不禁流泪。此时国华转过头，香女急忙擦眼泪说："华姐，咱都不想咧，今儿个高兴才对！"国华擦擦泪，抿着嘴点了点头。

车已进入城区，车速慢了下来，一股热浪冲进车窗，西城的味道扑面而来，马路上车水马龙，人人行色匆匆，大小街道都是车和黑压压的人头。姑娘们都是过了膝的裙子，露着大白胳膊腿，只有像她俩刚从农村来的女娃才裹得严严实实。街道不时传过来春晚的歌曲——"我们在回忆……在冬天的山巅，露出春的生机……"

国华和香女看着这繁华的西城，她们心中不约而同地想：这是我的历史时刻，也是我们将来要生活的全新世界！她俩不由得心跳加快了。

公蛋、生平、跟山早早地在火车站东边的汽车站接国华和香女。当她俩从车里还没有下来时，生平早爬上了车顶的货架。他喊："那两蛇皮袋是你俩的？"国华说："那个黄尿素袋是我的被褥，袋子上有我妈补的一片蓝叽卡布，白氢胺袋是香女的。"香女忙说："口口有个红线绳。"生平从众多的蛇皮袋中终于找到了他要拿的对象。公蛋对跟山说："朝下摞，快摞！"生平说："万一有肥皂盒和牙缸，弹失塌咧咋弄？"国华和香女都提起手中的网兜说："脸盆、缸子和鸡蛋都在这里，摞，没事！"只听唰唰两声，一黄一白的袋子分别落到了公蛋和跟山手中。"唉，这有啥难常（困难）的！"话音未落生平从车顶上直接噔地跳了下来，身轻得如他家房檐下的胡燕。

5个朝气蓬勃的青年人，就是5个梦想相撞，会撞出五光十色，色彩斑斓的火花。他们5个走到火车站中央广场时，公蛋突然双手高举过头顶，双腿分开有力地蹬着石头铺的地面，头对炎炎太阳发疯般地狂吼——"千年古都西城呀，我瓷窑的状元、举人来咧！"他这突如其来的吼叫，不仅惊呆了他的伙伴，更引来全广场众人的惊讶。大家好奇地注视着这个衣着时髦，留着爆炸头的青年和身着土气的两个漂亮、纯洁的乡下姑娘。

国华的学校在城南，香女的学校在西大街。公蛋等三人将她俩分别送到后，就回了单位。国华报了名，将行李放到宿舍，铺好床铺，她是三号床的上铺。她来得早，宿舍里还没有人来，索性就到学校里随便转转。"呀，多大的学校呀，它能顶八个西庙高中，三个瓷窑！"校内路的两旁都是一抱粗的法桐，几幢办公楼早被爬山虎染成深绿色，不时有小小的亭台和花园。有些高年级的同学在她叫不上名字的花丛旁看书或聊天，开学的校园热闹得就像瓷窑的收获时节，不时有几只鸟儿在树头飞跃。校园内都是苏式的四层五层楼房，比西庙高中红砖红瓦的瓦房要阔气得多。可与瓷窑那真山真水的自然环境相比，这里的环境虽美，但有了人为的修饰，多了娇柔和造作，少了自然的大气与随和。当她怀着新奇和陌生的心情参观完她将要生活的世界后，已是下午四点多钟了。她没有吃12点的饭，她有说不出的心情，使她没了食欲而不觉得饥饿，但她发现同宿舍的八位同学都到了。

　　同宿舍的同学，从穿着上明显能让人分出三个世界，一类是大城市的，一类是地方县城的，一类是农村娃。当然，国华是属于后者的。大城市的有雪白的蚊帐和大红的皮箱以及时髦的连衣裙，手腕上有嚓嚓作响的蝴蝶表，床上更有套了被套的白生生的、看着都舒坦的薄被和毛毯；县城里的是咖啡色的鬃箱，新缝的缎被面新得晃眼，但就是没有被套，穿的是正在流行的喇叭裤和细白的的确良短袖衫。其余的5个农家女，都清一色地没有蚊帐，被褥都是那种大花大红大绿的布料，最好的是住在她下铺的那个，她有一个印有"为人民服务"的黄色帆布拉链提包。在城市人眼中的她们几个是那样的恓惶，她们的被褥和衣着是那样的土气。因国华在上铺，她只能站在两排架子床形成的狭窄地带，但自己的一切和人家比起来无疑是渗底的，她是一群天鹅里的丑小鸭，所以一股强大而猛烈的自卑感冲到她的心里，她只觉得浑身发热，脸颊发烫，有多只眼睛像锥子样猛扎着她。她飞快地爬上了上铺，面墙躺下。就听她下铺的问："上铺的，你叫个啥，哪里人？我是周至的，姓舒名蕾，咱宿舍的都自我介绍一下，将来就要在一起学习生活四年呀。"国华小声而清楚地用灞川话说："王国华，灞川县的。""嗷，猿人故乡的，你那里也出玉呀，那你家离猿人出土的地方远不远……"下来大家一个个地自报家门，但国华除了舒蕾，其他的六个人的姓名一个也没记住。

一阵电铃过后，大家向教室跑去。国华开始了她崭新的大学生活，也开始深刻地体会西城和瓷窑的不同。她将乘大学这艘知识的航船，驶向理想的彼岸！知识会将她的人生道路照得通坦，她也将用光芒四射的知识诠释人生的意义，还有可能照亮别人！

时间对忙碌的人来说，即使你攥紧拳头瞪大双眼，它也会从你紧攥的指缝和圆睁的眼前大摇大摆地走过。转眼到了中秋节，公蛋准备回家收秋，同时回家也要实施他伟大的计划。

中秋节前的星期天，他叫了生平、跟山和香女到国华的学校去，他要在大伙中搞一个回乡仪式。5个人最后在省师大校外的小饭馆坐下。可以明显地发现国华和香女皮肤白皙多了，本来二人就漂亮，这一白比城里的姑娘好看多了，主要是她们眼睛中的那份清纯和骨子里透出的那股说不清道不明的气息。公蛋第一个开了口："你俩这一个多月习惯了，西城的水就是养人，你俩更漂亮了。我才来时也黑，你们现在看我像不像一个城里人？"生平说："比城里人还有势！"公蛋哈哈笑了："我给我下了一个定义——是在城里干活的人，更体面地说是生活在城里的农村人。"大家都相觑而笑。"不要笑，我现在要宣布一个事情！"公蛋挥着臂说。跟山急忙问："啥事？"这时饭馆的服务员端上来一盘酸辣土豆丝，公蛋让了一下身子说："我准备回家干！"跟山不解地说："我一直认为你是说说而已，咋就当真了，现在工作稳定，工资也不错，领导又常夸你有创造性，将来想办法把户口转到西城，你是大有前途的，你是领导的料呀！说真的，我和生平有时很惭愧，同岁的，咋再努力也赶不上你呢？"国华、香女等也都劝。公蛋又说："不要劝我，我就这性格，要强不服人，喜欢有挑战性的事，越有挑战性我越有激情！我有时间也问自

130

己，为啥不认命和不服气。最后我发现，是瓷窑和西城的差距让我不认命，是城里人最早看我那鄙视的眼神让我不服气，今天我本来要8个菜和5瓶啤酒的，但我后来为什么只叫了3个菜，而且是不值钱的，一个土豆丝，一个炝莲菜，一盘回锅肉，给国华和香女只要了两瓶汽水，咱3个也只分一瓶啤酒，这是为什么？不是咱现在花不起这20多块钱，关键是咱们肥吃海喝的时候，想没想瓷窑那吃糠咽菜的父母，同样是人，为什么人家的父母吃肉喝酒，咱的父母吃苞谷糁喝浆水……"

公蛋说得有些热，他干脆脱了短袖，光了上身，露出健美的肌肉。香女不好意思地说："哥呀，你看你的样子，这是在西城又不是在瓷窑，开腔亮肚的像个啥，不文明！"公蛋没有理会香女的忠告说："啥叫文明，西城灯火辉煌霓虹闪烁就是文明！瓷窑一到晚上黑嘛咕咚，伸手不见五指就是不文明？！西城到处是柏油路，天晴下雨不踏泥是文明，瓷窑天晴扬灰路，下雨两腿泥这就不文明咧？！"公蛋说得大家一个个成了哑巴。生平笑着说："一码是一码，你老爱和人抬杠，城里是城里，农村是农村，就不能在一块比吗，谁叫人家生在城里，咱生在山旮旯呢，这就是命么！"公蛋说："你生平认命，我尚钢锋就不认命，我要让家乡人比西城人过得滋润！"这时香女和国华都突然发现，眼前光身子的人不是公蛋而是羊娃，羊娃要建设瓷窑和超越城市的话又在耳畔响起。香女瞬间觉得她好像要答应上学前羊娃对她的请求，她将来要做一名瓷窑的小学教师，同在瓷窑辛苦工作了20多年的蒋老师并肩战斗。国华的眼睛有些湿润。她也在想：我将来要回灞川县吗？我将来如何对得起那贫穷善良、辛苦朴实、肤色黝黑的父母乡亲呀？！生平心想：我要为结婚多挣钱，不能让父母再吃苦受累，将来我把二老接到城里过。公蛋这个爱折腾的家伙，怎么就这样疯狂呢？唉，人各有志，随他去吧！公蛋最后说："每年八月十五就是收秋的时候，我马上就回去收苞谷，收完后我要在瓷窑创天地了。我会用毛泽东的战略——农村包围城市。相信不到 10 年，西城最高的楼房就在我的脚下，20 年后全国各地大城市都有我的地盘。假若不能成功，我公蛋就老老实实地在瓷窑当一名种地的农民，但我的庄稼要做得和老先人不一样！"

这时马路对面的商店里传过来崔健《一无所有》声嘶力竭的歌声："我曾经问个不休，你何时跟我走，可你却总是笑我一无所有……莫非你是在告诉我，你爱我一无所有，噢……你这就跟我走……我要给你我的追求，还有我的自由——"

国华再一次陷入沉思：我是农民的女儿，公蛋有他的 10 年和 20 年计划，我有什么呢？我有什么可以与人相比？物质上我无法与人相比，我只能用百倍的努力，用学习的成绩与人相比！跟山看着天才的演讲家公蛋兴奋而激动的脸，心里想：真是德德和抡脱卯的后人，骨子里和血液中有领导的基因，但我没有他的魄力；我要珍惜这来之不易的工作，用我的辛苦劳动，挣来的钱赡养父母；我要回家盖房，盖三间平板房；用我的钱娶媳妇，不花家中一分一文，让老爸老妈能在瓷窑体面地生活；三个兄弟我要供他们上学。可惜爱塬这个东西不上学，唉！有什么办法，谁让我家全是"光葫芦"（男孩）！一段长长的沉默。大家都在各自的心里长河中驰骋。公蛋打破了寂静："唉，菜来了，我这几句话，就震住你们了，那还了得，将来怎样欲与天公试比高！来，不说了，一切尽在酒中！"说完公蛋第一个猛地昂头，一大杯啤酒一饮而尽。

瓷窑的金秋就像一个将要分娩的孕妇，玉米和大豆是少妇那对丰盈而性感的乳房，金黄的水稻是她鼓鼓的有生命的肚子，荷花、荷叶是她美丽的孕妇裙，各种树的枝叶是她俊美的秀发，满山遍野红彤彤的柿子是她身上一颗颗装饰的珠宝，芦苇荡是她手中的青纱……

当公蛋踏上瓷窑的土地时，他又一次感到这里是他灵魂的栖息地，这里的一切都使他感到亲切和自在。繁忙的秋收在瓷窑人的手中有条不紊地进行着，割稻子、打稻子、拔豆秆、打豆子、掰玉米、挖玉米秆、剥玉米、拧玉米颗粒，再就是边晒玉米边播种小麦。

德德套了老牛种凤东翅的小麦，但一亩地没种完，老牛就气喘吁吁地卧着不走了，德德赶忙解开老牛脖子下的缰绳，松了撇绳卸了牛革斗，可老牛怎么也起不来，口中不停地吐白沫。干庄稼的老把式抢脱卯弯着腰走了过来，他用怜悯的眼神看着老牛说："干了一辈子，老了！牛不行了，唉！"这时老黄、土头、棱子、呆印、尊脉、石纳等都也跑了过来。老黄说："算了算了，剥了吃肉！"德德瞪了他一眼说："你也不怕嘴上出了疮！"石纳说："那就拉到集上多少变些钱！"德德没有理他，还是用手抚着牛的脖子。香婆迈着小脚赶到时，老牛已咽了气。香婆说："瓷窑村从此没有牛了！"

瓷窑村生产队时的那7头牛死的死，卖的卖，如今一头都没有了。生生家的牛被泡倒的房砸死了；仁庆家再生老汉看病没钱把牛卖了；尊脉家品忠得了肾病要看病也卖了牛；土头家4个娃要上学，牛卖给了玉山湾；棱子家人口少地也少，养牛划不来，就卖了；老饲养员呆印，去年放牛时摔骨折了腿，后来人不方便，就将牛给了亲戚。德德原地不动地挖了坑，埋了老牛。石纳、老黄不停地说："可惜了，值百十元呢，德德脑子有病！"香婆生气地说："等你俩老了，把你俩也卖了肉，看能行不？"老黄说："牛咋能和人比？香婆你是香烧得多了！"香婆白了他一眼，没理睬他们。

突然，瓷窑村的上空飞来白鹤、喜鹊、麻雀、锦雀等在老牛的头顶盘旋哀鸣，村中的鸡、狗、猫和各种树木都静立不动。

生命就应受到尊重，不管是伟大的生命还是卑微的生命，当每一个生命都能用怜悯的心态去对待另一个或另一种生命时，世界将是快乐的、善良的。

木 篇

公蛋开始了他的宏伟而可行的计划。公蛋在他家门口和村口的公路上写出了"收柿子，0.03元/斤，联系人：瓷窑村尚钢锋"的布告。除了香婆外，公蛋没有和瓷窑任何人商量，因为他知道他不会与谁商量出个子丑寅卯，但他很有把握。他回家时，和厂里多个"不安分"分子有合作协议，他只管收好柿子，销售和运输就不用他公蛋操心了。

公蛋的这一举动，迅速招来了全村人的议论："在西城挣了两个臭钱就狂得没领了，好好的工作不干，回来收柿子！"那个说："人家是品种的事，他爷的外号是抢脱卯，我看公蛋的胡成精，胡折腾，将来非抢断筋不可。哎，对对对，他爷叫抢脱卯，他孙子叫抢断筋，好外号！"许多人像哥伦布发现新大陆一样发现了公蛋的外号。他们突然发现自己是天才。

不几天，公蛋家收的柿子就堆积如山。这次让公蛋奇怪的是，一向反对他的父亲这回却出奇地支持他，帮他验柿子，过秤，有时还和卖柿子的人，为一斤半两争得面红耳赤。他看着父亲，布满皱纹的手脸和将要成为虾的身子，不由得眼前模糊，同时他也想到了一句耳熟能详的俗语——打虎亲兄弟，上阵父子兵。

德德为什么支持儿子？以前儿子完完全全地到城里给人家干，可今天大不相同，儿子要把瓷窑漂亮的柿子弄到城里去挣城里人的钱，当然就会给瓷窑人带来好处，他打心眼里高兴和骄傲。对他这个年过半百的老家伙来说，没有别的本事，他只能在土地上舞弄，土地下放了，他觉得他对瓷窑没有了贡献。可今天，他又可以为瓷窑出力。所以德德是忙前忙后，乐此不疲，高兴得像一个小伙子。

公蛋去寻羊娃，是因为羊娃给砖厂装了电话，他要给西城的合作伙伴打电话。到羊娃家发现门锁着，他又去了砖厂，羊娃一家都在。因收秋，所以工人都放了。羊娃媳妇刚做过结扎手术，下身的伤口痛得她龇牙皱眉。羊娃这一段时间有三个角色，一会儿爸，一会儿妈，一会儿丈夫。公蛋进门时，他正在抱着哭闹的儿子在脚地转圈圈，见公蛋来了就自嘲地说："我这个妈工作仍需努力，不过你还别说，带了一段时间碎娃，我理解女人的艰难，也真真正正体会到了父母的伟大和辛苦——真是'要知父母恩，怀中抱儿孙'！"公蛋说明来意是打电话，羊娃就说："你不是发誓买大哥大吗，咋牛皮吹爆把气放咧！"公蛋不好意思地回答："不是要贩柿子吗，我要留本钱，就没舍得下手。羊娃哥你砖厂的生意好吧？""好，现在盖房的人多，不愁销路，我就急着开工哩。"公蛋打完了电话，就同他们打了招呼回家了。到家后香婆也在，香婆还是慈祥地边笑边抚公蛋的头，好像公蛋在她眼中永远是当年的三岁娃。香婆高兴地说："婆祝我娃大吉大利，生意一定顺利！"香婆是瓷窑人的"善人"，所以她的话大家爱听，在场的人无不兴高采烈，心情舒畅。

第二天来了两辆拉柿子的解放牌大卡车。拉柿子来的是两个比公蛋年龄稍大的青年男子，一个很胖，腰粗得像大老瓮，他的胯骨被厚厚的肥肉盖了，所以只能穿背带裤，脖子粗得和胸背相通，硕大的头就像是弥勒头，真让人操心他的头随时会从肩上滚落。老黄趴在石纳的耳边品头论足，二人咯咯地诡笑起来。另一个是同公蛋一样精干的小伙子，他腋下夹了个小皮包，下身是喇叭裤，上身是写有"甭理我"的黄短袖，带有标签的蛤蟆镜没有戴在眼前，而是架在了大爆炸头发上。装满了车，胖子过来给老黄、石纳等发带有过滤嘴的纸烟，说："叔呀，谢谢了，我们过几天就又来呀，到时还要有劳你们呀！"老黄的头点得像鸡捣米似的说："没麻达，农村人别的没有，有的是力气！"石纳吸着带有过滤嘴的纸烟觉得不过瘾，就掐了过滤嘴直接抽。"西城人弄个这把把子，闲得没事咧，这烟也没有个劲，不美不美！"老黄说："这叫文明，懂不懂，瓜怂（笨蛋）！"

公蛋最后和那两个人一块去了西城，临走时那个瘦小伙从腋下的皮包里抽出一摞十元大钞给了德德说："叔呀，拿着继续收，下一回我们准备装成纸箱拉到广东去，挣南方人的'大团结'！"老黄笑着说："德德呀，今晚把嘎（钱）放鬼些，小心我今儿黑把你的货给下了。"德德笑，"你娃来么，来了我能把你打得粘在捶头（拳头）上！"大家一哄地笑了。

公蛋到西城贩柿子是瓷窑人的喜事。狗蛋的媳妇也有了喜事，所以高兴得见人就笑，只是她家的狗老跟着她乱咬。狗蛋媳妇踢了狗一脚说："回去看门去！我到香婆屋里给神烧香呀！"狗生气地回去了。她来到香婆家，香婆正在收拾玉米胡子。她就问："香婆呀，人家用苞谷胡子编火绳，你又不抽烟，弄苞谷胡子弄啥？"香婆笑笑地回答："苞谷胡子熬了汤喝，可以降血压，利尿利血管，这是我给我拾掇的药。""呀，这烂东西还能治病，难怪你老越活越精神！"这时线兰狼撵似地跑到两人面前，喘着气说："香婆呀，你玉花娃拉痢疾，吃了几天的药不顶事，让你老给看看，你孙女拉得立不起身子！"香婆有些急，就说："婆也只是能用土方子给娃治，这拉痢疾在秋里爱得，都是吃啥不注意，吃瞎了肚子；你到地里寻些新鲜的马仔菜给娃熬上，喝几顿看行不；但也要听先生（医生）的！"线兰又匆匆地寻马仔菜去了。"狗蛋媳妇你寻婆有啥事？"香婆亲切地问。"婆呀，你不是常年烧香吗，我想'借花献佛'在屋里给神上炷香，让神保我早怀上。"狗蛋媳妇真诚地恳求说。"这有啥难常的，我娃朝回走。"香婆将狗蛋媳妇让进了黑乎乎的小房中。狗蛋媳妇在神坛前的香炉里，上了三根香后跪了下来。香头冒出的烟丝像三条游走的丝线缓缓地飞上漆黑的屋顶，最后消失在黑色之中。

过了一个多星期公蛋同那两个人又回到了瓷窑，这次他们捎来了印有红柿子的纸箱，将柿子装了箱又运走了。走时公蛋对德德说："爸呀，再给你拿些钱继续收。"德德说："上次给的还剩一多半呢，不要不要。"公蛋说："爸，今年是闯路子，明年再大干。这两车如果到广东卖得好，就知道了路道。下来你收的时候可以要弹烂了的柿子和软柿子，价可以降些，用这些柿子可以做醋。收的硬柿子，让咱村的妇女旋柿疙瘩（柿饼），到时候我回来给人家工钱。"德德再一次发现他原来最操心和最逊（讨厌）的大儿子公蛋，原来对瓷窑是这样的有用。他穿的衣服虽然不顺眼，但不一定就是瞎熊（坏蛋）。

连公蛋也没想到广东对北方柿子的喜爱，远远超出了他们的想象。柿子不到一个星期就卖光了。他又参观了广东一些地方，发现南方人不仅卖鲜水果，还将水果深加工。加工后的水果价格就是孙悟空翻跟头，这对他启发很大。他们翻身又去了广东，又卖了四大卡车，也很快凯旋。第一仗就打得漂亮，三个人也挣了个盆满瓮流。当公蛋从广东回来时，他就发现瓷窑各家各户的房檐下是一串串削了皮的柿葫芦，那个好看呀，就像一条条玛瑙项链。他家的前后也摆好了许多最大号的大瓷瓮，这显然是他爸买来做柿子醋用的。公蛋兴奋得不知如何走路，就见他家的狗汪汪地对他说："旺啦，旺啦，旺旺啦。"

公蛋和全家人在香婆的指挥下，将烂柿子和软的不能旋柿饼的柿子倒入大瓮中，用木板一个个盖好瓮，再用草泥密封瓮口。香婆笑眯眯地说："到醋熟的时候婆再给你说保鲜和防醋白花的法子。"

公蛋传奇的挣钱故事不胫而走，不时间传遍了东川的犄角旮旯，上门提媒事的人毫不吹嘘地说，可以用络绎不绝来形容，媒人一个接一个，这个来那个去，简直能把德德家的门槛踢断。是呀，谁不想将女子嫁给一个门风正、双亲懂礼节，娃又灵性的家呢！况且他爷抢脱卯在过去有好名声，他爸尚德德是啥人品，要说的娃——尚钢锋是县东川第一个敢到城里闯世事的人，敢辞挣钱多的工作，说一千道一万，只要娃走正道，能挽（挣）来硬峥峥的'大团结'就是本事。无论哪个村来的提亲人，德德都一视同仁地招呼应酬，他一面听着来人对女娃的赞美之词，一面幸福地点着头吸着烟。德德这时才找回了下台几年来的第一次扬眉吐气，他就觉得自己坐在那里在不断地变大，大得戳出了屋顶，冒过了村里最高的窜天杨，冒过了秦岭的歪嘴崖。

老黄第一时间就想到了将大女子嫁给公蛋。老黄的大女子宋惠佳和公蛋同年等岁，她妈虽然有些木讷，但宋惠佳却灵性麻利，人也长得眉清目秀，楚楚可人。因老黄的重男轻女思想，早早地停了惠佳的学，惠佳就和两个妹子惠丽、惠萍纺苞谷绳编门帘挣钱。大女儿和公蛋、品霞、国华、生平、跟山还有石纳的老大女子宋春霞都是 1964 年生的。在全村来说，可以和他竞争的只有三个女子。老黄想：一个是品霞，但她有了家，下半年马上就要出门了；第二个是国华，人家是公家人又是大学生，一个吃商品粮的咋能跟公蛋呢，即便是公蛋再能行，但也不可能呀；第三个就是石纳的大女子宋春霞，论家，他石纳不行，论女子的长相，除了个头高，哪一样也不是我惠佳的对手。对！我就让人给我惠佳提媒事。但又让谁去上德德的门呢？老黄轻松地想到一个人——香婆。

香婆听了老黄的心思，心里就很督乱。以她看来，德德和公蛋答应的可能性不大。凭她对公蛋的了解，那是一个有志向的娃，明眼人可以从他的眼神中看出，公蛋的"神大"，瓷窑这个"小庙"是"供"不住他的。而老黄的大女子，娃是好娃，但那个性情是不可能相配的。再拿大人比，德德是堂堂正正、说一不二的硬气人。但老黄是墙头的毛娃草，见人说人话见鬼说鬼话，是一个鸽脖（鸽子），谁怀里暖，沟子朝谁怀里蹶，况且社教运动时还整过抡脱卯，生产队时老和德德唱对台戏。但老黄求到了她，她咋能不传这个话呢？

香婆来到了德德家，德德、会会、公蛋的婆爷都高兴地招呼。当香婆说明来意，全家的脸都拉长了。德德是个聪明人，不能让香婆的脸挂不住，就说："香婆呀，这都是娃们子的事，我们大人拿不住事呀，要看公蛋的意思。"香婆并没有奇怪，这一切都在她的意料之中。

石纳何尝不是做着同老黄一样的梦，他也想让大女子给德德做儿媳妇，但又让谁登这个门呢，他也轻车熟路地想起了香婆。石纳想：这种事我去不合适，就让老婆粘娃去吧。他将心思告诉老婆粘娃后，粘娃双手一拍屁股说："你，你石纳不不笨么，我、我这这就去去！"她高兴地去了香婆家。香婆正在吃公蛋从广东给她买的甜食和水果，见粘娃来就顺手递给她一个杬果。粘娃问："这又——又是公蛋买的呀？"香婆嘴占着，就点点头。"这果——果子叫——叫啥名——名字？"香婆咽了口中的甜食说："公蛋说，叫什么来着，对，对是'忙果'（杬果）。"香婆问："春霞她妈你到婆这有啥事？"粘娃开门见山地说："让你给老——老大——大女子提个亲，把娃给——给公蛋说。"香婆在粘娃将话说到"大女子"时她已明白了来意。香婆心想：咋都是这人呢？公蛋在西城挣了钱就有人给公蛋提亲；这回公蛋贩柿子挣了钱，说媒的就能踏平德德家的门槛子。这平时里和德德沟子对沟子的老黄和石纳都要攀"高枝"，真是说不清白的世事！香婆不能让粘娃出不了自家的门，就说："石纳媳妇你先回去，婆只能把话捎到，婚姻这可就是个缘分，不能力争下马（很快），得看缘分。"粘娃自信地说："你看看俺娃娃的佻杆（身段），大——大个子，大沟子，是生娃的身——身胚，保——保证给抢脱卵生个八——八斤重重的孙——孙子！"香婆听着笑了说："你先回，我这就去德德家。"粘娃走后，香婆又是一阵分析和比较。她觉得这些要当面给公蛋说说，要知道公蛋的真实想法。

公蛋这时在砖厂和羊娃、狗蛋等人喝酒谝闲传，围在他们旁边的还有不上学了的社安、爱塬等人。就听羊娃问公蛋："这回贩柿子挽挂（挣）了多少货？把货吸了，这回得请大家的客！"公蛋笑说："不多，不多，没你的生意大，不说不说。""咋，怕我问你借钱？不敢说！"公蛋不好意思地说："就 30000 多块。"羊娃瞪大了眼："你这是抢钱呢，不到一月就捞 30000 块！"公蛋说："本来可以多挣些，但到了南方，人家谈嫌（抱怨）包装不行压了价！明年把纸箱彩印，势扎起，就会更好！"

羊娃又问："我看你在做柿子醋和旋柿葫芦（柿饼），还是想挣城里人的嘎？"公蛋喝了一杯酒后说："我不拿它们换钱，我是一天三晌吃柿饼喝醋呀？！"大家哈哈笑。公蛋问："羊娃哥，你下一步准备扩大规模吗？"羊娃吃了一颗花生米说："扩大个屁，要扩大你爸答应吗？不扩了，我准备在灞河开砂石厂，现在盖房成了风，都要用水泥和沙子，况且我打听到咱门前的 312 国道要加宽，用石子的量大着哩。不过要把沙子、石子卖给公路上，是要走后门请客送礼的！我现在老虎吃天没处下爪，建砂石厂不怕，怕的是找不见'后门'（关系），请不上客送不上礼呀！"羊娃困惑地喝了一杯酒。这时，不上学的社安和爱塬问公蛋："公蛋哥，到西城寻活好寻不，我也想到西城去干活？"公蛋说："要干活，活多的是，但你爱塬忒大（太小）的，初中都没毕业，太碎，不行，社安还可以！"社安就趁热打铁地说："那你就把我介绍到你原来的厂里去？"公蛋说："和你生平哥在一块干！估计单位的头头恨我哩，我撂了人家的挑

140

子，炒了人家鱿鱼，怕不好开口呀！"社安晦气地叹口气。爱塬提醒社安说："不是有你跟山哥哩，你咋不寻呢？"爱塬说："我嫌我大哥打我，他让我念书哩！"社安赌气地说："我哥对我也一样，让我咋开口？"公蛋说："长大了，咋老要靠别人，咋不想着靠自己呢？"两个一大一小的家伙眼睛一亮，把手一拍说："唉，咋没想到呢，咱自个儿闯西城！"俩人高兴地跳着走了。

香婆找到公蛋时，他和羊娃酒喝得正欢。见香婆来，公蛋立刻下了桌子，整了整衣服，抹了抹嘴，将靸拉的皮鞋蹬好。公蛋红着脸问："婆呀，你咋来了？"羊娃笑说："公蛋你见香婆咋像老鼠见了猫，乖得很嘛？！"公蛋说："我就是怕，我的怕是尊重。"羊娃这才有些明白，不由地也站起来。香婆笑说："我这个棺材瓢子有啥怕的！你们说正经的婆就走了，一会儿，公蛋你到婆屋里来。"公蛋忙说："就是羊娃哥刚说要在灞河办砂石厂，现在也没啥再说的了。"香婆一听说在河里办砂石厂，心里又是一惊，这一惊和羊娃说要在龙口嘴开砖厂时的一惊如出一辙，香婆打了一个趔趄。公蛋忙扶住她说："婆你咋咧？我扶你回去！"羊娃也奇怪地看着一老一少慢悠悠地下了砖厂。"一说办砂石厂，香婆就发晕这是咋咧？"羊娃不解地摇了摇头。

香婆在公蛋从砖厂扶回家中的路上，想了许许多多。当年羊娃说在龙口嘴开砖厂，她脑海中就有了三个怕：一怕是毁树、毁地、毁九富泉；二怕是伤瓷窑的风水；三怕是真实的报应，如果照这样下去不出十年，遇上淋雨天，是要大滑坡的，那就……今天又听说羊娃要在河里办砂石厂，这厂子一开，河里的鳖、鱼、虾咋活呀，金雀、老鹳等鸟儿咋活呀？砂石一挖走水变成浑嘟嘟，连个洗衣服的地方都没有了，河床一下降，稻地和芦苇荡就吊了起来……

婆孙两在门外坐下，香婆有她的自知之明，她清楚地知道，公蛋听了她的担忧后，只能是同样的无奈。果然公蛋说："婆呀，你为瓷窑想得长远，但在现在的形势下又能咋样呢？大到国家，小到咱灞川县，全都想着法儿搞经济，说白了就是挣钱。只要能弄来钱，谁会听咱婆孙的话呢？！"香婆说："理是这个理，但将来瓷窑的子孙咋过活呢？好了，咱婆孙说说你的事。"公蛋和香婆有一种心灵相惜的灵通，他回答说："我爸妈和爷婆都逼着我赶快订婚结婚，但目前我还没有碰见合适的女娃，我也想让全屋人都放心，所以也有了订婚的打算。"香婆就对公蛋说："婆不瞒你，老黄和石纳都托我把他们的大女子给你说，婆想听你的实话，好给人家有个回话。"

公蛋一下想起过去。他和生平、跟山、惠佳、品霞、国华、春霞都是一起玩大的，他们一起在元君庙里上课，在河里逮鱼、捞虾，在倒沟峪里给生产队割草，一块偷过果园的苹果，捅过芦苇荡的鸟窝，偷折过莲菜地里的荷花，说起来他们就像是姐弟一样亲。后来长大了，都上了初中，青春期的萌动才让他们知道男女之间是有区别的，更有一种神秘微妙的、说不清的情感上的东西。再后来，因各人家境的不同，只有他和国华上了西庙高中，国华文科学得好，就学了文科，自己对数理化很感兴趣就报了理科班，但俩人之间那种神秘的东西一直牵连着他们。直到国华考上了大学后，他才彻底地死了心，但心里一直为国华留了一片连自己也不曾踏入的"自留地"。

香婆这么一问使他无法言对，但要对香婆说实话，所以公蛋说："她俩我没考虑过。香婆呀，我不想找个本村的，假若她俩中的一个是外村的，我有可能答应。我认为我将来的媳妇应该是善良的，能伺候我爸妈的人，我未来的媳妇我不知道是咋样的标准，但应是我父母的儿媳妇。"香婆起先没明白公蛋话里的绞绞（意思），但很快就明白了，说："公蛋，我娃是一个有孝心的娃，百善孝为先呀！婆以前就给人家唱'孝歌'，婆一进门，从孝子的身上脸上言行上，马上就可以看出谁孝谁不孝。可话说回来，你也要把婚姻的缘分放到第一位呀！"公蛋点了点头。

香婆给老黄和石纳都回了话，老黄和石纳就更讨厌德德。

公蛋帮家中锄完了三遍玉米苗。瓷窑人是锄三遍玉米地的。头一遍是锄麦茬，即松了土，又加快麦茬的腐朽，增加土壤的有机质；二遍是正儿八经地锄草；三遍是拥土，保证玉米苗扎根抗倒伏。到给玉米施肥的时候，德德说："忙你的核桃的行情去吧。就（施）肥料，我和你妈慢慢磨腾，趁着我俩还能干，将来干不动了，也只能你干了。你不到城里胡跑就好，城里不是咱乡下人的天地。老在城里漂着，到头来，城不城，乡不乡，是个'四不像'么。你有空和石头咀的娃见一面，那娃在所有提亲的女娃中，我听媒人说，觉得是最好的。"

公蛋自从收秋回来，就发现父亲和他的关系亲近多了，过去动不动就动手，可近来随和得很，说话有了商量的口气。公蛋使劲地琢磨和推敲，最后他悟出了一个原因，那就是父亲看他在农村干了与农民有关的事。他爱农村、农民和农业，所以他就喜欢了他。对呀，不敢想象，一个酷爱种地的人，你突然让他放下手中的农具而干别的，就等于要了他的命。人都是有理想有目标的，一个有着农业目标的人，如果没有完成他的目标，他是何等的痛苦！他将怎么办呢？他不能左右别人，他只能通过自己的影子或者说是自己的复制品——子女来完成他的目标。这可能就是父亲德德骂他恨他，又爱他帮他的根本原因。

公蛋用双腿丈量了东山、南山、北岭的沟沟梁梁，他不仅摸清了核桃的分布，同时他又发现了一个不是秘密的秘密——用咪咪梢作"神仙粉"的办法。他从东山人那里购买了一部分核桃的样品，还从南山人那里搞到了咪咪叶，回家好在香婆的指导下做"神仙粉"。

其实一个巨大的计划早在公蛋的脑海中形成了，他要把瓷窑和灞川县有地方特色的东西"组团"弄到西城去卖。他现在初步定了柿子、柿子醋、柿疙瘩、核桃、神仙粉、洋芋糍粑等地方土特产。公蛋越想越高兴、越有劲，他三步并作一步地蹦回了家。回家后的第一件事是带了咪咪叶去找香婆。香婆是做神仙粉的高手。她让公蛋去砖厂上边的九富泉取水，公蛋到九富泉时，他有一种莫名其妙的感觉，泉水在咕嘟嘟地冒，泉边的老槐树上"还愿"的人系的"红"，都变成了烂边的白布，显然很少有人来了。泉边有些冷清，潺潺的泉水就是九富泉默默的泪。羊娃在村中央的主道旁打了一口井，所以没有人再来挑水，只有砖厂拌土制砖用泉水。公蛋撩开水面上的枝叶，挑了一担水朝回走，就觉得这担水异常得沉，一路上他歇了三歇。

香婆将咪咪叶放到盛有九富泉水的锅里烧煮，水热后她就用双手不停地在热水中揉搓咪咪叶。公蛋问："婆呀，这关键是水和叶叶的量要把握好？"香婆说："那当然是有象况的，量把不住凉粉就做坏了。婆给我娃说，除了九富泉的水量是一桶拘五拘叶子，这样出来用笸一算，肯定是没麻达！"神仙粉制作成功了，香婆让公蛋给全村每家端一瓷碗。最后，仁贤家的9岁老大娃和6岁老二娃因抢吃神仙粉打碎了碗，赵生生家上小学三年级的翔龙没吃够，抱着碗跑来还要了一碗。

从此，公蛋就隔两三天给西城的一些饭店送神仙粉和洋芋糍粑，一天到晚忙忙叨叨。

公蛋在忙活着，羊娃也没闲下，他一直在乡上、县上不停地寻"后门"。他的脚步就像织布机上来回的飞梭。一天早上，他刚要去县上找关系，走到村口时被老黄挡住了。老黄问："羊娃队长，你只忙你的事，我盖房庄基地的事咋弄？"羊娃说："你下手盖么，盖开了，土地局挡住了再说，不过就是罚些钱吗？没有啥大不了的！""你说得倒轻松，不是花你的钱！"老黄生气地说。羊娃笑骂道："亏你还是瓷窑村的'诸葛'哩，眼里就没这一点点水弦（形势），你不看社会成了啥成色（形势），现在是以经济建设为中心，懂不？土地局也要挣钱吗，他那单位和咱一个家一样！他没钱拿啥给国家上缴！说你老黄灵（聪明），你灵个屁哩！"老黄心中仿佛有了底气说："你到时可要给我说话呀！"羊娃不耐烦地说："把钱准备好，我保证给你拿来红哈哈的庄基证！你最好多联合些咱村要盖房的，像石纳、仁贤、仁达、尊脉、土头等一起盖，到时候一次性办手续，受一次麻烦。另外我还有更大的事呢！"说着就走了。老黄追上说："那我和他们就在公路边下手了，到了紧板（关键时候）你可要出头呀！"羊娃甩开老黄拉他的手说："你啥时成了蹲下尿的女人，督乱（心烦）不，我羊娃从来是一个唾沫星一个钉，下庄基时离路摞开 20 米，弄你的！"老黄看着走远的羊娃喊了一声："到时还要让你拉石头、沙子、砖头哩。"羊娃头也不回地说："回头再说！"

三天后老黄、石纳、仁贤、土头、尊脉、棱子等就在公路以北，老瓦窑的东边挖开了房地基。羊娃没有时间从河里给拉石头，就让生生开四轮车给老黄拉石头，棱子当然是砌石头的主力，很快四家的地基就垒好了。生生又从砖厂拉来了砖头，从镇上买来了水泥，老黄早在河里自个儿捞了几车沙子也让生生给拉回，仁贤就和工匠们垒起了墙。第七天的上午，大家正在垒墙时，一辆帆布篷的吉普车嘎地停在村头的公路上，车上迅速跳下来五个穿制服的人，其中一个 40 多岁的领导派头的人，一边向建房处走一边喊："这是谁盖房哩，谁给了你权利和地皮？都停下，停，停了！"老黄一家两口心里发了慌，他们心知肚明这是土地局的人。老黄赶忙给这五个人挨个发烟，但没有一个人接他的烟，一个个脸拉得长长的，挺得平平的，领导模样的人对老黄说："把你的手续拿出来。"老黄这时头上冒了汗，他像求饶一样说："大兄弟呀！没，没手续！"那人一下火了说："谁和你是兄弟，没有手续就要拆，恢复到原来的可耕地！"老黄这时给大撒使了一个眼色，大撒心领神会地叫羊娃去了。老黄说："同志呀，俺是给村组交过钱的。这——这——这你看！"老黄递上一张字迹像小学娃开的收款收据。"540元，这是个啥，连个村委会的公章都没有。谁知道哪里弄的。"老黄更慌了，他用发抖的手指着收据上羊娃红红的私章说："这是队长的章子，宋仁生。"那个头头愣了一下说："我们不认这个，我们要看的是红本本。"大撒跑了回来，头上的水在往下滚。她低声地对老黄说："羊娃狗日的不知死哪去了，屋里、砖厂都没个人影影！"老黄心中大骂："好呀，驴日的宋仁生，你挨球的脚底摸油——溜哩，只收钱不管事，让我受这难常（受罪，为难)！""拿不出手续就掀墙，要保护国家的耕地！"那个人给他们土地局的人下了命令。在场的所有人都上来给说好话，就见那个领导说："咋咧，咋咧，想妨碍我们正当执法，都走都走！"只见一个虎背熊腰的小伙，随手拿了棱子砌石头用过的18磅大锤，就在没砌好的砖墙上发疯地砸。大撒一下傻了眼，她愣了片刻后，扑上去抱了那个壮汉的腿。老黄一看就扑过去夺那个人手中的大铁锤。就听有人说："呀呀，还暴力抗法呢，给我拉走！"随后，老黄夫妇被拉着腿磨到了一边。西面的墙被掀倒了，砖墙哗地倒在地上，顿时起了一场烟雾。大撒就觉得墙砸在她身上砸死了她，她昏了过去。随后，那五个人上了吉普车，领导模样的人喊："再砌，就再掀！"吉普车冒了一股黑烟不见了。

土地局的人掀倒了老黄的墙，就好比挖了老黄的祖坟一样，让老黄痛苦不安，坐卧不宁，他索性就赖到羊娃的砖厂老等。羊娃媳妇这几天刚能下炕，她抱着娃子对老黄说："黄叔呀你回去，羊娃见天在乡上、县上跑，晚上才能回来。你在这干等也没用，回去吧，他一回来我就喊你！"老黄难过伤心地鼻涕直流，他擦了鼻涕抹在鞋帮上说："我咋能回去呢？房盖了半截子让土地局狗日的给掀了，羊娃又耍了个一球日个兔蹬鹰（不兑现诺言），啥啥不管，钱我都交给队长了，可现在碌碡打在半坡里，我心里咋能平顺？不，我不回去，我就在这老等，我看他羊娃能跑了和尚还能跑了庙！"羊娃媳妇无奈地说："叔呀，那你从屋里拿个板凳坐下，我腾不开手，抱娃着哩。"老黄害气（生气）地拿了板凳坐在门口，他又吭地擤了下鼻涕，将黏稠的鼻涕一把抹在屁股下的板凳腿上。

这时突然听见羊娃哼着秦腔回来了。"为江山我也曾草船借箭，为江山我也曾六出岐山，为江山把我的心血劳干……唉！黄叔正盖房哩，咋有空坐到我门口？"老黄生气地说："你有心思唱《诸葛亮祭灯》我可没兴头听，你叫盖，可今后响让土地局给掀了！"羊娃不以为意地点了一支烟，又心静如水地说："掀了才正常，不掀就不正常咧，好，你回去再拿 500 元，还有仁贤、石纳等也一家拿 500 元，我这几天就专门给你几家跑事！"老黄气愤地说："咋啦，我们又成了韭菜园园，你羊娃啥时想割就割啦！我的钱也是血汗换来的牙缝挤来的，不是空里逮的！"羊娃笑笑说："老黄，赵疙瘩交 540 块，在哪儿盖的房，你现在在哪儿盖的房？大路口呀，天下雨你老黄脚一长，到了柏油路上，你是啥火色（形势），他瓷窑谁家一下雨不是两腿泥！公路口的地皮当然价高。540 块给村上交多一半，给队上提留一点，拿啥去土地局办事哩？这次的 500 块你说多吗？"老黄气顺了一些说："我这是碌碡到半坡——宁让挣死牛，不叫住住坡，我老黄在腔子（胸膛）砸一锤——认了！不过我给你羊娃说，这次可不能再失马（失败），再失马我老黄就翻脸不认人咧！"羊娃拍着胸脯说："没麻达，土地局就是要钱么，他还要人命？你给仁贤、石纳等快说去，同意的就盖房，不同意的把地皮给我撂下，过了半年一年，就会涨到 2000，3000！"

不到晚上 10 点，石纳、土头、尊脉、老黄、仁贤等都交了 500 块，只有仁达避计划生育没有来，但仁贤说："我兄弟一定要庄基，就是人没法联系，你就把地方给留着。"羊娃笑说："那办手续不能等呀，是这，你和仁庆叔给垫上不就行了吗？回头让仁达给你们。"仁贤一下子不吭声了。他闷了一会儿说："羊娃，仁达在你砖厂干活，你给垫些，我给垫些，我仁庆哥是远水解不了近渴，我过今儿个给他发电报，让他把钱邮回来还你，你看咋样？"羊娃思量了一下说："行，就这样办。"仁贤最后叮嘱在场的人说："我给老三垫的庄基钱，千万不敢让我媳妇知道！"大家都哈哈地笑说："你仁贤把男人当出屎来了！"

羊娃第二天又去了县上，他一是跑自个儿的事，再一个是去土地局为老黄等人办手续。说起土地局，羊娃是打过交道的，那就是办砖厂时，在崔乡长的引见下认得了土地局的王科长，这回羊娃径直地去了王科长的办公室。王科长就是带队掀老黄墙的那位，他一见老黄给他看的那张收款收据时就想起了羊娃。王科长一见羊娃进了门，就高兴地起来同羊娃握手，问羊娃砖厂生意如何，家人可好，喝水不喝，寒暄得让羊娃有些不好意思。羊娃说明了来意，王科长说："好的，我们科里开会，报到局里，局长办公会研究后再说。"羊娃嬉皮笑脸地递给了王科长一条烟，又拉了他到灞川县最好的饭店——川玉楼吃了一顿饭。王科长最后说："宋队长，你过一个星期后来，记住每户给局里交 400 元。"羊娃头又是一阵鸡捣米。

酒足饭饱后羊娃同王科长在川玉楼门口道别，可羊娃还有他的大事。他又去了灞川县的河道管理所，他想在灞河里开砂石厂，这里是他的顶头上司。羊娃这是来取开挖许可证来了，一进河管所的门，羊娃就开始不住地发纸烟和不住地点头哈腰，来到二楼所长办公室，所长不在，问其他人，他人回答："下基层去了，要找明天再来。"羊娃出了河管所的门又去了交通局，他要打听 312 国道具体啥时开工。好不容易敲开了一位副局长的门，可这位副局长不耐烦地说："你这个人呀，一天老在局里跑，你烦不烦，我是有些眼烦！你说你个农民操心人家修路干啥，回去把地种好就行了，修路是国家和修路公司的事。走吧，走吧，局里跑了快一个月了！"羊娃吃了闭门羹，心里不服，他心里骂：把我当农民你眼瞎咧，我今儿也没白跑路。他告诉我要找修路公司，对呀，修路公司就是我下一个目标。

一个星期后羊娃从县里取回了老黄、石纳等几家的土地证，同时也取回了他的"河道开挖许可证"。他走到村口时又唱起了秦腔："……穆桂英下了山，动起了枪刀……"

老黄家的房又盖了起来，很快，老黄放了上梁的鞭炮。石纳接着也放了。土头家也盖起了房，跟山没有回家，但递回来了大把的人民币。最后，不出两个月，除了仁达一家人没在而未盖房，其他清一色的平板房，高低深浅包括门窗都是一个样式，整齐划一，很是气派！这一排城里人才住的平房成了瓷窑的又一道风景，引来无数路人的赞叹和喝彩。老黄、石纳等人也挺胸腆肚地在门前不停地踱着步。

羊娃的办事作风总是不拖泥带水，木木讷讷，说风就要有雨，他很快又去了西城买砸石机和振动筛。他的钱当然是信用社贷的款。羊娃的耳际时常回响着县、乡领导的话语："只要是发展经济，只要是可行的项目，贷款我们是大力支持的。要干劲再大一些，胆子再大一些，步子再大一些，我们要尽快甩掉灞川县穷困县的帽子，让人们的生活好起来！"

羊娃兴奋地探问了市场上各种型号砸石机和振动筛的价格。最后他将中型的 J-LB 型拉回了瓷窑村，将它卸在了灞河岸边，人家送货的大卡车上有自带的起重机，卸这个 4 吨的铁疙瘩就像小娃玩尿泥。但一放到瓷窑的土地上，这家伙就生了根，稳得好似家门前的大秦岭。村里所有在家的小伙子都来帮忙，你说这样弄，他说那样整，但铁家伙还是纹丝不动，这时羊娃头上冒了汗。他说："老黄，拿你的槐木杠子去吧，多拿几个！"老黄边擦头上的汗边笑着说："白拿？"羊娃笑说："你蚕火（迅速，快）些。"羊娃给老黄扔一盒"宝成"。老黄喊了一声石纳说："走，掮杠子！"两人高兴地抽着烟走了。羊娃又喊了一声："到我屋再拿上几个碗口粗的滚木！"老黄、石纳已不见人，只听见老黄的回话："没麻达，我灵着哩，不拿滚木，咋闹活（干）呢！"一袋烟的工夫，老黄和石纳用架子车拉来了大腿粗、一丈长的槐木杠子，还有六个碗口粗的滚木。羊娃挨个给帮忙的人发烟说："过了瘾就要扇起整（拼命干）了，这东西是钱串子呀！"老黄笑着说："挣的钱都跑你腰里了。"羊娃严肃地说："甭胡说！我要给干活的人发工钱，还要还信用社的本利呢！"在羊娃的指导下，大家找准了位置支好支点，将砸石机的一头撬起，公蛋拿了一个滚木往下面塞，塞了几下，由于撬得高度不够没有塞成功，就听老黄喊："再抹一个杠子，把'牛'（支点）朝里踢。"嚯的一声，一个粗杠又塞在了机器的下面。两个杠子上爬满了人，就像两只蜈蚣，只听老黄一声吼："一……二，起！"那个四吨重的大家伙仰起了头，公蛋迅速地放好了滚木，用同样的办法又放下了三个滚木，这样铁家伙身下就生了轮，人撬着缓慢地向河沿的目的地进发。就听公蛋说："羊娃哥，这样要弄到猴年马月，我看还是用你的四轮车拽，加上人掀，那就快多了！"老黄第一个赞同。老黄顺便问仁贤说："你老三到底跑到哪去了？这长时间不见回来！"羊娃说："说真的我也盼仁达回来，他懂电，他要是在屋，我安装机器就省心了。但不能回来，回来了就要'挨刀'，乡上的人，一直瞪着眼盯哩！"此时四轮车开来了，车拉、人掀快多了。石纳想偷懒，就自告奋勇地说："我和公蛋给咱倒换滚木！"大家都知道石纳的心性也就随了他。石纳毕竟上了年纪，他咋能和公蛋相比，公蛋动作优美而到位，石纳的行动迟缓而误差百出。就见老黄骂："你弄不了，站到一边歇去，省得碍手碍脚！"老黄伤了石纳的自尊，石纳不吭声就是要倒换滚木，突然滚木压住了石纳的手，顿时右大拇指血流得如下雨，石纳疼得哭爹喊娘："十指连心呀，疼死我咧，疼死咧！！"大家见出了事，就立刻住手。羊娃忙从四轮车上跳下来，扑到石纳面前，只听羊娃说："石纳叔咱往医院里走，赶紧！"就听老黄说："骚情（自作多情）的叫甭弄甭弄，偏要弄，张（狂，骄傲）的把手指压了！"羊娃一边把石纳往四轮车上扶一边说老黄："手都成了光骨头咧，你还说风凉话！"老黄这才猛得一跃蹦上了车，但他毕竟上了年岁，一只鞋绊掉在车下，仁贤顺手捡起鞋扔上了车。羊娃一脚油门，四轮车嘟嘟去了镇上的医院。

到了镇医院，医生傻了眼说："快往西城的天京医院送，这大拇指要做植皮手术哩，咱医院没这本事！"老黄一下慌了说："爷呀，真是怕怕处有鬼，绳绳尽细处断，我就怕，偏偏出了事！"石纳疼得五官移了位，他骂老黄说："你狗日的老鸦（乌鸦）嘴，臭得很，就是你把我损的（带来霉运）！"羊娃说："都啥时候了还掐！"三人一块到了天京医院，拍片化验后，医生给石纳作了植皮手术。但在石纳的肚子上开了一个口，将右大拇指塞进了肚子，医生说将手指放在肚子里最短要两个月，这样做有利于所植的肉皮早日长好。两个月以后将手指取出来，再将肚子上的口子缝合。但治疗期间要将右手固定好。石纳难受得龇牙咧嘴，他对羊娃说："我这可是为你害的工伤，我到砖厂上不成工，你可要给我计工哩！"羊娃苦笑地点了点头。

一个星期后石纳从天京医院回到瓷窑村，人们见到了一个右臂上绑满了绷带，脖子套了白纱布的石纳，大家都同情地问长问短，又都拿了礼品到石纳家里探望他。香婆拿了一捆麻糖来看石纳说："石纳呀，这段日子不要抽烟喝酒吃辣子，更不要吃灞河里逮来的大草鱼，鱼肉吃了发哩，对伤口不好。"石纳难过地点点头说："香婆，我的右手成了呆呆，浑身难受呀！"香婆说："有了麻达，肯定难受，人常说'伤要养，病要挣'！"

羊娃安顿好石纳的事，就又开始了机器的安装。这时公蛋也没有闲着，他要建一个小小的醋厂，因为家中到处是大瓮，的确不成样子，他就去找羊娃。羊娃支持地说："要地方，咱瓷窑有的是，你看上哪儿我给你哪儿，不过你要给村支书和村主任打个招呼。"羊娃又趴到公蛋耳边叽咕了一阵，公蛋笑了说："这有啥难的，一会儿就去镇上！"羊娃也笑着说："明天，明天，我今儿个振动筛正安到紧板，顾不得！"公蛋临走时又说："那就说死了，明天晌午镇上谝，你如果有啥电焊的活吭声，我是前声落后声到！"

第二天村支书、村主任、羊娃和公蛋坐在了镇上最阔气的饭馆白玉楼里。羊娃先开了话："领导呀，咱公蛋是个有抱负的娃，他想要点地方建醋厂，他看中了村东公路北的那片地，你们看是……"村支书和主任对了一个眼色，夹了一口肘子肉说："公蛋看的地方就是咱村的肘子么，这，这……"羊娃立马递给他们俩一人一支"黄金叶"香烟说："这是娃的一点心意，都是一个村的乡亲，娃又办的是正经事，就给了吧！下来得研究一个价，让娃以租用的形式先用着，队上下来和娃写一个租用合同。"支书和主任就点了头说："那就每亩地给60块吧。"羊娃笑说："娃创事也不容易就50块一年吧！50块！"支书和主任边吃边笑，但最后还是点了头。

公蛋骨子里就有抢脱卯和德德的血气，他雷厉风行地从砖厂里拉来砖准备扎围墙，但被德德挡住了。德德最后让公蛋在最北边的荒地扎了围墙。公蛋又买来了石棉瓦搭起了简易的房子，正当公蛋、德德、会会等高兴地将家中的瓮向厂子里搬时，土地局的人又来了，还是王科长带的队，他们几个人下车来到公蛋面前怒斥道："你们瓷窑人翻了天啦，想在哪儿盖房就在哪儿盖，把国家土地当了自家的了！"公蛋吓得有点慌，德德赔笑脸说："娃和村组有租用合同，也给村上交了钱。"王科长皱了眉说："拿来我看一下。"公蛋跑回家取来双手递给王科长，王科长看后说："就是和村组有合同也要在土地局备案，同时也要给局里交钱哩！"公蛋惊讶地说："还要给局里交钱！"王科长瞪大眼说："土地是国家的咋能不交呢？限你在三日内到局里办手续，不然的话就给你推了！"说完王科长一行就开车走了。

公蛋刚办完土地局的事，又来到了工商局，工商局的事刚办完，又来到了卫生局，公蛋就有些恼火，心想：他妈的，干个事咋这难的，要敬的神一个接一个！所以，公蛋就对卫生局的人说："我这醋是天然的柿子有啥卫生问题？"卫生局的人说："你做的柿子醋如果是自己吃，我们不查，但你这是要卖的，要进人肚子的东西，卫生不达标吃死人了咋办？"公蛋气愤地说："我不卖，我自己吃！"卫生局的人瞪眼说："你不卖那你办了工商营业执照干啥？"公蛋被问住了。卫生局的人又说："下来你和厂里的工作人员也要到医院检查一下，看有没有传染病，食品行业对身体有要求，从业人员身体不合格就要查封、整顿。"最后卫生局的人说："醋样我们已采了，一周内拿着医院合格的身体检查结果和钱到局里办卫生许可证。"

公蛋生气地从医院体检回来，还没坐稳，国税局的人就来了说："你先把这个月的国税交了吧。"公蛋的气就不顺，他说："我还没卖哩，哪来的钱给你？"国税局的人说："你将来不卖吗？交税是公民的义务，如果你抗法不交，就封你的厂子！"德德看公蛋要发火就笑着说："多少钱？""100块。"国税局的人拿钱走了。德德对公蛋说："你以为，干大事是吹气球哩，没个九九八十一难，你能取来真经！好了好了，这也是很正常的事，要干事就要按国家的道路走！"公蛋泄气地说："我这八字还没一撇哩，就是这钱那钱，这不是鸡沟子掏蛋，这是杀鸡取蛋么！"

德德苦笑不语。

国税局的人走的第二天，地税局的人又来了，公蛋还是年轻气盛，他对地税局的人说："我想干个事就这么难，不见支持，都是要钱的，这是杀鸡取蛋么，这样灞川县咋样发展，事情没干成让你们给卡死了！"公蛋的话激怒了地税局的人，他们其中的一个说："我们是为地方缴税，咋能说我们扼杀你们企业，今天你的地税非交不可，不然就搬走你的醋瓮！"公蛋愤怒地说："你拿走我不办醋厂了，看你还收我的税不！！"公蛋的话使地税局的人没了台阶下，那个人就过去搬醋瓮，公蛋一看要搬他的"梦想"，就有些失去理智，他推搡了那个人，那个人就更疯狂地搬醋瓮。公蛋就和那个人拉开了锯，瓮摔倒在地上破成几瓣，流出了稀酸发软的柿子，厂子里顿时是柿子醋的甜香，两个人一下都愣住了。这时德德跑来，他对地税局的人说好话，又交了80元地税。地税局的人临走时说："一个星期内，来办税务登记证！"

公蛋只觉得心口堵得慌，他跑出了用石棉瓦搭的醋厂，跑到了河边大哭起来。会会偷偷地跟在公蛋后面，她怕公蛋想不开跑到河里寻短见。公蛋蹲在河边，不停地将大小石头朝水里扔，河水溅起大大小小的水柱，最后公蛋抱了一块大石头，但石头太重他没扔到河里，而是砸在了脚下的沙滩上，石头陷了一半。公蛋爬起来朝河中心走，会会忙喊："公蛋，妈给我娃送鞋来咧！"公蛋看见会会，又"妈呀，妈呀"地哭。会会说："我娃想开些，大不了又去厂里，你要想开呀，可不敢干瓜事！"公蛋对会会说："妈，你回去，我不跳河，我就是向灞河说说我的憋屈！"

羊娃看见公蛋，停下手中的活走过来对公蛋说："难过啥哩，这就是上社会课的学费，你不经坎坷咋能知道世上的弯弯道道！你羊哥我为砖厂、砂石厂交的学费比你多，跑的路能绕秦岭8个来回。行了行了！男儿有泪不轻弹，转悠转悠回去咥一碗裤带面就没事咧！"公蛋经羊娃这一说，心就豁亮多了。他迈开了步子，不知不觉他抬头，又到了香婆的门口，香婆正在剪窗花，她见公蛋吊着脸就问："我娃是咋了？脸这样难看！"公蛋走过去看见香婆正在剪"伍子胥闯关"，就对香婆说了这段时间发生的事。香婆听完后咯咯地笑说："人家是帮你哩，你咋着气呢？"公蛋奇怪地问："我正借钱哩，他们卡我的钱还是帮我？！"香婆笑笑说："韩信不钻人家的腿绊能成王侯吗？人家让你办手续看是糟蹋你，但你想没想，你将来要办更大的事，不就知道咋弄了吗？婆从你的眼窝里能看出，你不会只开个醋厂，你将来会把事闹腾得大得没边没际；往后你办事时就会先下手为强，而不是现在的让人家撵着沟子跑！噢对了，婆把这个'伍子胥闯关'给你，赶明儿个婆再给你铰套'过五关斩六将'！"公蛋接过'伍子胥'，他的心里激动得发疯，心跳得让他觉得全身的血管都在暴胀。他的心结被香婆彻底地解开，他感到有一种无形的力量在推他，他就轻松地跳上了凤尾，又飞上了歪嘴崖，再就挨到了天上的白云和太阳。

转眼就到了大雪节气。天气冷了许多，公蛋将柿饼放到大瓮中密封起来，这是给柿饼上"霜"，这样柿饼就会有一层雪白的甜"霜"，吃起来口感好而筋道。公蛋想赶到年前，拿到西城卖个好价钱。

当羊娃安装好砸石机并试机时，已是1986年的小寒节气。砖厂的砖坯因上冻不能生产，只留一部分烧窑人，其他人被调到了砸石厂上工。从此瓷窑白天就有了砸石机的哐哐声，这巨大的砸石声震得秦岭起了崖哇哇（回声），震得河里的鱼儿乱蹦跳，吓得老鹳不在瓷窑的地面上落，烦得德德家的狗乱咬，惊得芬芳家的芦花鸡的脸发灰，吵得线兰家的猫儿睡不着……

1986年的第一场雪纷飞时，尊脉要嫁大女子品霞了。尊脉请了瓷窑全村的人为品霞"饯行"（出嫁仪式）。大家吃了品霞的席面后，看着桐花湾的桐争辉迎走了一身红衣的新娘子。品霞今日打扮得很漂亮，挽起了头发，雪白的雪花落在她的头发和大红的嫁衣上，就像是一颗颗珍珠。桐花湾来搬陪房的小伙子，两人一组分别抬了花架和箱子。花架里是精细物件，有手工绣的鞋垫和针线细腻的棉鞋、单鞋，这是显示新媳妇本事的地方。全村人都高兴，但品霞和她妈麦芽心中却有说不出的伤心。最伤心的当然是品喜，他真的舍不得大姐离家，但男大当婚，女大当嫁是天经地义之事，谁又奈何得了呢？

送女（送新娘）队伍中陪新娘的是品霞的表姑姐和表姨姐，她俩见品霞在抹眼泪，就对走在最前面的品霞说："妹子呀，今天是你的喜日子，哭两声就行了！谁心里也一样，我当年出门时就舍不得，可女人就是这命，天生是男家的人么，到了人家好好过日子，天长了就习惯了！桐花湾离娘家又近，想回来一伸脚就回来了么！"品霞拉着哭腔说："我就放心不下品喜、品忠，娃们将来的日子咋过呀？！"表姑姐安慰道："你姊妹往后多承携（帮助，提携）娃么！"品霞边走边点头。

自从尊脉嫁了大女子，线兰就为生平的婚事着了急。立立在西城上班没回来。线兰嘟囔说："娃的婚事也不上心，请两天假回来，提早把一些事办办，让我一个屋里人（妇女）咋弄呀？生平个货，也不操心自个儿的婚姻大事，也不闻不问，啥都撂给我，唉唉！"社安劝他妈说："妈，你也太操心了，我哥的新房你早就让石纳叔和香婆拾掇好咧，现在就只剩下结婚了，有啥操心的？！"线兰生气地说："你以为娶个媳妇就喔（哪）容易！要让先生看日子，准备待多少席客，备多少肉菜米面，要给新房买脸盆架、衣架、洋瓷盆、胰子盒等零碎东西！"社安又说："买那早干啥呀，你看细发爷给做的衣柜、箱子尘土落一层子，还要人擦呢！""唉你个崽娃子，和你先人一个式子，老是屎到了沟门子才失火（着急）！"社安笑着又问："妈，你不是让阴阳先生给我哥看的日子是腊月初三么，咋又说让先生再看呢？"线兰说："腊月初三是人家灞河张看的日子，本来应以人家的日子为准，可我前几天请了桐花湾的先生给你哥看了一下，桐花湾的先生一掐算，说你哥和你嫂的八字不太合，要改到腊月二十三结婚，这样才能大吉大利！"社安笑说："先生是骗人钱哩！啥日子不日子的，我看啥时都能行。"线兰又气又笑地说："几百年来都是要看日子，况且桐花湾的先生看得好，我下来去寻媒人，让到灞河张商量一下！人家问起来的话，就说咱准备的东西没备齐。"社安味味地笑。

阳历十一月底生平回来了。生平的回村，又是一个爆炸性新闻。生平离开瓷窑近一年，在这短短的一年里，生平从一个土气十足的农村娃，变成了一个时髦英俊的城里人。他的皮肤比在瓷窑时白皙，他也留着时下流行的爆炸头，上身是只有两个扣子的大领西服，下身是青蓝色的喇叭裤，脚蹬一双尖头的乌黑发亮的皮鞋，腰间隐隐约约地有条银色的铁链，那显然是条 BP 机的链。只要不认识他的人都会认为这是立立家来了一位西城的朋友。

瓷窑人被公蛋震惊了几次，人们从最初的不习惯再到最后的羡慕。公蛋足以让人心里痒痒了，特别是村里的青年人和正在上初中、高中的学生，他们都想成为公蛋第二。这次生平衣锦还乡，更让瓷窑的人喉结发颤，眼睛发瓷发直。在他们心里，西城就是福地呀，西城可能一弯腰就是钱，手向怀里随意一抓，钱就像树叶一样到了口袋！更坚定了他们闯西城的决心。最起码爱塬和社安是"王八吃秤砣——铁了心"的。

生平和未婚妻张花花一块儿去了灞川县县城，他们要买心仪的东西。生平到了东街的百货大楼，他要买一部双卡录音机和一台 17 英寸的黄河牌电视。生平出手阔绰，让这位幸福的新娘心中生花。在张花花的心目中，只要有一辆 26 的自行车就心满意足了，她心里乐滋滋，但不能喜形于色，露出马脚。她只是轻声细语地对生平说："买那贵的东西做啥，算了算了！"生平高声说："我要让村里人瞅瞅，我生平在村里的分量！"花花搂了生平的右胳膊甜甜地笑。他们又买了磁带和化妆品后就要回村。花花问生平说："那你不给咱买结婚穿的衣服啦？"生平哈哈地笑说："结婚的衣服还在烂瀜川县买？！我在西城都买好了，现在就等你回去穿哩！"花花又是幸福地笑。

　　立立是腊月十八回的家，他回来时是单位的车送的，随车还捎回来一台"双鸥"牌洗衣机。老黄、石纳、棱子、会会、芬芳等人都来看生平家置办的家电，这些电视上才能见到的东西就在大家的眼前，大家像做梦一样摸摸这儿看看那儿。老黄说："生平呀，把你这个录音机给咱放一下，让咱也当一回'流行'人！"石纳的右手还在肚子里埋着，他也说："放，放，也让咱过个瘾！"生平接通了电源，按了下录音机边的一个按钮，只听咔的一声，一个巴掌大的小门开了，生平随便放了一盘磁带，又嘣的一声合上了小门，录音机立马唱了起来："在哪里，在哪里见过你，你的笑容这样熟悉……甜蜜……笑得多甜蜜……你的笑容这样美丽……""好好，就是好听。"老黄羡慕地说。生平对老黄说："叔呀，以后洗衣裳到我屋来，这洗衣机洗衣裳嫽太，不用人手搓！"老黄说："就是你媳妇将来愿意，可你线兰妈嫌费电呀！"大家一哄子笑。会会感慨地说："现在的社会就是好，齐整的，兴能挣来钱，想买啥就买啥。过去买啥都要票证，买个洋瓷盆子都要托人拉关系，寻情钻眼（找关系）的！"

　　时间对忙碌的立立家来说，那就是光阴似箭、日月如梭，眨眼间就到了腊月二十。瓷窑人把红白喜事的操办叫"过事"。过事就要早几天请"执事"，所以立立就在腊月二十晚上，请村中的人到他家坐坐。看客

158

的总管当然是德德，副总管是羊娃，他主管男客，女副总管时常由芬芳担任，上礼写对联的当然是仁庆，仁庆虽然没从单位回来，但说也一定二十二日赶回，误不了事。谁担水、谁搭棚、谁是内执事、谁是外执事、谁是茶酒执事，甚至谁烧火，谁背柴都安排得扎扎实实天衣无缝。可羊娃最后还说："生平的婚事是咱村改革开放后的第一个婚礼，不仅要办得洋活（好，排场）体面，还要办出水平和特色，我建议咱要请礼宾先生！"德德说："礼宾先生过去有，但现在不好寻呀，况且礼宾先生嘴里说的道道蔓蔓，谁会呢？"仁贤说："礼宾先生嘴里说的有一个人肯定知道。"大家兴奋地将目光射向仁贤，仁贤说："香婆呀！"大家一拍大腿说："呀，咋把香婆给忘了！对对对，香婆没麻达知道。"

那由谁当这个万人注目的先生呢，大家一筹莫展。还是羊娃说："就让老黄上吧，老黄的嘴能翻！"老黄一下子头、手摇成了拨浪鼓，"不行，不行，这是瓷窑的门面呀，让我丢人败德的，不行！"老黄推托说。德德说："仁庆回来让仁庆弄，人家肚里有墨水呀！"羊娃："仁庆是有文化，但仁庆不合适，这礼宾先生主要是幽默，能逗人笑，老黄能让人笑呀！""对对对，老黄合适，老黄上。"大家就决定由老黄当瓷窑的"门面"。最后羊娃说："咱要办得有特色，咱农村娶媳妇，女方都是步行来的，城里人家用车接亲，咱这回用轿抬，八抬子抬！"大家又是惊喜。但哪来的轿子呢，大家追问。"这简单，把八仙桌一翻，扎个轿不就对了吗？这事交给我爸就行了！"羊娃自豪地说。大家又都赞同羊娃的奇特想法。羊娃又对公蛋、母蛋、社安、跟山、爱塬等人说："你几个搬陪房的小伙子，把叶子（衣服）穿阔，势扎硬，到灞河张去，要长咱瓷窑的脸，咱可是大村大社呀！听明白吗？"小伙子们齐声说："没麻达，保证不丢咱瓷窑的人！"

眼看就要到小年腊月二十三，仁达想回家。中国人过年就讲究个团圆，瓷窑人还讲究二十三要回家吃二十三的饦饦馍，这是给家"领粮"哩。但他一家子不能回去，4口人只能他一人回去探探路，所以两口商量后，由仁达做开路先锋。

　　仁达是超生游击队这股大军中的小小一员，他为了逃避被结扎，携媳妇和两岁的娃盲目地跑到西城。一家人上了去西城的车，西城没有去处，思来想去只有投奔在省师大上学的侄女——国华。他们在西城下了车，一路打问，也不知走了多少路，好不容易找到了在城南的省师大，到了学校门口一问门卫，才知道硬是从城东走到了城南。他们要进学校门找国华，但门卫不让进，最后好说歹说，门卫才看在仁达媳妇的大肚子份上让他们进了门。东问西打听，艰难地找到了国华，国华一见她大和她娘就伤心地哭了。两人累得牛出气，头上的水滚珠子，背上的行李像是败军的行囊。仁达怀里的小妹也累得睡着了。国华赶忙给他们打水洗脸，又打来了饭。仁达和媳妇也顾不上国华同宿舍人的眼神，狼吞虎咽地将所有的饭菜来了个风卷残云，瞬间碗盘成了底朝天。因为国华在上铺，仁达媳妇大肚子上不去，国华就给下铺的舒蕾说了，让仁达媳妇睡在下铺舒蕾的床上歇息。下午仁达媳妇突然肚子痛，仁达的第一感觉就是要临盆了，算日子还有20多天哩，可能是走的路太多，人又吓又累要早产。国华和同宿舍的同学一下慌了，她们谁也没见过这阵势。就听舒蕾说："快往校医疗站送！"医疗站的医生不是专业接生的，但她必定是医生，她一见仁达媳妇的宫口已开，小娃头都露出来了，来不及转院了，她就急中生智地对仁达媳妇说："腿分开，使劲！"仁达媳妇也不是生头胎，她也有经验，加之生了头胎产道松了，她一鼓劲小娃就滑了出来。校医一看还是一个哇哇哭的男娃，就高兴地说："真是赶着鸭子上架，可鸭子还轻松地上去了！"大家那跳到嗓子眼的心又回到了肚子里，一个个边擦汗边笑。仁达媳妇毕竟不能在国华宿舍坐月子呀，所以在国华的帮忙下，他们在学校对面的东八村租了一间房子住下。仁达运气好，给仁达媳妇接生的校医，她丈夫是省三建的领导，在西八村领工盖楼房，就让仁达在工地上推砖和沙子。因仁达的二娃是在省师大出生的，所以大家给他起了一个名字——王文教。

猪娃也是在腊月二十三小年回家。他两口当时也是抱着大娃逃向了西城。他们的逃避更盲目，上了西城的车也不知道到哪儿下车，上了车一问售票员。售票员是一个虎背熊腰的魁梧壮汉，他极不耐烦地说："你这个人也真马卡，你都不知道在哪儿下车，我咋给你扯票！"猪娃也生气地说："你的票在哪，我看是一收钱就完事了。"售票员瞪眼说："这是我私人承包县二运公司的车，就是没有票，能坐了坐，不能坐了立马下去！"猪娃蔫了，猪娃媳妇挺着快要生的大肚子说："乡党呀，我是避计划生育哩，要不我去西城干啥？"售票员说："这有啥稀奇古怪的，我经常拉避计划生育的大肚子，你朝车后看。"猪娃夫妇一看果然有他们的"战友"，本来孕妇要坐在车前面，因为车后面颠，可能大肚子们怕被发现，也就坐在了最颠的车尾。猪娃就问售票员："从瓷窑到西城最便宜是多少车费？"售票员说："最近到半坡和长乐坡，一个价，一块七。"猪娃媳妇就说："那我到长乐坡。"猪娃媳妇给了售票员三块四毛钱。突然车猛地颠了一下，猪娃媳妇痛得啊了一声，猪娃对车司机说："师傅，你开慢些！"公共汽车司机就像没听见他的话，反而又把档柄咔地推上了最高档，全车的人都猛得向后仰了一下。

猪娃一家三口在长乐坡下了车，难民一样的猪娃一家站在车水马龙的马路边，来来往往川流不息的车辆和行人，不管是坐车的、骑自行车的、还是步行的人们，只有少部分人下意识地或无意地瞅他们一眼，大多数人都行色匆匆，他们就不觉得猪娃一家三口的存在。这时猪娃有一种无法言表的心痛。他心想：我这个瓷窑的会计，站在西城的街道上，竟然是这样的渺小和不屑一顾。猪娃突然觉得他家四口是这个世界上多余的，甚至是废物，想着想着猪娃流了泪。猪娃媳妇当下最操心的是找个落脚之地，歇一歇再喝口水。她可以不喝，但她肚子里的小家伙已伸胳膊蹬腿地不安分起来。猪娃媳妇推了下流泪的猪娃说："你咋叫唤（哭）呢？"猪娃这才回过神说："我叫唤啥哩，是眼窝里钻了虫！"猪娃这才静目环视周围，难怪叫长乐坡，要从半坡村到长乐坡，就是一条自西向东的长长的扁担翘呀！猪娃一手扶媳妇，一手拉着大娃，一家三口在长乐坡的马路上徘徊。家里刚盖了房，要想办法挣钱呀，要不然真的会路死街头，连一个收尸的人都没有。他突然一抬头，看见有人来回在长乐坡和半坡之间给拉货的三轮车拽车或掀车。一打问，从长乐坡村到半坡村一个来回可以挣 5 毛钱。从此猪娃便在长乐坡帮人掀开了车子，艰难度日。猪娃媳妇是在出租屋里生的老二娃，是村里的私人诊所给接的生，猪娃两口一商量给老二娃子起了一个名字——赵路路，因为娃是在出逃的路上生的。

腊月二十三的大清早，仁达到了火车站东边的汽车站，这里有通往灞川县和瓷窑的公共汽车。仁达刚一进车站，有洛州、商山、山阴、灞川等地的司机和售票员问："到哪里？"仁达刚说："去瓷窑。"突然被两个彪形大汉架了起来扔进了通往县城的汽车，仁达说："要到瓷窑！"一个彪形大汉挡住门说："到县上倒车一样嘛。"仁达要下车大汉不要下，甚至推搡仁达。仁达说："我有急事坐直达的车快呀！"人家大汉不理他也不让他下车。仁达听说过，灞川县的公共汽车为挣钱，强行拉客，这回是亲身经历了，就自认倒霉吧。这时仁达从车窗处看见了提行李的猪娃，他禁不住地喊了一声，这下糟了，直达瓷窑村车的售票员与灞川县的售票员，为抢猪娃这个人拉开了锯，瓷窑的拉猪娃人，县城的抢猪娃的包，最后猪娃人被抢上了瓷窑的车，行李被抢上了县城的车，气得猪娃骂，但双方都嬉皮笑脸地不理睬。仁达眼睁睁地看着猪娃先走了，猪娃喊："仁达呀，给我把袋子拿好！"仁达无奈地苦笑。

　　仁达最后是到县城倒了瓷窑的三轮——蹦蹦车回的村，所以比猪娃到得迟。不管他俩谁进村子和自己的家门，都偷偷摸摸、鬼鬼祟祟。他俩一前一后地进了村，发现立立正给生平娶媳妇，就听从高音喇叭传出羊娃宣读礼单的声音："生平舅、盘珠，被面一条；棱子礼金 1 元；呆印帽子一顶；石纳袜子一双；生平姨（大）盘珠，毛巾被一条；仁贤礼金 1 元；香婆礼金 1 元外加剪纸；宋仁生礼金 1.5 元；尚钢锋 2 元；跟山 2 元；仁庆礼金 1.5 元……猪娃礼金 1 元……"仁达一听猪娃都上了礼，他也赶忙跑到礼房。上礼的是他大哥仁庆，仁贤也在旁边看来人的礼金和礼品。仁庆小声问："娃和他妈都好吗？"仁达说："好着哩，今儿是小年，我想回来看看。"仁庆说："快走，省得出乱子，听你嫂子说乡上的人见天来哩。"仁贤也说："要小心，眼放亮些。噢对了，你的庄基钱是我和大哥给你出的，现在证在我手里。"仁达高兴地说："到底是亲兄弟么。"仁达不用同大家打招呼，早就被村里人里三层外三层围得水泄不通，你问这儿，他问那儿，但最多的话是让仁达快跑。仁达笑说："今个儿是腊月二十三，乡上的人能不过小年？况且攒到生平结婚，我要咥席面哩！"

　　快到中午 12 点，一阵长长的鞭炮声后，用八仙桌扎成的轿子抬来了新媳妇。细发木匠就是老把式，翻过的八仙桌上放着从仁庆家借来的太师椅，轿上面用红布扎了尖尖的轿顶。轿身是用瓷窑村原来戏台帐幕裹的，皇妃的凤冠霞帔，将轿子装饰得万分抢眼。小伙子们搬回的陪房（嫁妆）早放在大棚的一边，陪房是两个花架（专放嫁妆的雕花架子）、两个箱子。轿子刚一落地，老黄就提着'草料斗'跑了过来，他今天穿的是戏装中丑角的衣服，人一下子显得更幽默滑稽了。张花花的伴娘刚把轿帘子一撩，准备让新娘下轿，就听老黄喊："新娘子，下轿子，一下跌到了福窝子！"哗——老黄向新娘头上撒一把"草料"（五谷粮和彩纸混合物）。张花花今天打扮得美若天仙，一身大红的衣服，上身是城里流行的小领西服，下身是喇叭裤，脚上一对精巧的红皮鞋，走起来飘飘忽忽。她刚一进院子门，老黄又喊："新娘子，进院子，银子颗纳到腿腕子！"哗——又是一把"草料"。前呼后拥的观众发出了惊呼。院子的中间放了一个马鞍子和一个火盆子，这是瓷窑的婚俗。花花刚跷马鞍子，老黄喊："新媳妇跨鞍子，平平安安一辈子！"哗——又是一把"草料"。花花一跷火盆，老黄喊："新媳妇跷盆子，红红火火好日子！"花花到了房门口，刚要撩门帘，老黄又喊："新媳妇撩起门帘子，过年生个白白胖胖嫽儿子！"大家又是一片欢呼。生平和花花在老黄的主持下拜了天地、高堂和夫妻对拜，拜天地的过程中，老黄的嘴又像倒核桃、李子一样说了一大串，惹得大家笑得肚子疼、脸蛋酸。

棚外是看嫁妆的妇女，大家都羡慕地数摸着缎褥、缎被。楼花说："唉，你看齐整（很好）的！娘家给陪了8床被褥，这一辈子也盖不到头。我结婚时啥啥都没有，滚的是光席！"会会说："我和你比，也是席底强到席浮前，我结婚时德德家就给了一个粗布单子！你看人家生平家媳妇，蚕火（非常好）的，光粗布、太平洋单子就9条子！"芬芳叹息地说："唉，咱这辈人把罪受扎咧，没享过一天福，你看现在的青年人齐整的！"大撒说："人家还有电视机、录音机、洗衣机、自行车，咱那时连听说都没听说过……唉……"

快到吃中午饭了，新房那边正忙着，搬嫁妆的小伙子在与新娘和伴娘讨价还价，他们将箱子向回挪一点就向新娘要"分"（红包），芬芳是女看客的，她是和事佬，通过她的手发给小伙子们一个个红包。拿了红包的小伙子才装模作样地将箱子"哎哟，哎哟"搬回新房。再是玉花给她嫂子挂新房门帘，当然这些劳动都是要给红包的。玉花挂门帘时钉一个钉子要5毛钱，3个钉子加一盆洗脸水，她挣到了3块钱，她高兴地蹦得老高。

开席后，先是女方娘家的送女客先吃，但羊娃安排了猪娃和仁达同娘家客一块吃，意思是让他俩吃完后赶紧"逃离"，省得夜长梦多，让乡上的突击队抓了。就当猪娃和仁达吃到一半时，公蛋急急忙忙地跑过来，趴到两人耳边叽咕一句，两人像触电一样起身，放下半碗没吃完的红米饭，拧身跑进了生平家的后院，架了梯子从后院翻墙跑了。

果然乡上的突击队来了，他们在人群中搜寻着。羊娃迎上去说："乡上的干部，来来坐席吃饭。"其中一人对羊娃说："仁生呀，仁达和猪娃回来要及时汇报呀！"转身他们一行人走了。

乡上的人走后，羊娃转了身，鬼鬼地笑说："汇报个屁，我死了能让村上人把我坟刨了！"

生平的婚礼上来了7个乞丐，羊娃给他们安排了一桌说："过事就要待草花客（乞丐），这才吉利哩！"向水、国建、翔龙等追着乞丐喊："要饭的搭伙计，要下白馍给我吃，要上黑馍给你吃。咱们好咱们好，你掏钱我戴表，你没媳妇我给你找，找了十年八辈子，找了个瓜子他妹子！"村中的狗围着乞丐的桌子转着咬，乞丐们吃饭都急，米饭撒得多，所以桌下鸡就扎成了堆。

下午吃过饭送走客人，事就算办完了，执事们各司其职，送桌子的送桌子，还盆的还盆，拆棚的拆棚，女人都忙着拾掇一切零碎东西。

晚上是要闹新房的，瓷窑人常说，新媳妇房子内三天没大小。大家是要闹三天洞房的。

生平的婚事给立立家赚足面子，当然也给瓷窑足够的体面。是啊，对农民来说，一生三件大事：一是搭火起灶风风光光地给老人过一个送埋的大事；二是撑一院宽敞明亮的大瓦房，现在的平板房更好；三是体体面面、红红火火地给儿子娶一个媳妇。生平结婚的场面，就是给瓷窑人乃至周边村人立了模板。大家在心里都发誓要给自己的儿子办一场更为体面的婚事。

　　最上心的当然是德德对公蛋的终身大事。公蛋忙完生平的婚事后就下了西城，他将柿饼一部分放到鼓楼旁的土特产商店让人代卖，一部分自己走街串巷地卖。但公蛋是要多长几双眼睛的，不少走街串巷的卖货郎被市容队的人驱赶或收没卖品，大多时候还被罚款。

　　大年三十晚上，德德坐在他妈他爸的火炕上，黑蛋和白妞本来想去羊娃家看电视，被德德挡住没去。黑蛋说："那我俩去生平家去看。"德德黑了脸说："大年三十都在自个儿家辞年呢，跑人家屋干啥！"他们俩就灰灰地上了炕。公蛋、母蛋、臭娃也都盘腿坐在炕上，会会在灶头忙东忙西地准备年夜饭。德德妈执意要烧锅，就卟嗒卟嗒地拉着风箱，老人是老了，拉个风箱都像要睡着了。香女让公蛋从西城捎回话来，她过年不回家，她在一家饭馆洗碗端盘子，就算是"勤工俭学"了。

　　德德发了话说："咱现在的日子比过去强多了，公蛋也从西城回来贩柿子，给西城送神仙粉、洋芋糍粑、饸饹柿饼等，也挣了些钱，后来又折腾起了醋厂；香女也考上了中技，她也有心，自个儿能找个活干为家分担子。咱家在村上也算是红火家，但我最操心上火的是公蛋的媳妇！公蛋你也老大不小了，跶过今年就 23 岁了，在咱农村算是大小伙子了！"母蛋插了一嘴说："国家法定结婚年龄是男 22 岁，我哥才 23 岁，不着急。"德德瞪一眼母蛋说："你懂个屁，大人说话少插嘴！"母蛋嘿嘿地笑。"你婆爷都老得坷落落的（行将就木），也该你婆爷抱重孙子了。

我和你妈结婚时，我19，你妈18，这还咋哩？公蛋！爸给你说句体己话（知心话），早早地娶了媳妇，生了娃，你婆爷也高兴，我和你妈给你把娃抚劳（照管）几年，等母蛋把媳妇娶进门，就轮不到你公蛋了！结了婚有了娃，你就一心主宰（一心一意）地干事，没个顾虑多好，人活着不能光顾自个儿，也要为全家人想想！"抢脱卵在炕角里吧唧吧唧地抽烟，烟从鼻孔和口中缓缓冒出，又漫过了他的光头，他的头就像一个刚出锅的大馒头。他咳嗽了一声眯着眼睛对公蛋说："孙娃呀，你爸说得对！我这个棺材瓢（快去世的人）能再活几天，早日把事办了，也让婆爷平平顺顺地进土！"正在锅头炒九眼莲菜的会会也说："我娃把屋里的人话听了，没人害你。父母谁都想让后人过得好，我和你爸现在还能干，就多承携（扶帮）你几年，你姊妹多，我们还要操心老二、臭娃、黑蛋哩。把你老大的事摆不顺，我们咋来整顿的心思！"

公蛋听了爸妈和爷爷的话后，脑子就像312国道上飞转的车轮，他转到了西城，又转到了瓷窑，他想起惠佳、春霞，更想起了国华。但国华是不可能的，人家将来一定是教授级人物，咋能跟我呢！对呀，我不能只为我一个活，我也应为婆爷爸妈弟妹想想，公蛋最后下定了决心。他说："爸，我就和石头咀的那个女娃见面，过几天让媒人说话。"德德和会会、抢脱卵有些不相信自己的耳朵又问："你应承（答应）咧！"公蛋强笑地点了点头。德德在1987年的大年三十晚喝醉了，那也是他活了一辈子第一次喝醉。

土头家的三十晚也在开着同德德家一样的"会"。土头家1987年的大年三十是在公路边的平房里过的。跟山、保川都坐在新房的床上，土头和楼花在平房里盘火炕，被跟山挡住了，跟山嫌把房里熏得黑麻咕咚。所以现在坐在木板上有些冷，多亏跟山买了电热毯，可是只被窝里暖和，前心后背和脸像飘雪般地冷。土头就嘟囔："不让盘炕硬让人挨冻哩，真是死爱面子活受罪！"跟山还没有开口，保川就开了口说："不盘炕好，你看咱老房的椽檩梁柱和四堵墙黑得像漆，咱再在新房里盘炕搭锅头，三天二晌就又熏得像老鸹（乌鸦）！"土头有些生气地说："保川呀，你少操屋里的心，今年在西庙高中补习哩，把书念成再说！"保川的自尊心就像用弯镰剜了一下，他生气地说："我今年考不上大学，我就到县上的东关中学补习，非考上不可！"土头没有吭声，对跟山说："人家生平都结婚了，你也要抓紧呀，都23岁的人咧！"跟山"嗯"了一声。其实跟山心里很矛盾，他也该谈婚论嫁了，但他不甘心娶一个农村的媳妇，可要娶城里的媳妇又是痴心做梦，谁会将吃商品粮的女儿嫁给一个泥腿子呢？农村的雨天，路是那样的泥泞，农村的晚上哪来一排排明亮的路灯，是伸手不见五指的黑洞洞，城里的女人就是在路灯辉煌霓虹闪烁的马路上都胆小，更不敢想在瓷窑的晚上。城里人白皙可人的容颜，搭眼一看，农村和城里就是两个泾渭分明的世界，人家吃的啥、穿的啥、用的啥、玩的啥，农村烂、农村苦、农村穷，这是不可争议的事实。唉，我跟山要努力干，我要挑城里的女人，要最漂亮最体贴的女人。向水推了推他大哥说："哥呀，你发瓷是咋咧？"掀了一掀，摇了两摇，跟山才从放荡不羁的思绪里回来。跟山对向水说："哥有些困，我倒着睡一下。""今晚辞年守岁哩，你睡得那早想变瓷蟟（一种蛹虫）！"跟山说："变了瓷蟟才好哩，整天窜在土里吃好东西，省得像人这样有复杂的烦心事！"土头又说："你看老黄的老大咋样，他爸人虽然是个货搭（人品不好），但娃是个好娃！要么石纳家的老大春霞，人是个过日子的人……"土头不停地说着，但跟山发出了香甜的鼾声，气得土头在跟山的屁股上"啪"地扇了一巴掌。保川、爱塬等嗤嗤地笑，跟山只是伸了懒腰转了一个身，将另一个屁股蛋子朝向了土头。

三十晚仁庆家国利、国强跑去羊娃家看1987年的春晚。仁庆妈在炕上包饺子，仁庆问国华："半年了，学习都好吧？"国华将一个包好的饺子放在篦子上说："好着哩，同学们都说大学的门难进，学好上，反正这次期末考试我是全系的第九名。"芬芳高兴地边擀饺子皮边说："我娃给咱家争气了，好好学，将来就更有出息！"国华甜甜地笑。仁庆对国雅说："高考的事要多问你姐，她有经验。"国华笑着对国雅说："平时也就是把基础的知识掌握好，再就是多做题，多做多练！"国雅认真地听着。突然芬芳听见了什么声音，像是仁贤的媳妇英花在骂。全瓷窑人都知道英花的骂功，她骂起人不重字，也从来脸不红气不喘，一字一板，抑扬顿挫那是游刃有余，如吃面条一样自由自在。仁庆仔细地一听，就听英花骂："你狗日的把我不当人，把钱给了老三买庄基，老三怕挨刀，一家避到西城去了，看是马月还猴年还呀！"就听仁贤畏缩的声音："回，回走，嘲道（在街道上大骂）啥哩，今是大年三十，就不怕人笑话呀！"仁庆妈一听英花骂就气得打战，她下了炕，仁庆忙拉："妈你不要去，甭理她，喔是个人来疯（人越多越张狂），越劝越蹦跶！"仁庆妈说："妈知道，我是下炕烧锅呀，风箱卟嗒卟嗒一响就听不着了！"仁庆妈生气地将风箱拉得很响——"卟嗒卟嗒"。仁庆妈是听不真切，但芬芳、国华、仁庆等可听得清白。"说是咱妈归老三家管，可老三家跑了能管个屁，他老大一年到头只回来三两回，平日里还不是咱扛大头子，唉！"

　　仁贤盖好路口的房就搬到新房去了，今晚的打捶（打架）闹仗（吵架）是因英花娘家弟弟要盖房，下午来借仁贤的钱，英花对家里的钱了如指掌，她从木梳匣里取钱时发现少了 200 元，就追问仁贤，仁贤无奈招了供，所以就吵了架。英花从路口的新房骂到风背上，瓷窑人都听得清清楚楚，都知道她是指桑骂槐，是飘给仁庆两口的，芬芳早已习惯了英花的"漂言"（故意让人听见），她前几年还回上几声，后来日子久了，就不吭声了，任老二媳妇骂，可她的身子在抖，心像打鼓。英花的骂声最早还能招来瓷窑的狗叫、鸡鸣、猫跑，到后来连鸡、猫、狗都懒得动身。最后还是村西的香婆来劝架。她拉了英花说："花呀，过年哩，嘲道啥哩，你娘家弟要盖房，也不是现在盖，你闹啥仗呢，回去回去！"英花没有挑起仁庆两口和她婆婆的火就说："仁贤呀，我英花瞎了眼瞅上你个馕包货（窝囊人）！你再把钱给你兄弟我就不跟你过了，咱离婚！"随后是一串重重的脚步声。

对仁庆两口和他妈来说，1987年的新年过得很不顺心。仁庆可以忍受矿井下恐惧，以及繁重的体力劳动对身心带来的痛苦，但他难以忍受这心理和情感上发生的痛苦。他用人肉换着吃猪肉，干着四块石头夹一疙瘩肉的活，拼命地支撑这个家。分家一年多，他一刻也没感到轻松过，在矿上用拼死的工作来冲淡心中的烦闷，回到瓷窑家中，又是家族的不和，先后们（妯娌）的争多论少。王家在过去是何等的心齐和浑全，可今天日子好了，吃穿不愁了，却闹得让村人笑话。他对拉扯五个娃的媳妇芬芳说："你就多受罪了，国家让咱转户口，可我思量了太久，在农村咱的几个娃还可安心上学，可如果到了煤矿，只我一人的工资，娃们都是要停学的！"芬芳对仁庆宽心地说："咱不转户口，到了矿上，那可是青石板上过日子，啥啥都要从头买到脚，你是要累死的！"

过了1987年春节，家家户户迎来送往的事儿完毕后，在西城上班的人都走了。仁庆初六走时，芬芳让国华也去学校。国华说："学校还没开学哩，我在家帮你干些家务活。"芬芳硬是说："家里的活啥时干完过，你就早些去学校复习功课，妈在家就行了，只要我娃把书念成，妈比啥都高兴。"说着就泪珠子落。国华就只好先回了学校，但她又找了香女，就和香女同在一个饭店给人家干拨葱摘蒜的杂活。

公蛋在正月十五和石头咀的女娃见面，他只是觉得那女娃很实在，人也不错，在这个女娃面前没有所谓的怦然心动，也没有觉得不顺眼的

170

地方。他只问了那个女娃的名字叫石自贞，这门亲事就订下来了。按瓷窑的风俗，德德没有一点马虎，先是媒人提亲事，二是两娃见面，三是女方看屋，四是给女方彩礼，五是到县城扯布，六是给女方父母的养育钱和奶子钱，七是统礼，八是看日子。一切事都办妥后，德德拉着两位媒人的手笑着说："两位操心费力的，这是我给两位的礼兴（礼品）。"德德和会会硬将一双胶底布鞋、一双袜子、一块香皂、一条毛巾的四样礼塞到媒人手里。两个媒人感谢地说："人常说，是媒不是媒，跑上六七回，可这只跑了一回就成了，还是两个娃有缘分！人还说，吃个油嘴跑个硬腿，这油嘴吃了可就没跑个硬腿么，咋能收你家的鞋袜哩，就拿胰子（香皂）和毛巾行了！"德德大声说："你俩人不要就是看不起我德德！"媒人这才收下又一步一回头地回去了。

公蛋的结婚日子订在了阴历的三月三。还是桐花湾的先生给看的日子，先生掐了公蛋和未婚妻石自贞的八字后说："两个娃将来和睦，儿媳一定是百里挑一的孝媳妇！"德德笑说："和睦就好，和睦就好！"公蛋的新房因石纳的手伤没有愈合，就没有绑顶棚，可香婆给剪了许多常人看不懂的剪纸，剪纸和大红双喜将屋子也装得喜气洋洋。谈到结婚的事宜，还没过门的自贞对公公说："爸呀，咱不弄大火起灶的事，就将我姑家、姨家、舅家等紧要亲戚一待就行了。结婚主要是拿个红本本和将来的过日子，其他的都无所谓，过事弄得再大，将来日子过得不行，又有啥意思哩！"德德一听心中大喜，他喜得不是他可以省几个钱，高兴的主要是公蛋媳妇是个会过日子的主！但他还是说："不行，不行，我娃一辈子的大事，咋能让你们凑凑合合，对对叠叠（不认真）地过事哩！"自贞又去找公蛋说她的意思，公蛋也很感动。但公蛋说："全村的人都高兴地要吃咱的席面，咱咋能就头缩脑的？！"自贞又说："那咱就待村里的邻里，可家中就不要置办东西了，你正在创事业，能少花钱就少花钱！"公蛋突然发现自己明白了什么是爱，爱就是无怨无悔地付出，不求回报；婚姻不是两个人简单的结合，关键是拉紧双手一同面对复杂的人生与世界！

公蛋的婚事羊娃是当仁不让的大总管，当他听了公蛋和媳妇的心思后，他沉思了片刻说："哥明白了，你在创事业，能这样想，我很赞同也很佩服，咱不是吝啬，也不是那挤眉弄眼的二眯沟子（吝啬，小气），咱是咥大活（干大事）的人！你让我想一下，既要简单还不能寒酸，要有特色还要热闹！"羊娃在地上转开了圈，口中的纸烟他猛吸一口，就会燃去一半。突然羊娃把烟在脚底一摔说："有咧，咱给村里包两场电影这够特别吧！"公蛋一下握住羊娃的手说："羊娃哥，你能得很、你太有才了……"

三月三下午，公蛋从县上电影公司请来了放映员。电影的银屏就绷在戏楼的台口上。村中男男女女都拿马扎、板凳等在前面占地方。邻村人也来占地方，时不时有为争地方争吵的声音。戏台前狗儿们在人群中窜行，德德家的狗自豪地在戏台下踱步，猫儿在墙头奔跑，公蛋家的猫索性跃上了戏楼的房顶，站在檐头的毛头瓦上大声地叫着——喵呜。老黄家的猫也在叫，石纳家的猫从旁边的麦秸集上跃上了房檐。村中的鸡本来要回家上架，可戏楼前的热闹让它们兴奋不已。德德家的鸡刨到了条蚯蚓，它没有吃，而是咯咯地叫，许多母鸡啪啦啦地扇着翅膀跑过来，德德家的公鸡将刨来的蚯蚓给了德德家的母鸡们，母鸡们就用嘴拨开了河，德德家的公鸡一个展翅飞上了它家的麦秸集，伸长了脖子喔喔地叫了一声。

可怜的戏楼呀！多少年没有像今天下午这样风光了，自从"文化大革命"以后，就再也没有秦腔演员在它的身上蹦跳和演唱《铡美案》，更没有纤纤细步的旦角娓娓而来的《三娘教子》《游西湖》。戏楼早已塌气没角，阳光或月光打在它的顶上，光就会被筛成无数的小点落在戏台上，下雨天，雨水也会被筛成细丝落在满是尘土的戏台上，这戏台是老鼠、鸟儿和鸡猫狗的戏台，它们天天在这里唱戏和走龙套，所以戏台上留下了鼠爪印、鸟爪印、鸡爪印和猫狗的足印，唯独没有人的手印和脚印。

电影对瓷窑人和周边的村民来说是稀奇的，他们大多数人没有听说过电影，更别说看了。电影一开放，一束光柱打在台上的银屏上。银屏上就有了人影和字幕，大家不约而同地"哟"了一声，大多数叼着烟锅和抱着孙子的老人，不看银幕反而看放映机。"人是从那里到戏楼上的！咋可能呢，真是日了怪！"老人们狐疑地自问着，没有人为他们解释。一位老人指着银幕上的大个红字问："那三个红疙瘩是啥？"旁边的一个青年人说："《大篷车》！"人山人海的露天电影院，观众在飞速地增加，有的人上了院墙和麦秸集，有的上了树和房檐，有的立在高凳上伸着脖子。人们的神情随着电影里演员的神情变，有时演员向左或向右倾斜的危险动作，全场的人也都跟着向左或向右摆。这时的人群就像坡地里的麦浪，看得激动时，全场的人此起彼伏站起鼓掌呐喊，这时的人群就好似暴涨的灞河水后浪推前浪。电影结束了，人们还不愿离去，有一种意犹未尽的感觉。是呀！农村不再来剧团唱秦腔，大多数人又没有电视和收音机，他们渴望文化生活！

第二天，按瓷窑的讲究，公蛋和自贞要到石头咀回门 (去女方家)。

公蛋结婚放映两场电影，这样的事情随着观众的嘴迅速传开，从此红白喜事给村邻放电影成了灞川县的一种风气和习俗。

阳春三月，国强、黑蛋、白妞、玉花、向水、宋灶、翔龙等推着品喜在河边的麦地里放风筝。风筝是一只灞河里的老鹳，那是香婆给他们做的，风筝身上有隐隐约约的剪纸。自从羊娃在河里办了砂石厂，就再也没有老鹳在瓷窑的地界上飞，它们都绕着飞走了。这帮小家伙好久没有见老鹳了，所以就在河边的麦地里喊："长脖项的老鹳呦，你来呦，这里有你的一个伙伴呦！"但最终没有老鹳来，气得黑蛋喊："羊娃，你把老鹳吓跑了！"

人勤春早，瓷窑的人都在麦地里锄麦，从麦地里锄到的咪咪篙、羊七芽、尖刀刀、荠荠菜人们都拿回窝了浆水菜。公蛋和新媳妇也在村北的地里帮家中锄三遍麦。锄地的大撒说："呦，公蛋媳妇，这勤快的，刚进门就见把不离手咧，真是一个打着灯笼都难找的好媳妇！你看生平的媳妇结了婚就大门不出二门不迈，凡人不搭话，像个皇后，品麻得很！"自贞没有答话只是笑。德德笑说："人家花花一招拾（问候，打招呼）你，你就稀（高贵）了，新媳妇难免生分，你当年也不是吗？"大撒咯咯地笑着低头锄地。会会问大撒说："咋你娘仁锄地哩，老黄在砸石厂上工，大女子惠佳呢？"德德用锄把戳了会会的腰，会会才知道说走了嘴，红了脸低头锄地。自贞和家人来地里时，远远看见了惠佳，但他们还没有走近时，惠佳匆匆地扛锄走了，自贞心里多少有些明白。

下午德德一家又去凤东翅锄地。连畔的是尊脉家，尊脉在砖厂上工，品霞出了门，品喜不能来，就剩下麦芽、品忠和品农娘仁锄地。会会问麦芽说："最近给品忠到镇医院检查了没有？"麦芽叹气地说："检查了个没停点，就没有好的象，反倒越来越严重了！"品忠的确不如以前了，脸肿得厉害，人也更没有精神，大家谈着她的病，她眼泪就像断线的珠子。她家东拉西借地盖了房，爸爸尊脉没白没黑地在砖厂上工挣钱，自己又大把大把地吃西药，小碗大碗地喝中药，弟弟品喜的病又无任何好的迹象……想着想着，品忠就直戳戳地昏倒在麦地里，就像土地局掀倒老黄家的墙一样硬硬地"哐"地倒下。德德一家都急忙围上去，德德掐品忠的人中穴，大撒、会会、自贞三人分别轻揉品忠的胸脯和胳膊腿，品农吓得直哭，公蛋头上冒了汗。一袋烟工夫过去了，还不见品忠醒。在原地打转转的公蛋说："这样不行，要往医院送！"会会说："对，你背着品忠朝路口跑，自贞去叫香婆，咱在路口碰头！"大撒慌得成了一摊泥，抬（使劲地起身）了几抬也没立起身子，自贞跑下了坡去了香婆家，公蛋背起品忠，德德、会会一左一右地扶着往坡下跑。凤东翅都是坡地，公蛋在跑时踏在麦苗上，脚步一滑一滑的，所以很艰难，等公蛋一家三口连爬带扶地将品忠背到公路口时，香婆和自贞也跑来了，香婆脚小跑起来两条腿就如同两个硬棍在地上戳，一蹦一蹦的，自贞扶着香婆来到平躺在地上的品忠面前。公蛋在喘，香婆在喘，一圈人都在喘。香婆用发抖的手给品忠嘴里塞了两粒小豆大的药丸，然后在早准备好的针灸银针把上，挽了艾草并点燃，用她发颤的手将针灸的银针缓慢地推入了品忠的太阳穴上方，不一会儿品忠的胸口向上拱了一下，接着咳嗽了一声，香婆脸上松泛多了。品忠醒后，看着围了一圈又一圈的乡邻，才明白自己刚才差点进了鬼门关！品忠苏醒后被送到了镇医院，镇医院的那个医生说："还是想办法去西城查，咱医院是没有这个能力和水平的！"

在大家抢救品忠的时候，羊娃、狗蛋、老黄、石纳等在砖厂喝酒。这是老黄从狗蛋身上扎出来的"水"，老黄见狗蛋媳妇肚子大了起来，就烧火（催促，煽风点火）狗蛋买酒喝，狗蛋的心中就像打翻了五味瓶，说高兴又不高兴，说痛快又不痛快，但老黄、石纳等的烧火又不能不顺从，最后他还是拿出了20元给了老黄。在为狗蛋庆贺有喜的同时，老黄问羊娃说："猪娃这个会计老不在村里，是哪门子会计，我看就让我顶了他的圈？"羊娃吱地喝了一盅酒，笑着说："咋咧，想查队长的账，明说哩，我们没胡花队上一分钱，要说花了，是花了请客吃饭和送礼的钱。"老黄嘎嘎地笑："账不查，查账是吃饱撑的，没有账才好哩，花的是大家的钱，又不是花我老黄的钱，关我球的事还是毛的事！"狗蛋也说："咱队上的收入我清楚，可支出……"羊娃一下发了火，他把酒盅在桌上一蹾："咋咧，咋咧，都想查我的账，好好好，队上的钱我是用三千块买了个四轮车，可我将来一定会给队上补的，我办砖厂、砸石厂还不是为了咱瓷窑。我可怜寻情钻眼地跑门路拉关系跑贷款，受人白眼让人下眼观，你谁知道？村里人天天从我手里领工资，工资是哪来的？嗯，真真都是些白眼狼（不感恩的人），吃谁饭砸谁锅的货！日他妈的，我好心当了驴肝肺！"羊娃气得口中喷出气，眼珠子发了绿，他自斟自饮了一盅后说："狗蛋你马上回去，把这几年承包地款拿来交了，老黄你也一样，芦苇地承包款立马拿来交了！"狗蛋和老黄一下像泄了气的气球，蔫了下来。石纳在一旁打圆场："得，都是为了狗蛋媳妇有喜喝酒哩，咋喝成了黄世仁和杨白劳哩，来来，夹菜喝酒！喝酒！"四个人又碰了杯，吱吱地喝开了。

公蛋和自贞锄完地，就又给西城的饭馆送神仙粉、糍粑、饸饹等小吃，每天是天不明出发，天黑回家，过着两头不见日头的日子，小两口明显地瘦多了。会会拉着自贞的手说："我娃可不敢再瘦了，瘦了不好怀娃呀！"自贞红脸地说："妈，我觉得浑身都是劲，没事，现在年轻不干啥时干呀？！"会会心疼地笑了。

公蛋和媳妇的勤快和吃苦，让德德一家人心头乐开了花，肚里甜得像喝了一桶蜂蜜，更让瓷窑人羡慕不已。线兰自言自语说："见人家公蛋媳妇是个干家子（能吃苦过日子），可生平的媳妇那是一个中看不中用的海兽，懒得跟蛇一样，唉，当时看人光眉花眼的，娶到屋里不干活，刚知道听爱呀恨呀的磁带，看打打杀杀的《射雕英雄传》。唉！我就是受罪的命，生平也是那妻命，难怪桐花湾的先生说八字不合哩！"

转眼就是1987年的立夏，立夏的第二天，算黄算割鸟一声接一声地叫唤。瓷窑人有一个关于算黄算割鸟的神奇传说。传说算黄算割鸟是一

176

个人变的。相传麦熟时节，大家都看哪块地麦黄了就先割了拿回，可这个人说："不急，不急，等麦都熟了一块割！"可天有不测风云，他家的麦子熟透时，晚上刮了一场大风，麦粒落在地面，也真是祸不单行，接着又是倾盆大雨。雨后看到满地的麦芽，他悔死了，死后变了算黄算割鸟。每年立夏，他就疯狂地让人"算黄算割"，用叫得滴血的嘴，告诫人们不要重蹈他的覆辙。

瓷窑人还有一句农谚，"豌豆上场核桃饱瓤，荞麦进囤核桃挨棍"。这就是说"三夏"结束时，就是豌豆成熟时，小满至芒种节气只有15天，所以公蛋要赶在麦忙前，到产核桃的东山、南山和北岭去预订核桃。对于产核桃地方的人来说，有人收购他们的山货是多少年没遇到的事，公蛋不出10天就凯旋。

三夏龙口夺食的大战拉开了，人们黑水汗流地将麦捆子搬回到戏楼前的大场上，当将脱粒机推到场上脱粒时，才发现电力不够，电闸一推马达只是嗡嗡响，后来一打听才知道，周边的桐花湾、玉山湾、天晨村、灞河张都买了脱粒机，在用电高峰时，谁家的脱粒机也转不起。羊娃让关了砖厂和砸石厂的电也不行。老黄说："羊娃你是急疯了，砖厂、砸石厂都放了假，本来就没用电，你关闸顶屁用！"羊娃在头上扇了一巴掌说："我是急得脑子进了水！""那咋办哩？"石纳不安地问。羊娃说："老黄、石纳、棱子、仁贤咱们去桐花湾、玉山湾、灞河张几个村里去商量一下，咱们几个村错开时间脱小麦。"老黄说："也只能这样了！"到了那几个村子，谈判是激烈和艰难的，好不容易达成了协议。瓷窑和玉山湾停了下来。但等着脱麦人的心就是热锅上的蚂蚁，有人骂："也不把电多放些，变压器也不换大些，这紧板处能把人活活急死！"有人说："换变压器顶个啥，电量不够，像老瓮里倒了一勺水，屁事不顶呀！"还有人骂："把生产队时的家当糟蹋了，现在想拿碌碡碾都没个拨架（碌碡的架子)！"

艰难的谈判后，协议是桐花湾和灞河张上午脱，瓷窑和玉山湾下午脱。可桐花湾和灞河张的人贪得无厌脱得不停机，所以就激起了瓷窑和玉山湾人的公愤。老黄、石纳、仁贤、棱子等就气势汹汹地去了灞河张和桐花湾，到了桐花湾正是品霞家在脱麦，桐争辉就又是道歉又发烟说："半小时就完！"老黄等碍于品霞、争辉的面子就等了半小时，桐花湾的机子停了。石纳贴在老黄的耳根说："咱走了这帮人又开了咋弄，干脆给把三角带扳了！"老黄一听有道理，就要扳桐花湾脱粒机的三角带，可被人家队长挡住了。老黄说："要是你们说话不算数咋办？"那队长说："品霞在当面，你割了我们的传送带！"

老黄等又去了灞河张，但这里的工作很难做，羊娃好说歹说不顶事，老黄就生气地拉了他们的电闸，空气一下子紧张起来。一个脸蒙毛巾的小伙子走过来，他显然是在机口喂麦捆的，所以人成了土人，只有眼珠是白的。他过来生气地问："谁拉了闸？"老黄理直气壮地说："我拉的，你们咋不讲信誉哩？说是上午，这都超过了两小时了！"这个蒙面人就推搡老黄，老黄那是个省油的灯吗？所以很快就打了起来。石纳见机就去扳马达上的三角带，但必定在人家村里，"敌众我寡"，很快羊娃头上出了血，老黄牙龈出了血，石纳鼻子冒了血，棱子头上起了包。狗蛋见势不妙，就顺手拿起一把铁叉乱抡起来，狗蛋这时就像在曹营中杀得七进七出的赵云赵子龙。但好景不长，对方的石头瓦块打过来，一块石头砸在狗蛋头上，狗蛋只觉得眼前金星乱飞，天旋地转，头在下脚在上，像一桩粮食一样跌倒了，头上的血哗地染红一大片土地。灞河张的人也让狗蛋的昏倒吓呆了。这时头上冒血的羊娃喊："快冲上去把狗蛋背回来，好汉不吃眼前亏！"这时公蛋、棱子扑上去趁机把狗蛋救了过来。公蛋光身背着狗蛋，狗蛋头上的血沿着公蛋的头一直流到背，再流到前面的肚子上，最后落到地上，逃跑的路上是一串子血迹。羊娃、石纳、老黄等人一个个抱头鼠窜，狼狈得像一条条夹着尾巴逃命的狗。

　　进了村子，在村口忙活的人一个个惊得眼如铜铃。芬芳问："这是咋咧，个个成了血头羊（满头血）？"老黄说："让狗日的灞河张人打咧！"自贞见公蛋满身是血地背着成了血人的狗蛋惊慌地问："钢，钢锋这是咋咧，你要紧不？"自贞的问话中，包含了太多的情感，最多的是对公蛋的爱。公蛋说："我没事，狗蛋被打得重，快去叫香婆，让香婆来给大家止血，再让咱妈快倒水，让都洗一下，天热不敢让伤口感染了！"自贞急腾腾地跑去叫香婆。所有的伤员和村民都在德德家，德德气得眼立了起来说："到公安局告去，灞河张的都成了土匪娃狼咧！"这时在场的花花偷偷地溜走了。香婆一进门，人就打了颤，她趔趔趄趄地走到公蛋前问："我娃没事吧？"公蛋说："快给狗蛋止血！"香婆掐了狗蛋的脉，就忙从一个玻璃瓶里倒出粉面，用发抖的手给狗蛋敷上，再用纱布给狗蛋包好。香婆说："多亏是砸在额颅上，要在是砸在头顶上就麻达咧！"香婆又给其他人敷了药，敷到羊娃时，羊娃疼得龇牙。香婆说："也不眼亮些，就你几个人和人家全村人打，寻着挨打哩！"羊娃问："婆呀，狗蛋不会死吧？"香婆瞪了一眼说："狗蛋命大，他是失血过多昏了，人没事，血止住了就往医院送。也是的！灞河张村还讲究和咱瓷窑是儿女亲家哩，咋下手这么狠，这人心咋这硬呢？！"老黄捂着肿起的嘴说："就是不讲理的灞河张，这村风早就不正！"香婆问了一问："那咱的村风就正啦？"老黄手捂着肿起的嘴不语。

　　狗蛋被送到了镇医院，灞河张的3个人被公安局拘留了。其中就有那个蒙面的小伙子，他是生平的妻弟。

　　狗蛋住了6天院就不住了，他要脱麦呀，但因头上的伤是不能下床干活的。石纳对躺在床上的狗蛋说："你就甭管，将来一切损失都要让生平的小舅子承担，哪怕麦生芽长到场上哩！"狗蛋只是叹气。最后在乡政府和公安局的调解下，灞河张的那 3 个人给狗蛋等人赔了钱，被拘留了 10 天，罚了款就放了。但仇气没有消，你也不让，他也不让，所以几个村的脱粒机都用不成。老黄说："不用都甭用，让狗日的麦都瞎！将来吃芽芽麦面，再最后喝风厕屁！"

但再难也难不倒老黄，老黄将麦捆一架子车一架子车地摊在了 312 国道上，让来来回回的车碾。羊娃用四轮车在大场上碾麦。老黄的榜样力量是无穷的，于是家家都在公路上碾麦。紧接着，玉山湾、天晨村、灞河张的人都发现了这一方便的碾麦方法。后来发展到从东山到灞川县再到西城的公路上都成了忙碌的打麦场，黑色的柏油路成了金黄的麦草路。过往的汽车司机要提心吊胆地开车，车喇叭声成了热闹打麦场的伴奏。大小车的屁股后面都挂着几撮金黄的麦秆。它们可能跟着车去了西城或上海，还可能去了新疆。

1987 年的"公路打麦"全面结束后，听说在灞川县境内的 312 国道上，让车碰死了 5 个人，两个司机逃逸了。

下午的瓷窑，突然听线兰喊："社安哎，社安哎，吃饭咧……"线兰急火火地跑到公蛋跟前说："公蛋，见我社安了没有，这死娃跑到哪去咧?！"公蛋说："婶呀，我忙着搅核桃没注意。"但公蛋突然有一种感觉，那就是社安跑到西城去了！线兰又失急忙慌地去了别处……一会儿就听土头喊："爱塬，爱塬吆！"土头的叫声让秦岭起了崖哇哇（回音），但没有爱塬的回声。公蛋更坚定了社安和爱塬厮跟着去了西城。天近黄昏，两家人都没有找到娃，急得楼花埋怨土头，线兰跟玉花发脾气。正当此时，羊娃跑来了说："两个碎仔在猪娃那里，猪娃把电话打到砖厂，你两家就别操心了！"土头气得说："驴日的还给咱耍的是先斩后奏！"线兰瘫坐在地上呜呜地边哭边骂："恩娃子（淘气的孩子），能把娘气死……翅膀硬了，把娘不当人咧……"

瓷窑的土地在变小，居住的人口也在变少，猪娃家四口，仁达家四口，木旺家四口，加上生平、跟山、社安、爱塬、国华、香女，品霞出了嫁，冬旺和惠军死了，一共少了21个人，即便是娶了两个新媳妇，还是少了19个人。但又有什么办法呢？！

公蛋和自贞又下了西城，这次他们送的货中多了核桃。一切土特产都是让人家代卖的，这次去了，结上次货的钱，小两口又拿了钱喜滋滋地往回走。当他们坐的公交车路过长乐坡时，公蛋突然看见了正在掀车的社安和爱塬。他两人热得光了膀子，爱塬还小，人瘦得像个骨魂，使劲时肚子向前一拱，肋条就凸得吓人。社安背上的汗珠耀得扎人眼。公蛋想喊一声，但车一闪而过。公蛋见了同村的伙伴干这样的苦力活，他不由得眼眶湿润。这是他今年第三次流泪。第一回是背锄地时昏倒的品忠时，第二次是前不久因脱麦被灞河张打得头破血流。公蛋在那天就发誓，要是一有钱就在东山的倒沟峪水库建一个小水力发电站，不再让乡亲为电力不够而难常。他那天背着血人狗蛋，看着可怜的村人，他流了泪。第三次就是刚才看见社安和爱塬那汗珠滚太阳的悲壮。他的心里像起了龙卷风，风抽得他身子乱拧，自贞见公蛋脸色苍白，身子胡扭，就惊慌地喊"钢锋，你咋咧，你咋咧，身子哪儿不舒服？"公蛋平静了下来，抹了一把眼泪说："我是看见了社安和爱塬在炸红日头下给人家掀车子，人热得像从蒸笼里取出的馍，我心里就难受！"自贞安慰公蛋说："谁让咱是农民呢？不过咱要努力过好日子！"公蛋仰起头，闭上了双眼靠在椅背上。

公蛋两口刚一进村，就听见他爸和母蛋在吵："你东西不好好念书，现在又要去学勺勺客，将来准备伺候人呀！"就听母蛋说："学勺勺客咋，只要能挣来钱！"德德骂："你小子钻到钱眼里咧，家里还要你挣钱？"

母蛋反嘴说："我今年都 20 咧，咱屋还是三间房，我弟兄们长大了咋住，我过两年要结婚媳妇往哪娶？"德德骂："把我老皮挣死，也要给你盖房，有你操的啥心？"母蛋的声更高："我就是要去学厨师，我要凭我的本事吃饭！"公蛋进了门，母蛋不吭声。公蛋对德德说："爸，老二要学就让学去吧，他的心操到了那儿，你是白着气哩。"德德更来了火，说："你当初让我着气，可毕竟你是在瓷窑干事，他将来学了勺勺客给谁做饭？还不是山南海北地胡扑，农民都是这样子，谁将来种庄稼！"公蛋笑笑地说："爸，我知道你对庄稼行的感情深，自古以来中国人认为七十二行，庄稼为王。可你看看现在社会上谁把种庄稼的人当回事，粮食的确是最主要的东西，谁都要吃，可这最主要的粮食才 1 毛来钱一斤，咱全家 5 亩地撑死打 3500 斤，3500 斤最多卖 400 元，除去肥料和人工，一年全家 10 口人的总收入是 200 元，怎样生活呀？过去我爷辈只求过安宁吃饱肚，你和我妈只是求家人吃饱穿暖，可他们现在要生活得体面！你能挡住社安、爱塬？！将来走的人还会更多，全国到处都是这个样，你把我们全家拴在土地上又能怎样呢？"公蛋的这些话说得德德不再发火。他说："我是老了，老猫不逼鼠，上次为你我生气，这次为老二我生气，再下来我还是要生气，这气要生到啥时是个头？好了我不管了，但将来没人务农，农产品的价会翻跟头飞涨，我看咱中国人把嘴泥了！"德德无奈地走了。母蛋看大哥说走了老爸，就对公蛋揸了大拇指，挤眉弄眼地笑。公蛋对母蛋说："学，咱就学好，学出个明堂，本来哥想让你考大学，可人各有志，我不强求了！"

第二天母蛋就背着铺盖去了灞川县县城，他要找一家饭店当学徒，最后他在川玉楼当了个没有任何报酬的小杂工。

公蛋和自贞帮家中施完了玉米肥料，又开始了他们新的计划。公蛋要在西城的鼓楼街上开一家杂粮饭店，他要将灞川所有小吃和土特产在这里出售。由于有办醋厂的经验和教训，公蛋先订下两间店面，再就是主动拿所有的材料找工商、税务、卫生等部门，而且每次去都要给主管部门的人送瓷窑的土特产，所以手续办得快而干净利落。很快这间杂粮饭店开了张。他在饭店的西南角开辟了一个 3 平方米的小柜台，里面出售的是柿饼、核桃、玉米糁、黄豆、红豆等土特产。开张的那天，瓷窑所有在西城的人都来捧场。仁达一家、木旺一家、猪娃一家、生平、社安、爱塬、国华、香女，一下子小小的饭店挤得满满当当。公蛋对大家说："今儿个放开肚子咥，不要一分钱！"猪娃笑说："就吃神仙粉、荞麦饸饹，洋芋糍粑？这有啥吃的，在瓷窑吃得发腻！"公蛋笑说："在瓷窑吃的味和在西城吃的味就是不一样，不信你尝尝。"猪娃埋下头吃了两口，眼睛一瞪说："唉，怪了，味儿就是不一样。这，这醋不对劲，不是咱的柿子醋，辣子也不是瓷窑的辣子。唉，香香！"猪娃真的像猪拱槽一样，呼噜呼噜地吃完一碗神仙粉，又去吃洋芋糍粑。大家吃了以后都是一句话，比瓷窑的好吃。自贞笑笑说："味儿是一个味儿，调料是一个调料，关键是咱们不常吃，更是换了地方，香的主要原因是坐在鼓楼底下吃！"大家都咯咯笑，又都不停地点头。公蛋问木旺说："叔呀，你现在干活的情况咋样？"木旺没有吭声。三丫说："生了老二后还是干零活，我不能干活！"猪娃媳妇和仁达媳妇也都说："和木旺媳妇一样，只能在出租屋里看娃，就靠猪娃、仁达在外面扑腾挣钱！"一时间气氛有些压抑。

公蛋又转开了话题问生平和跟山。他俩说情况还好，有可能转成合同工，大家听后都为他俩高兴。社安是一个外向性格，他就问国华说："国华姐，你学校听说美得很，给咱说说？"国华腼腆地一笑说："有啥好说的，当然都是几层的楼房，再就是大。"仁达接了话头说："大得很，比咱灞川县大，房也比咱灞川县县委政府阔！"大家都又笑。公蛋又问社安和爱塬说："你俩还是掀车子？"社安说："再掀半年，我俩想买个人力三轮，也蹬脚子。"西城人把人力拉货叫作蹬脚子。公蛋又说："在瓷窑不用下这苦，一早上可以睡到八点，睡的是热炕棉被，可在西城吃住不如人，特别是让人下眼观，为啥还要往西城跑？"爱塬没有回答公蛋，反而将了他一军："公蛋哥，那你为啥也在西城干，而且是咱瓷窑的带头人，我就是受你的影响跑来的！"公蛋愣了一下笑着说："大家都知道我是被我爸打跑的。"爱塬鬼鬼地笑说："我来西城主要是看你和生平、跟山哥都在西城挣了钱，吃穿都阔气！"公蛋又问："你的原因就这简单？"爱塬说："就这简单，但到了西城又觉得有些失望，不是想象的那样，也不是瓷窑的白天下地，晚上睡觉。人家城里的人就是过得滋润，条件和咱农村比起来，就是天差地别。所以我宁愿住巴掌大的黑房，和社安哥两人挤一张床，也不回宽房大屋的瓷窑。那里太落后，太可怜，没有这大的世事，西城热闹！"爱塬的话有些伤大家的心。这个在西城混的最小的瓷窑人，说出了在座人的心里话。话有些不是滋味，但，是那样的贴切和真实，没有丝毫地装饰与虚伪。公蛋端起酒盅说："这里都是在西城的瓷窑人，尽管咱们是农村人，但谁也阻止不了咱农村人到城里闯世事看热闹的权利，就如爱塬说的。干，干了！"大家又是一饮而尽。

公蛋和自贞两口自经营这个杂粮店，自贞精明能干，公蛋吃苦耐劳，生意是芝麻开花节节高。很快两人就不能应付生意了，于是雇了四个人。他俩下一个目标是扩大店面。

日子还是平凡地过着，时间的脚步就像滔滔灞水一样，滚滚而去。时间给予每个人都是一样的，但因每个人对待时间的态度不同，时间对每个人的结果却又大大的不同！

又到了黑色的７月，瓷窑两名参加高考的人——保川和国雅通过了艰难的"预选"。7月，7、8、9三日过后，紧张的高考结束了。保川去了羊娃的砖厂搬砖坯，国雅回到瓷窑挽玉米壳门帘，他们想为上大学挣些学费。瓷窑人都忙忙活活，都想着自家的日子能更好。能有像生平家的双卡录音机、17英寸黑白电视机和双鸥牌洗衣机，能尽快地在公路边盖起一砖到顶的平板水泥房，几乎是瓷窑每家的梦想和追求。所以在砖厂和砸石厂上工的人，个个生龙活虎，信心十足。

公蛋醋厂的柿子醋经过近一年的自然发酵成熟了。公蛋的婆爷、爸妈、香婆和公蛋，正在过滤醋，醋香弥漫了方圆几里地。312国道上来往的行人不时地光顾，不少司机和乘客乐呵呵地提走了新鲜的一桶桶柿子醋。

白玉楼饭馆的包间里，坐着一个瘦子和一个大胖子。瘦子是羊娃，大胖子是312国道拓宽项目部的朱经理。羊娃瘦得像个猴，席间，朱经理说不爱吃肘子肉，他爱吃狗肉。所以羊娃杀了他家的狗，让白玉饭馆的厨师给朱经理做狗肉火锅。正是暑季，天热得要命。但朱经理吃得很香，就是嫌狗鞭做得不烂，沾了他补的金牙。一火锅的狗肉被朱经理连汤带水地吃了。羊娃看得瞪了眼，心想这朱经理的肚子真的像猪肚子，一回吃了他三天饭。吃完火锅朱经理的嘴巴起了泡。朱经理说他浑身热得要命，羊娃笑说："这简单，到灞河里打江水（游泳），不就前心凉到后心，凉得透透的。"朱经理眯眯地笑，说了句不正经的话，羊娃明白了，迅速又下了灞川县。羊娃又和朱经理再次坐在了川玉楼里。朱经理答应羊娃用砖厂的砖盖项目部，也答应用羊娃砸石厂的石子铺路。只不过羊娃在票上开一块砖三分八厘，他只能给羊娃三分，石子票上开12元一方，羊娃只能拿10元。至于回扣是不能少的。羊娃心里骂，难怪狗家伙这样胖！但钱从人家手中过，就咬咬牙答应了。

1987年的中秋节，生平回来要给丈人家送八月十五节礼，他和花花一起去了灞河张。到了丈人家，妻弟就向他借钱说："姐夫，我要在路口盖房，312国道的长途客货车多，我想开个饭店，不出一年就还你。"生平心里想，没钱给，但妻弟开了口，又不能装熊，就说："你要多少？"妻弟说："2000元。"生平一下子发了傻说："哥哪来那么多钱？我和你姐结婚就花得一分不剩，只能给你500元。"妻弟使了性（生气），"嗯"了一声拧身走了。花花也不情愿地说："娃干的也是正事，老不开口，你就只给500，你回去和咱爸妈商量，咱爸腰里肯定有钱哩！"生平生气地瞪了花花一眼，说："那是咱爸的工资，而且还要给咱和几个弟兄们盖房哩！"花花抢了神（生气），待在了娘家。生平一人灰溜溜地回了瓷窑。回到家线兰就问生平说："花花人哩？还要给你妗子和姨家送礼哩。"生平气呼呼地说："送个屁，一家子都是黏毛！"线兰就再问："花花没回来，你们是咋回事闹了仗（吵架），她待在了娘家？"生平说了妻弟借钱的事，线兰也瞪了眼说："妻弟向姐夫要钱是正要，可就是太多，2000块可不是个小数目，是咱家多年不吃不喝才能攒下的呀。何况你才结婚花了大钱，花花咋就不明白？！"生平大声地说："明白个屁哩，她货还以为我和我爸是摇钱树哩！让我向我爸要。"生平这一说，线兰就又生了气，说："这花花娃也差得远，自从进了咱家的门，一回饭没做过，一个碗没洗过，我只觉得刚结婚不懂过日子，没想到她是这样子不懂人情世故！"香婆提了一笼柿子，迈着小脚正向公蛋的醋厂里送，门口就听见线兰在埋怨花花，就说："线兰呀，在屋里忙啥哩，你卖树上的柿子不？公蛋4分钱一斤。"线兰忙说："卖哩卖哩，我一会儿就让生平摘。"家丑不可外扬，线兰一声不吭了。

高考的最后一批录取都结束了，保川和国雅没有接到任何通知书。东关中学的理科好，保川就托人到县上的东关中学复读。西关中学的文科好，国雅也转到了县上的西关中学复读。从此在灞川县就有了三个瓷窑村同岁的人，他们中就有在川玉楼学厨师的母蛋。母蛋这时已是川玉楼炉头跟前的红人，这家伙聪明伶俐，眼里有活会来事，所以炉头陈胖子很是喜欢，常教给母蛋两个拿手菜。母蛋知道国雅和保川来了县城补习，格外高兴，那是发小呀！所以母蛋常拿三五个白蒸馍送给东关中学的保川和西关中学的国雅，三人也常谝起儿时的趣事，个个笑得鼻涕眼泪的。

保川学习刻苦，在补习班里总是前十名，每星期他都要回家背吃的。他最早想骑他哥的自行车，但知道她嫂子花花是个麻迷子（不明事理的人），就不骑自行车。但又要省钱，只能每星期步行回家背馍。冬季的天短得一天只能做三顿饭，等从县城东30里的瓷窑走到灞川县县城时，已是晚上9点多。当他刚走到东关的一个拐弯时，夜色中传来了拉拉扯扯的戏骂声，走近借着昏暗的街灯才看清楚是3个青年人在调戏一个女学生，保川上前阻止。但被3个社会青年打得鼻青脸肿，网兜里的馍都滚了皮球，但保川还是勇敢地还击。可能是英雄救美，他有了无限的勇气和胆量，一斗三。最后在他和女生呼救下，3个歹徒吓跑了。这位女生将被打得鼻口喷血的保川扶到了她家。到这位女生家，才知道她是朱县长的千金朱瑞英，并且和保川是校友，就在东关中学高一重点班。第二天保川见义勇为的事迹就上了学校的黑板报和校广播。一时间英俊潇洒的保川成了东关中学的名人。他是男生中的英雄，更是女生心中才勇双全的"白马王子"，就连母蛋去东关学校看望光荣受伤的保川时，也脸上有光，腔子（胸脯）挺得老高。从此保川常去朱县长家，给朱瑞英补习功课。朱县长也很喜欢这位救过自己掌上明珠的大男孩，他很欣赏这个孩子的才气和胆略。这样一来二去，朱瑞英和保川两人就有了感情，大可以说友情加淡淡的爱情。

1988年国雅考上了西城医科大学。朱瑞英上到了高二。但保川还是没考上大学，他还是在东关中学补习，保川不服输呀！他平时学习在年级是前十的，人家前20名的都考走了，他没有考上大学，是因为怯场而发挥不正常。保川暗暗下了决心，并在宿舍自己的床头写下了两句话："吃尽苦中苦，方为人上人！""生时何必贪睡，死后自会长眠！"从此他更是疯狂地学习。一是为了考上大学光宗耀祖，二是配上他深爱的朱瑞英。保川还是常去朱县长家帮朱瑞英学习，就连朱县长也安慰保川说："你小伙子大有前途，只不过没有发挥好，明年是没麻达的！"

朱县长爱晨跑，保川也爱晨跑，不知不觉，两人成了"跑友"。一天大早，两人在长坪路边跑步，突然一辆从县城发往西城的公共汽车停到了他俩前边，从车上飞下了两个彪形大汉，不问三七二十一将他们扔上了车，车飞快地向西开。一个大汉一手抓着大开的车门，将整个身体伸出车厢大喊："西城走了走咧。"保川这才明白，原来是司乘人员误会了，拉错了他们。朱县长不好开口，保川就说："师傅你拉错人了，我俩不去西城，我们是跑步哩！"坐在车内的一个大汉不理他们，门口的大汉还是招呼他的生意。保川有些生气说："我们就不去西城，你们这是胡拉人么！"车内大汉怒斥道："那你们见车跑啥哩？"保川说："我是锻炼身体跑步哩！"那大汉瞪了眼说："锻炼个野！锻炼到马路上来咧，咋不在你炕上锻炼哩，你也不怕让车轧死？！"这话说得保川有些上了火说："没素质，你知道你在对谁说话吗？"那大汉冷笑道："我就是没素质，县长都马卡，更何况平头百姓哩！""这就是县上的朱县长！"保川大声生气地说。"啥？"那大汉不屑地瞅了瞅朱县长。"啥？猪县长，牛县长，就他那个式子还能是县长，他是县长我就是县长他爷！"大汉不屑地说。保川气得没法就在车厢里乱蹦，开车的司机说："这两货可能真的不去西城，快让避，省得费咱的油！"车嘎地停了下来，朱县长和保川都没注意就摔倒了，朱县长碰了头，保川蹭破了左胳膊皮，门口的大汉说："快避，快避！"车上的大汉在正下车两人的屁股上蹬了两脚。

第二天灞川县所有的客车大整顿三个月，灞川县客车拉客抢客的局面有所收敛。

1988年阳历十一月，香女回到了家乡瓷窑，走进了她曾经上过学的元君庙，当了一名人民教师。从此她教同村的孩子学知识。当她从西城跨进那摇摇欲坠的元君庙时，她大声哭起来，惊得要退休的蒋文化老师不知所措，吓得不少小学生也哇哇大哭。一时间元君庙里哭成一片。香女，一哭的是自己的孤独和失落；二哭的是村里的学生还是在这又黑又暗的危房里读书，自己上学爬过的土台子还是那样，只不过蒋老师给新糊了报纸。德德抱着公蛋5个月大的女儿尚温第一个跑来，后来村里的许多人都来到了元君庙。大家一看这个亭亭玉立的香女，俨然一个城里姑娘，不再是当年的丑小鸭，可再看看椽檩歪斜，时刻将要倒塌的元君庙，大家又都面面相觑无言以对，不知如何相劝。会会跑来时想，是不是房塌了娃，更担心香女。羊娃见哭成泪人的香女就明白了，羊娃上前扶起香女说："哥我害了你，也误了你的前程，哥对不住你！"香女拉着哭腔说："羊哥我不是怪你，我是为咱瓷窑才哭的，是为咱农村落后的教育哭的，我回瓷窑是自愿的，我只希望咱村的娃能在宽敞明亮的教室里上学！"羊娃咬了咬牙，脸上肌肉在颤，他对香女说："妹子呀！你不怪哥，哥就放心了，哥保证在两年内给咱盖起宽敞的新学校，如果办不到你朝哥脸上唾，拿脚在哥脸上踢！"香女说："我咋能那样，我要为人师表哩！"大家这才有了笑脸。蒋老师也高兴地说："我的学生成了我的同事，真是一大幸福事，我有接班人了！"香女扑过去紧紧抱住蒋老师，师生俩都在发抖，瓷窑的天地在旋转。

从此，德德和会会就为建学校上了心，他将公蛋和媳妇自贞给的零钱存起来，俩人还常常捡些破烂儿到废品站卖。这时公蛋在西城的杂粮店已做得较大，饭馆里有40多号人，自贞主内，公蛋主外，生意做得红红火火。可德德两口的反常行为，引来了别人不惑的眼光。老黄常炸德德的洋炮（挖苦、讥讽）。一天德德刚从公路上捡起一个塑料瓶，走到他跟前的老黄说："德德呀，我看你现在不要叫德德，你叫老啬最好，你老婆会会叫老啬合适，你要那么多钱干啥呀？！大儿公蛋——抢断筋，世事恁大，老二母蛋是县上大饭店的厨师，香女又有工资，你是不是钻到钱眼里去咧？抢断筋得了女，你得了孙女，抢脱卯得了重孙女，全村人想吃个喜糖、喝个喜酒，可你给孙娃不待满月！你真真是爱钱不要命，看你能把钱背到阴司去，唉！你货老了！你知道人老了就会咋样？"德德一板一眼地说："怕死爱钱，没瞌睡。""对，对，你还真是怕死、爱钱没瞌睡，难怪你起早贪黑地干！"老黄摇头噘嘴地说。德德笑着说："你快避，快避，你不说话没人把你当哑巴！"老黄一摇一晃地走了，他身后飘出了一段顺口溜："瓷窑有个尚老汉，儿子在外当大款，舍不得吃舍不得穿，喝的烂氽酒，抽的烂脏烟，今生枉活在人间，老啬老啬，细发的不得，吃的灰钱菜，穿的粗布衫，你看可怜不可怜……"德德听了老黄炸炮的顺口溜摇摇头，笑了笑说："这家伙的嘴就是能翻，说的就是顺！"

当公蛋在倒沟峪水库建小型水电站的时候，312国道加宽工程正干得热火朝天，羊娃砖厂里的砖被大卡车一车车地拉走，河里堆积如山的石子沙子也被轰轰响、冒黑烟的大型车拉去铺了路。羊娃兴奋得走路都一蹦一跳的，那步子像跳跃的麻雀。

1989年春夏之交，312国道灞川段拓宽完成。公蛋在倒沟峪水库建的小型水力发电站也并网发了电。

水　篇

1989年6月5日，大雨倾盆，使得灞河水暴涨，吼啸如狮，如刀似箭的雨刺向大地，大地呻吟不止，它呻吟的气息使得天昏地暗。村中的人，鸡、狗、猪、猫早已不见踪迹，大树上的水珠滚滚而下，像号哭的孝子。

10日下午，一辆大面包车向瓷窑村驶来，车辆冲开的水浪像钱塘江的大潮，车前挡风玻璃上的雨刷器飞速地来回刷，大雨中只能看见一对模糊的扇子在扇。车慢慢地从312国道上拐进村的泥路上，由于多天大雨，泥路早已松软，车一进村就深深地陷了下去，任车轮飞转，车也不挪步，车就像被魔鬼扼住咽喉的婴儿一样无能为力。这时从副驾驶室上下来一个人，他慌张地向村里走去，倒不如说是爬更为确切。这人连爬带滚地来到仁庆家门口敲门。芬芳在家正用簸箕簸玉米，听见有人敲门，就开了门，一开门吓得她向后倒了几步说："你进来，我给你拿个馍，这大的雨还出来要饭？"那人说："婶呀我是公蛋！"芬芳这才仔细打量这个泥人，爆炸的头发早被雨水打压在头皮上，雨水顺着贴紧头皮的头发不停地滴答，浑身是泥，特别是下身裤子，就像一对做好的泥坯瓮，突遭大雨瘫软变形，摇摇欲坠。芬芳仔细端详后，又惊又喜说："我的天哪，原来是我侄娃子公蛋，快进来，婶给我娃拿毛巾擦把水，你咋弄成这个式子咧？"芬芳咯咯地笑。公蛋没有进门，在门外起了哭腔说："婶呀，我仁达叔出事咧，出大事咧！"芬芳猛地一回身说："仁达出了啥事，我娃甭急，慢慢说！"公蛋哇地一声号啕大哭说："我仁达叔在工地干活，下淋雨，脚下滑，从六楼上摔下来了！"芬芳头嗡地一下成了空白，原本她的腿就不好，人不由自主地趔趄到了墙根。她顿了片刻强打精神说："公蛋我侄娃甭哭，不要让国华她婆知道，她老要是知道了又要出大事！"公蛋强忍哭声，所以脸型难看得像剥了皮的核桃。

　　纸糊的窗户被水冲上去自然是要破的。仁达的死迅速地在雨中传遍了瓷窑。仁达妈当得知不幸时，即刻就昏死过去，又是十人五马地呼救。

　　送仁达尸首的车还在村口的粘泥中困着。村中的男劳几乎都在现场，有的戴了草帽，有的披了雨衣，有的撑了雨伞，有的干脆光头赤脚。雨水打得人睁不开眼睛，推车的人被车轮带飞的泥糊成了泥人，可车还是寸步不挪。只见光头的泥人羊娃大吼："撂了手中的伞帽，都来下手！将车抬着进村，总不能让仁达到了门口进不了门！"顿时伞、帽、雨披飞出一串。众人将面包车围了个严严实实，羊娃又吼了一声"起"，整个车立马抬了起来，一直抬到了仁达家门口。

　　西城上学、打工的人都回了瓷窑。仁庆也哭着从朝城赶回来。

　　三天后，村西南的坡畔多了一座湿漉漉的新坟。仁庆去了西城，找建筑公司谈仁达的命价事宜。国华又找了她老师的丈夫，最后以9000元了结了事件。国华疑惑地问："我大命价就那么少？城里人的命价不是好几万吗？"仁达妻红肿的眼睛睁不开，哭嚎着说："他爸咋就这命苦呀，没了人我要这烂怂9000元干啥？！"说着将钱抛向天空，10元的钞票从空中落下，刺痛了所有在场人的心。仁庆一边劝一边拾地上的钱说："就是，这农民的命贱，我们矿上的临时工，哪一年不死一二个，家属都是拿了几千元哭着回了家！走，回，日子还得过！"

一个月后仁达妈才出了家门，人瘦了一大圈，目光呆滞，小脚颤巍巍地挪着，嘴好像不停地在吃着东西，又好像喃喃自语。

1989年的高考成绩公布后，保川又是名落孙山，但他不死心还在东关中学补习，他爱着的朱瑞英就和他同在一教室学习，开始了第四年的复习生活。

天气进入了冬天，当小雪节气后的首场雪还没有落下时，德德的父亲病倒了，可能是受了风寒，鼻涕流个不停，人的声音很快沙哑。公蛋从西城赶回来时，人就出不来声，在西庙镇的医院里，老人只能用手势比画。医生说："是感冒引起的流感，再发展成脑炎。"老人得脑炎是可怕的。艰苦岁月的刀子在老人的身心留下了太多的伤疤，身体的老化和生命的规律，使这位当年打死虎、累死牛的壮汉也不得不服老。

人从呱呱坠地，到茁壮成长，到收获成功，到感动生命，再到生命终结，留下的只有生前光明磊落的人格和艰难的经历，或是平凡，或是臭名昭著的骂名。抡脱卯老人显然是一个光明磊落的人。

最后老人是平静地躺在自家的火炕上走的。他像一位没有遗憾的将军一样，淡然而又安详地离开了人世。

抡脱卯老人的葬礼，羊娃是大总管。他将公蛋叫到身边说："你是咱村的榜样，还是大款，所以你爷的丧事要严肃庄重，要办得对得起老人！"公蛋只是个点头。

从请村中执事，到给亲戚报丧，再到请阴阳先生，请乐班，都严格地按老规矩办，特别是请老人的舅家，特意安排了村中最有名望的两位老者和德德一同前去。

在请乐班时，羊娃还提出了最好请权陵村的水会音乐。他说："那音乐是隋唐时就有的音乐，主要是当年祈雨、宗教法会和祭祀时演的音乐。所有的乐器演奏细腻、动听，所以也叫'细乐'。它分坐乐和行乐，坐乐是坐着演奏，人少；行乐人多，边走边演，有时会多达几百人。但今天几乎快灭绝和失传了，也就是权陵村给羲母守陵的那七八个人会演奏水会音乐了！"公蛋一听大为惊奇地说："我咋不知道权陵村还有这历史悠久、高档次的音乐？好，那一定请，正儿八经地请！这好的文化一定要它有展示的机会！"

给抢脱卯的入殓的还是宋细发老汉，他虽老得手发了抖，但还是严格地按再生老汉的入殓程序进行。又是一场惊天动地、泪水飞流的号哭。抢脱卯的出殡日定在了 5 天之后，这 5 天，村里人要坐夜、祈祷 5 天。每天晚上村里的人都要到德德家里坐，陪陪亡人。突然羊娃说："香婆在哪儿，让她老人家给咱说说唱唱，免得孝子和大家乏困！"有人应道："香婆在灶房烧汤哩。"瓷窑人将吃晚饭叫喝汤。

香婆来到灵前，老人是出奇的平静。对于抢脱卯的去世，就像什么也没发生一样。她说："孝歌我十多年没唱了，有的歌词都不太熟了。大家说唱，我就给德德爸唱五晚上。今天是祈祷坐夜的第一晚，按规矩第一晚前半夜先唱《将进门》《开路歌》和《讲孝义》，后半夜唱《行孝歌》，一般唱的是《二十四孝》，如《董永行孝》《王祥卧冰》。第二晚唱《烧香参门》《十进门》，后半夜吃了饭后唱《十进酒》。第三晚唱《讲户》，唱《门德》。第四晚唱《参去》《指路歌》《游十殿》《辞丧》《醉天地》《司命》《辞香火》。第五晚唱《还阳歌》，先唱《安五方》，再唱《还阳》，再唱《谢孝家》，后了是《扫孝堂》，最后是《送神王》。"

香婆给大家说毕，生平、跟山、公蛋等小一辈个个惊得脖子像是被拉长了几倍。公蛋好奇地问："婆呀，我大概听说过，你今儿个一细说，咱瓷窑送埋人还有这大的讲究？！不对，是这深厚的丧葬文化，你如不详说，岂不是将老祖先的文化丢了吗？！"羊娃接着说："我小时见香婆唱过，后来不让唱了。我十来岁时还见过，祈雨取水，聒马子，抬神楼子，那水会音乐的场面大得太呢！吹、拉、弹、唱、敲的人几百人呢！"生平更来了劲，赶紧追问："啥子是聒马子？祈雨和权陵村的水会音乐我影影乎乎（大概）地听说过！"羊娃笑说："你问专家么，我不敢班门弄斧，关公面前耍大刀！"羊娃将眼光指向香婆。香婆说："今黑里不说，水会音乐改天说，我要给堂堂正正的公蛋爷唱《开路歌》了。让三刨平敲鼓，善才敲锣，公蛋你捎着幡，孝子手中拿着香跟在我和公蛋后头围着棺材转圈圈。母蛋你去放串炮，这是讲究呀！"

鞭炮响，锣鼓起，香婆唱声来，大家都神奇地发现，香婆苍老的声音成了十七八岁的小女声，声脆腔圆，金铃一般了。羊娃笑笑说："香婆神上身了！"只听见德德的三间大房里音韵绕梁，不绝于耳。"明月皎洁照九州，五湖四海任遨游，游到孝家大门口，孝家让我开歌路，歌路不是那容易……山上有的千年树，世上少有百岁人，儿女哭得肝肠断，守住棺材泪涟涟……上路通天仙，中路通孝家，下路通子堂。歌者来了忙又忙，子堂路上牛马羊，牛耕田马拉桩，羊进门送银票，中路通孝家，歌者门中撞古人，撞着一位99岁老公公，手提拐杖哭啼啼，公公手持桂花树，哭啼啼，花开花谢年年有，老人何曾似少年，后悔少时不惜时，今日只有哭啼啼，啼啼哭劝得儿孙惜光阴，一寸光阴一寸金……"

第二天一大早，公蛋就问羊娃请权陵村水会音乐的事。羊娃说："去请了，人家说水会音乐是法会、取水（祈雨活动）等宗教活动中用的，不是龟兹班（丧事上的乐班），人家不来呀，所以我也不好意思给你回话！"母蛋苦笑着说："几百人的水会音乐都快要绝种了，还穷讲究什么场合，多少年都没人让演过，咱给钱还管饭让演是一个机会，也是一个宣传。还真是厕所的石头，臭硬臭硬的！！"公蛋瞪了一眼母蛋后说：

"羊哥，咱俩吃了早饭再去请，咱来个三顾茅庐，给人家多说说好话，说清楚，不是让人家当龟兹班，龟兹班咱另外请，让水会音乐来是表演，是让大家见识一下隋唐时的古风雅韵，对水会音乐是一次发扬和传承！"羊娃大笑说："到底是在西城混的人，有大思路，大情怀！走，马上走，还吃个球饭！让水会音乐重见天日是大事！"

冬季的国顺坡就像老人的脸，沟壑纵横。早上升起的淡雾，就像老人口中呼出的热气。袅袅的炊烟便是老人吐出的旱烟雾。

公蛋和羊娃一人一辆自行车，上坡路他们只能推着走。坡路弯曲纤细得像蚯蚓，他俩和自行车及路两旁的野枣树与荒草就是蚯蚓身上的细细的刚毛。两人推车上了国顺坡顶，已累得气喘吁吁。公蛋回头看南面的瓷窑，一只巨凤展翅欲飞，龙口嘴的龙头高昂，尾巴消失在烟粉台。突然，公蛋吃惊地发现灞河中的砸石厂，伤了凤头下的肉坠和凤脸，凤西翅下的砖厂取土处伤了凤西翅和龙下颚。公蛋心中不由一惊，他就对羊娃说："羊哥你看咱瓷窑的龙凤景好看吧？"羊娃瞅了一眼说："景好，风水也好，可就是穷根深呀，青山绿水美丽，但它不富饶发达呀！它就像国顺坡的这条土疙瘩路，又烂又陡又窄，走在上面永远让人苦痛、害怕、危险。前些天这里出了几件抢劫案，有几个挡路的家伙抢人。权陵村小学的一个女教师和香女是同学，骑自行车回家，遭了挡路贼，没下自行车，从坡上冲下来，等回家才发现下身出了血，家人送到西庙医院，医生说是骑自行车路烂颠得处女膜破了，这女娃从此死也不到岭上教书，进了西城打工。公蛋你说这美丽的地方咋就这样可怜可憎呢？！"公蛋默默低下了头，他又想起了老黄、石纳死去的儿子，破烂的元君庙里的香女和碎娃们，还有在西城长乐坡拽车的社安和爱源。羊娃向低头走的公蛋说："我答应香女，要盖咱瓷窑的小学，要让咱瓷窑的碎娃不再走这烂疙瘩路，要走城里的大马路！"公蛋流着眼泪说："盖！过了年就盖，咱农村娃也是父母的心头肉呀，不能让老黄、石纳娃的悲剧再上演！"羊娃也红了眼眶，他猛地扔了手中的自行车，扑过来揪住公蛋的领子，发疯地摇着公蛋说："盖，非盖不可，要盖宽大明亮的平板楼房，还要把瓷窑村的泥路硬化成水泥路，路边栽上大路灯！"公蛋扔了自行车，哇哇地抱住羊娃哭，两个大男人在冰冷的疙瘩路上抱着哭，比哭抢脱卯还凶。

二人来到权陵村，村口耸着一座高大的石碑，碑上刻着 3 个隶书大字"羲母陵"。在石碑后有一座长 50 米、宽 30 米的土坟，在坟西 300 米有几家住户。羊娃说："从南数的第三家是水会音乐的头，也是守陵人的长辈。"公蛋进门见到一位满头白发，但红光满面、精神矍铄的老人。羊娃给公蛋介绍说："这叔就是水会音乐的主管。"公蛋忙递上香烟说："叔呀，我是听村上的香婆和羊哥说，水会音乐是如何的历史悠久，艺术性高，文化意义有多深远。我爷去世，我请了龟兹班，我请您老是想让水会音乐被大家知道。只要是好东西，就会有人爱和继承，但如果老是不表演不传播，再好的音乐也会消亡。你们几个人去演出，不是让你们顶龟兹班的角儿，是让水会音乐被世人了解。"白发老人高兴地拉着公蛋说："我们这些民间艺人几十年了，有谁对我们说这样的话，都认为我们是老顽固、老脑子、神经病，有谁看得起我们！"公蛋说："正因为有你们这些老顽固，才有了国家文化艺术的延续，是你们对艺术的执着和坚守才让千年前的音乐传承至今！"白发老人有些感动，他的热泪在眼眶中打转。"娃呀，有人能懂我们内心和对我们的理解比什么都重要，你的话让我的心舒服和敞亮！苦闷孤独、压抑和不被重视的种种不快都一扫而光，荡然无存！你俩回去忙老人的后事，到出殡的那天，我们不要钱一定到场，给大家演奏一回，让老人家一路走好！"公蛋马上跪下给白发老人叩头说："我代表瓷窑人和我家人给您老叩头，一是感谢您老赏脸，再谢你们对文化的尊重和热爱！"

香婆唱了 5 个晚上，她不困不乏，反而精神了许多。羊娃问香婆："你老唱了 5 晚上，白天还干活，咋就不乏呢，真的是神仙上了身！"香婆笑说："我把心里的魔吐了，自然就精神了！"

抡脱卯出殡是在第五天午时。权陵村的音乐班天刚麻麻亮就开了手扶车拉了乐器到了瓷窑村。公蛋赶忙发烟、倒茶。羊娃又吩咐响炮欢迎，鞭炮声中人们帮着卸乐器，有的乐器人们从来没见过，白发老人不放心卸车人，特意在一旁指挥，他对公蛋再三请进屋里烤火、喝茶置若罔闻。直到乐器安全地卸下车并按顺序放好后，才一边叮嘱小心看护，一边一步三回头地进了屋。

水会音乐马上要演奏了。从权陵村来的 7 个老人，个个脸部皱纹深刻，坐在那里就像一棵棵千年古槐，全身散发着苍老的气息。白发老人猛吸了一口烟，手中的纸烟迅速地燃到指根，他将烟把扔到地上，只见他口中喷出一股白气说："今天是我们 7 个老家伙头一回在丧事中演奏。我先给大家讲一讲它的历史渊源、风格特点和乐器。水会音乐全名叫水陆大会音乐，是土生土长的道教音乐，主要是祈雨和法事道场活动时所伴奏的音乐，它起源于隋，兴盛于唐。"说到这里，大家都发出吡吡声，人们就算起了年代账。"呀，呀呀都 1000 多年了，不对 1300 多年了！"白发老人又说："水会音乐因为出自宫中，再加之演奏的场合庄重，音乐质朴，旋律委婉、清雅、悦耳，所以也叫'细乐'。它不像咱们秦腔那样粗犷，也不像从西域传入的龟兹班音乐那样激越。"这时大家又私下议论："噢，龟兹班是西域的音乐，难怪用的是二胡、板胡，是胡人用的！"老人又接着说："水会音乐的记谱法是唐代燕乐半字谱，现在没有几个人能认得它。"说着老人弯腰从身旁的一个小木匣里小心翼翼地拿出一本发黄、发黑的音谱，精心地慢慢地翻开让大家看，书上的谱子就像一群蚕在吃桑叶，大蚕小蚕胖蚕瘦蚕，大家也只能是一脸的惊讶和茫然。老人再说："下来我再给大家说乐器。"说着他从脚下的水盆捏起一支笛，"水会音乐的笛是我们自制的。它和普通的笛不一样，它没有膜孔，粗而短，吹时必须在水里浸泡才能吹出声音，我刚才把它放到水里这叫饮笛，因它粗而短，所以俗名叫'笨笛'。"老黄大声地说："呀呀！咋这特色的，要把笛泡到水里才能吹，绝，绝呀！""大家看见最左边的那个装在大架子里侧挂的鼓吗？这鼓比现在常用的鼓薄得多，很扁，这叫高把鼓。再看最右边的装在大木架里的锣，这锣比平时的大锣要大得多，它的直径在八九十公分，这叫'贡锣'。大家再看摆在前面的吹乐，笙、管、箫；打击乐器，镶子、云锣、梆子、木鱼、击子、铛子、大铙、铰子、碰铛、磬、钟等。咱们水会音乐的最大特点是以吹奏乐，笛起奏，再是笙、箫，一般最少六七支笛，六七个箫，六七支笙，两个低音笙，低音笙也叫'马笙'。"大家又是一串唏嘘和惊奇的表情，白发老人又说："所以，水会音乐的历史渊源、乐谱、乐队、乐器、曲牌等方面都显示出了极高的历史价值和学术研究价值。下来我们七个人，一人顾三四样乐器，给大家演奏几曲。水会音乐的曲牌有《清江颂》《小曲子》《三联子》《八板》《老然配》《十八拍》《宫调》，那我们就先来《宫调》吧。"说完白发老人从水盆中拿起了笨笛吹了起来，一股细腻委婉的笛声浸透了在座人的心扉，接着笙、箫、笛、管'四共鸣'，又是一段莺歌燕舞的悦耳音乐。

水会音乐一直表演到 11 点才停止。听得大家如痴如醉，老黄的三女子惠萍、尊脉的三女子品农和儿子品喜、国利、国强、德德的小女子白妞、立立的女子玉花，棱子的独苗宋灶非要向白发老人学吹笛，一下子场面成了拜师会，高兴得白发老人合不拢嘴。只见羊娃说："要拜师是要磕头拿礼兴的，哪能轻易收，哪能在这露天场子，马上就要起灵出殡，等过了这事后，我领你们到了老师家里去拜师。"小家伙们才停下了喊闹。

几声火铳的升空和爆响，龟兹班的唢呐吹起，在密集震耳的鞭炮声中，善才老汉提斗在前面撒买路钱，盖有"芳名永驻"灵条的灵柩被8个青年抬起出了院门，龟兹班紧跟其后，德德顶了纸盆，公蛋打了招魂幡，母蛋端了爷爷的遗像，抢脱卯的女婿打了写有"光明磊落"的高幡，走在亲孝前面，外甥打着"勤俭持家"的高幡，侄子们打着"恩德如山"的高幡。最后便是亲邻提蟒纸，提小山，抬花圈，捐了铁锨。女孝们一个个手拿着香火，哭泣得泪人似的向村西砂石厂上方走去。

抢脱卯老人的去世，是1989年的结束，瓷窑人将日历换成了1990年的，并不由自主地翻了起来。

生命的长短是用时间计算的，但一个人生命的意义会由人们在脑海中记忆的长短来证明。

春天是播种的时节。1990年春季的瓷窑人，要播挣钱的种子，村中的年轻人甚至上学的学生都要扑向那听说美丽的商海。

生平和妻子花花，社安、革新，猪娃和妻子，跟山、爱塬、品农、母蛋、夏霞、秋霞、仁达妻梅丽等，除了生平两口和跟山外，都要跟公蛋和自贞下西城打工。猪娃对公蛋说："你现在雇的都是外头人，我跟你干，我不掀车了，挣不下钱！"爱塬和革新也说："我俩也不想干蹬车、推车的活了，就跟你干！"公蛋有些为难，但又不好意思直接拒绝，就见自贞用肘碰了碰公蛋并给了个眼色，公蛋就和自贞退回屋里。自贞说："大家要跟咱干，也是好事。"公蛋说："那总不能把原来的工人辞退了吧？"自贞说："咱可以再开一个饭店吗？"公蛋说："眼下倒沟峪的小电站、村里的醋厂、西城的杂粮饭店的确缺人手，但都是朋友和亲邻，干起活来不好指拨！"自贞说："你不怕，人由我管，要把话说开，把杆子攉开（开门见山谈事），关键是要把大弟母蛋靠牢！"公蛋点头说："打虎亲兄弟，上阵父子兵，应该没麻达吧。""让我探探兄弟的底。"自贞说着出了门，和母蛋谈去了。

自贞是一个开通的女人，她将母蛋叫到一边问："母蛋你要是愿意跟你哥干，嫂子给你交个底，工资比川玉楼高，你就是厨房的炉头再加钱。"母蛋不在川玉楼干，就是想找一个高工资的，嫂子给了他一个定心丸，但不好意思地说："不用加，给谁干都是干，何况是给咱自家干呢！"

公蛋和自贞向村人做了回复，三天后下西城，先在杂粮饭馆干着。公蛋领着大家到西城开始了又一轮创业。公蛋和自贞再三地商量，最后母蛋的工作是在杂粮饭馆当炉头，在原来杂粮的基础上做一些高端、上档次的菜，这样使原来杂粮饭馆向大酒店上发展。才来的新人都是生手，对餐饮业不懂，所以不可盲目，最后二人的研究结果是，开一家裤带面馆，做宽 biang biang 面是农村人的长项，让这些女人们上面案，小娃们跑堂、端饭、倒水，让猪娃干采购。计划的科学和可行是成功的一大半，加之农村人的吃苦耐劳，公蛋的裤带面饭馆开张并迅速地运转起来，很快就客人满堂。到清明回家祭祖前，公蛋的杂粮饭馆已换了牌子，改名作"瓷窑生态大酒店"。公蛋也拥有了一辆中型面包车。

清明，公蛋开面包车拉了在西城的 18 名瓷窑人回家祭祖，车里挤得人放不下手脚，但大家还是高兴地说说笑笑。人们快乐了满足了，心里舒服了，再不好、再苦难的环境反倒也是幸福的。就听国华对公蛋说："瓷窑是好地方，有风脉，钢锋才 23 岁都开上车了！"猪娃接着说："城里人 23 岁也不见得有车！"大家都笑了。公蛋自豪地说："关键是车上还有国华、国雅两个大学生，这可是文化人呀，拉文化人是最有品位的！"生平笑说："有文化重要呀，她是人和人的分水岭，国华、国雅将来坐办公室，吃的是智，我和跟山进车间吃力！"梅丽说："那你们说公蛋吃啥哩？"国雅笑说："人各有长短，公蛋哥是先吃力，后吃智的人。"

公蛋哈哈笑："别吹我了，只要是正常人，只要下功夫，开动脑子，就都是成功者，说来说去文化是智慧的父母，人是被逼出来的！"革新反问公蛋："人咋能逼出文化和智慧呢？"公蛋又是大笑说："我不太懂，但我有我的体会，人天生就不会公平，有人生在京城，生在西城，那人家的起跑就早，咱们生在农村，起跑就比人家晚，但如果你能找到差距，想赶上甚至超过他们，那你就要同国华、国雅一样学文化，有了文化再多用脑细胞，不就超了他们吗？国华没有城里娃穿得好吃得好，但国华的成绩是系里前几名的。什么是强大，有文化再加上智慧是最强大，我就是想超过别人才逼自己干的。"国华问公蛋说："你宏伟的理想要是这样干，很快就要实现了！"一车人马上问："啥宏伟理想？"公蛋笑而不语。国华说："他计划回家办醋厂时，我们在一块吃饭，他说十年后西城最高的大楼就要被他公蛋踩在脚下！"大家不禁惊呼。公蛋自信地说："理想一定要实现！来我酒店吃饭的领导多、老板多，他们都说搞房地产盖楼房是将来发展的路子，我这次回家，就是要和仁贤叔商量成立建筑公司的事！"大家又是一阵哗然。说话间到了村口，公蛋说："都下车吧，过去当大官的到了自家村口也要下马，何况咱们呢！"大家就一个个跳下车，活动活动筋骨后，向村里走去。这十几个人，显然从走路、穿着、说话上和他们的父辈及村里人拉开了很大距离。

正确的理想就是灯塔。没有正确的理想，就没有方向；没有奋斗的方向目标，就没有光明美好的生活！

瓷窑人在各家先人的坟头压了烧纸，烧了纸钱，挂上白纸絮或红纸絮就是祭祖了。有些人会将坟头的草拔掉或用铁锨将坟头垄周全，这样以示古训——祖先虽远，祭祀不可不诚，更说明这家后继有人。

公蛋上坟后，就去了仁贤家。仁贤妻英花说人在灞河张村盖房，公蛋就又开车去了灞河张。刚到村口远远就看见仁贤他们在公路北边架子上忙着。公蛋一下车，见一个青年跑上来递烟。公蛋看后哈哈笑了："是兄弟你呀，咱是打出的关系，那你盖房咋不给你生平哥说呢？！"花花弟笑说："向人家借钱，人家不给，着气的我没给说！""这就是你不对了，你开了口，生平能没多还没有个少？！"公蛋笑着说。花花弟说："离了他，地球照样转！"

仁贤从架上跳下来问："公蛋寻我啥事？""寻你当然有大好事！""你说叔听着。"公蛋向仁贤说明情况。"那是美事呀，可我是土八路！"公蛋咯咯笑："哪有没干就说不行的，盖房就是一个球样，只不过西城的房地基挖得深，钢筋水泥用得猛。"仁贤又说："不过还不能马上跟你下西城，羊娃让我盖完花花弟的房，就在村南公路边给咱村上盖小学房哩！"公蛋一听大有意外，他有点激动地说："好，好，太好了，先给村上盖小学！盖好小学后咱再下西城，叔你先忙，我回去寻羊娃哥呀！"说着公蛋蹦上了车，一脚油不见了。

公蛋还没有到砖厂就远远地喊羊娃。羊娃妻正扣着衣扣出来了，羊娃还没出被窝问："啥事吗？都急得过不了清明，那大声喊！""你先穿上裤子再说。"公蛋笑说。公蛋拉了羊娃上了车，就去了西庙的白玉楼。哥俩边吃边喝地说学校建设的事。羊娃说："地方就是老黄他们那排房的西边，地方最当火，我给乡上打了招呼，乡上同意，但没有钱给咱呀，咱只能靠自个儿呀！"公蛋说："不怕，我给一些，再向各家筹些，估计问题不大！"羊娃说："盖一层，村上、你、我的钱没麻达，但咱想一次到位整二层，就有些缺口了！"公蛋思量了一下说："我当时在倒沟峪建小水电，是看每年夏收脱粒机转不动，现在我在西城也不太顾得上，我把小电站卖了补这个资金缺口。"羊娃瞪大了眼睛，用手在自己脸上打："你、我不是喝大了吧？！"公蛋在羊娃腔子搓了一拳说："都灵醒着呢！

喝、喝，今儿个往死里喝！"羊娃眼睛睁得像公羊眼，公蛋的脸成了猴屁股。下午是母蛋几个人将公蛋和羊娃抬回了村。抬时大家只能听清他俩的共同酒话："整二层，整二层——"

羊娃和公蛋两人的共同点就是说干就干。瓷窑的麦子泛黄，算黄算割鸟刚开始鸣叫时，建学校的工作就开始了。砖、砂石是羊娃供给的，公蛋托关系将小电站卖了 80000 元。德德没有反对，反倒拿出 6000 元塞到羊娃手里，羊娃惊讶地问："叔呀！你哪来这么多钱？"德德说："你问身边的老黄。"老黄憨憨地笑着说："这钱是他将儿女们给的钱，家里的粮食桌的钱，还有拾破烂儿的钱攒起来的！"羊娃这才想起来老黄编的顺口溜——"瓷窑有个瓜老汉，舍不得吃，舍不得穿，吃的灰钱菜，抽的烂怂烟……"羊娃激动地说："德德叔，我崇拜你！"德德头也不回地说："我从生到死都爱瓷窑！"在场的人一个个沉默不语。老黄一下子蹲到了地上，头又弯到了裤裆。全村人为德德父子和羊娃做的事感动，所以个个一有空就来帮忙，拉砖的拉砖，和水泥的和水泥，搭架子的搭架子，香婆等老年人给大家泡茶倒水。建校的场面赛过当年在倒沟峪口修水库。

当第一层的九间房叠到窗台位置时，土地局的车嘎地停到了路口，从车上冲下来 5 个大汉，喊着让停工。羊娃忙上去发烟赔笑说："这是盖学校，同时给乡上土地所也打了招呼！"一个高个儿戴墨镜的高声对羊娃说："那我咋不知道呢？"羊娃笑说："可能是乡上的事忙，忘了向你上报，对，对对，上车，上车！"羊娃拉那人上车，但那人不上车，非让停工。这时老黄气愤地说："马上就到了淋雨天，让我村的娃娃坐在元君庙里等着往死塌，塌毕了初中的再塌小学的，真是你家娃没在这儿上学！"喊着喊着，老黄和石纳哇哇地哭泣了起来。最后羊娃和土地局的几个人去了镇上的白玉楼。

可能是瓷窑人的善举感动了上苍，从下手盖到全部竣工，天公没有下一点雨，只是刮轻轻的风，大家干活倒凉快些。一直到6月初要收小麦时，9间两层的校房全面竣工。竣工大会上给德德、公蛋、羊娃、仁贤等十多个人披了红，大家要立功德碑，让德德拒绝了。

算黄算割鸟叫得嘴巴滴血、喉咙发哑时，瓷窑的小麦已到了大场上。由于倒沟峪有公蛋建的小水电站，现在脱粒机已不存在几个村一开机就电不够用的现象，夏收、夏播很快结束了。

经过一个炎热的暑假，虽然新盖的教室没有全干透，但大家早就按捺不住心中的急切，所以就在9月1日搞了一个开学典礼。典礼上羊娃请了教育局的文局长，还有乡长和教育专干。

美好的生活是大家齐心协力苦干而来的，不是等来的，更不是只是空想，要从一点一滴踏实做起。

当瓷窑村的娃娃高兴得蹦进宽敞明亮的教室并"哇哇啦啦"读书时，公蛋和仁贤等放心下了西城，办理建筑公司事宜。他们公司的名字当然是以"瓷窑"命名的。

世界就是好事、坏事、好人、坏人，真善美假丑恶并存的。学校完美落成，但保川的痛苦大幕才缓缓拉开。一直到9月10日，保川还没有等到任何学校的通知书，特别是当朱瑞英高兴地将大红的交通大学录取通知书拿给他看时，他顿时心口剧痛，他没有看见通知书上的字，只感到从瑞英的通知书上射来的万箭将他射成了刺猬，然后是尖刀割脑造成的痛，他恍惚中被黑白无常用碗粗的铁链拉下了地狱！当保川醒来时他已在灞川县人民医院的病床上，朱瑞英守在他的床头担心地看着他，保川不再看瑞英。"你醒了，吓死人了！这是啥病，直直地栽倒，你的脸还疼吗？"瑞英要抚保川受伤的脸，保川将头歪向一边，大颗大颗的泪珠滚下来，床单上便有了血印。瑞英难过地对保川说："你的心思我明白，你再补习一年，你要振作起来！"说完哭着跑出了门。保川将头埋在枕头下，拳头猛砸着病床。当保川再次坐在高三补习班的教室时，他的眼神就呆滞了许多。

1976年出生的这些人中，大多都上了初中，只有品喜不能再上学了。他只能在家待着，但懂事的品喜要让尊脉给他买一台修鞋机，买一些修自行车、架子车的工具，他想在镇上修车、修鞋。尊脉为儿子的想法流了泪，他一个老农民，连灞川县县城都没去过的人，哪能知道修鞋机在哪里买。聪明的品喜对尊脉说："你去寻羊娃哥，让他给公蛋哥打电话从西城捎回来就行了。"尊脉抚着儿子的头说："喜儿，咱家你忠姐有病，这一年又重了，卖粮钱、我和你妈在砖厂干活的钱，这些钱都给你二姐看了病，你农姐给公蛋干活时间也不长，咱家又刚盖了房，哪有钱给你买工具和机子呢？就再等等吧！等爸把咱今秋的苞谷卖了，就给你买！"品喜懂事地点了点头。

瓷窑今秋的玉米又是丰收，长长的玉米辫子挂满了各家的房前屋后，人们都在闲暇时，才剥这金灿灿的玉米。

香婆正在门口盘腿剥玉米，就见羊娃8岁的女儿晓兰领着不到5岁的弟弟晓飞和几个小娃玩。这几个小娃手中都有一个小笼，笼中是可爱、灵巧的小松鼠。

香婆边剥玉米边问："你几个碎豆，谁给你逮了这么多毛老鼠？"晓兰回答："是老黄爷和石纳爷给逮的，还有许多长虫（蛇）！毛老鼠给我们要，长虫他们蒸着吃呢。"香婆马上站起来抢着小脚去了砖厂，嘴里说："这些海兽！"

香婆来到砖厂正值吃早饭，大家都是玉米糁就萝卜丝，就见老黄、石纳等几个坐在砖窑门口边吃边笑。香婆走上前看见盘中一节节二寸长的蒸好的蛇肉，心中就慌慌地说："你们吃的没啥吃了，吃长虫！"老黄笑说："改善一下伙食，有啥不能吃的。"香婆生气地说："快把长虫肉埋了去，咋能下了口，心就这么硬的！"石纳笑说："啥，香婆呀，你不吃肉就不能让我们也不吃肉呀！""吃肉也要分啥肉！"就在这时不知从哪里传出了一声闷长低沉的牛叫声，大家都听见了。"哪里牛在叫，咱村没一头牛了，哪来了声音？耳斜了，耳斜了（听错了）！"在这声牛吼叫之后，满坡的松鼠、蛇在跑，鸟儿也哗哗地飞走了。老黄说："石纳快速长虫、毛老鼠！"就在大家不以为然时，香婆浑身起了鸡皮疙瘩，她深信无疑地断定，可怕的事要出现了——大滑坡。她知道这闷长的牛叫就是人们常说的地龙吼，地龙吼和动物惊跳是大地动摇的前兆。

香婆对吃饭的人说："最近是不是长虫、老鼠多，牛吼几次？"吃饭的人说："有个二三次。"香婆对大家说："如果再有长虫、毛老鼠乱跑，你们也就朝平地方跑。"有人问："跑啥呢？""你不用问原因，照我说的办！"香婆又问羊娃人在哪儿，大家说："羊娃去西城买大型制砖机械去了。"

香婆在回家路上心就像八鼠抓心，她走路腿显沉，趔趄不断，心里慌乱得不能走路，但又不能给大家说明白，怕引起恐慌，不由得瘫坐在赵疙瘩的路口上。德德给凤西翅西北的莲菜地去看水，他到了河边，看到河岸挖下了一米，所以莲菜地和芦苇荡都被吊了起来不能囤水，长势一年不如一年，他也生气地低头往回走。走到赵疙瘩路口，见香婆瘫坐在路边，赶忙上去扶说："香婆呀，崴了腿？"香婆浑身无力地说："没事。"香婆想将地龙吼的事告诉德德，但话到嘴边又咽了下去，她心想先给羊娃说了，羊娃如果停了不干，不就好了，以德德的性格非和羊娃弄个戳破天！

羊娃两天后出现在村口时，跟他来的是两辆大卡车，一车是制砖机器，一车是砸石厂的机器，都是最大型的那种。他高兴地招呼大家帮忙准备卸车，那高瘦的身体灵活得像一个幽灵。香婆将羊娃拉到一边说了地龙吼，长虫、毛老鼠乱跑的情况。羊娃说："没事，那大的龙口嘴，三五年都动不了龙胡子，更何况还有背后的大秦岭撑着，长虫跑，鸟儿飞，是常事！"香婆说："你如果不听，我就告诉砖厂的工人，让他们小心点！"羊娃立马脸成了驴脸说："婆呀，你这是砸我的摊子，要逼我跳歪嘴崖么！我的成百万贷款怎么办，我刚买了大型机器，准备大干特干，你一说工人都跑了咋弄？跑也不可能，谁和钱有仇，他们的家指望我砖厂过好日子呢！"香婆又说："要是滑了坡可是几十条人命呀！"羊娃躁了说："婆呀，我尊重你，可您老不能咒我们死呀！我办砖厂为啥，办砸石厂又为啥？响应国家号召，一不偷，二不抢，合法生产。反过来说，没砖厂、砸石厂，咱村的烂面貌能换？你现在看谁不是大瓦房、平房大屋。没砖厂、砸石厂，咱村娃能坐在二层楼房里念书？你想想老黄和石纳的娃！"香婆是一个智慧的人，但她无法说服羊娃，所以她的内心是冷兵器时代的战争——你一刀，他一剑，我一矛，她痛苦得站立不稳，三寸小脚蹬蹬地打趔趄。羊娃赶紧扶住道歉："香婆您老甭生气，我刚话有点重！"香婆静了静说："我娃不用回话（道歉），我知道你说的没错，你是坐在飞跑的火车上下不来的人呀！世事就是这，风来了，你就是腊月天的西庙集，你不想走，前后左右的人拥着你非走不可；也就是灞河的鱼群，谁也不知游到哪儿呀，只能跟着鱼头走！"羊娃被香婆说得发了晕说："您老说的我明白了一半子，我就是火车上的人，我要是跳下车来，不是残了就是死，所以我只能坐在车上跟着跑，这路上我还能摘个花、掐个草！"香婆又说："我娃的确摘了花、掐了草？"羊娃苦笑说："瓷窑村的土房变砖房，就是我摘的花，学校不再是危房就是我掐的草，救命的稻草，我下来还要硬化村中的生活、生产路，还要装路灯，后来的这些是我将来要掐的花！"说着羊娃流下了泪。

大型机器的更换，使砖厂和砸石厂的功效大大提高，大车小车的砖砂不断地运出瓷窑。灞川县县委黄书记，因改革开放政策落实和实施得好，被上调西城。朱县长晋升书记，张书记和翟乡长也上调到县里。乡信用社主任也因放贷成绩突出，当了县信用社的领导。所以新来的乡书记和乡长更加重视工厂的建设力度。很快，桐花湾有了开山破石的炮声，灞河张的河道有了砂石厂，玉山湾的河道里有了砸石机，姚河村河边起了砂石堆，石头咀村同样是机械声，国顺坡也有了大砖厂。砂厂、砖厂的噪声震得鸡、狗合不上眼，灞河里的水不能再洗衣，鱼、虾不见了身影。砂厂、砖厂的大量涌现，使312国道边的村庄变得车水马龙。灞河张花花弟的饭店生意很是火爆，一天到晚拉砖、拉沙的司机和国道的客车、货车司机，将三间二层的饭店挤得满满当当，花花弟就将左右邻家的房也租下，用来做司机休息的房子。后来干脆挂上了灞河宾馆的霓虹灯牌子。羊娃慢慢地不去西庙镇的白玉楼，改成了这里的常客。

三五天不见羊娃出现在村子里，后来听砖厂上班的人说他被关进了派出所，原因是和玉山湾、桐花湾几个砂石厂老板在花花弟开的灞河宾馆打麻将被抓了。羊娃妻去交罚款领人回来，两口子在家里大打出手，羊娃的脸被老婆抓得稀烂。从打骂的话中听出，派出所拘留罚钱的主要原因不是打麻将，而是嫖娼。就听羊娃媳妇低声骂："把狗日的受活死去！"呜呜呜，羊娃媳妇哭得天发黑。

1990年底开砖厂、砂石厂的老板们都有了座驾——夏利小汽车。这些红色的夏利车成了公路上的一道风景线，特别是羊娃，他自豪地说："明年我就换桑塔纳！"

公蛋到西城的第一个工程是给三道巷一家厂子盖食堂。工程是在他酒店常吃饭的一个胖子承包的，工程不大，正合他的意并签了合同。仁贤领了一些从人市上招来的打工者就开干了。因是他们工队的招牌活，公蛋、仁贤十分认真，对工人要求严格，很快工程通过了甲方验收。可当公蛋向胖子要剩下的工程款时，胖子早跑得无影无踪，后来经公安部门调查，才发现胖子是个皮包公司，职业骗子，坑蒙拐骗了好多家了。工人要工资，公蛋没钱支付，但还是咬牙对工人说："大家放心，工资不会少分文！吃一堑长一智，我勒紧裤带也要给大家把工资补齐！"最后公蛋挪用饭店的周转金付了大家工资。从此这些工人就信任了公蛋，成了工程队的骨干。

失败和挫折，对急躁的人是失掉信心，疲惫不堪；对心灵纯洁和强大的人来说，失败和挫折是重整旗鼓的好资源，是过滤无知和愚蠢的筛子，也是将来成功和智慧的源泉。

20世纪八九十年代初，国家的企业改革也触及了瓷窑。因为赵立立是商品粮，西城单位效益不大景气，他想让儿子接班，自己退下来，一是自己能拿退休金，二是给儿子也找了个饭碗。立立从西城回到家，开家庭会商量。生平先说了话："我不接班，现在打工，我干得挺好，就让给二弟吧！"就见花花瞪了生平一眼说："爸呀，让生平接班好，他在西城时间长，工作经验多，不给您丢人。"社安和革新都想接班，都想趁此脱了农民皮，做一个"商品粮"，但二人不好意思开口，因为对手是自己亲人。就见立立说："社安你的意思呢？"社安心里七上八下，他想说让自己去，但让哥和弟怎样看自己，就是三个人抢一个饭碗，他不是抢了哥的就是抢了弟弟的，所以他不好意思地说："我哥表态不去，我嫂子要让我哥去，那我想听听革新的意见。"社安将话传给了老三。革新心里同样是激动和矛盾。这分明是三个人抢一个工作，对手都是亲兄弟，接班就意味着跳出农门，成了西城的城里人，谁不想呀！可这样太不好意思。他就动了心眼说："我大哥打工在厂里是电焊工，一月工资也高，接班就刚是变了西城户口，可到您厂里工资不行；我二哥在公蛋那里干得比我好；我今年虚岁 18 岁，人小干啥都不行，我的情况就是这样。大家看着办！"立立从谈话中听出了老二、老三都想接班，他就有些为难。心想：老二年纪大，身体披挂也美。老三人小也单薄，天下老偏小的，就让老三接班吧！但他又问老二说："你各个方面都比老三强，你看你的意思是？"社安明白父亲已有主意，就不能当父母亲哥弟的面争饭碗。他点了点头，"那就让老三接吧！"说完起身拉脸走了。老大起身走时花花还是拉了拉生平的手。革新心里高兴但又内疚，久坐不动。线兰对革新说："你都看到了，为接这个班，你大嫂子不愿意，你二哥不高兴，把铁饭碗给你了，你要争气把事干好，甭给你爸下巴底下支砖！"

第二天，花花和生平打了架回了娘家。社安一个招呼没打就下了西城。革新很快办完了接班手续上了班。

仁庆的单位也在改革。单位的同志让他招个子女到矿上。仁庆回家和芬芳商量，他家的情况特别，大女二女上了大学，大儿子国建年满 18，按招工条件讲，二儿子国利还小，不符合招工条件，国建是最佳人选。但他不想让国建接班。煤矿是又苦又累又危险的地方，将儿子放到黑窟窿里挖煤，他不放心更不忍心，自己提着头干了，那是当年没办法！他怎么能让儿子再干四块石头夹一块肉的活呢？他和芬芳一商量，就否决了接班的办法。芬芳对国建说："我大前年到矿上去，不到一月就出了两回事，一个人是让车挂掉了耳朵，一个人丢了一条腿，家属哭得不离矿长办公室。你爸让我操心大半辈子，你接班还要让我把心操到死！不去不去，坚决不去！"国建还是想去煤矿接班。他说："照你们这样说，煤矿就关门了，没人下井了！"芬芳哭着说："人家下井可以，你就不能下井，人家风格高，我就风格低！"她又对仁庆说："你要是背着我给你娃办手续，我就要到矿上去闹活（闹事）！"仁庆家的接班事宜最后还是以国建的失败而告终，国建一段时间里和芬芳不招嘴（不说话）。

1991 年的春节又是在祥和、喜庆中度过的。瓷窑村家家户户大红的灯笼门口挂，大人、小娃从头到脚全新，整盘整捆的鞭炮被掮到门口放响，秦岭的崖"哇哇"从早上到晚不停息。初六，公蛋去羊娃家喝酒。他对羊娃说："今年听说姚河村要耍狮子，玉山湾要走柳木腿，灞河张要背蕊子！"羊娃笑说："咱瓷窑啥子时落后过，我早让老黄等人去买跑马的材料去了。咱瓷窑的跑马和旱船是县上的头牌，历史上是进过京的！"公蛋说："咱把这几个村的社火来个轮流表演，那阵势才美呀！"羊娃一拍大腿蹦出门说："你让老黄他们回来赶紧扎马、扎旱船，早排练。我这就去给这几个村的头头说去！"只听见汽车的加油声远去了。

　　元宵节眨眼就要到，正月十三元君庙前忙碌而热闹。姚河村的行家在这里搭耍狮子的高杆和钢丝绳；玉山湾的高跷领导给高跷队架 6 尺高的休息架；灞河张村的手扶拖拉机、四轮车在大场上转圈，熟悉场地；瓷窑的马牌们在翻跟头。就见羊娃给各村的人发纸烟，他一会儿东，一会儿西，一时在高跷架边，一时帮耍狮子的搭高台，忙得不亦乐乎。下午吃过饭，羊娃和各村领导商定在十五日早正式演出。

　　正月十五天公作美，橙色的大太阳跳上了秦岭头，春天的和煦之风轻轻地围着人们。村头的喜鹊对没有发芽的树枝说："长呀，快长呀！"落在房脊的鸟儿说："都过来，都过来！"

　　清脆嘹亮的唢呐声抚到了秦岭头上的白云，浑厚高亢的锣鼓声碰到歪嘴崖，又反弹回到人们和动物的耳朵里，所有的事物都在颤。从国道上鞭炮的烟雾中走出一个个社火队，最前面的是瓷窑的《跑马》，开路的是德德，他青年时练过拳脚，所以他用一个带火的流星锤，在里三层外三层的人群中舞，为盛大的队伍开一条宽宽的道路。

　　社火队和人海涌到了元君庙的大场上。只见四个穿了戏装的马牌子（拉马的演员），从四角对着翻跟斗出了场。大家还以为是表演开始了，但见羊娃西装革履地走到场中央给大家鞠躬后说："大家正月十五好！""好！好！"秦岭起了回声。"我耽搁大家一些时间，说两句，几十年咱东川没耍过社火了，大家想不想？""想，想，想得太！"秦岭一连说了几个"想得太"。"社火是咱农民对咱忙活一年的谢承（感谢），是大家放松快乐的大舞台，更是咱民间文化艺术的大荟萃。不管是《跑马》，还是《柳木腿》《蕊子》都是以咱秦腔人物原型为扮相的。下面请大家先欣赏瓷窑的《游龟山》《铡美案》！"

话刚毕，就见两个人分别掮了两米长的大唢呐，会吹这唢呐的只有香婆和细发老汉了。用这唢呐是吹马叫的，因为它太长，所以一人掮一人吹，香婆今天穿一身青衣，小腿挂了雪白的裹脚。大家对她捏了把汗，一个瘦老婆咋能吹响这大的唢呐呢？就是身强力壮的小伙子也不行吧。细发老汉是瓷窑唱戏的老把式，他今日上身对襟黑上衣，下身黑裤，虽然手有点颤，但还是神情自若地吹响一个大唢呐，紧接着是香婆吹另一个唢呐，4个人在场中转圈。一声声马嘶让人回到了古战场，再跟着是鞭炮和锣鼓震天，4个马牌子风驰电掣般地在空中翻跟斗。先是马上坡，马上的胡凤莲，跌跌撞撞；马下坡时的秦香莲趔趔趄趄；马窝道时的"田玉川"，生拉死拽马后腿；"韩奇"鞭打脚踢，提马缰绳；马前马后跑十字，掏花子，马背上的人时而前扑，时而后仰，时而前躬，时而左，时而右，看得大家喝彩不停。凤冠霞帔的"皇姑"，显贵的陈世美出场后又是胡哨四起。

玉山湾出场的柳木腿扮的是"五典坡"，长长的高跷加上人有4米高，一个个巨人行走如飞，特别是薛平贵高跷耍刀枪，惊得观众目瞪口呆。下来该姚河村的狮子出演了，公母狮子分别由两个人扮演。先是平地飞的滚绣球。再是跳台阶式的高台，每一次扑跳，惊得大家屏气凝神。在紧锣密鼓声中，"狮子"过钢丝，两只"狮子"走在荡悠悠的钢丝上，演员的故意失足，惊得看者惊呼不绝，最惊险的是"狮子"争高杆上的绣球，20米高，大腿粗的高杆竖在一只扣在地上的大锅底上，四周用胳膊粗的麻绳拉到地面下锚固定。当两只"大狮子"和一只"小狮子"沿着独麻绳向高杆顶部攀爬时，那晃动的麻绳就好像在每个人的心上系着，大家一个个伸长脖子，睁大眼睛，屏住呼吸看着。后面是灞河张村的拖拉机，载着《三打白骨精》扮相的蕊子人，其漂亮艺术的化妆把机灵的悟空、贪吃的悟能、老实的悟净、虔诚的唐僧、狡辩的白骨精，装扮得惟妙惟肖。蕊子人或动或静，让观者喜出望外、应接不暇。元宵节的社火结束后，十里八村的人海久久不愿散去。

人在完美的时候是动物中的佼佼者，他可以创造并享受文明；文明是物质和精神的综合，有了物质，人是一定要精神的；精神会使人进步发展得更好！

1989年左右，有了"民工潮"的说法。大量的农民，大规模地涌向珠三角，人们将男的叫打工仔，女的叫打工妹，其中有下海干部、大学毕业生，人们叫它"孔雀东南飞"。对于瓷窑来说，民工潮是从20世纪90年代开始的，而瓷窑周边的村子的民工潮，准确地说是从1991年元宵节后开始并不断扩大的。人们看完了社火表演后，不断地有三五一组、十个一帮地提着包、掮着蛇皮袋的青年人踏上去西城的汽车，再在西城换乘火车奔向了南方沿海城市。

社安因接班的事心里不畅，他就告诉公蛋不想干了，他要去广东。爱塬和社安关系好，所以也要去，公蛋没有留住，社安和爱塬到县公安局办了边防证，就去了广东。他们在广东举目无亲，又没有居住证，只能住在小旅馆里。小旅馆里人多得转不开身子，吃饭上厕所都要排队，不少男女将大小便便在了裤裆里。宿舍里空气污浊，加上南方天气潮湿又热，两人水土不服，上吐下泻，身上的钱很快花光了。爱塬捂着肚子说："社安哥呀，我沟子眼都拉疼了，我不会死吧，都说广东挣钱像揽钱，这狗日的地方咋这样为难人呀？！"社安刚吐了一口酸水说："不要灰心，哥今天出去寻活去，你在家吃了药养病。"社安躬着腰出了门，爱塬吃力地喊："社安哥呀，你甭在大路和正街上去，小心警察把你抓到收容站，拉你去干苦力！""我知道！"社安回答。和爱塬他们住一个小屋的有两个昆明的，一个甘肃的，一个内蒙古的，还有两个江西和一个四川的。听昆明的一个用云南话说："我的钱也是猫盖屎，我咋能哄你捏！"又听另一个昆明人说："乱子壳球！"爱塬听不懂也不问，但断定这不是好话。又听内蒙古的那个人说："你不尿戏我甚甚，这温秃秃水咋来来，我掐死你！"爱塬还是没听懂，爱塬想，这是对房东说的，还是不好的话。那个四川的人大声地嘶吼："雄起雄起！"只有甘肃的那人的话他听明白了，是在骂广东："烂球地方！"江西的两个人不说话，丧气地低着头。

下午社安拖着疲惫的身子回来了，但他有了笑容。爱塬感觉到找到了工作。社安有气无力地说："离这十里地的农村，有个养猪场，要几个喂猪的。"爱塬一下子像泄气的皮球说："跑到广东喂猪不如回西城！"社安劝说："咱现在身无分文，还有病，不干咋办？现在回西城连个路费都没有。"爱塬说："咱偷着爬火车！""就这样回去不叫人拿嘴笑、拿沟子笑呢！"最后这个宿舍的9个人都去了猪场喂猪。9个人住一个比旅馆稍大的房子。晚上1个人放屁，9个人都能听见，9个人都能闻着臭。时间长了猪圈的屎尿味盖过了他们的屁臭味。他们中的任何一个人出去偷偷逛，人家遇着都捂嘴掩鼻的。

两个月后除了那两个江西人外，其他人都各自另谋出路，最后只有社安、爱塬、内蒙古和甘肃的4个人又换了一家做石棉瓦的厂子工作。四川的那两位不知去了何地。大家离别时，都是满脸的忧伤。

石棉瓦厂的工作除了不臭外，再没有什么比猪场好——水泥脏，石棉飞到人身上痛痒难耐，巨大的机器声一天到晚震得人发懵。晚上下班就像水泥厂的装卸工，胳膊腿脏得像掏垃圾乞丐的脚手。社安和爱塬下班时间，常常看着百米之外高高的脚手架上的农民工，他们和自己一样每天迎来朝阳又送走晚霞。夜幕降临，陪伴他们的只有孤独和寂寞，还有霓虹闪烁的灯光。大多数人对他们视而不见，社安多次痛苦地哭出了声，心里想天堂般的广东咋能是这样的令人痛苦。都说一弯腰就是钱的东南沿海，并不是他想象得那样美丽和悠闲。

转眼到了 1991 年 7 月 10 日，保川高考结束后在灞川县打工，保川打算借暑假找朱瑞英。朱瑞英刚上大学信来得很勤，但渐渐地少了，到了五六月份干脆不来信了。保川的信她也不回，这使保川的心口上像压了块大石头。瑞英放假在家，她见了保川也没有当初的高兴和热情，不冷不热地答着保川的问话。保川问："学习近来好吧？""还行。"瑞英冷冷地说。"你咋不回我的信，学习忙没时间写信？"保川问。"保川我知道你的意思，但咱俩年龄相差太大，不合适。"瑞英平静地说。保川就像被人当头一棒，眼前金星乱冒，他笑笑说："不合适，不合适！"他的笑其实比哭还难看，说着他走出了瑞英家的门。保川昏昏沉沉地扶着墙来到了街道上，他回忆同瑞英快乐的时光，想着想着他哈哈地笑了，不顾一切地在马路上狂奔，只听呼的一声，保川被一辆桑塔纳撞飞了。

保川出院后就到了 9 月初，大学的通知书到 9 月 20 日也没来，保川又没考上大学，他又一次嘎嘎地笑。人们发现他精神有了毛病，人时常突然地笑，也不住地自言自语。土头和楼花的眉间锁了疙瘩。保川开始在 312 国道上来回走，土头常跟在后边劝保川。一天保川对土头说："我到深圳寻社安和爱塬呀。"土头可怜自己的二儿子，心想让他出去散散心也好，对身心也有好处，就答应并给了路费让他去了深圳。保川是按爱塬信上的地址和厂里的电话找到了位于深圳关布镇的一个偏僻的农村，保川也成了石棉瓦厂的一员。社安对保川说："你来时没办边防证，在这边也没有暂住证，你就不要到大街道上去，要是让巡警抓了，就遣送回原籍！"保川惊讶地说："暂住证就这样重要！"社安说："暂住证制度从1984年在深圳就实行了，到今年1991年，北上广和海南沿海城市都实行了！"保川点着头以示明白。

悲剧就是在一瞬间发生的。湖南的一个工人在用机器切瓦时，不小心将左胳膊从手腕处齐齐切断，小湖南当时就昏死过去，所有的工人和老板都晕了头。只听社安大喊一声："将人送往医院！"这时大家才回过了神。到了医院人命是保住了，可断臂时间长接不上去了。从医院回来后保川又发了瓷。工商局封了瓦厂，罚了老板，老板变卖了厂子，全赔了小湖南走了。所有的工人又失了业。社安、爱塬、保川、甘肃、内蒙古只好又去建筑公司找活。

社安对建筑队是有忌讳的，因为仁达死在建筑工地上，但现在又能有何选择呢？深圳正在大开发，建筑工人好找工作，他们5人就顺利地上了班，每天就是和水泥、推砖、拉钢筋、开电葫芦，这些活干得让人茫然和麻木。但生活就是由这些平凡日子组成，特别是对这些卖体力的人来说。

人是一种有趣的动物，只要群居就会发现人才。同社安他们住在一起的有20多人，其中有一个河南籍的，大家叫他"河南旦"，他不忌讳。还有一个是东北的，二十七八岁，人憨厚、幽默，所以叫他"老闷"。当大家疲惫地回到长而简陋的工棚时，河南旦是大家的解乏剂，老闷是大家取乐的对象。

河南旦每天晚上要讲笑话，他的笑话带有中原人的豁达和思考。老闷的笑话是自嘲式的，其中有东北人的诙谐、幽默。

在复杂而艰辛的世界里，这寒酸龌龊的工棚是这帮农民工兄弟的天堂。在这里可以大口地吃蒜，大口抽烟，谁也不会嫌谁口臭、屁响、脚丫子味重，因为他们没有一天洗8回手的时间。河南旦说："不是我们不想干净，更不是我们天生就龌龊，只是我们的工作不能让我们西装革履。真不敢想象一帮铲沙子、搬砖头的人穿着西服，蹬着皮鞋，扎着领带是什么样！"但就是这群看似低俗，或在一部分人眼中无用的农民工，有时会干出上帝和救世主才能干出的事情。

河南旦献过血，内蒙古跳河救过人，甘肃捡过钱包交过公，老闷勇斗抢人的歹徒……所以，社安爱并恨着这群肮脏邋遢的工棚兄弟。

弹指间到了1991年末，工地的领导对大家很好，工资发得麻利，只希望来年再来干。保川对社安、爱源说："咱来深圳快5个月了，两头不见天，回家前到市中心看看，开开眼见见特区的发达。"三人就去了主要街道，没有边防证的人是不能过海关的，所以没能去深圳市中心看。即便不是市中心，也是高楼林立，美女帅男，大小汽车连成了串。各家店面音响中唱出的不是《好人一生平安》，就是《小芳》和迟志强的《囚歌》。突然，街道前面冲出一辆失控小车，撞飞了保川。

保川出院后回到瓷窑，1992年春节后，他彻底地精神失常了，疯得乱跑乱喊，开始家人还跟着，但天长日久就随他去了。心痛的瓷窑人都说："一个好好的小伙咋就疯了？！"

1993年当迎春花开满南北二岭时，公蛋就上西城开始了他的多项工作。他去年的事业发展是顺利的，酒店有自贞和母蛋主管，建筑工人也有了30多人。今年有朋友介绍在南郊盖一座医院，他托关系找了20多名知根知底的能干瓦工。建筑队共计 50 多人，也算一个不小的建筑公司了。他还招了专业的管理和设计人员，要甩开膀子大干一场。

社安、爱塬因保川的遭遇，家人不同意再去深圳，但他俩觉得深圳虽然苦，但工资比西城还是高得多，最后还是偷偷地去了深圳。不过这次打算进工厂学些技术，能有发展前途。他俩进了一个自行车制造厂，从事喷漆工作。

国华 1993 年以优异的成绩完成了博士学业，留校在人文哲学系工作。国雅在医学院攻读医学研究生。国建高中毕业想在瓷窑发展。全村上高中的只有国利、国强，玉花、向水、宋灶、翔龙，其他年轻人都出外打工去了。

保川疯了，他常在西庙人集上乱喊："不管多大官都穿着夹克衫，不管多大肚都穿着健美裤。"

他脏乱的头发就像一头公狮的毛发，衣服是各种颜色的布絮组成的，因为他每捡到一片布片都用针线缝在他拾来的大衣上，久而久之，大衣厚得像五颜六色的棉被。他常在灞川县的汽车站大喊，于是公安人员将他架走，不过一天他又回到原处带动作地继续喊。后来不知谁将保川拉到了西城，他在东西南北大街上一边走一边用普通话喊。城管嫌他影响市容，将他用车拉到远郊，两天后他又在东大街手舞足蹈地大喊。

人群对保川的围观造成交通拥堵，公安人员将他送到城南的精神病医院。公蛋等人去医院看保川，他一时清醒，一时发疯，不停唱《小芳》和王杰的《心痛》。"什么是爱，什么又是无奈，无言的相对我似乎已明白……"他走上前握着公蛋的手深情地继续唱，"慢慢走向你的面前握紧你的手，将忍着眼泪对你说声珍重……"跟山和花花去看他，他握着嫂子的手唱《雾里看花》："雾里看花，水中望月，你能分辨这变幻莫测的世界……"他父母去看他，他给他们唱《涛声依旧》。谁要让他脱身上的那件白色布絮大衣，他就和谁拼命。

20世纪90年代初的"下海潮"兴起，政府机关、国有企业干部小部分去商海开公司、办企业、去外企，紧接着是1998年后的国企改制。历史转型的车轮也压到了瓷窑。当接了立立班的革新还没有干两年时，立立的厂就裁人。第一轮裁厂里工作不认真的，第二轮就到革新这些生产无经验的。当革新他们还在发牢骚要找领导的时候，他们的厂子就宣布破产了。他们几百人到厂办讨说法，厂长书记不见面，办公室主任给大家说："咱们厂子几万人，我们厂就是个小社会，有学校、有医院、有技校、有食堂、有澡堂、有商场，小到小修队、理发馆、油漆班，厂子本来负担就重；现在社会变了，大批私人企业出现，人家负担轻，转产快，决策快，生产的产品并不比咱的差，但人家卖的价钱不到咱一半，咱的东西生产出来没人要呀！咱国企破产倒闭也是按国家的方针政策办，不针对任何一个人，我明天也要下岗呀。同志们、工友们，破产倒闭的大厂子也不是咱一家呀！我也爱我干了几十年的厂子呀！"说着办公室主任就抹眼泪。

革新下了岗，虽然仍住在单位，但他心里憋屈、难受：为接班吃商品粮当国家人，和哥弟们闹得不痛快；不到两年就下岗了，空有工人名，连一个私企都不如，都不如农民。现在一分钱收入都没有，人就像大海里的一片树叶时现时没，飘忽不定，不知未来。他想去找公蛋，可又拉不下面子，就混着干零工，填饱肚子。

革新已20岁了，到了谈对象的年纪，可心里矛盾：谈个商品户口的，自己现在下岗，人往高处走，城里姑娘不可能呀；找了农户的，自己又抹不开面子。革新工作、婚姻都是不顺，人就更加没精神了，走路都没劲。

人在最迷茫最艰难的时候，总是希望有人给予帮助和安慰，但这往往是人生十字路口去向的关键。当革新正在低谷时，厂里的厂花来和革新谈心，这让革新大为兴奋，人也来了精神，从此和厂里的十几个青年交往甚密。有一天几个工友让革新和他们一块偷厂里的铁管和暖气片卖钱，革新立马回绝，就听一个戴眼镜的讥笑说："你还是共产主义战士，时刻为祖国牺牲一切！"厂花一边抽烟一边说："你爱国家你爱厂子，可人家不爱你呀！"第三个人说："厂里草都长得一人高，随便拿谁管呢！"又有一个人说："最起码要吃饭呀，这样下去要饿死的。咱干这头一回也是最后一回，没事的！"革新最后还是在惊心动魄中干了第一回。后来胆大了，有了二回、三回、七回、十回……

从此革新是鸟枪换炮，穿得西装笔挺，皮鞋锃亮，腰里别了传呼机和大哥大，给家里买了时兴的 VCD 影碟机。这让羊娃很是羡慕，借革新的 VCD 去放碟片，革新大方地说："拿去吧，我听说马上要出 DVD 了，我要最先进的！"羊娃、老黄、石纳等鬼鬼祟祟去砖厂放碟片。

国家有大的变革和进步，瓷窑也要变化，羊娃计划将村中的道路硬化成水泥路，路边再装上路灯，所以他跑县上，想争取资金，但都是空手而归。他去西城找公蛋，公蛋大力支持。他又去找在西城打工的其他人，大家都很支持。羊娃高兴地回来准备路的规划和路基处理。当路基处理到狗蛋门前时，遇到了狗蛋家的大核桃树，原来土路在树旁拐了一个弯，但羊娃想将路修直，要伐树，狗蛋因不服羊娃这几年的强势，就让他爸善才挡住说："这树是我们人老几辈的念想，一年要产 100 斤核桃，不能伐更不能白伐！"老黄上前劝说："叔呀，修路是好事，你就伐了吧，修路修桥积德积福呢！"善才就是说不通。他说："老树是村中的记忆，人老几辈的老树呀！"石纳小声地在一边说："都是一家么，咋能不给面子？！"这话让狗蛋和善才都听得真切。

狗蛋知道自己不生，也知道自家孩子不是自己的。善才在村里也逮过这样的流言蜚语，可从孙子的面相看，是有几分像的。今天石纳说的让善才无地自容。他就扑上去打石纳，围观的人不知是咋回事就急忙地拉开了他俩。老黄不停地给石纳使眼色，最终树没有伐，路基还是老样，不知谁说了一句："到修水泥路时，把他家门口的留着甭打！"

修路开始，公蛋从西城拉回来一台滚筒搅拌机，沙子、石子是羊娃厂的，所以工程进度很快，水泥路在狗蛋门口前绕弯修了过去。狗蛋有些沾沾自喜，但羊娃从不在狗蛋门前去监工，路修完后，装路灯时，有几家不让灯杆在家门前栽，嫌坏自家风水，气得羊娃对呆印儿媳说："你胡粘啥哩！咱瓷窑讲究前不栽桑，后不栽柳，中间不栽鬼拍手！看看你屋前是桑，后是柳，中间大叶杨，大忌讳你都不讲究，栽个电杆你就讲究了！"呆印儿媳说："门口有电杆，将来我娃不好找媳妇！"最后灯杆还是错过了呆印家的门。但奇怪的是，呆印儿子很快将桑树、柳树，大叶杨树伐了。

水泥路竣工的最后一场酒席上，西川领工头说："今儿个咱到哪咥呢？"其他人没吱声。狗蛋说："到金玉楼，反正都是掏货哩，哪里好，哪里服务到位咱到哪！"支书笑着说："瞧这货嘴尖得很！"包工头说："当然谁的好咱才进他的门。"

席间大家高兴，也可能是喝得有点多，包工头的话多起来，本来发福的脸更加红涨。他说："我当年学习好，全县去了8个考生考大学，就我一个考上咧，可因家庭成分没上成！"村主任和村会计说："当个大学生能咋（怎样），哪有你今天的本田雅阁？！"工头说："你们这样说也有道理，我今天是人大代表，我第一回开人代会时，我爸让我给我被批斗死的爷在坟上响了一大盘子雷子炮，给爷说道说道，孙子如今给村上捐了十万元盖学校、修路！"席间支书发出感叹："如今日子好了，像今天

222

咱叫了一桌几十个菜有的只戳两筷子，还嫌这个味淡那个寡的。我弟兄们都是我爷用光汤喂活的；我儿媳妇家里亲戚和邻家看娃送的奶粉能垒一丈高，人家还不给娃喂着喝，要买二三百元一碎桶的进口货。气得我骂了几句：'你爷拿光汤把我几个都喂大咧，整垒垒奶粉你娃吃不下，你娃是金疙瘩，我都是泥片子！就是那袋装奶粉，能吃了吃，不能吃了甭吃！不吃了最好，现在的娃不吃妈的奶，吃的是牛羊奶做的奶粉，所以就成了牛羊！牛羊便是牲畜！人还是要吃人奶！'"村主任笑着缓悠悠地说："唉！你也甭歪（批评）娃们子，现在的年轻媳妇生娃不给娃吃她的奶，人家是为了保持身段，现在有这条件享受，咱那时候吃苞谷糁、柿子树叶、榆树皮，吃的也是一个劲，不吃不行嘛，再不吃刚是个死！不说别的，就咱村小学，一天碎仔（小孩）撂的白生生馍就能喂两头大肥猪，没办法，社会发展咧，人有钱咧，能撂起啰！"大家说得有点压抑。

　　村里路的硬化和亮化，使瓷窑在灞川县声名鹊起，县上要求组织学习参观瓷窑的发展经验，来者都羡慕地赞叹不已。县上给羊娃、公蛋披红戴花，颁发先进个人荣誉证书，提名他俩为灞川县政协委员。瓷窑村被晋升为灞川县小康示范村，又高兴、红火、骄傲了一阵子。

　　老黄的大女儿惠佳嫁了骆驼岭村，现孩子已3岁；二女惠丽嫁了狮脖子村，夫妻都在西城打工，现因显了怀，回家休养；三女子惠萍20出头，人长得水灵，身材苗条可人，她因当年大姐想跟公蛋成婚不成，所以没有给公蛋干，她在西城学了美容美发，现在在发廊打工。老黄一心要给三女入赘以立门户。1994年春节，老黄三女领回一个时髦的男朋友，让家人见见。老黄两口都没有意见。老黄问男孩说："你屋哪的，家中有几口人，都是干啥的？"男孩用不标准的普通话说他家在宁省，接着叙说了他家的情况。老黄一听是宁省心就不大痛快，因为宁省也穷呀。他又详细问男孩的工作。在一边做饭的惠萍不耐烦地说："你是查户口的，都啥年代了，只要我俩好，管那多干啥？现在人婚姻观念变了，能合来就合，合不来就分，现在兴试婚！"老黄生气地说："变啥婚姻观念，啥子是试婚？"惠萍说："很简单，就是没结婚先住一块。""啥？你说啥？没结婚先住一块，这是啥子事嘛！"惠萍说："这就是同居。""啥子，啥子，这么说，你俩同居了！"老黄一下子发了疯，拿起屁股下的小凳子向女儿砸去，惠萍一闪，砸到大撒的额头又反弹在地上打碎了一沓子瓷碗。大撒头上流了血，疼得骂："都是疯了呀！"惠萍"妈呀"一声和那男孩跑出了家门。

老黄打跑了惠萍，惠萍回到西城背着家人和宁省小伙结了婚，现已显了怀，她正挺着肚子给一个人理发，石纳家的三女秋霞来找她。惠萍一边给那人头上涂染发膏一边说："秋霞姐你坐，我忙完咱谝。"秋霞说："咱就没念成书，在西城不好找工作，找的活不是打扫卫生，就是洗碗择菜。你看咱农村来的男的不是拾破烂儿，就是干苦力，好点儿的在建筑队，跟着黑包工干到年底不一定拿到工资。咱乡下女的，小姑娘就是端碗、端盘子，年龄稍大的就只能打扫卫生。你还可以，学了个理发的手艺，吃了轻省饭！"惠萍让那理发的胖男人起来去洗头。她对秋霞说："干我们美容美发的让人看不起，靠手艺吃饭也难得要命，你看见这西九路上一街两行的美容美发厅，那些门上贴红红绿绿的玻璃纸的里面都有'小姐'。中国人会起名，小姐是过去富贵人家未婚女子，都是懂琴棋书画、手脚灵巧的黄花大闺女，可今天人们也常把我称小姐！"洗好头的那个胖男人秋霞这才看清楚，弥勒佛的身型可以来形容他，西服已扣不上，肚子大得像要掉到地上，低头对他来说是非常困难的事情。惠萍给那胖男人吹头发时，那人说："你乡党看样子是想找工作，我关系广，如果愿意就给我打电话。"那胖子艰难地从理发椅上起来，从紧绷得巨大屁股的裤兜里掏出一张名片，给她俩一人一张，秋霞迫不及待地接过看了起来，"飞天对外劳务输出服务有限公司总经理"。秋霞有点兴奋地问："您是办理出国打工的？"那胖子闭着眼对惠萍说："把左边吹得朝后背！"他没有回答秋霞。惠萍帮秋霞又问闭眼的胖子，胖子这才"噢"地回声说："我们公司主要针对东南亚的，如日本、韩国等。在咱国一年能挣个几毛钱，到日本或韩国，一年至少 20 万人民币！"那胖子说得不紧不慢，有板有眼，说得两个乡下女子心潮澎湃。秋霞就急切地问如何办手续以及日本、韩国的情况，胖子说了北海道，又说大阪、奈良，说日本人的素质如何高，街道上自行车不用锁，路边水渠中的日本锦鲤自由游动没人逮，街道绿树成荫，干净得像用水洗过，人家工人干起活来不说话，工厂老板能记住每个工人的生日，等等，还说了韩国的汉城（首尔），说韩国人多么团结硬气，新加坡人多么自律守时。

胖子染好了发，在镜前挠了挠头发，手又伸到紧绷的裤袋抽出一大沓人民币，随便地抽了几张给惠萍。惠萍要找钱。那胖子拧着屁股出了门，口中飞出一句："不用找了，拿去喝顿咖啡、吃顿饭，小钱呀！"两个姑娘舌头吐得老长。秋霞说："我准备去日本！"惠萍说："我是有身子，等生了娃再说。不过是出国，要小心，可别让人卖到外国！"两个人咯咯地笑。秋霞第二天就按名片上的地址去报了名。

德德的三儿子臭娃进锋，四儿子黑蛋小锋不上学也是给公蛋干。臭娃已是一名熟练的技术工了。黑蛋十七八岁，正是玩耍的年纪，干起活来挑三拣四，偷奸耍滑，拖拖拉拉。主管因是他老板的亲小弟，一般不敢说他。仁贤实在看不下去就告诉公蛋。公蛋得知后，对黑蛋训斥一翻，黑蛋就置气于公蛋和仁贤，甩手不干了。自己推了三轮车卖水果，想落个自由自在，无拘无束。

黑蛋在西八村租房卖水果，他生地里插铧（人生地不熟），所以没有好摊位。可他遇上了一个好房东，房东是西八村的红人，是一名退伍军人，现是村上干部。由房东出面黑蛋得到一个较好的摊位，生意还算过得去。城中村里，从早到晚美女如云，人头攒动，熙熙攘攘，霓虹闪烁，各家音响中的流行歌不绝于耳，这样的景象和热闹在单调、枯燥、辛苦的建筑工地上，是做梦也见不到的。黑蛋对这样的环境和生活充满了向往、憧憬。他讨厌建筑工宿舍的脏、乱、差，他就爱这里的生活。和他在西八村租房的人，大多是农村来的打工者和村对面几个大学的大学生，大学生往往是男女同居合租，这让黑蛋大为不解和羡慕。他学会了卖水果如何在秤上耍"猫腻"，明白卖鸡、鱼的怎样在鸡、鱼肚中注水。村中饭店中有人几百元点一桌子饭菜没动几筷就拍屁股走了，这浪费的钱够瓷窑村的两个娃上学的费用，这让他想不通。更让他疑惑的是大学生为什么不住在学校，要租房住在校外，而且大多是男女同居。这里让他开了眼，西八村有网吧，网吧里大多数是学生，并且是玩打打杀杀的游戏。说来也怪，农村娃到了城里，一个个都衣着时髦、漂亮，头发背光，脖子上也多了饰件，有的男孩一个耳朵上就有四五个金光光的耳环。女孩子衣服是越穿越短，越穿越薄，越穿越紧。这一切都更合黑蛋的胃口。他在心里开始咒骂那该死的瓷窑，那里的偏僻使他的眼光没有长长，那里的贫穷使他的身体和知识没有长开，那里的落后使他的步子步了他人的后尘！

　　总之，黑蛋有点神经质，看什么都想研究分析，见什么都想，要是自己将如何如何！他想为何自己没有生到西城，他要是有城里的爸妈，凭他的能力是可能成为总经理，能当大官。

　　黑蛋在西八村很快收获了他的爱情，女孩是陕南人，也是早早出来打工的，实心眼，没有花花肠子，所以同是天涯沦落人的一对年轻人就进入了热恋。城中村寸土寸金，房主都将民房加盖成鸽子楼，一间房子巴不得一间扎成八间，所以出租屋从早到晚都是一个光——电灯光，从早到晚一个味——霉潮味。黑蛋和女友住在三楼的小屋内，从此他遇到了新鲜事情，就如同狗本来就咬人一样平常，再没有人咬了狗的大惊小怪，热恋的日子里两人一块出摊，一同回出租屋，一块做饭，一块游庆兴公园，一个时间入睡，一个时间洗脸刷牙、上厕所，吃东西都是你喂我一口我喂你一勺，缠绵浪漫地像电影录像碟片里演得一样。

黑蛋和女友在西八村甜蜜地干着小生意，腰包慢慢地鼓了起来。

年轻人的热恋，往往是性的本能居多。这时，双方都将最美的一面，孔雀开屏般地展现给对方。爱情，随着吃饭、穿衣、睡觉、打酱油、数钱等实实在在日子的运转，就会趋于平淡，经营不好甚至会痛苦。

1994年的金秋，火红的柿子灯笼高挂在树梢上，一串串金色的玉米串布满瓷窑，一片片金子般的黄豆晾晒在各家门口和元君庙前的大场上。

老人们悠闲地打着盹或抽着烟，妇女们三五一拨地拉着家常，空气中散发着幸福祥和的味道。

品喜已在西庙镇开了一个修鞋、修车摊子，小摊子生意很好，对家庭帮助很大。但品忠的病情一天重过一天，从早期的乏困、头痛、眼肿、脸肿、足踝肿，发展到后来的胃口不好，食欲下降，再到现在的腹泻、恶心、呕吐。品喜心痛姐姐，不停地催父母到西城天京医院去诊断。尊脉说："咱家实在没钱到西城看病，人们都说到西城不要去两个地方，一个是名生大楼，一个是天京医院。公蛋回来不是常说，买东西不要上名生，看病不要上天京，那里花钱就像是流水！"品喜说："西庙看不了，咱总要到天京医院把病检查清，检查清咱在家用药花费小呀，现在国雅

227

在天京医院上班，公蛋等都在西城干事，有乡亲帮忙，事也好办呀！"尊脉终于下了决心要去西城。

品忠要去天京医院看病的消息不胫而走，所以大家都来问候。香婆来得最早，她压着品忠的脚踝说："忠娃没事，我娃心放宽，西城咱村的人多，不用你操多少心。"但香婆在说话的同时，她也预感到了不幸。羊娃也来了，他对尊脉说："娃到西城我去送，这是我拿来的2000元钱，你拿着。"尊脉谦让着，但最后羊娃还是硬塞到尊脉的怀里，尊脉眼圈红了一圈。紧接着羊娃用大哥大给公蛋拨通了电话说："我送品忠上西城，你赶快去天京医院找国雅，把挂号和联系专家的事办好。"就听公蛋在电话中回说："那就不用我回来了？"羊娃笑说："你的烂大发，能有我的桑塔纳扎势！"电话里公蛋哈哈地笑说："我马上去找国雅，专家联系就交给国雅了。"

品忠到了天京医院，因有国雅这位熟人，各项检查进行得十分顺利，后来各科的专家都去了会议室开会，他们允许国雅这个人体生命研究部门人旁听。科主任说："今天我们又遇到了一个特殊的病例，她是国雅医师的老乡，所以我们让她参加会诊，会诊的结果就不用再给国雅说了，大家看。"科主任指着墙壁上的投影继续说："这个病例是典型的尿毒症患者，她已到了重度的程度！"国雅是医科大的高才生，被分配到天京医院搞人体生命学研究，现在虽然只是一个小小的医务工作者，但她一下就从所做的检查报告上明白了一切，她不由得大吃一惊，整个人都有些晕。她是一个医生，她清楚一个尿毒症重度患者的结果是什么。就听真主任继续对身边他所带的研究生和实习医生说："这种病，在前期大家很容易将它误诊为贫血症，因它的早期症状就是脸色发黄、乏困，后来稍重一点就会胃口不好、腹胀，有些粗心的人会又认为是肠胃病、血压低，再稍后时就有肾病的症状浮肿。咱这个病例就是基层没有确认的一

228

例，也是没有及时就诊而被耽误病情的一个病例。现在这位病人的肾脏已经开始损伤，接下来这个病人会出现嗜睡、烦躁、不安这些截然不同的病症现象，到最后的症状是视力下降、表情淡漠、抽搐直至昏迷。"国雅流着眼泪说："真主任，她和我同岁，我们是一起长大的。在我们农村贫穷，没钱看病，这也是我发誓学医的原因，更是我要研究生物生命的原因。我知道接下来要发生什么，但我求医院，一定要尽力！"真主任满脸严肃地说："这点不用说，这是医生最起码的职业操守。鉴于患者的经济情况目前只能做透析，但透析只是临时的，找肾源换肾是让这个患者活下去的根本。"真主任严肃地结束了会诊。

国雅不知如何将这糟糕的检查结果告诉品忠和尊脉，但医生的职责使她又不能不告诉病人实情。最后她将尊脉叫出病房告诉了品忠的病情，尊脉一个经历了半个多世纪风雨的大男人，身子不由自主地往下滑，尽管他身子依着医院的墙壁，但最终还是瘫坐在地上，双手捂着黝黑苍老的脸，压低了声痛哭起来，浑浊的泪水从布满皱纹的脸颊奔流而下。他想大哭，但又怕品忠听见。一位父亲的无助、无奈、悲痛的心情使他又明白了，哭是不解决问题的，农民本能的纯朴又使他擦干了泪水。他对国雅说："你去给真主任说，咱先透析吧，钱我这就回去借，总不能让品忠再受罪，在她走以前让她高高兴兴的！"说着又是老泪纵横。国雅深知尿毒症的可怕，它的出路只能是换肾，但肾源是何等的难得，就是有了肾源，近20万的医疗费用，对品忠家来说是天文数字，是不可能筹到这笔钱的。国雅见品忠年轻的生命将不久于人世，也泪流不止。她现在能给发小做的就是多陪陪她，和她聊天，让她在生命的最后时光里过得好一点，所以国雅除了病理上不能吃的东西外，都买给品忠吃。国雅每天一下班就陪品忠聊天，聊她们儿时的趣事，回忆她们在凤尾掏鸟蛋，在灞河捞虾米鱼，不时听见她俩快乐的笑声。透析了三次，品忠就问国雅说："我的病情到底咋样，是啥病？问主治医生就只说是肾病，不多回答我。"当品忠问国雅时，国雅不敢正视品忠热切的目光，她倒了杯水递给品忠说："没事，就是肾炎，过阵就可以出院回家了。"但聪明的品忠从国雅的眼神中发现大家都在隐瞒着什么。

晚上国雅被品忠的病情压得喘不过气，她就将品忠的事打电话告诉了姐姐国华，倾诉心中苦闷。国华得知后，也是惊出一身汗，心神不宁。第二天国华到学校对面的西八村买菜，见到了黑蛋。黑蛋见她脸色不好就问："国华姐，你人不美气，脸色不好！"国华慌慌地回答："好着哩。"转身就走，但没走出三步又回过头问黑蛋说："你钢锋哥最近忙不？"黑蛋和公蛋翻了脸（闹矛盾），所以很少去公蛋公司，但见是国华问就说："我哥大忙人，公司又扩大了。听说在城南又征了80亩地搞生态饭店。"国华心中暗喜，说："那好，我有事要找他哩。"说完就要走，黑蛋女朋友跑上来塞给国华两个苹果三个橘子。

第二天国华预约了公蛋，在公蛋宽敞的办公室里和公蛋见了面。国华说："到了你办公室就是阔气，这摆设，这装修就是大企业家的范儿。理想又进了一步吧？"公蛋笑着说："富不言商，商不言富呀！像你这样的大教授才是大范儿呀！"两人寒暄了一会儿。国华沉下了脸说："我来找你是求你办事来了！"公蛋又是笑说："有事你就说，没有求这一说！"这时公蛋的秘书端上一杯茶水递给国华后退出去了。国华将品忠的病告诉了公蛋，公蛋立刻眉头紧锁，从椅上弹了起来，不安地在宽大的办公室来回踱起步来。公蛋走到洗手间洗了把脸回来说："钱我们可以解决，但肾源不好弄呀，谁愿意将肾割下来给别人呢？！"国华说："国雅说医院的肾源是难得上天，换肾问题多，要查供体和受体的匹配问题，特别是的受体的排异性，父子或兄弟姐妹的肾脏最好！"公蛋说："这是天大的事，我还是回趟瓷窑和尊脉叔好好商量一下。"

公蛋回到瓷窑，他先去找香婆，香婆得知情况后惊得眼睛圆睁，半天说不出话。公蛋对香婆说："要换肾，医院里肾源加手术加后期治疗在20万元左右。关键是没有合适的肾源呀，最好是品忠的家人，国雅说了肾源不能是六七十岁的人，这样效果不好，那么剩下的就只有品霞、品农、品喜了。"香婆点着头说："品霞就是愿意，人家桐花湾不一定同意，毕竟是人家的人了。那就剩下品农、品喜了，品农一个黄花闺女，少一个肾，谁会要呢，咋嫁得出去？品喜是个残疾，本来就是一个要人援助的人，取他肾让人怎能开这口，下这手？！"公蛋说："这事总要说破呀，总不能这样耗着呀，品忠那里耽误不起呀。品忠的病情她现在还蒙在鼓里呢！这肾源没有着落，还不敢告诉实情！"香婆说："那还是让我给尊脉戳破这层窗户纸吧。"香婆去了尊脉家说了情况。夫妻俩哭得扶不起，都急着要给各自的肾。香婆说："你俩老了，要你俩的不值当呀！"麦芽擦着眼泪说："都是我自己掉下的肉，手心手背都心疼哪，让我这个妈咋向两个娃说！"尊脉悲痛地打着自个儿的头说："老天呀，你咋能让我这乖的娃得了这瞎瞎病，咋不让我得呢？让我去死吧，只要我娃能好，你现在就打个雷把我击死吧！……"香婆最后说："还是让我这个老婆子给两个娃说吧！"公蛋回村时品农在医院伺候姐姐，公蛋就给国雅打电话让品农回家来说事。当品农、品喜得知姐姐得的是要换肾的尿毒症时，都哭成泪人。品喜第一个说："割了我的给我忠姐，小时候我走不了路，忠姐背着我说'姐就是你的腿，你要到哪儿姐就背你到哪儿。'我当时说'姐呀，咱俩要是一个人多好呀。'这是上天的安排，就换我的肾！"品农哭着喊着："给我的，不能给品喜的！"姐弟俩争得不可开交。最后品喜摔了手中的工具说："就换我的，我一个废人，少了一个肾又何妨？品农姐呀，你少一个肾今后日子怎么过？！"品农哭着扑上去抱着品喜的头打着说："谁说你是废人，你是咱家的顶梁柱！"一家四口抱在一起哭得让香婆的心碎成了粉沫子。

　　天京医院品忠的病房里坐了五个人，品忠、品农、品喜、国雅和公蛋。国雅对品忠说："品忠今天我要告诉你一件事，你要有心理准备，不要太激动。"品忠这段时间也发现大家都笑笑地和她聊天说话，就是不提病情和出院时间，心里就有不好的预感。她笑着说："你说吧，咱是农村长大的，小时吃的苦不少，有多大的事也能撑住。"国雅眼泪在眼眶里打转："品忠呀，你得的是尿毒症，你的浮肿、抽搐、视力下降都是尿毒症的症状。咱们乡下医疗条件差，现在发现已到了重度，你现在的治疗是透析，但透析是权宜之法，最后是要换肾的！""换肾，怎样换，换谁的？医院就是有，我家也掏不起医疗费呀！咱出院，回，回瓷窑！"品忠激动地从病床上滑下来，顺手拔了输液的针头说。国雅和公蛋赶忙拦住了品忠。品忠更加激动："我这多年花了家里太多的钱，姐妹、弟弟因给我看病都停了学，现在又要给我换肾。换肾花钱不是个小数，让我把父母和弟妹们累死呀！我爸妈累得黑干黑干，我平时都不忍心看他们的脸，脸瘦得像刀斧砍了，这样让我活着是多么的内疚和痛苦！"品忠的哭喊引来了好多人的围观，人们惊讶地从门上的玻璃向病房里看。护士进来要给品忠重新插针，品忠拒绝了。只见品喜平静地说："姐，你不用担心，用我的肾，少一个肾又不影响生活。"国雅赶忙帮腔说："医学上是可行的。"品喜接着说："钱的问题钢锋哥、羊娃叔出大头，国华、国雅姐等在西城打工的乡亲出了小头，手术费、后期费用都没问题了，你还担心啥？只要你平安康复，咱们挣钱给大家还上不就行了吗！钱可以挣，但咱家不能少你，咱爸妈要是因你有个三长两短，咱家的日子可咋过呀？！小时候你背着我对我说你是我的腿，我还要你继续做我的腿呢！"品忠抱着品喜哭得昏了过去。病房里乱了套，抢救的抢救，输液的输液，品忠被推进了急救室，插上了氧气。品忠醒来时，看见了隔着大大的玻璃墙外的亲人们，她的泪如断线的珠子。

第二天，突然急救室的一个女护士跑到主任办公室，说她上了个厕所回来，品忠就割腕自杀了，人现在又昏迷了。又是一阵抢救。品忠醒来时第一句话就是："让我去死吧！"因品忠的不配合，气得羊娃跑到了天京医院，羊娃是个坏脾气，他见了品忠，不像别人那样东劝西劝，不等品忠叫声"叔"时，羊娃消瘦的脸，就拉得更长，他用狮吼的声音训斥道："大家为你操了多少心！品喜能将身上的肉割下来给你！你父母操心得心神不宁！公蛋那大一个公司撂下不管！国华教授都请了假，国雅黏到你床头！我羊娃也不是一个闲人。香婆在我临来时，也让我捎了500元钱！你说你品忠能对得起父母姐妹，还是全瓷窑的乡亲？瓷窑哪来你品忠这样的弱女子，还要自杀呢？！瓷窑出你这样一个寻短见的，我瞧不起你！"羊娃的疯喊引来了真主任的制止，羊娃啪地带上了房门，气冲冲而去。

当品忠、品喜同时躺在手术台上时，已是一个月后，姐弟两人的血肉从那次换肾手术后，名副其实地混合在了一起。品忠有了新生的希望，品喜更有了新的人生感悟——苦难度过之后，是人生更高、更强的开始。瓷窑人又践行了一句几千年俗语——血浓于水！亲不亲，故乡人！

火　篇

　　1994 年市场经济体制在中国确立，和 20 世纪 80 年代相比，人们显然更关心经济，更重视各自的腰包。瓷窑人更有体会，因为整个灞川县的经济代表人物就出现在瓷窑村，公蛋、羊娃手中的大哥大和座下的小汽车，比什么都有说服力和感召力。

　　1995 年元宵节，瓷窑人没心思再耍社火，因为大家知道，耍社火耽误他们腰包鼓起的时间。三四月当瓷窑的杏花、桃花、梨花零星开放时，瓷窑村的男人和青年女性就奔向了城市，早早为钱打拼了。5 月王爬岭、倒沟峪、凤尾及村中的槐花开放时，只有蜜蜂辛劳地数着槐花，再没有人有闲时间去捋槐花。山坡上过去到处盛开的金黄色的油菜花，现在只有稀稀拉拉的几块，人们对种庄稼已经不太经心了。

　　羊娃的砖厂和砸石厂，日夜不停地叫唤着。灞河沿岸的砸石厂，机械不停地哐哐，挖掘机和装载机不断地哼哼。河水浑得不能洗衣浇地，瓷窑的九眼莲菜地成了干块，漂亮的芦苇荡挖去了一半，莺呱呱鸟没有了几只。常见的却是一辆辆拉砂石的双桥大卡车，欢快地穿过村子驶上了 312 国道。国道上绵延几里都是从车上蹦下的砂石，车辆经过飞起的沙尘暴遮天蔽日。时常可以看见东倒西歪的醉汉出入国道边的饭店。西庙镇上一夜之间所有的女人都长高了 10 厘米，一种样子笨得如砖的泡沫

"松糕鞋"穿在了女人的脚下，成为街头巷尾的一道时尚风景。西庙镇电影院门可罗雀，但录像厅好似雨后春笋般林立，港台武打和枪战片的吼声此起彼伏。西城刚流行过的东西西庙镇几乎都能见到，各村可以轻松地见到打麻将的场景，特别是村中过红白喜事，麻将声从早到晚响不停。

1995年高考结束后，连绵不息的雨如盆泼一样下着。日子久了，树上、墙上、石头上都长了青苔。鸟儿没了踪影，村里的鸡闲得打瞌睡，猪、猫、狗没有了平时的吵闹。太阳在厚云和雨水后面足足甜睡了40多天，香婆正用筷子给房檐下的水窝中滴油，想从水中的油晕中得知天气好坏，但一回回地唉声叹气。瓷窑村难得这样的安静，羊娃的砖厂和砸石厂停了快两个月了，只有三五个人看厂子。羊娃时常去灞河张花花弟的饭店打麻将或过夜，喝得酩酊大醉更是常态。

雨又下了三天才停息。香婆坐在小房的门墩上看着南面的秦岭，秦岭近山的小树又长了起来。长时间的下雨将秦岭洗得更蓝，如丝如缕的雾气环绕着秦岭。棉花朵型的白云在山头上散步，一时去了歪嘴崖，一会儿去了玉山顶。天色暗了下来，歪嘴崖和玉山顶之间隐约有了几颗星星。久违的星星呀，它是天在眨眼睛，天要醒来了。香婆在数星星，她想数清是几颗，数来数去总是数不准。

突然有三颗星变得特别亮，它眨眼眨的像是在说话，香婆就觉得那三颗星星的嘴角下拉成了八字，有点哭相。香婆揉揉眼想看清，但那三颗星突的滑落到山的背后。

第二天，太阳跳上了秦岭头。它像一个大橘子又像一颗红透了的软柿子，颤乎乎地上升，美得人想将它吞下吃了，太阳谁又能吃了它呢？它一出来天下就亮堂，藏不住丝毫污垢。香婆在两个月的雨天里每天都操心着砖厂，因为水是柔性的精灵，它可自由地以各种姿态现于天地间。

水入了凤西翅和龙口嘴的黄土中，它将搬走厚重的大地。香婆艰难地在黏泥中挪着小脚，她去看砖厂的情况。砖厂只剩下四个人，一个是桐家湾的，一个是灞河张的，再两个是老黄和石纳。

老黄和石纳趴在砖窑偷偷地看碟片，老黄家的狗也蹲在一边看，看得吐了舌头。另两个人在办公室里看电视，羊娃一早上去镇上买砖机的皮带，说在 12 点之前就回来。

香婆来到砖厂，喊羊娃没人回应。她又去了办公室，那两个人将电视声开得老大，正看得起性，香婆扯开嗓子才喊应了他俩。得知羊娃去了镇上，她又喊老黄和石纳，他俩听见了不吭声，瞪着眼看影碟机里的男女之欢。只有老黄家的狗汪汪地答应。

香婆抬头望着凤西翅几丈高、齐刷刷的土崖，不知不觉人就有了幻觉。只看得土崖在哭又在笑，脚旁的九富泉在咕嘟咕嘟地冒，冒出的泉水有了血，一股红一股橙的，泉头上的老槐树老得发颤，椭圆的槐叶在哗哗地抖。

再向西看龙口嘴，龙的下颚少了一半，也是笔直的土崖。香婆只觉得背痛，好像是有人在用针扎她。她不由得看他丈夫的坟、再生的坟、德德爸的坟，还有农运的坟，突然她看见这四个死人向她笑着走来，她心中恐惧，就小跑了起来。这时香婆脚下的黏泥也不黏了，老硬的双腿像生了风驾了云，轻松地跑回了家。进了门后身子困倦，她便使出浑身体力爬上炕就睡着了。

香婆做了一个梦，梦见她给农运"除殃"，农运死后冤魂不出肉身。王再生就对香婆说："香婆，你老就拿铜锣偷偷地敲，让农运的魂快出家门！"抢脱卯就拿了铜锣来。当香婆边走边敲地经过农运家的柿树跟前时，柿树的一枝胳膊粗的树干齐茬地断了！从此，这棵柿树再不结柿子，树枝和树叶老是萎靡的。这就是民间常说的"遭殃"和让"殃"杀了。

香婆从梦中惊醒。

快12点了，凤西翅和龙口嘴的地龙又吼了起来，这回地龙吼得长而深沉，大地在微微地抖动。

坡上的蛇、青蛙、松鼠慌乱地四散跑去。老黄和石纳还在砖窑里看碟片，他俩对地龙吼和地动毫无觉察。办公室的两个人也看得着迷。就见老黄家的狗疯狂地叫，并用嘴咬老黄的鞋，老黄不耐烦地骂道："避，避远。"但老黄的狗没有走，反而更疯狂地扑上来咬住碟机向外跑，老黄、石纳起身追狗时发现窑在晃，吓得"妈呀"一声扑出了窑口。两人意识到要滑坡，所以疯了一般地向东跑，跑掉了四只鞋，只剩下四只流血的脚。

这时羊娃刚从镇上回来，走到西凤翅下边的土路上，他见凤西翅起了烟雾，就停下来看原因。当发现巨大的地龙向他扑来时，他就向灞河方向飞奔，跑了几步羊娃觉得要向西跑，因土是向河边扑来的，当羊娃向西跑时，龙口嘴的土崖崩塌而下，直扑羊娃而来。羊娃只觉得脊背发凉，全身的毛发竖了起来，脚步发轻发飘，整个人飞了起来。

一条巨大的地龙轻轻地叼起羊娃飞向了灞河边。从地龙吼到滑坡结束，只有几十秒。当瓷窑的人们赶到时，村西全是浓黄的土雾，滑坡的情况还看不清。当人们发现全身僵硬目瞪口呆的老黄和石纳时，才知道土里埋了三个人。人们从家里拿来铁锨、锄头，再次来到出事地点时，隐隐约约地看到滑坡的长度，从凤西翅到灞河边，南北足足有一里地。凤西翅和龙嘴的下颌不见了，只看见一片呈30度的平整的黄土坡，原来砖厂的一切建筑、机械、树木和九富泉，全都在几十秒内蒸发了。人们在惊慌之余，开始抢救人，盲目挖掘，有的说在原来的房子地方挖；有的说在原来房子的下边挖；有的说好像看见有人向河边跑，那就在河边挖；全村的人都在有可能有人的地方挖。

香婆坐在河边的石畔边上，望着南边的天空，这时天上有朵尘雾化作的云，向高空飞，它的形一会儿像狗，一会儿像牛，一会儿又像马，最后汇成了一条龙飞到了秦岭的背后。香婆慢慢地闭上了眼睛，一股浑浊的老泪夺眶而出，她喃喃地说："三个人都走了，九富泉再也不会有香甜的温水！因为龙口嘴的龙下巴被斩了，瓷窑的凤凰从此失去了西翅！"

桐花湾和灞河张的那两个人最终没有找到尸体，人们倒是在龙口嘴端对的灞河南岸找到了羊娃，他被刨出时早没有了心跳。羊娃妻哭得昏死过去。羊娃不到10岁的儿子抱着羊娃喊："爸呀，你醒来，咱回家，我妈给你蒸了大米饭，炒了5个菜，有你最爱吃的炝莲菜！"狗蛋的妻子在远处一手拉一个孩子，也哭得伤心，两个孩子情绪低落地为妈妈擦着泪水。猪娃、公蛋、生平、国利、国强、跟山、臭娃、黑蛋、向水、宋灶、翔龙等从西城或学校赶回来参加挖掘行动，当在莲菜地边灞河南边挖出死去的羊娃时，1976年左右出生的国利、国强、宋灶、翔龙等人一个个惊得你看着我、我看着你。他们马上都回忆起了当年在灞河游泳，闲来无事给羊娃造坟的场景。羊娃现在被土拥死的地方正是当年修河滩坟的地方，出奇的是，羊娃死处和当年的地方丝毫不差！当年这几个小家伙，今年都是20岁上下的小伙子，他们一个个灰溜溜地走了。羊娃妻醒来时，桐花湾和灞河张村那两个死者的家属闻讯也赶到了滑坡处，他们一个个发疯似的到处乱刨。瓷窑的人劝不要刨了，滑坡量这么大，是埋在了深处，可他们还是一边喊一边刨，看得所有在场的人都掉了泪珠。一排排人流泪，就像下起雨来，雨落到土里，土把它们吃了。

羊娃被抬回家入了殓，请来的风水先生选坟地，选来选去还是挖出羊娃的河边好，最后就把羊娃安葬到了那里。羊娃的"七期"刚过，桐花湾的人来找羊娃妻，要赔他亲人的命价。羊娃妻气愤地说："你们能不能等到羊娃过了百天？钱我现在没有，我的人也死了，他少谁的账，谁欠他的账，他贷银行的款，我还没有弄清楚，过了这阵，咱再商量！"桐花湾的人不答应，就抬羊娃家的电视和衣柜，细发老人因儿子的死，还在白发人送黑发人的悲痛中，他见人家抬家具就扑上去拦住说："平时里我娃给你们月月发工资，你们的日子都好过了。现在我娃尸骨未寒，你们就翻脸不认人。没我娃的砖厂，你们挣谁的钱，你们拿啥盖房过油掺面的日子？真是世态炎凉！"细发老人没拦住，反被推倒在地，摔得爬不起。

灞河张的人听说桐花湾的人抬了羊娃家具，也就披麻戴孝地来要命价钱，羊娃妻这次没有挡，她怀里搂着儿子骂："你们抬吧！拿干净些，剩下个空房，我卖了给你们还，我男人死了，我替他还账，我不仅卖房，还要卖河道里的砸石厂，钱不够，我挣钱还，我还不了，我儿子长大了还，我娘们不能给我羊娃一世的硬气丢人！"羊娃妻这样一骂，再加上瓷窑村人的阻拦，灞河张的人不抬家具了，悻悻地回去了。

羊娃妻有半个月没出过门。细发老汉在家憋得受不了，他下午想到儿子的坟上走走，当他刚出村向西望着，就看见羊娃坟四周有许多大花圈，还有许多人在坟头旁站着。

细发老汉的心一下提到了嗓子眼，心想是不是谁在破坏羊娃的坟，但手搭眉头细看，好像又不是，所以他挪着老腿悄悄地向坟地走去。快到坟头时他看清了是国利、国强、向水、玉花、香女、臭娃、黑蛋、白妞、宋灶、品喜、翔龙等人。就听香女手捧一朵鲜花放到羊娃坟头说："羊娃哥，我回瓷窑教书，就是听你的话，咱农村人要有出息就是要念书，有知识、有文化就能走远走稳。我要让咱瓷窑的子孙飞高看远，你是瓷窑的功臣，学校从危房变成敞亮的楼房，咱村人出门再也不是两腿泥，咱们有了水泥路，晚上有了明亮的路灯，再也不怕磕了头碰了眼。你爱瓷窑，你就躺在河边看守瓷窑吧！"又听品喜说："羊娃叔，是你给钱帮我品忠姐看好了病，我的修鞋机子也是你从西城拉回来的，你对我家有恩，我敬重你！"就听国利说："我当年不该在石头上乱写你的名字，是我咒了你，你原谅我吗？咱村现在这好的生活，是你的功劳，过去衣服是老大穿了轮老二，老二穿了轮老三，现在都是好衣服，现在想吃啥就吃啥，不在光吃苞谷糁和浆水野菜了！"

细发老汉听得起了哭声，国利等人见是羊娃爸，就不由自主地抱住细发老汉，一大群人的哭声顺着浑浊的河水西腾而去。

德德去过羊娃的坟头，他在坟上添了几把土后说："羊娃呀，你就和瓷窑的老先人们躺在一起吧！现在这里滑得一个坟头都没有了，也好！人就是从土里来的，最终都要回到土里去的！"说完他颤颤地背着手回去了。

香婆是一个人来看羊娃坟的，她坐在坟旁，看着断了的凤西翅和龙口嘴说："羊娃呀，婆来看你了。你记得吗？当年你为砖厂开群众会我举了同意手，也举了反对手，你是对的，又是错的，你说你是坐在火车上的人，不能跳，跳下来会摔死，坐在车上还能摘个花掐个草。你是一个心高气盛的好人，但又是让世事裹着走的人，在这世事里，你是戴红花的人头里人，可过了这个世事，你可能是世事的牺牲品或是一个罪人，你也风光了，就安心去吧！到了那边要注意了！"不知何时羊娃妻和狗蛋妻站在她后面，香婆察觉到回头看，两个女人又哇哇地跪在香婆面前哭，香婆搂了两个女人头说："哭吧，哭了就畅快了！"

瓷窑砖厂的滑坡惊动了县委、县政府，县上追问乡上，乡上在报告中写道：瓷窑砖厂是一起自然灾害事故，事故中砖厂厂长宋仁生已亡故，其妻卖了砸石厂和小车，赔偿了两个人的命价，群众矛盾化解，砖厂注销……

1995年9月，瓷窑考上了5个大学生：仁庆家的国利，学的是汉语言文学；德德家的白妞尚金玲，她考的是音乐学院；土头家的向水，学习的是建筑设计；生生的儿子赵翔龙学的专业是生物工程专业；棱子家的宋灶是会计专业。这是瓷窑村的一个新高度新骄傲，是瓷窑村坚守学习者的又一胜利成果。这5个人没有像别的青年人去打工挣钱，没有顺大流，是恒心者的定力所致。文化会大大减少人的无知和愚昧，更会使人的命运向好的方向发展，拥有文化知识的人，其命运与其他无文化知识的人的命运有所不同，甚至大相径庭。

5个人在上大学时少了乡亲的送行，更没有羊娃的奖励了。但香婆还是来送他们，香婆没有送国华、香女时的兴奋，多了平淡和祝福。她对大家说："瓷窑的大人物就在国华、国雅和你们几个念书的中间，到了学校不要放松，将来有了大本事，不仅自己得益，也不光瓷窑村人受用，社会是记得你们的！"

羊娃百天没过，争当村对长的战斗就拉开了。狗蛋是出纳，他想当队长，仁庆的大儿子国建今年24岁了，他也想干队长。国建弟国强学习一般，所以国强就对国建说："哥，你干队长，我考不上大学回村支持你！"德德给在西城的臭娃和黑蛋打电话让回村当队长。臭娃不想干，在电话中对德德说："我在我哥这里干好好的，工资一个月比在瓷窑干一年都多，我干个烂队长干啥？！"德德说："干部是个名声，干得好了自己有脸，家庭有脸，也能领着大家致富。"臭娃说："你当了一辈子干部有啥好处？咱国人素质低，民主意识差，没有独立思考能力！你对他好，但他不一定领情，到关键时候没有几个人伸张正义，都是些眼睛看到脚面的主，一碗面、两杯酒、三根烟就能收买的货！得钱有利就向哪边倒，都是些鸽子！我不干，我挣我的钱，把我的日子过好就行了！"德德又给黑蛋打电话，黑蛋说："谁干我都乐意，反正我不干。我在西城这大世界里才明白，咱农村过的是啥日子吗？起得比鸡早，睡得比狗晚，吃得比猪差，活得比牛累。我一辈子不回瓷窑我都不想，瓷窑对我来说是因为你和我妈在村里，将来我死都不回瓷窑去！"气得德德骂："你是个祸害，我和你妈死了你就不回来了，你忘了本，你要明白你的根在瓷窑，在西城你就是水上的浮萍草！"德德气喘吁吁地挂了电话。

狗蛋给西城打工的猪娃打电话："你回来，羊娃走了，咱俩商量队长的事。"猪娃说："你就干队长吧，出纳、会计你就一身担了，我在公蛋这里忙得走不开！"狗蛋心中暗喜说："那我就当队长呀，你不回来还是出纳，我把位子给你留着，工资给你照发不误。"猪娃撂了一句："你看着办！"就挂了电话。狗蛋又找老黄和石纳，老黄和石纳因滑坡吓得都三个多月在炕上睡着，全身肌肉发紧，四肢发硬，脖子打不了弯，这几天才好了些，勉强能剥玉米壳。狗蛋就在老黄的玉米堆旁给老黄剥玉米壳。老黄一边辫玉米串子一边问狗蛋说："狗蛋你有啥事，直说，你老不是给人帮忙的人，今天咋这样显勤？！"狗蛋哼哼笑说："黄叔，你可要支持我呀！"老黄问："支持你啥？"狗蛋说："黄叔打马虎眼。"老黄说："噢，你是想干队长。"狗蛋傻笑。老黄平静地说："你就不能再等等，羊娃百天没过，好歹咱们也是一门子，神轴最上头供的是一个老先人，你也不怕人蘸牙（嘲笑的议论）！"狗蛋笑着说："我这是先做工作，不急不急！"

狗蛋拧身去了石纳家。石纳家两个女儿出嫁有了自己的日子，只有秋霞未提婚事，他和老黄一样想给三女入赘。狗蛋见石纳在炕上躺着发呆，就说："叔呀，还在想那事呢？"石纳看着天花板，他在看檩和椽之间的一个蜘蛛网，一只大蜘蛛正在织网，突然一只苍蝇贴了上去，蜘蛛迅速地用丝围住了它，然后就大口大口地吃苍蝇。蜘蛛一边吃苍蝇一边看石纳，石纳突然觉得蜘蛛脸像羊娃脸。石纳揉了眼细看，蜘蛛仿佛变成了羊娃对他说："石纳你的命是老天留着的，因你儿子冬旺顶了你的命！"石纳"呀"的一声直戳戳坐到了炕中央，豆大的汗珠往下滚，吓得狗蛋向后倒了几步。他又走上炕边推了推石纳，石纳圆睁得眼睛半天才活动了一下。粘娃急跑过来问是不是又做了噩梦，拿上毛巾给石纳擦满脸的汗，口中说道："把、把人魂吓、吓掉了！"狗蛋灰溜溜地转身走，走了两步又走回来给石纳说："叔呀，你休息，改天我来。"石纳瓷瓷地盯着狗蛋。

国建想当小队长，弟弟国强支持，但对芬芳说时遭到了强烈反对。芬芳说："你爷当了一辈子干部，一心为瓷窑干事，从来没拿村上一颗苞谷麦，给村里办粉房，办菜园、果园，办石灰厂，干部不离身，可咱家的厕所还连着住处呢，就是这样一心住在（一心一意）干的人，落了一个'四不清'！人都是势利糊涂虫，存私利没大义的人是大多数，咱干队长弄啥？再一个，咱王家户小人少，你爸在外头，一年到头回来一两回；你大在西城干活长年不着家，你英英娘和咱不是一心；你二大人不在了，你梅丽娘在西城给公蛋干，她带着你文娜妹、文教弟弟住在西城，人家还年轻，将来进不进咱王家门还是两可。娃呀，咱家人的性子柔，心底善，花肠子少，比如你想这样干，人家要那样干，你能拧过人？和人家打起来，人家家大人多，吃亏的总是咱！"国建不服地说："你想得太复杂，当干部就那难？！"芬芳说："妈经了大半辈子的世事，肉疙瘩人是最难认的东西！"

国建心不死就去做工作，国建的心思是去做村里那些平日里做事说话按常理走的人家，他去了土头、尊脉、棱子、线兰、香婆几家，大家都口中应承了。只有香婆对国建说："娃呀，有当队长的心是好事，但你要想清咱村就是四大姓，宋家户大，下来是赵家，赵家原来都在赵疙瘩住，现在分散了，再下来是我们尚家，最小户是你王家。农村现在世事变了，不像过去你爷当队长的年月，现在承包到户，各自为战，干部平时的工作就是向社员要钱粮，你要干就要干出名堂，让大家日子一天比一天好，要不然当了干部整天和群众失牙摆嘴（吵架），打打闹闹！羊娃活着时有砖厂和砸石厂，所以不向大家收钱，现在村里啥收入都没有，砸石厂卖给了外路人，和咱没关系，只收一些承包费。想把事干好不容易呀，不好干呀，娃呀！你实在想干，就要好好地出几身臭汗！"最终小组的成员通过村民选举，宋家的狗蛋是队长，赵家的猪娃是出纳，王家的国建是会计。

1996 年的春节刚过，打工的青年人迫不及待地离开了瓷窑。在村中的人们又要重复平淡的日子了。疯子保川在元君庙前的大场上手舞足蹈地喊道："东南西北中，发财到广东。成功路上多坎坷，一路汗水一路歌！"刚喊完又唱起春晚上的歌《爱拼才会赢》，"一时失志不免怨叹，一时落魄不免胆寒……无魂有体亲像稻草人，人生可比是海上的波浪，有时起有时落……三分天注定七分靠打拼，爱拼才会赢。"保川的五音不全，声音刺得人心痛头痛。土头将保川朝回劝，但保川越劝跑越远，人跳上 312 国道，那件熊一样的大衣已经在地上拖得很长，像古代仕女色彩斑斓的拖裙。最后那个又长又胖的"花大衣"消失无影。

立立自退休回到家就又干起了农活，很少和人来往；加之革新接班后厂子破了产，所以心中苦闷，情绪低落；现在常坐在门口晒太阳，看着秦岭发瓷。

今天他看见秦岭上的云漂亮得像棉花，云在青山的衬托下洁净无瑕，看着看着，他就觉得秦岭山在走，山根下的枯草变成了线兰织的黄土布在飞。这时香婆提笼去菜地，她见立立要从凳子上倒下来，忙喊线兰扶，线兰最终没扶住，立立重重地摔到了地上。香婆过来赶忙掐人中，拍脸蛋，但立立口吐白沫，口眼歪斜，不能说话。香婆说："快叫人往医院送！"这时围了许多人，有人说快去叫狗蛋；有人说狗蛋打麻将去了；还有人说叫狗蛋顶屁用，他又没小车；还有人说，要是羊娃在这就好了。立立被送到西庙医院，病是脑出血。线兰给生平打了电话，生平回来了，但花花没回来；给社安打电话，但人在深圳，远水解不了近渴；给革新打电话，没打通；只有生平和出嫁姚河的玉花和女婿到了医院。医生对家属说："人脑出血量多，马上要转院到西城去，这样可能后遗症会轻些。"生平只好给公蛋打电话，电话通了，公蛋说他正在谈城南新村的城中村改造，正在和市上的领导和省上的主管谈事不能回来，但他让秘书开车和母蛋回村接人。立立被转到了天京医院，还是国雅的安排。很快病情好转，但线兰高兴不起来，因为儿媳妇自立立病倒从未闪面，她就生气地对生平说："花花还是不是咱家人，你爸病成这样都不来看看！"生平淡定地说："我不想和花花过了，准备离婚！"这话一下说得线兰一把鼻涕一把泪。

立立出院后回到瓷窑，但一条腿有些硬，走路拉了腿，嘴巴向左偏，说话个别字吐不清，每天早起在村里转圈锻炼。狗蛋、老黄等见了开玩笑地说："立立哥又在村里视察呢！"立立歪着嘴笑。

革新的电话没打通，原因是他和厂子的那几个年轻人犯了案被公安局抓了。立立住院时生平知道但没敢给父母说，至今还瞒着全家，但纸包不住火，公安部门经过案情分析给他们判了 3 ~ 5 年不等的徒刑。革新的 3 年判决书下到了单位，单位又传到了瓷窑。这下村中捅开马蜂窝，摇了铃，气得立立、线兰又病倒了。玉花只能回娘家伺候爸妈，全家都在人前抬不起头。

说起花花，她自从和生平进了西城就大开眼界，很快和城里人学习，要生平买时髦的衣服和化妆品，整天描眉画眼搽脂抹粉，走路也是屁股拧得生欢，鞋跟高得是用脚尖走路，眨眼就不见人了，不是去舞厅跳舞就是去网吧上网，不给生平和儿子赵金做饭，懒得除了给自己洗衣服外什么家务都不干，后来还搞了传销。为此常和生平吵架，一吵架就离家出走，十天半月不回家。生平找回来，就要承担花花在外的花销。没钱就回来要钱，生平不给就打架。生平打肿她的脸，并向公安局报了花花传销的案，花花就更恨了生平，夫妻关系越来越差。有人常对生平说，花花和别的男人关系不正常，生平也发现过，所以有了离婚的想法。

生平因花花的言行太过分，回到家和她大吵大辩理一翻。但花花仍然我行我素，到了不可理喻的地步。所以两人就协议离婚，家产、孩子归生平，但生平给花花2万元补偿。他们回到灞川县民政局办离婚，办离婚的人比办结婚的人还多，工作人员让大家排好队，一个一个办。

这对当年婚事办得最风光体面的人，让人羡慕得要死的一对夫妻，如今反倒反目成仇，形同陌路。当生平离婚的消息传到瓷窑时，人们又唏嘘不已。大家背后偷偷议论立立家："真是世事难料，好开头不一定有好结果，瞎开头不一定结局瞎。世道变了，娃对婚姻少了家庭的责任和义务，以个人为中心，少了过去人的忍让和宽容！夫妻间钱和物看得重呀！""娃接班成了商品粮，是万人向往的事，但没想到社会改革，下岗成贼进了监狱！世事的确是福祸相依！人世变了、变了，啥都变了！"

一对志同道合的夫妻，会创造一个幸福的家庭；一段失败的婚姻，本来就是悲哀，明智的选择就是尽快处理好悲哀。一位为家庭过上幸福日子而努力的好妻子，男人从来不用担心她的行动和思维；倘若是一个贪图享乐、追求物质的坏妻子，即使用慈善般的慷慨施舍，也是白费功夫！

立立自此大门不出，二门不迈。

3年后到了千禧龙年。2000年是中国改革开放"三步走"战略目标的实现之年。瓷窑村也基本看不到土坯房，全是一砖到顶的一层或二层平板房，房子外墙用耀眼的白瓷片贴了，房内也几乎都有了电视、洗衣机。德德家有了电脑、空调，仁庆家装了电话、电冰箱，老黄家用了煤气灶，石纳家用上了高压锅。公蛋、生平、跟山等的孩子都上了小学五六年级，1995年考上大学的国利、金玲、向水、翔龙、宋灶等都马上要毕业考研究生了，被判三年的革新也马上要出狱了，1970年、1972年生的一帮人也都成了人父人母，瓷窑没有变化的只有疯子保川和整天哐哐作响的砸石厂。

公蛋现在已是九州立鼎开发有限公司的老总，下属有酒店、休闲山庄、房地产、商贸城等多家有名的子公司，他正在筹划上市，谋求更大的发展。他曾开玩笑地对公司员工说："咱们九州立鼎将来要做到各宇宙都有分公司！"

母蛋和臭娃都成家有子，还在公蛋公司干，日子也平静祥和。社安和爱塬在深圳闯出了一片小天地，办了一个小喷漆厂，都成家有娃。社安的妻子是湖北的，爱塬的妻子是广州本地人，生意也是忙忙活活，没时间回瓷窑。品喜还独自在西庙镇修车补鞋。国建和国强兄弟二人在倒沟峪开了个生态农庄搞农家乐，香婆一天三头地去帮他们择菜。仁达的妻子梅丽很少回瓷窑，她改嫁给西城一个大她16岁的退休工人，只有女儿文娜和儿子文教有时回家转一圈又走了。

村中的老人们相继去世，大滑坡的地方又多了细发、仁庆妈、立立妈、生生妈、呆印、维贤、善才等老人的坟冢。村中只剩下香婆一个高龄老人，再就是德德、立立、仁庆、老黄、石纳、楼花、芬芳、线兰这些六七十岁的老人。此时大家将农村叫作38、61、70部队，村中全是妇女、儿童和老人。羊娃妻在砸石厂做饭，女儿晓兰上初三，儿子晓飞上初一。狗蛋妻无事干，一天不是跳舞就是打麻将，儿子宋辉上小学五年级，女儿上小学三年级。仁贤妻子英花在家，儿子王乐上初二，他爸不在家，英花管不住，常逃学上网吧，气得英花三天两头骂。国建夫妻忙农家乐的事，雇不上女儿王忠，王忠虽是一个女孩却是男孩的性格，留着男孩头，穿着男孩衣服和男娃玩得不着家。国强娶了石头咀的齐齐，小两口还在磨合期，一天吵3次，气得仁庆、芬芳暗地里嘟囔。仁庆生气地说："瓷窑现在都是老弱病残娘子军，村子越来越没生气和活力，有些废弃的感觉，让人心里不是滋味！"芬芳接了话说："我一辈子围着灶头转，习惯了农村的自由和敞亮，到国华和国雅家里去，家里装饰摆设得阔气，但就是住不惯，娃也对咱好，可就是受不了一进门就关门的孤清（孤独）。不知道青年娃娃咋那样爱西城？一时三刻在瓷窑待不住！"这时石纳来仁庆家借漏瓢，瓷窑人用葫芦的一半并打上圆眼做漏瓢，漏面鱼儿。芬芳人细心，保留得很好，所以人都借用。就见芬芳笑着问石纳说："秋霞在日本打工一月两万多，月月给你邮钱，你就用钱买好的吃吗，怎么还吃苞谷面鱼鱼？"石纳唉声叹气地说："过去吃啥都香，现在吃啥都不香。她妈说今天漏苞谷面鱼，弄些浆水，吃了败败火气！"庆仁问："天不很热败啥门子火呢？"石纳苦闷地说："三女子在日本，钱是挣得多，但一去三年多不见面，年龄和你家国强同岁，今年都29岁了，还没成家，这老飘在外头咋是个头！就我和她妈过个啥味气日子吗？！"芬芳说："是年龄大了，你写信让回来吧，钱挣多少是个够！"石纳叹气地说："信写个没数，可都没回音，把人气得息息的！"说着，弓着腰摇着头，手拿漏瓢背在身后回家去了。

香婆从国建、国强的农家乐回来，顺路给仁庆捎了农家乐的西红柿、辣子、黄瓜等蔬菜。芬芳急忙接着说："香婆呀，你老百岁以上了还给他们帮忙，我去帮忙他兄弟俩不让，倒让你老辛苦，这咋过意得去！"香婆笑说："我干得乐意，一天外面来的人爱和我老婆子谝，他们爱听我不着天地的故事，都说我是农家乐的活宝呀，高兴呀！人就活了个高兴开心么！"仁庆说："世上没几个人有香婆的心胸和智慧，要都是香婆，社会就大同世界了，人人都能活 200 岁！"香婆咯咯笑着回家去了。

瓷窑村的青年人都去了城市，但瓷窑的老鼠却比以前出奇多，它们大白天敢出来，看见人如看见同类，不急不慢的。元君庙自从羊娃不在后，就没有修缮过，所以更加的破烂不堪，庙的屋顶有许多窟窿，这里成了狗、猫、鸡、老鼠的玩处。德德家的猫整天说着"喵呜"。村里只剩 2 只家养猫、9 只鸡、5 只狗了。人根本不愿养猪和牛羊了，鸡也不多养了，只剩芬芳家的 9 只了，5 只狗都成了流浪狗，没人喂，只能在村头的垃圾堆里刨着吃。但老鼠却多得成了精。香婆家的猫说："现在粮食不缺，人们又不重视保管，老鼠就活得自在，我一天最多吃两个就肚子撑得很！"德德家的猫点头说："是呀，是呀，我也一样！"老黄家的狗说："现在吃的东西没有过去的香！"仁庆家的狗说道："咋能香呢？现在玉米、小麦、苹果、蔬菜用的都是化肥和农药，咋能有过去的家肥好呢？水果、蔬菜有了虫就喷农药，药有残留呢！"棱子家的狗说："人类说那是科学种田哩，产量高，长得快！"生生家的狗说："人类现在把水果、瓜菜弄得没了时令和节气，啥都在大棚里种植，夏天的水果冬天也长，瓜果、蔬菜都长糊涂了，没有了自然规律，咋能好吃呢！"仁庆家狗问生生家狗说："你咋分析得这深奥呢？"生生家狗说："我常到种菜的大棚里逛，就听地里的西红柿和黄瓜闲谝，西红柿问黄瓜说你咋长得这长的，都能听见你骨头长的喳喳声！黄瓜说我们是转基因的种子，加之主家天天给猛上化肥和速长剂！黄瓜又问西红柿说昨天你还是绿蛋蛋，又没晒日头，咋一个晚上就红咧？西红柿说主家给我喷了催红剂，呛得我要死了！我们的基因变了，不知道到将来我们的子孙将长成什么怪胎！"香婆家的猫又说："我也去过许多鱼塘和鸡场、猪场。猪对鸡说'你可怜呀！一辈子没离开过巴掌大一块地方，40多天就稀里糊涂被杀了，连天的颜色都没见过，过去的鸡开了春才红脸生蛋，你们现在一年四季都生蛋，你的身子能撑住吗？'鸡说'主家用的是抗生素、激素和专用饲料，不想生蛋也要生蛋呀！我想，我们的鸡粪施到土地里，土壤和地下水是要污染的！'水塘里的鱼问猪'都说天生猪娃拱墙根，你们猪现在咋就不拱墙根呢？过去长一年，现在四五个月就要出栏？'猪叹息地说'主家给我吃的是吃睡长，我吃了这高科技的东西就想睡，睡了肚子生长，头就成了大头，没有拱墙根的想法了！'猪也问鱼'你们现在也长得飞快呀！'鱼回答：'我们也吃鱼专用饲料，饲料里有牛骨、羊骨，好像还有鱼骨，你说能不长快吗？'"家畜们听了香婆家猫的讲述，一个个摇着头无奈地四下散步去了。

灞河沿岸多家砂石厂全天24小时喤喤着，河床被挖下了3米多，这样瓷窑、玉山湾、灞河张、石头咀等村的吃水井都只能打少半桶浑水，沉淀后才能用，并且水垢特别厚。香婆说："我来瓷窑100多年，从来吃水没难过，山根人的吃水难了，那平川的人是要旱死的！"德德去找狗蛋说："村里吃水这困难，你还不想办法打井！"狗蛋说："没钱呀！""卖了那么多庄基地，一家都是几千上万元，咋能没钱呢？"狗蛋说："钱要村提留乡统筹，建校费和上面来了招待费，还有村干部的工资那都是钱呀！"德德气愤地说："砸石厂挖了咱的河道，莲菜地、稻地都挖完了！芦苇地，要不是羊娃的坟在那，也全挖完了，那钱去哪儿了？"狗蛋说："地是咱的没错，可我是一个小队长，我能管住砸石厂？开砂厂的哪个没后台，哪个没关系，灞河张村人不是歪（厉害、凶）吗？被他村砂厂的老板雇黑社会打残了两个你不知道吗？！"德德说："我去找支书评理去！"狗蛋笑说："叔呀，你70岁的人了，腿脚不便，还是我去吧！"德德瞪了一眼狗蛋，弯着腰去了河边。

狗蛋去支书家，把德德告他不管砸石厂，不关心大家吃水的事告诉了支书，支书脸沉了一下说："砸石厂咱管不了，灞河一河两岸 20 多家砂厂，天天挖，天天哐哐，难道县上不知道？就算县委书记、县长不知道，主管的水利局和河道管理处该知道吧！这里牵扯国家部门多，人家砂石厂能 24 小时哐哐，就有哐哐的原因，咱没有执法权，没法子！第二个是吃水问题，这个，我马上去乡上和县上，让政府支持。"狗蛋说："那就好，村民再问起来，我嘴就不用胡打哇哇！"

　　支书去了乡上，乡上说现在各村都有水位下降的问题，特别是西庙镇井里打上的水，有时是红的，有时是绿的，有时是黑的，根本吃不成，县上接群众报告，准备用水车给西庙镇拉水以解燃眉之急。瓷窑估计送不了，因为其他村比瓷窑更严重，让把浑水多沉淀，要不自筹资金把井再深掏一下，自行解决。支书想再多问，办公人说："我还有更重要的事要办"就出门走了。瓷窑最终是将井掏了掏，水能打满桶，但打水的人多了就浑。狗蛋说："将就将就（应付），咱比其他村强，还有水吃，别的村用水先洗锅、再洗脸、再洗脚呢！"气得德德、老黄等骂："把干部死完了！"

　　革新出狱后，离开西城独自去宛城打工。深圳有社安和爱塬，但他不去，他不想见熟人。革新在宛城人地生疏，只能干建筑活。革新在监狱中受了教训，有了悔意，所以干起活来卖力踏实。建筑公司的领导很看重，对革新有重点培养的意思。眨眼就干了一年，革新升了个小领班。2002 年的初春，宛城的天气明媚，晴空万里，空气中有湿润香甜的味道，街道宽敞整洁，棕树参天，绿树成荫，红的花、黄的花、紫的花镶嵌在马路两边宽宽的绿化带中。革新在漂亮的绿化带旁散步，他的思绪开阔了，幼时在瓷窑的沟沟峁峁和伙伴们奔跑嬉闹，清脆的笑声换来了歪嘴崖的回声和大秦岭的回音，在清澈见底的灞河里打水仗，晚上躺在奶奶的怀里看着皎洁的月亮，听奶奶唱《月亮爷》的儿谣："月亮爷，明晃晃，娃他妈在河里洗衣裳，洗得净净的，浆得硬硬的。月亮爷本姓赵，骑着大马望故乡，大马拴在榆钱树。月亮爷明铮铮，娃他爸在外挣钱忙。月亮爷明堂堂，年年岁岁照家乡，我哄我娃进梦乡！"

想着想着革新哇哇地大哭了起来，街道熙熙攘攘的人群和诧异的目光，对革新来说就不存在，他狂奔起来，哭声在身后跟着他。他的影子随着路的高低起伏，时长时短。他突然觉得他的影子就是爷爷、奶奶、父母和兄妹。革新在一个僻静的地方停下来住了哭声，他侧对月亮跪下，他的影子也连着他跪下。他对影子说："爷、婆、爸、妈、哥、妹，我想你们，我对不起你们，我想回瓷窑，那里没有钩心斗角，没有尔虞我诈，苦闷时有人倾诉，劳累时有家的温暖，那里有大秦岭，它让人知道人的微小和软弱！在这里我们盖起一座座高楼，当完工后，我们再也无权进自己建造的房屋。有的工友为了挣钱几年不回家，留下年迈的父母和年轻幼小的妻儿在家。这里就有一个来自沙漠的蒙古族人，他叫鸥鸥娃，他家住在巴丹吉林沙漠边上。但近年来沙化严重，巴丹吉林沙漠边上的居延海变小，海边的胡杨林死了一半，30 年 40 万亩榎榕林只剩下 20 万亩，巴丹吉林沙漠和腾格里沙漠现在连了手。当地农民编了顺口溜，'沙压墙、羊上房，大树刮得倒栽葱，小树刮得无影踪'，沙化还以每年 0.5 亩在扩大。欧欧娃媳妇跟人跑了，家里只剩下 4 岁小女儿和年迈的父母和 5 只羊。还有云南昆明的一个工友，说他那儿的滇池污染严重，被誉为高原明珠、云南母亲湖的滇池水发黑发臭。他家在滇池边挣不了钱了，跑来宛城打工，工资一下来就邮回家，他一干就是三四年不回家。妻子受不了寂寞和同村的男人好了，气得他现在常去发廊。我时常想我自己，回家没出路，不回家就这样干一辈子吗，我要成家生子吗，我能养活妻子和将来的子女吗？我的妻子会不会成留守妇女，子女会不会成为留守儿童？爸和妈是留守老人吗？我害怕，我迷惘，我不知来路和归路！"革新对着影子说完后，胸中的憋屈一下少了许多，人心情也就痛快了，于是，他对着月亮说："月亮爷，我回工地呀！"

革新回到宿舍，鸥鸥娃逛回来了，云南工友没回来。革新洗手洗脸上了床，拿了随身听听陈红唱的《常回家看看》和阿豆的《流浪歌》。这时云南工友回来了，他显得非常高兴。鸥鸥娃问："你这么高兴，是不是今晚玩得舒服？"云南工友说："是的，今天遇见一个西城女娃，对人温柔的要命。"

第二天革新怀着兴奋、刺激、好奇和云南工友去了一间粉红的房子，有许多穿着性感暴露衣服的姑娘在闲谈着，有的手拿饮料边喝边四处打量，更多的是给出入的男人打招呼。此时革新头脑中的词在朝外蹦，灯红酒绿、美女如云、花天酒地、纸醉金迷、如花似玉、杏脸桃腮、仪态万千、粉面含春、红粉青楼……革新的头要被撑炸了。只听云南工友对革新说："直走左转第三个小房子。"当他推开门时，全是粉红的灯光，他看见一个女人背影，当那个女人缓缓地转身过来，两人的目光对视时，两人都不由得身子缩了一下，革新从那个女人的眼睛里先读出了震惊，再是惊恐，又是无地自容的羞愧，紧接着两股泪水喷出，接下来是不顾一切地向门外扑，但扑到门口，又手扶门扇硬硬地滑倒在地。这时革新像是一只木鸡杵在那里，惊讶地张着嘴巴，但发不出声音，就像被孙猴子使了定身法。当他回过神时，地上的女人说："先生你走吧，我今天有些不舒服，对不起！"革新这时只觉得心从喉咙里跳了出来，他不由得吐了一口，但他和那女人都发现，地上的是一颗血红跳动的心，那心跳了两下变成了一摊血水。革新惊讶的眼神对准了那女人的脸，问："你是秋霞姐吗，我没有认错人吧，你不是在日本打工吗？怎么干这事？！"那女人忙穿好衣服说："你走吧，你认错人了！"革新从那人的眼神和音色中更加判断出自己没有认错。"秋霞姐，你我是一年生的，都是香婆接生的，咱们从小一块长大，我能认不得你？你的右脚踝有一处一寸长的刀伤，那是我们小时割草时我不小心割的，你能不能让我看看你的右脚踝？"那女人立马蹲下捂住了右脚踝。

两个苦命的同乡人在异乡相认了。秋霞告诉革新她当年被惠萍理发店的胖子骗了，被拐到宛城卖淫。开始她不干，但被毒打无数，无奈就干了。后来只能撒谎给家人说在日本，月月给家里寄钱。革新劝秋霞不要干了，但她说："我早不干净了，我们就是吃青春饭的，过两年想干也没人要了，我到那时回瓷窑随便找个男人嫁了，谁也不知道我的底细。"

革新回到工地像霜打的茄子，再也不说话，只是发疯地干活。云南工友问他，他拿起铁棍打云南工友，鸥鸥娃问他，他用砖头砸！

2002年春节，除了秋霞和翔龙没有回瓷窑，其他在外打工的人都回来过年。公蛋的女子尚温已14岁，男孩尚良也12岁了；母蛋的孩子尚恭10岁；臭娃儿子尚俭6岁；黑蛋的孩子尚让只有3岁，刚会跑。生平的儿子赵金14岁；社安的孩子是个女孩叫赵银；爱塬的孩子不会走路，名字叫赵铜。国建的孩子是女孩，名叫王忠；国利结婚最晚，孩子不到一岁，仁庆给起名叫王孝；国强结婚比国利早，孩子也大，今年3岁，叫王义；木旺和三丫的孩子都上了初中。

因过春节，村里一下人剧增，热闹非凡，大家互相问候，相互串门子。香婆喜得拉着孙子辈的孩子合不拢嘴，村里到处是喜气和笑声。石纳看着别家就心酸。

翔龙当年学的是生物工程学专业，因学习成绩优异被公费保送到美国加州理工学院留学，学习天体物理学，已经在美国快两年了。这让赵生生和毛丽非常骄傲。

宋灶学的是会计，现在是一国有大企业的会计。今年也和妻子胡娴娴抱着孩子回瓷窑过大年，高兴得棱子和白梅的脸笑得像弥勒佛。但胡娴娴是高干子女，看不起棱子和白梅，两人想抱孙子，儿媳不让抱，嫌他俩不卫生，并说在西城要求保姆每天用消毒液洗三回手，这使棱子和白梅很生气，就和儿媳吵了嘴。胡娴娴一生气，就抱了孩子没过大年三十回了西城。

大年初三，瓷窑嫁出去的女子都领着孩子和丈夫给娘家父母拜年。品霞姊妹、国华姊妹、香女姊妹、惠佳姊妹都回到瓷窑，这下这些1968、1970、1972、1974、1976年出生的瓷窑人都见了面。国建主张大家到他的农家乐吃顿大团圆饭，大家都高兴地相聚到倒沟峪。在农家乐的餐厅里大小人足足坐了六桌，席间公蛋说："今天给香婆敬第一杯，祝香婆活200岁！"香婆的脸又笑得成了花。她高兴地说："活，我要好好活，我要等秋霞和翔龙都回来，在座的人都是我接到世上来的，我要亲眼看她们都平平安安的！"国华说："让人不忘者是大寿，从医学上说接生者能长寿，因为她承接了许多生命。接得越多，生命就越长！"生平问国雅说："你是研究生命的专家，你说国华说得有道理吗？"国雅笑说："我从科学的角度分析，人只要心态平和，心胸开阔，多做好事善事，就能长寿，因为这样的人没有钩心斗角的经历，更不会因作恶事而怕报复的心理负担。有负担就耗能量，反之就蓄了能量，自然而然就长寿了。"

席间香婆说："公蛋呀，婆求你办个事成吗？"公蛋赶忙跑到香婆身边："婆呀，不敢说求字！就是要我命我都给的，您老说啥事？"香婆咽了口唾沫说："咱村现在吃水困难，你们商量一下，一人拿些钱给村上打个深水井。"公蛋马上说："没问题，包在我身上！"大家也都大力地支持。香婆转脸对默不作声的革新说："新呀，你也抓紧找个对象成个家，甭让家里操心了。你妈现在和秋霞妈整天问神求签，进庙只是磕头，人一下显老多了！"革新点了点头。生平叹了口气说："我家咋就不顺呢？你看公蛋姊妹和国建姊妹多好的！"

香婆微笑着说："娃呀，五个指头有长短，龙生九子也各有所长。所以说，人也各有长短，只要踏实做人，勤勤恳恳干正经事，各人凭各人的本事，不必要和别人比！国华是教授，国雅是医生，公蛋经商，生平你当好你的工人，香女教好书……地上的人，天上的星，都有它的价值，位置找到了，站稳了，你这颗星就发亮，只是大小明亮不同罢了。"

这时疯子保川在外面喊："学好数理化，不如有个好爸！但是，没有高考，你们能拼过富二代、官二代吗？只要学不死，就往死里学，现在多流汗，将来少流泪！"母蛋要出门劝保川，被跟山挡住说："不要去了，不顶啥，就叫喊！"母蛋说："外面冷，让保川进来喝口热水。"跟山无奈地摆摆手。

房内吃饭的人没有一个在动筷子、举酒杯，大家长长地沉默，就是掉一苗针，落一片树叶都能听见，香婆听见她自己的心跳声。

正月初六，上班的人要走了，香婆来送大家。这天正是国利儿子王孝一周岁的生日，香婆就说："你们给娃'抓周'了吗？"国利媳妇问："啥是抓周？"香婆咯咯地笑着说："当年国利抓周抓的是毛笔，所以现在摇笔杆成了作家！回想起来，国华抓的是书，现在成了教授；德德家的白妞抓的是铃铛，现在搞了音乐；公蛋当年抓了算盘，所以现在成了房地产大老板；尊脉家大女子抓了针线，后来会裁衣绣花……国利媳妇也是城市姑娘，就惊奇地瞪大眼问国利："真就这样神奇和准确，那让妈备东西，让咱娃'抓周'！"

很快一方盘的东西端了上来，盘里放了笔、书、算盘、馍、钱、尺子、印章、筷子、铲子、玩具。国利妻笑说："没有给放针线呀？"国利拍了妻子一下说："男娃呀，瓜子（傻子）放针线，让当裁缝呀！"香婆又笑说："母蛋当年抓周，德德让放筷子、铲子，果然母蛋现在成了大厨师。"

芬芳将盘放在床上，再将王孝放到盘旁。王孝胖嘟嘟的脸蛋高出了鼻子，额头下乌黑发亮的大眼睛，瞅瞅大家，看着盘中的东西，再将手塞进小嘴里，一股涎水吱溜滴了下来，惹得大家哄堂大笑。国利妻去诱王孝，王孝的手伸向了馒头，国利妻手捂着脸喊："不要，不敢！"王孝手又缩了回去，国利妻放下心似地说："千万不敢是个吃货！"王孝最终抓了尺子，大家又都咯咯大笑说："将来是个裁缝。"国利妻骄傲地说："大服装设计师。"香婆又对国利和芬芳说："不要让姑家、舅家、姨家忘了给碎怂起花疤和送曲莲！"国利又给妻子解释说："起花疤就是娃点天花留下的疤，疤脱皮时姑、姨给娃送馍送吃穿；曲莲是新麦刚下来，给小娃送用新面做的大鱼馍或大锅盔，祝福娃身体好、长得快。哎呀！你这城里人，咋啥都不懂哩，唉！"国利妻打了国利一拳说："不懂才问呢，唉，你别说，回农村懂了不少事呢，农村讲究挺有意思！"国利笑着说："中国的文化根在农村，人才出自民间，农村是藏龙卧虎的地方，谁本事再大，把他家向上翻几辈，都是农民！"国利妻又打国利说："你这文化人，就是骂人不吐脏字，你的意思我也是农民！"国利笑说："农民不农民，你是这农民的儿媳妇！"国利妻蹦起来打，但打得是那样柔情和幸福，大家也都羡慕地笑。

自贞抓酒店、餐饮等方面的工作，初六就上了西城。公蛋开完公司的工作会议后就回了瓷窑，将公司工作交给秘书。公蛋的建筑公司现在正处在黄金期，市民的换新房，公司企业的生产用房，城市形象提升的改造用房，城中村棚户区的改造建设，等等，都进行得如火如荼，公蛋公司上上下下忙得不可开交。加班更是家常便饭。公司的经济效益用日进斗金并不夸张。但公蛋不能把香婆的"命令"拖后执行，所以就马不停蹄地联系了打井队，风风火火地赶回了村子。

井址选在老黄家的后面，高高的三角井架搭起时，瓷窑人看到的不是钢管而是彩虹，轰隆隆的钻机声对瓷窑人说是哗哗地流水声，一根根黑黢黢的钻钎夹在飞转的钻机头上时，瓷窑人没有看到黑色冰冷的铁杆，看到的是白色的水柱涌出。从杆孔中喷出黄浑的泥水，在瓷窑人眼中是一股股冒着热气的暖流。一个星期后一口 100 米深的深水井喷出了雪白的地下水，大家争着喝第一口水，喝到水的人都说："甜呀，像是加了蜂蜜般甘甜！"

革新在打好井后又去了宛城上班。一到宛城他就去找秋霞，告诉秋霞村中一切都好，就是婆爷辈的老人亡故的只剩香婆，香婆身体还硬朗。父母辈都老多了，特别说他父亲立立半身不遂了，德德、老黄和秋霞爸都驼了背。

秋霞听后泪水如断线的珠子，她喉咙哽咽，就用哭腔说："我对不起爸妈，让她们担心了！"革新走时，把社安、爱塬的联系电话给了秋霞，并告诉他俩在深圳的地址，以备万一用上。

后来传来了革新被收容站收容后去世的消息。

7 月底的一天中午，从公路上走来一位时髦的大姑娘，她进了村，村中的人都不敢认，最后还是那姑娘先开了口说："叔呀婶呀，我是石纳家的三女子呀！"大家这才从鼻子和眼睛的长相认得了她。这时全村喜如雀跃，这日本回来的姑娘一定有太多的日本故事。大家急切地想听来自异国的风情。当石纳和粘娃见到多年不见的三女子时没有笑，而是抱着打秋霞："你个死女子，多年没有影踪，你鬼想死爸妈了！你有对象吗，这些年咋过的？咱就指你给咱家顶门立户呢！"秋霞漂亮的脸蛋上珠泪滚滚。她对父母说："啥都好，对象有了，过一段时间就领回家来，给你二老见见。"春霞、夏霞也都拖家带口地回来见老三，一大家子高兴得像过大年。

但快乐是短暂的，秋霞的事还是被传了出来，且越说越有眉有眼，大家看秋霞的眼光异样，说话叽叽咕咕、指指点点的，甚至有指鼻剜眼的。就这样一传十，十传百，秋霞都不能出门。香婆说："人口有毒，三个人说话就成了真，你自己对得起自己。"石纳和粘娃就问女儿，秋霞不作声。石纳说："那就是真的啦，那好，与其人不人鬼不鬼地在瓷窑待，还不如远走高飞，去个没人认得你的地方，找了男人嫁了，过平常日子！"

晚上，秋霞给谁都没说，只是在她家和香婆的窗台各放了两双老人鞋就走了。

痛苦对立立来说，是后悔的自责之痛，生平的离婚使他颜面扫地，三儿子革新的死亡可能是老天对他的惩罚。有时爱并不一定变成爱，好事不见得就有好结果，真是福祸相依呀！

石纳的痛是切腹的痛，儿子冬旺的死是天定吗？好像又不是天灾，那是人祸吗？又好像谁也怪不上。三女子秋霞的结局是谁的错，是自己没有让好好上学，还是孩子天生就是那命？命是不是就是香婆说的天上的星星？有的亮有的暗，有的就突然消失了，有的在消失前还成了一时划破夜空的流星，冬旺算流星吗，秋霞是星星吗？石纳蹲在门前的场畔上发瓷。

非典疫情完全解禁后，公蛋的酒店和建筑行业又恢复了生机。非典对他的餐饮业冲击是巨大的，酒店和生态休闲饭店在当时一段时间是关门的，那段时间公蛋和自贞愁得都长了白发。2004 年的元旦假，公蛋给国华、国雅、生平、跟山等打电话说请大家到城南的生态休闲饭店来聚，一是非典过去，大家放松，二是大家谝一谝、叙叙旧。

公蛋漂亮的办公室里坐下了国华、国雅、生平、跟山等人，就见生平说："尚总你的办公室又收拾了，上次来，天花顶上没有葫芦和丝瓜呀，老板桌后的背景墙变成了农耕浮雕墙！那些狗呀，牛呀，鸟呀，猫的雕塑放到哪去了？"公蛋笑着说："人家叫尚总听着无所谓，你叫，咋就这样别扭呢？还是叫公蛋或钢锋好听，那东西放到酒店的大厅里了。"这时服务人员给每人面前放了两三种水果。就听公蛋说："这都是咱农庄里生产的，尝尝，品鉴品鉴。"生平接着问："这大办公室是向水设计的吧？"公蛋点头说："是的，别人对我不了解，对我干的事不了解，对农业更不了解，让向水设计我们好沟通，咱都是农村人好领悟呀！"生平笑着说："成了大老板还是个农民呀，对农业还爱不够？！农业、农村、农民我是不想再提起！"公蛋笑说："我原来也想不当农民了，但后来发现咱骨子里是农民呀。我一闭上眼就是咱们小时的事，就是在瓷窑割草、种地的画面。我也想不想过去，但那情景就像放电影一样在脑子里来回反复放映！后来我发现，我的骨头是土做的，肉是土做的，血更是泥水。"国雅咯咯地笑说："男人是泥，女人是水，看来男人真是泥做的呀！说了半天泥，那水做的自贞嫂子呢？"公蛋笑说："人家是管老总的，现在要去美国，所以忙得顾不上见咱们。"跟山问："去美国干啥？"公蛋说："我们休闲农庄要和美国加州的一家国际生态休闲农庄合作，在西城建一个千亩的，集餐饮、休闲、旅游、文化、养生于一体的综合度假庄园。"生平惊讶地说："我的神呀，要和美国合作，和美国人合作什么呢？"公蛋说："一是他们输入资金，咱可以建设得更科学和上档次，更重要的是美国人对农业的感情、态度和国人不同。人家在管理和理念上要比咱超前得多，这是合作的原因。""我想你就不缺钱呀，咋还要美国人的钱？"生平问。

公蛋说："不要以为我有钱，其实我的钱也不够花，因为要想不断地发展和扩大，用钱多，钱也紧呀；现在我明白了，钱放在银行里是没有钱，事业发展才是钱；挣小钱是自己的，挣了大钱到最后都是社会的，就像我有上亿的资产，能说是我的吗，就是我的我能拿来装到腰包吗？"

　　一直在一旁听着的国华笑说："钢锋能悟出这些已是高人了！"公蛋摇了摇手地说："高人啥哩？只是经历了才明白，明白了自然就觉得没啥神秘的。"生平问公蛋说："你们的房地产生意好呀，挣钱就像扫树叶子，是万人向往的事情！"公蛋又摇了摇手说："的确挣钱，但也劳人烦心，我们盖楼时，就和城中村的农民玩蛋蛋（扯皮，闹矛盾），堵路、断电、打工人也是常事，天天和农民打地皮官司。农民也知道没了地皮，将来日子不好过，但政府和开发商规划到这里，农民又有啥办法？！后来拆迁就更难了，农民在家里搞装修，加盖和突击盖房都是想让多赔钱，分家、假离婚。有的在地里栽树，修假井，修假山，有的不是树苗，只是树枝插在地里。后来评估的人用手拔发现是假树，他们就在地下埋砖头，砖头上绑上铁丝，铁丝再连到树枝上。就是这样想着办法让多赔钱，我们整天就和农民们玩猫逮老鼠，心里也乱、憋屈，也干了不少违心的事。所以我现在不抓房地产这块，聘了总经理管着，我现在主要管休闲农业这片，酒店饭店平时都是自贞，我俩几乎是分居！"大家听了哈哈大笑。公蛋就对国雅说："谝谝你们医院搞非典的事，岔心慌！"国雅说："我虽然是研究药理生命学的，但非典当时人手不够，还是参加了防疫和救治工作。它是传染性非典型肺炎或严重急性呼吸综合征（SARS）的简称，是由 SARS 的冠状病毒引起的，是明显传染性疾病。它的病情可累及多个脏器，如心、肝、肾、肾上腺、脑等，因它变异快，对它的活检和尸检材料有限，对其病理改变的认识还很有限，所以当时死亡率高，直到现在也没有特效药和治疗方法，目前也没有疫苗预防非典！"生平听得不耐烦地说："太专业，听不懂，你就说这病咋防？"国雅说："那就是个人卫生要好，吃饭营养要均衡，常到空气好的地方运动，再是室内常通风，再就是少去人口密集的地方。""唉！唉！你说的不是和预防其他病的方子一样吗？！"国雅不好意思地说："说真的，这次非典也有正面的影响，比如对我国公共卫生建设有推进，对我国医院建设，特别是基层卫生院建设有作用。过去没有疾控应急系统，现在就要求各县都要求建立，再是对我国医学教育方面有亡羊补牢的作用。还有对我国医药制造提出了更高要求。这次惊心动魄的 SARS，对政府的应急反应能力提出更迫切的要求。"跟山说："你说的又是亡羊补牢故事，说得好听是塞翁失马，说得难听是挨了锉才知道锉塞！"公蛋笑说："你不要为难国雅！"跟山说："我是胡说胡诌，不针对国雅。"国雅生硬地笑着说："你说得对，咱们常常是头痛医头，脚痛医脚，不未雨绸缪！"

气氛一下子冷了起来，国华暖场说："我静听了，现在我也发表发表看法。亚里士多德认为哲学包括所有的学科，所以什么学科都是哲学。就拿钢锋的房地产来说，钢锋的社会经验等汇合到一块，他发现房地产对他现在来说是劳心劳力的谋乱事，所以交给了别人管理。在旁人看来大老板是万丈光芒、人人羡慕的事，对他而言不再神秘。这就是人的角度不同、经历不同所致，所以就有了不同的认知和做事方法。刚才又说到了非典，它虽然是一场疫情，但从哲学上讲，未必全是坏事！"

突然，公蛋的手机响了，电话里得知，城西的房产工地让村民堵了路，村民要赔偿款。公蛋无奈地撇撇嘴说："要赔古树的钱呢！"国华接着说："唉！故乡变了，变的不仅是面貌，人心也变了，听说村人在卖家乡的古树、古物件。赵疙瘩的石磨、石碾被卖了，庙前挂铃的国槐被卖了，狗蛋家门口的大核桃树也卖了，就连元君庙的脊兽也被谁偷了，庙门的雕花石墩也不见了，凤尾上的皂角树不见了，王爬岭的松树、光光榆都卖光了！我在想当年我考上大学，全村人到路口送我，一家给一个鸡蛋，这几十个鸡蛋让我半个多月没去学校的食堂！现在的故乡人在毁先人的家当！物是人非呀！"国华在擦泪水。公蛋说："我们搞房地产的，大多数都在从乡下买古树、古物件，他们说是保护，我咋觉得像掠夺呢！"跟山说："跑题了，又跑题了！咱咋越说越远，越伤感，谝一些高兴的！"

国华又问公蛋孩子的学习情况。公蛋说："现在条件太好，娃没有了学习的动力。原来咱学习是为了找个好工作，跳出农门。现在不愁吃喝，饭来张口，衣来伸手，不知道学习是为了干啥，学与不学都生活得很好。尚温说她同学羡慕她说'学好数理化，不如有个好老爸！'尚良回来给我和他妈说，老师问大米、五谷哪里来的，他班同学异口同声地说超市来的，老师又尴尬又好笑又无奈。后来他问我大米哪来的，我说水田里长的，他说我没见过呀！是呀，咱瓷窑的稻田现在早已被挖沙取石掏得没了踪影！我俩娃学习一般，但古语说'子孙虽愚，诗书不可不读也！'上省重点分数不够，我就是拿钱拥，就给学校捐书、捐桌、捐电脑，给学校的穷困生出学费，就这样学校才收咱的娃。我把这叫'读缘'，让娃多读书总是有好处，我的读书梦破了，想让子女来补偿！"生平说："我赵金人家读到哪儿我就供到哪儿，就看娃的天赋。我要给他报补习班，人家嫌太累，所以是自由放养！"跟山又说："咱们一直喊素质教育，但分数还是命根，为什么越喊素质教育，各种补习培训机构越多，咱普通百姓不敢标新立异，咱响应素质教育是要吃亏的！我给报了美术班、音乐班、英语班，一年 365 天连轴转，我累娃也累，但没办法，考试要的是成绩，分数是学生的命根嘛！"公蛋又问国华和国雅。国华说："我娃学习可以，平时我辅导一下，成绩可以。"生平说："这是遗传，没办法，天生是念书的料，不用管都能成才！"国雅说："我娃也是三个辅导班，我平时忙，顾不上辅导，人家也好学，不觉得学习累，所以成绩也还行。"生平、公蛋等又是唏嘘："那是血脉的事，也是家教和家风的事，家风是一个家庭的方向和未来！"

公蛋、生平、国华等聊得高兴，但西八村黑蛋的痛才开了头。

黑蛋现已是两个孩子的父亲，大娃6岁，小娃4岁，都在瓷窑让德德管着。这几年他和妻子挣了钱，在瓷窑的国道边盖了平板房，雪白的瓷片砌得整齐而耀眼。德德住不惯路口，他嫌嘈杂，就住在老房，所以三间大房闲着，门常常上着锁。像黑蛋这样的还有猪娃、木旺、臭娃、仁贤、社安等，个个都是新老房闲着锁了门。他们都在外打工，只留有老父亲、子女和空空的大屋。

黑蛋的媳妇和黑蛋闹了矛盾，矛盾是黑蛋妻爱上了上网，早上困得不起，也很少出摊，黑蛋因此和妻子大吵了几次，妻子就夜不归宿。起初一两天，黑蛋置了气，就没有去网吧找。第三天去网吧找了但不见人，一个星期后妻子回来。黑蛋气愤地说："这几天疯到哪去了？"妻说："在网吧过夜。"黑蛋戳穿了妻子，妻子无语，黑蛋追问不休，妻子最后说是会网友，黑蛋气得眉毛竖起来说："会网友！会得一个星期不沾家，网友对你好你就甭回来，好！就让人家把你养活了！"妻子来了气说："就是好，好得睡到一搭咧！"黑蛋被这话激怒，他像一头公狮扑上去就打，打得妻子鼻子、口出血，血流得像下雨，妻子也抓烂了他的脸。左邻右舍来劝，越劝二人越发疯。最后妻子满脸血地跑了。黑蛋被妻子抓烂了脸，不能见人，也就没有出摊，一个人闷在出租房里胡思乱想。他想起过去和妻子在火热的夏天一块出摊，在天寒地冻的寒天一块进货，一块逛城隍庙，甚至想起了他们的恩爱时光。但想到现在的妻子，钱宽裕了，房盖了，却不再苦干，而爱上了上网吧上迪吧，现在居然夜不归宿，是自己做错了事还是妻子外头有人？他不由得想到现在社会上的第三者、小三、包二奶。想着想着，他就如坐针毡，又像热锅上的蚂蚁，瞀乱地到处去找。他不在意脸上的伤痕，更不在意路人们的眼光。

最终妻子写了离婚协议书和他见了面，他向妻子道歉、忏悔，妻子说她心里有别人，就好聚好散。

黑蛋一个大男人，妻子公然说出外面有了别人，他还哈巴狗似的哀求，但无济于事，最后黑蛋就在协议书上用发抖的手签了字。家产妻子分文不要，孩子也归他。黑蛋发疯地摔了租室的床凳，他想回瓷窑，他只能回瓷窑，当年他曾发誓不回瓷窑，他恨瓷窑，但现在又有何处可去呢？现在他茫然无措，不知何去何从，心里空得像镜子，无奈中他只能想到瓷窑是他的避风港，是他最踏实的归宿。

在回家的客车上，黑蛋痛苦得无法自制，他全然不顾全车人的诧异眼神。他的心在秦岭的险山峻岭上狂奔，他的情在九霄上翻涌，他的泪在太空中飞洒。他在车厢中疯狂地大吐心中不快："一个忘本的女人，有了好日子就享受的女人，变得没有了人的朴实，变得虚荣和自私！变得俗不可耐，不是比吃就是比穿，孩子不管，饭也不做；我也窝囊呀，容忍你，原谅你，可你不收敛，不领情。唉！让虚伪的女人去死吧，能让舞姿和酒钱带走的女人，不要又何妨？！"

"让该死的女人去死吧！"黑蛋疯癫地在车里狂喊，后来一车人认为黑蛋是个疯子，就让他下车，他不下，最后是几个乘客和售票员把他拉到车门口，猛蹬了下去，黑蛋被推了个狗吃屎，鼻口流了血，人也清醒了。从此黑蛋发誓一辈子不进西八村。"那个让我快乐和痛苦的地方，同那个变心、变质的女人一起见鬼去吧！"

黑蛋回到家。德德问："脸咋咧？媳妇没回来？"黑蛋生气地回答："媳妇死咧！"德德骂道："你胡呔啥，又和媳妇吵架了？"黑蛋说："离咧！"德德气得咳嗽着蹲下说："好好的日子，一天胡成个啥？！娃都上小学咧，当自己是三岁娃，耍性子！"黑蛋说："好！好！好！俺没离！"德德又问："你脸上的伤咋回事？"黑蛋说："车站坐车时翻护栏摔的！"会会弯着腰走过来劝说："爷父（父子）们就不能好好说话，一见面就是吹胡子瞪眼，高喉咙大嗓的，一辈子都改不了，眼看着土拥到了下巴！"德德叹了口气说："城里是有能耐人的世事，挣钱快，花得也快，不是谁都能在城里混。有本事吃个肚肚圆，人前人五人六；没本事就是个下苦的胚子，让人看不起下眼观。从城里回来的人常说民工，民工，可怜得怂疼，吃的冷馍，就的生葱，吃的瞎，给的扎，要了工钱耍麻达！当时让回来在农村干，非把撒削尖往城里钻，到最后还是要回瓷窑，因为瓷窑从来都不会摞下从它地面上走出的骨肉，可人家城里的钢筋水泥就不认你这些土地上的人！"会会自言自语地说："日子难过呀，娃们的婚姻观念变得没像况！这说不过就不过了，自个儿身上掉下的肉也照眼不望（看也不看）咧！现在的年轻人心咋这硬呢？！"

土　篇

2006 年是中国人难忘的年岁，国家取消了农业税并给农民种粮补贴，农村实行了免费九年义务教育。

90 后的学生都赶上了国家免费义务教育政策，这对农村人来说是一件大喜事，家庭负担小了。国家终结了千年的"皇粮券"，这对农民又是一件减负的大好事。从此中国农民再不用交农业税，国家还给种粮补贴，这让瓷窑人高兴得有些不相信，不习惯。

2007 年国家加大了对西部农村基础设施建设的力度，瓷窑村完成了农村电网的升级改造。村中的电量稳定而充足，到年底硬化了背街小巷的村容道路。羊娃当干部时买的脱粒机不再用了，收麦用的是大型收割机，种地用的是播种机。机械可以开到的地方都种了庄稼，沟道坡岭的地都荒得草有一人高。80 后、90 后的农二代没有人愿意到地里干农活。他们大都离开农村去城市打工。农村的确就是老人、妇女、留守儿童的天地。

国建和国强在自家平地里种白皮松，又租了十多家的地，共有 30 亩。仁庆一天忙着给树除草浇水，芬芳一天三顿地往地里送饭。她的腿病越发地加重，走路就像是机器人，腿钻心地痛，蹒跚的步子让人联想到了企鹅。国建在地中间盖了间房子，用来住宿和存放劳动工具。芬芳在房里供奉了一尊观音菩萨，每天早上送饭时都要上香跪拜。今天芬芳又来拜佛焚香，她点燃三支檀香，高高举过头顶，作了三个揖说："菩萨呀，你保佑我的五个娃全家平顺，娃们都有出息，为我王家争气，我也放心了！"仁庆倚在门口看着芬芳，他的眼睛里装满了幸福的泪水，那滚动欲落的泪珠中映着老伴的侧影和三个红亮的香头，他一边喝着老伴送来的西红柿鸡蛋汤，一边劝说："作个揖就行了，脚腿有麻达，就免了吧，这檀香是最好的，几里地都闻得着，神早都领香火了！"芬芳没有回仁庆的话，她扶着供桌慢慢地跪下，跪下时可以听见骨骼的吧吧声，芬芳疼得咧了一下嘴，挤了一下眼。三拜九叩后，她又艰难地扶桌起身，可以看到她额头的汗渍。整个动作就像电影中的慢镜头。擦了汗后她对仁庆说："对人对神都要诚，对啥都要有敬畏之心，人在做，天在看吗，我怎么能哄神呢？！"

2008 年的初春，公蛋公司出了事。前些年，西城房地产发展迅猛，利润可观，所以各大房地产公司之间就大争市场份额。

公蛋房地产公司平日由聘用总经理主管，城北城中村的拆迁重建，多家房地产公司明争暗斗，主管领导李总用了非法手段，公司同另一公司发生了 200 人的猛烈械斗。公司伤 70 多人，对方重伤 10 人，轻伤 80 多人。这次房地产商争地盘的恶性事件，惊动了省委、省政府。公蛋公司受到公检法的制裁，安抚伤者和国家罚金花费高达 2 千多万元，公司受挫，社会影响也极差。

公蛋情绪不佳，后悔自己没上心，也厌倦了商圈的复杂。他告诉自贞，就回了瓷窑让情绪静一静。

现今春季的瓷窑少了儿时的美丽和清静。王爬岭、倒沟峪、烟粉台、凤的东西两翅到处都是荒芜的田地，只有极少数的小麦和油菜七零八落地长着。公蛋走在这熟悉的大地上，思绪不由得回到了惜土如金的过去，那时人们对土地的爱是那样的真切和虔诚，对大地是那样的敬畏。而今一片片荒地告诉他，土地在农民的心中是那样的无用和累赘。凤西翅大滑坡后无人再管，全是荒草，去年的狼尾草还黑黢黢的一人高地站立着，只有河里的砸石厂震耳欲聋的砸石声穿过凤尾上了秦岭头。沿着灞河不到2里就有一家砂石厂，河水浑浊不堪，大型挖掘机在河里娴熟地挖起一斗斗砂石放入重型卡车中，一车装满后，紧排队的另一辆又精准地停在料斗下，满载石料的车开到高高的砸石机入口处，便慢慢地放低屁股，石头自动入机，巨大的哐哐声淹没了一切。河床大部分都挖到了河底的黄土上，但熟练的挖机手就像庖丁解牛一样，游刃有余地从缝隙中捞出土石相混的石料来，真是吃干揽净呀！

公蛋又向倒沟峪走，还是满目疮痍的河道。公蛋内心在滴血，他就向国建的农家乐走去。刚开春农家乐没有生意，国建和媳妇在旁边锄菜地，一见公蛋一脸愁容地来到，就忙放下锄头说："尚总咋有时间闲逛呢？你的一分钟就是上万元呀！"国建妻忙去给公蛋倒茶。公蛋苦笑一声说："房是累赘，地是累赘，要下银钱催命鬼！"国建哈哈地开玩笑说："我爱钱，把你的钱分给我些吧，我正愁没钱扩大摊子呢！"这时国建妻已将热茶双手递到公蛋手中。"我还真渴了！"公蛋喝了口茶将茶杯放在桌子上接着说，"村里太嘈杂，到河里走了走心里更烦，来你这里好多了！"国建问："你大老总，忙得像总理，咋有时间浪逛，我看你脸上气色不好，是太累了吧？""是呀！人累心累魂更累呀！"公蛋在西城是叱咤风云的老总，无法向别人诉说心中苦闷，今天也是触景生情，和同龄人更是发小，就说了创业的经历和艰难，也说了前不久公司打群架的事，说到家乡现今的荒凉和环境的糟糕时，眼眶充满了泪水。

国建说："是呀，咱这里也是为卖资源械斗不停，前几天咱村石厂和灞河张石厂就打了一架，双方各拉了四车打手打了个天昏地暗。"

国建媳妇岔话题说："娃们的学习咋样？反正我娃不咋样，整天闹着要停学打工去。"公蛋回答说："现在生活条件好了，不少娃儿没了读书的心劲和目标，原因是不学也有吃穿，物质上已是丰富充足的，所以满脑是自由和金钱，有的娃对钱的观念还不健康，多是攀比和炫耀。物质满足了，好像不知人还再需要、追求什么，所以就空虚、无聊，但他们还要寻找自己所谓出路！我尚温、尚良也一样，都上了高中，可还是不懂事，我母蛋的尚恭，臭娃的尚俭，黑蛋的尚让，都是一上网就忘了学习呀，整天大人为他们的学习吵闹不停，心里乱得很呀！哎！都是忙挣钱，误了娃的教育，忙挣钱也就放松了教育！"

正说着，国强来了。国强一脸的怒相对公蛋说："钢锋哥，尚总呀！你在西城跺一脚，西城也要晃三晃，瓷窑的死活你管不管？"公蛋笑着说："兄弟的正气凛然，哥我佩服，不要做无用的牺牲！要加强全民的教育，提高整体素质，特别是人的道德教育！知识水平越高的人，如果无道德会比无知识的人更可怕；同时，要设立科学可行的制度，这才是根本！"

国建拍了拍裤子上的土，坐在桌子旁的木凳上。他发现桌上给客人称菜的秤，秤锤上爬了两只臭虫，国建用手指弹了一下，弹飞了一只。他也劝弟说："哥大小是村上的小干部，我也是恨，我也反映到县上，但石沉大海！为什么害人的砂石厂关不了，那是官商勾结，他们也知道，可他们只知捞钱，谁管呢！水成问题，环境成问题，生态成问题，他们难道看不见？我说一下关不了的原因，有全县上百个砂石厂的存在，每年县多个部门都有收入，关了，哪来他们的好处？这里面就有腐败的利益链！还有以 GDP 论政绩的评价机制在作怪。每年全国评比的百强县，大多是出能源的县。咱省的十强县，多半是出煤、石油、天然气的县，这些县的领导被披红戴花上奖台，可没有资源可卖的县领导被点名、被批评。这些穷县的领导和人民可能要比十强县的领导和人民更努力、更辛苦，但GDP上不去呀，你说这怎么办？"

公蛋要喝水，他伸手拿杯子，可不知何时茶水里也有只臭虫。国建媳妇不好意思地笑说："把臭虫连水都倒了去！重新倒好水！"公蛋不在意地向杯里吹了一口气，那只臭虫就简单地掉到了地上，国建养的一只鸡，一嘴掐死了它，但鸡嫌臭没吃。公蛋笑说："水到肚里，一过滤，好的用，臭的尿！你国建看得很透彻呀，可你说这样的问题，平民百姓怎能解决？但话又说回来，说句实在话、良心话，你往全世界上看，美国、英国、德国、法国、日本都是发达国家，可这多年发展是不如咱国的！咱国稳定，人的生活水平也不断提高，各种社会保障也不断完善。更不像中东打得战火四起，人民流离失所，生活困苦！咱国只要中央从高级干部抓起，加强制度建设，把有权力的人管好，就能解决国家现状！"国强问："你这样有信心？"公蛋说："老百姓看到腐败和环境的问题，可高层是站在亡党亡国的高度看问题的，中央对现状是清楚和了解的。我也是省政协委员，每年参加省两会，大家对党和国家提出了许多建议，相信国家会做得更好。与世界相比，我国的执政效果和能力是位居世界前列的，我们的制度优势很明显！咱一个小家几口人都一天两头拌嘴，何况十三亿人口的国家呢！"国强沉思了起来。

下弦的月光，就像瀑布从秦岭倾泻下来，月光皎洁，可砸石厂的噪声，吵得人没了赏月的心情。公蛋要去看看香婆。

香婆在昏暗的小屋里剪花花，见公蛋来，就起身要给倒水，公蛋挡住，自己倒了一杯水。公蛋一边喝水一边翻看成堆的剪纸问："婆呀，剪了这么多，这是艺术品呀！"香婆笑说："一边剪一边烧，留下这些我觉得好些，向水说要把婆的剪纸出本书！"公蛋高兴地说："婆，我整天忙，也顾不上看你。一定要出，钱包在孙子身上。婆呀，可许多剪纸看不太懂！"香婆咯咯笑："孙娃呀，剪纸，大多数人剪历史、风俗、人伦、社会等，可我觉得剪的人太多，就一直剪一些关于思考生命存在意义的东西，再是人神鬼怪、动物等，还有花草树木、日月星辰、山川河流的生和灭亡的东西，觉得不好的就烧了！"公蛋说："婆你是神仙呀，所以我们凡人看不懂你的剪纸，听你一说我大概明白了些，你是用剪纸来叩问人生，思考人类生存的意义和价值。你在和一般人弄不懂的事对话，和大自然交流。"香婆哈哈笑说："我公蛋的悟性高，婆没有你说的那样神呀，婆只觉得这两年来，身体是一年不如一年，就要加紧剪，能出书就出，出不了，谁愿意拿就拿，剩下的就在我的坟上烧了。"公蛋心中一惊说："婆你身体好着，书一定要出，你老放心，我马上上西城和向水联系，现在就收拾！"说着公蛋就用纸包剪纸。香婆说："不急，明天你来拿。"公蛋说："婆，我今晚不回了，就睡婆这。"香婆喉咙颤颤地，眼泪落了下来。香婆要从柜里给公蛋拿新被。公蛋说："婆，我就盖你老盖的被。"公蛋静静地看香婆兴奋地给他铺被褥，泪水夺眶而出。香婆笑说："我娃哭啥哩，你们十几个人还是七八岁的时候在婆这炕上睡过，一眨眼现在都是40多岁的人了！"公蛋在香婆怀里哭着说："瓷窑就您一个老人了，我真不敢相信你老不在后，我们的婆爷辈只能成为记忆了，回到瓷窑村就没人疼了！"香婆用干瘦的手抚着公蛋的头说："人就是蛇蜕壳，谁也长不到世上，婆觉得婆也快走了，人对人，人对动物，人对地上万物都要有敬畏，婆是害怕着活了一辈子，婆管不了世上的所有人，婆就给你说，咱要做好人，人在做，天在看！"当被子盖在公蛋身上时，一股熟悉的味道侵入他的心扉，那是香蜡和香婆的体味，公蛋将被子捂过了头，他的泪水大颗大颗地渗入枕头。

当公蛋在向水的面前打开红布包着的剪纸时，一张张剪纸惊得向水跳了起来，他拿着一张凤凰给公蛋看："这不是瓷窑的地图吗？"公蛋屏气凝神地看凤凰吸水，龙头高仰，秦岭、灞河、荷塘、稻田、芦苇、灞柳，跑马旱船，牛耕犬吠，鸡猫相处，人勤春早。公蛋静静地说："香婆是在用剪纸记录过去的瓷窑，这是乡愁，浓浓的乡愁呀！"向水从中挑出一张给公蛋，公蛋又是一惊，只见山川河流，花草树木，日月星辰，猪羊牛马，都在哭，大颗大颗的泪珠流成一个个心形。向水说："这是香婆仁慈、悲悯、宽恕的心胸！"公蛋对向水说："你抓紧排版和设计，同时联系出版社，这事不能马虎！"向水说："艺术类书难度大些，对色彩、纸质要求高，这书是叫好不叫座呀，只有懂行的人能看懂，咱还是少印些吧！要书号，公开发行吗？"公蛋大声地说："要公开发行，要最好的质量，多印些！"向水笑说："有大老板的这话，事就好办。没有香婆的照片，作者简介咋弄？"公蛋立刻给国建打电话，让他去找香婆。不一时，国建回电话说香婆说不弄作者介绍，也不署名。公蛋对向水说："尊重婆的意思，但要有书名呀，不写姚仁香，就写香婆剪纸艺术。我回去给财务上陈会计说，给你卡上打十万。再联系一下国利，他是搞文字的，让他把好文字关！"

　　公蛋被儿子班主任叫到了学校，原因是和同学打架。公蛋是大老板，也是学校的财神爷，所以班主任和校长很客气地对公蛋说："尚总呀，孩子的学习和纪律都不好，成绩是全年级后面的，打架捣蛋是前面的！"公蛋只能赔笑脸，他的怒火在心中猛烧，只觉得鼻孔在冒烟，但当老师的面，只能严肃地批评尚良说："不学习能有好前途吗？打架是野蛮无知的，你现在高一，不是小娃娃，不要让老师和家长操烂心！"尚良的不服气可以从神情上看出，但他没有吭声。
　　尚良放学回家刚进门，公蛋就虎狼般扑上去，用皮鞋狂打尚良的屁股，尚良没防备被打得不能坐只能趴着，但嘴里不服气地喊："你打死我

273

吧，我妈整天在忙酒店，你忙得也不回来，我姐住校不回家，家里只有保姆阿姨和我。你们光知道挣钱，谁问过我、关心过我的学习？啥事都是给钱就行了，你们把我当成东西了，我就是让钱给毁了。我还尚良呢，我尚恶吧！"保姆在房间里劝尚良，公蛋仰头闭目坐在客厅沙发上听儿子的数落，他突然觉得自己错了，他关心孩子少，同孩子谈心交流更少，长年累月忙生意，跑关系求人干事业，事业倒是成功了，钱也多得不属于自己，人生真正的成功是有钱有权吗？有钱有权，自己的孩子没文化、没本领，不懂珍惜和感恩，没有好的家风，那又有什么意思呢？人一生，孩子的失败是最大的失败呀，它是要葬送一个家族的！想到这里他又起身到儿子房间安抚尚良说："爸和你妈，今后多抽时间陪你，你原谅爸妈吧！爸打你是一时生气。我们上学的时候没吃、没穿、没课桌和板凳，教室是村里的元君庙，桌子板凳是胡基垒的土台，当时都想努力学习，只是家穷姊妹多，想上学没钱呀！都上学，父母就要累死，你现在学习条件这么好，学校是全省最好的，要什么有什么，可不学习，就是捣蛋打架，爸将你和我一比就火冒三丈。我要不是姊妹多，你爷和奶负担重，爸我今天也和国华一样是教授了。咱村四大家族，王家、赵家、宋家和咱尚家，我们那个时代的娃们由于家穷，都有一股过好日子、出人头地的劲儿，要不是当时穷，我们60后这代人上大学的不会少，我们小时没逢上好时代呀！现在人们都羡慕你和我，因为我有钱，你是有钱人的儿子，但爸从内心里羡慕有文化的人，比如王家的国华、国雅、国利，赵家的向水、翔龙，棱子家的宋灶，当然还有你燕玲姑，他们是瓷窑村真正的骄傲！自古以来老祖先有句'商不言富'的说法，有钱不是真富，而知识智慧才是巨大的真财富。我国上下五千年历史，史书记载的都是思想家、科学家和文学家，有几个商人？因为文化和知识是经济发展和民族绵延不绝的根本！所以我希望你有文化、成大器、有建树，而不是一个富二代，过着衣食无忧、纸醉金迷的平庸生活！一个家，兴家要从文，持家在于勤，守家在行善！"公蛋的这一段交心谈话后，尚良默默地点着头。

时间快速穿到火红的五月，公蛋打电话催问香婆书的进展，向水告知在等书号，其他工作都基本完成，再过两天将电子版样书发到公蛋电子邮箱里让审查一下。公蛋高兴得要请大家吃饭，并要将这一好事告诉在西城的瓷窑人。

三天后的星期天，在西城的瓷窑人，都坐在公蛋豪华酒店的包房里。大家坐定，公蛋对大家说："本来要请香婆来，可婆说她老了，并说七十不留夜，八十不留餐，九十不留坐，就不给咱小字辈添操心了！"自贞亲自给大家倒茶。向水笑说："咋能让尚夫人倒茶呢！"向水赶忙起身却被公蛋摁住。公蛋说："在这里一家人，不分里外皮，今天就没叫服务员，咱自己人随便。"丰盛的饭菜刚摆上桌，公蛋还没有详说香婆书的事，国雅的电话急促地响起，电话里得知国强被人打得很严重，现在在来西城的路上，国雅忙起身说："钢锋哥我必须回医院接着！"公蛋安排了三辆车，快速赶去医院。出门时自贞将钱包塞到公蛋手里。

当国强被从救护车里抬下来时，公蛋、国华、国雅、国利等惊恐地围了上去，工作人员要求快让开，人立刻要去抢救。只见国强昏迷着，人成了血疙瘩。经一天的抢救国强醒了，检查是中度脑震荡，身上多处软组织损伤和刀伤，特别是左腿小腿骨粉碎性骨折。苏醒后，人就疼得汗如雨下，全身颤抖，无力呻吟。手术完成后，左腿上了钢钉，做了牵引，人必须用止痛药才能平静。经过半个月的使用消炎、止痛药，人才慢慢地能说话。病情稳定后，大家和国强脸上才有了笑意。

5月12日下午，突然国华看见国强腿上牵引下垂的砝码摇动，就说："强，甭动！"不等说完就觉得房子里的东西都在摇，这时不知谁在楼道里喊了一声："地震了！"大家猛地清醒过来，随之是慌乱嘈杂的下楼声。国强让国华快走，说自己腿脚不便，国华要背国强，就卸了牵引的砝码，将国强往身上背，这时国雅也摇三摆四地扶着墙过来扶国强。当两人慌乱地将弟弟背到楼下时，地震颠簸感没有了，姐弟三人大汗淋漓，脑袋眩晕。黑压压的人群惊魂未定，再向马路上看没有了车行。当大家完全回过神时，相互问候的电话打不通，又是一场大的惊慌和狐疑。几分钟后，通信信号恢复，大家从电视、广播、手机中得知，2008年5月12日14时28分04秒，汶川发生的8.0级地震，破坏面积达10万平方米，重灾县市10个，较重县市41个，一般县市186个，遇难人数69227人，受伤374643人，失踪17923人，是中华人民共和国成立来破坏力最大的地震，也是唐山大地震后伤亡最严重的一次地震。

不到两天，公蛋筹集了两卡车矿泉水、4卡车米面、两卡车方便面，自发地带了公司的二十多人奔赴汶川抗震救灾去了。国雅也接到了医院去灾区的命令，她同病床上的弟弟告别，挥泪去了汶川。公蛋将物资运到，并捐赠于有关部门后，因为他们救灾不专业，加之余震频发，就参与了自发救灾。当地救灾队伍不让他们到重灾区，只能在轻灾区做义工，帮助搬卸从各处运来的救灾物资，工作紧张而有序。天公哭泣，大雨和着救灾人们的汗水和遇难同胞的血融入巴蜀大地，人们将爱与悲伤铸成钢铁脊梁。

国雅到灾区主要是担任生命迹象判断和心理疏导工作。她带领的心理疏导医疗队，进入到环境恶劣的震中心，她们所看到的震后惨状是常人不能接受的，几十层的高楼塌陷得只剩一两层，残垣断壁，满地瓦砾，一眼看不到头。遇难同胞的躯体残不忍睹，伤残者痛苦的呻吟和儿童撕心裂肺的哭喊，让人感到生命在自然灾难面前的无力、脆弱，以及无奈。

国强被打事件调查出了结果，打人的人都在逃，也没有线索和证据，说明砂石厂老板雇凶。公安部门在关注此案件，大家只能等。国强得知后，气得只是哭。国华劝说："人类是伟大的、智慧的、善良的，是这些人性的温暖与光辉，使人类从蛮荒走到今天的伟大文明！人要发展，要始终保持和肯定人的优点！但同时更要分析研究人的缺点与劣根，并逐步研究解决！只要人智慧了，一切问题就迎刃而解。人由类人猿进化而来，所以人性就含了兽性，人性和兽性从人类诞生起，就无时无刻不博弈！"这时，护士来给国强打针，年轻漂亮的护士送给国强一束康乃馨说："你是和坏事做斗争的勇士，是好人，祝你早日健康！"国强捧着鲜花激动得热泪盈眶，鲜红的花在国强眼中就是滚烫的心、跳动的太阳！

国华感谢着送走了护士回来说："这就是人性的光辉，多数人是善良的。人性中的善在增长，但人性中的坏却极易暴发！这是兽的基因在作祟！残暴、贪婪、自私、无序等不好的东西就常常在人的身上体现，人性的缺点，要经过较长时期的文化道德教育才能改掉！"

国华一边给国强按摩一边说："文化不等于教养，有文化是幸福，有知识是富有，二者不可分。一个人既有文化又有知识，就可能成为有教养的高人，但也不绝对。用文化和知识提高了修养、德行后，有了教养才会有高贵的精神。有高贵精神的人就能潜移默化地影响他人，同时对社会进步有较大帮助。但对无德的人来说，他们可能有文化和知识，但没有修养和德行，对高文凭低德行的人来说，他们自然也享受不了高贵所带来的幸福与满足！你的挨打就好比狼吃羊，猴打架，老虎抢肉一样！国强弟弟，你不让人家挖砂石，就是不让人家挣钱发财！"国强气愤地说："山破水污，他们看不见？！"国华笑说："刚才不是给你讲了人的贪婪性吗？"国强无奈地说："那就只能这样让恶人、坏人逍遥法外？""不是刚给你说了，要用道德和教育来解决嘛，傻弟弟！"国华说。国强又反问："有道德也有教育，但总有一部分人不遵守呀！"国华又笑说："人类文明不到万年，在宇宙的长河中只是一瞬间，你又着急什么？圣贤老子言'圣人之道，为而不争。'只要世界上的人都成为圣贤的境界时，人性的恶就少得多，世界也就祥和了！"

国雅从灾区返回时，国强就要出院了，大家将国强送回瓷窑村。秋季的丰收气氛在瓷窑没有了，只有零星的玉米和大豆摊在墙角，凤尾上柿树上的柿子在秋风中摇曳，它们的命运还是同去年一样无人采摘，熟透掉到地上化作一包浓水。因无人采摘柿子，公蛋的醋厂也快要关门了。

瓷窑村的年轻人外出打工，村中人数稀少，唯有到处乱跑的猫、狗如故。披着千种布絮大氅的保川在村头大喊："污水靠蒸发，垃圾靠风刮，雾霾日他妈！"向水劝保川回去，他拖着比自己宽三倍，长三倍的布絮衣缓慢地向村外走，如一只蠕动的大毛虫。他口中念着："地低成海，人低成王。圣者无名，大者无形。鹰立如睡，虎行似病。贵而不显，华而不炫。韬光养晦，深藏不露。"身体刚好的国强流着泪喊："保川哥回来！"保川继续走并大声喊："积德虽无人见，行善自有天知。人为善，福虽未至，祸已远离。行善之人，如春园之草，不见其长，日有所增；作恶之人，如磨刀之石，不见其损，日有所亏。恶之可怕，不在人见而在自知；善之可喜，不在人夸而在自详。"送国强回来的人都落泪，他们目送着保川变成黑点直至消失。

2008 年是公蛋过得艰难的一年。公蛋掐算着 1 月至 10 月间的事件。经济下行压力大，又遇百年不遇的特大雪灾，19 个省受灾，他的房地产项目自然停工；公司打群架，他回老家想清静，可环境糟糕，村中的"魂"——香婆更是衰老多了；孩子们生活无忧，可疏于学习和做人；

国强被打残；5月12日汶川大地震；8月8日百年圆梦北京奥运，扬眉吐气，国人振奋；可在9月16日三鹿三聚氰胺奶粉事件戳伤了多少国人的心；9月25日，神七载人飞船成功；可将国强送回村后，看到瓷窑的荒芜，以及疯子保川的言行，他又心乱如麻！是天灾，是人祸，是共勉，是默哀，是热泪盈眶，是捶胸顿足，还是悲天悯人……

懦弱者会被平凡泼烦的日子打倒甚至萎靡不振，可对坚强的乐观者来说，能将平凡泼烦的日子过得精彩滋润，还可能过得更充实！公蛋显然是坚强的乐观者，他决心告别这忧郁彷徨的心理。人就应该干正确的事，该干的事，重要的事，有挑战的事，否则生活又有什么意思呢？

萧瑟清冷的秋风扫落了瓷窑柿树上的红叶，只有火红的柿子静静地挂在枝头。人常说草木无情，但这泛黄的草叶在向世间诉说，它们的生命将回归大地母亲的怀抱，光秃的树木在等下一个年轮。

第一场小雪盖在瓷窑的大地上时，香婆病倒了。公蛋第一时间将香婆送到国雅所在的医院，西城打工的人都来看望香婆。香婆神志清晰地笑着说："婆是要回家去了，到了时候就要走，没什么可怕的。"大家都不作声。公蛋说："婆，你看这一圈都是你接生的娃，我们这些人来到世界上第一个看到的就是你老呀！"大家才有了笑脸。国华说："婆你到底有多少岁？咱村人说你有150多岁！"香婆笑说："我也记不清。"国华又问："您老活了一个半世纪，身上的故事一定很多，也对咱瓷窑的后人讲讲，也是瓷窑的传奇和村史嘛！"香婆沉思了一会说："本来我想将往事带到土里的，不说，可能也真没机会了！就从我的家庭说起。我家祖上生活殷实，家住城墙内西南，爷婆是经商的。到父辈有了新思想，特别是《天津条约》《北京条约》、鸦片战争后，咱国就被欺辱得更加厉害，父亲参加戊戌变法，失败后，最后参加了同盟会，1911年参加了辛亥革命，后来父母双双死了。由于参加革命，父亲就将婆爷留下的家产卖了支持了革命。当时我的前夫也死了，儿子在战乱中死去，我就和比我小40岁的轩真生活，当时他才14岁，我就像他的奶奶。他是我父亲的学生，更是战友，他是一个真正的革命者，也是一个伟大的男人！只恨我过了生育年龄没有给他生一儿半女！"诉说间香婆泪流满面。大家也都为香婆传奇的身世和不平凡的婚缘惊叹，更是佩服她的丈夫轩真老人。香婆擦了擦眼泪又说："中华人民共和国成立前夕，敌人疯狂枪杀地下党人，破坏地下组织，他的上线和下线全部牺牲，失去了组织联系。新中国成立后我们也找过有关部门，但谁也证明不了我们的身份，所以我们只能回到瓷窑过农民的日子。1961～1963年三年自然灾害，他给我吃的，自己却苦死了！为什么我爱瓷窑，因为这里有爱我的男人，他是一个我永远佩服敬重的伟大男人。他是瓷窑的骄傲，更是国家的功臣。他直到死还给我说，就让我们的故事深深地埋在瓷窑的地下，永不再提起！"

　　大家听完香婆的话后，一个个的脖子像鹅颈，神态如雕塑，但在长长的沉默中又都流着泪水。香婆看着大家说："我是胡说哩，把娃儿吓着了！"大家这才回过神。公蛋忙问："婆你西城的老家在哪？我们应去看看。"香婆抹了一把泪说："我是多么想去看看，可那已不是我的家，谁又会证明那是我的家，就是回去看了，也只能越发伤心，就不去了！""那难道就没一点点证据吗？"公蛋追问。香婆撩起衣服右襟，拆开襟角，从里面拿出一片铜质三角小角花递给公蛋说："这是我的念想，它是正房东边第一个木格窗的包角花，当年父亲卖了房，我从窗角撬下的。"公蛋接过这片包了浆的簪花铜片，他看着有些眼熟，突然他对谁也没说就冲出病房门，大家都莫名其妙地惊呆了，当国雅喊他时，公蛋已没了踪影。

　　公蛋开车飞似的去了城西南，当公蛋到达地方时，多台大型挖掘机正在拆挖老房。公蛋发疯地喊，但轰鸣的机械声和墙体的倒塌声还有飞扬的尘土将他淹没，公蛋扑到一台挖掘机门前猛砸车门，挖机手才停了车，可看着残垣断壁，公蛋跑到一个倒窗前，看到了一扇少了铜包角的格子窗扇，公蛋栽倒在瓦砾之中。

原来公蛋也想开发这片地方，想利用这片古建筑搞文化旅游，在这里考察了多次，但输给了千胜房产公司。现在千胜公司在拆除老民居。

公蛋回来对香婆撒谎说房还在。香婆说："在就好，在就好！"

香婆经过一星期的精心治疗，精神好多了。她对公蛋他们说："我是老了，不是病，现在就回瓷窑，我要死在瓷窑。"公蛋说："在医院多待几天调理好。"香婆严肃地说："将来婆是不来医院的，不要再抢救婆，婆不想用医院的仪器，要是用了婆就是受罪，到时就让我平静地死在我爱的瓷窑！"

由于香婆的强烈坚持，公蛋只好将她送回瓷窑，公蛋将她扶上炕休息，看着黑暗的土坯小房说："我多次想把这房重翻盖一下，你说不用收拾，现在住着就是不美气！"香婆说："好着哩，这房的一椽一瓦都有我的记忆，就是这熏黑的墙皮里边有我的血汗，就让这房和我一起离开！"公蛋说："你老走了，这房我要保护着！"香婆笑说："娃儿，不用添麻烦，婆在，这房没人说，婆死了又没后人，就有人操它的心，现在这时月的人眼睛都瞪得大。"公蛋气愤地说："你对瓷窑人这样好，谁会这样没良心，到时有我呢！"香婆又说："人的欲望和好奇心促使科技经济发展，科技经济的提升又满足人的欲望和好奇心；物质好了，人也变了，利看得多，义看得少，关注人本身多了，关心自然与人的和谐少了！我也是活得太久了。婆经历了数个社会运动，人们为了民族独立、国家富强，在黑暗中苦苦探索并为之流血牺牲！人们对美好生活、理想的向往是社会发展进步的动力。在为理想奋斗的过程中，就是先进与落后、错与对、善与恶的较量，千百年就是这样！在人的进步过程中我觉得人性的善进步慢，自然科学和物质进步快。老先人说'天育物有时，地藏资有限，而人之欲无极也！'"公蛋惊讶地说："婆呀，几十年没见你说这文气的话，你的修养文化深哪！"香婆笑："入乡随俗，自从回到农村，这话说得少，婆只是自己做。现在婆是将死之人，就给你说说，人类农业文明八千年，就生命而言是健康发展的，人和自然环境没矛盾。可工业文明至今，人类就非常明显感到水不能喝，空气不能吸，种庄稼的土地有了毒。如果人有钱了却都病了，那要物质和钱干啥？也就是咱农村人说的，过日子是过人呢，人都病了或死了，还活啥味气？！"

公蛋听后，再一次惊讶香婆的见解。他脑海中突然联想到古代圣贤，这是圣人的气派和高瞻远瞩！"婆呀，你是共产党员吧？"香婆笑说："我男人是，我不够格。"公蛋又问："你和党员在一起，咋还信神烧香呢？"香婆说："烧香是藏身子，不同人，烧香目的不同。比如多数人烧香求财求平安；有人是恕罪；有人是敬神；我们当年在庙里干地下工作，烧香是干革命；我回村烧香是和死去的人说话岔心慌！所以说，同一件事，在各人心中各有不同，并不是别人理解的意思。说真的，如果当年有人证明我夫妻俩的身份，婆爷就可能不在瓷窑了。"公蛋咯咯地笑："那就少了瓷窑村的'神'婆了！"香婆笑得又是满脸菊花说："也没有啥遗憾的，改革开放政策好，生活水平极大提高，社会稳定，我们当年提头干革命，就为这些！只是盼望国家能注意人的道德教育和环境生态治理。婆死了就把我埋在龙口嘴的下边，坟上多堆些土，婆想把龙脖子撑住，将来如果有一天国家重视环境了，取缔砸石厂，恢复土地时一定把河边的凤凰头补起来！"

公蛋觉得香婆是交代后事，心就游荡在忧伤之中。世事就是努力的向好发展，发展中人们用智慧和勤劳换来收获，也推动历史进步，一个个平凡的人却有金子般的心，一颗颗金子般的心筑起人类的高度！人是伟大、平凡、平庸，甚至有些可憎的多元体。在黑暗的时月里，即使暗无天日，但总有人用萤火虫般的光辉，为人性美而呐喊；在和平安宁的日子里，总有人用人性的平庸来表现生活的琐碎；在安逸的岁月里，从来也不乏一些可恶的人用贪婪、无知来说明人性的恶！文明在历史中艰难前行，教育很重要，教育的弦永远要紧绷！如今有人好学勤学，有人懒学怕学，有人逼着也不学，学习教育是个庞大复杂的问题……公蛋想得头痛头晕，就昏昏然地睡着在香婆炕头。

德德和会会、芬芳、线兰等多人来看香婆，他们现在也都是快古稀的人了，所以一个个步履蹒跚，老态龙钟，耳聋眼花。是呀，他们都是出了大力，吃了大苦，经了苦难的人，无情的岁月将他们推向生命的黄昏。老人们一摇三晃地进了小房，小房一下子被撑满了，大家你一句他一嘴地问香婆的身体，香婆笑着说："我是老了，机器到了时候，要废掉了。"一帮老头、老太口中不停地叫着"婆"说："我们是赶不上你老的枝干（精神）的，现在都不中用了，看不了电视，听不清广播，看不准脚下的路，你老是活神，还要再活100岁的。"说着就将自己拿来的面包、酸奶等让香婆，香婆高兴地尝尝这个，闻闻那个，不住地说香。公蛋是在大家问候香婆的话语中醒来的，同大家寒暄一阵后同德德、会会回了家。

回到家，德德问公蛋说："这段时间公司的事情好些了？"公蛋平静地说："还可以，大城市的房地产缓了些，就像咱瓷窑这几年盖房饱和了。"德德说："盖得再多也没人住呀，一楼门锁着，二楼放着烂柴火也锁着门，有啥意思呢？都是死要面子活受罪。"公蛋没有反驳父亲："人当然都向往更好的生活，房盖了就说明社会进步，也证明人有能力，乡下的房子是农村人感情、亲情联络处，更是灵魂的安放地，没了乡下的家，农村人的各种情感就散了，灵魂也散了！谁盖了房也就是给国家做了贡献么，房地产业牵扯的行业多，对国家 GDP 贡献是巨大的！"德德不屑地说："那就好好盖，盖得水泥疙瘩都连实！"德德又问："尚温和尚良学上得咋样？"公蛋来了气说："看不上国内的学校，闹活要去美国上学呢！""一年要多钱？"德德操心地问。"两个货大概要 100 多万。"公蛋无奈地回答。德德自言自语地边抽烟边说："这现在的娃花钱办事咋这样随心呢？""我接触的人中，子女在国外念书或移民的很多。"公蛋平静地说。

公蛋回到西城，尚良问："老爸，你咋对香婆那好的？言听计从，搀前扶后，低头哈腰，她是不是我亲婆，屋里的婆爷是假的？"公蛋笑说："都是亲的。""爸呀，你是有故事的人，说说你的传奇身世！"尚良鬼鬼地说。"传奇你个头！"公蛋在儿子的头上拍着说，"香婆是位少有的高人，她的修养、人品、本事，不要说瓷窑村、灞川县，就是西城也没有几个能比得上。当年咱村我们这一批人，都是她接生的。由于穷，你爷婆要到生产队挣工分，没人管我们，所以我、生平、国华、爱塬等都是拴在门槛、窗框上的，一个个哭得得了气蛋，也就是疝气！村里的男女娃疝气都是香婆放了工后，抽时间给一个个用手按摩好的。她一人过日子，有好吃的给我们吃。对我们的好说不完。人要知道感恩，要有良心，更何况她是国家的大功臣，她不向国家伸手，生活得有信念、有道德、有骨气，这样的人比我们任何一个人都活得问心无愧，光明磊落！"尚良瞪了大眼问："还是国家功臣？"公蛋告诉了香婆的身世后，尚良身体僵硬，好半天才竖着双手的大拇指说："真是圣贤呀！"

快到腊月，香婆的书出版了，公蛋高兴地同向水将书送回瓷窑让香婆看。香婆激动地抚着封皮"香婆剪纸艺术"六个凸起的大字，就像秦岭的六个山头引人注目，用颤抖的手翻开书皮，看到国利写的序，香婆读到最后一句："一个半世纪的风雨，在纸与剪里呈现，一颗平凡的心脏，跳动着时代的脉搏，这脉搏将诊出历史的薄厚！"香婆的泪落在印刷精美的剪纸上，书在颤抖，几颗晶莹的泪珠在一起跳舞，慢慢地合为一起滚落在地上，被大地吸收。她幸福地说："烂老婆死后有枕头了，让孙娃们操心花钱了，让我说啥好！"公蛋笑说："这也算孙子辈对您的孝敬和回报！过年听说翔龙也就从美国留学回来，咱们村的人就到齐了，好好地为婆的书庆祝一下！"香婆若带遗憾地说："翔龙是我接生的最后一个娃。1980 年后条件好了，也都去了医院生娃，我也老得不中用了！"

阴历小年，在外打工的农村人都往回赶，他们要回家过年。城市是美好的、方便的、先进的，也是他们挣钱的好地方；可大多数进城务工的人还是城市的客人，他们是要回乡下的家过年的。一代打工者和二代打工者回家的心情是不同的。一代是渴望，是归心似箭，是儿子扑向母亲怀抱的激动和幸福感、归属感；可二代务工者的心思是无奈地跟从，从内心说，他们长期生活在城市，乡下的故乡只是一个概念，只是他们出生的地方，他们不曾生活在那里，那里的土地和他们是有隔阂的，起码是生疏的。所以从回来的人脸上，可以明显看出前者的高兴和后者的无奈！不在这个地方生活，而这个地方又没有城市热闹，对年轻的 80 后、90 后来说，他们的故乡情结淡漠了，他们只是回来走个过年的程序，大年初五初六就会迫不及待地回去了。

翔龙、社安、跟山等是在小年的下午回到瓷窑的，从轿车里下来的他们个个西装革履，精神抖擞，一辆辆锃明发亮的小轿车，停到了元君庙的门前，公蛋的"奔驰"最为显眼。这些 60 后、70 后的学习、打工的成功代表，为瓷窑村带来了久违的喜气，但没有了早年村人的围观和前呼后拥，只是年长的人几声赞许和寒暄。

晚上 60 后、70 后的一伙人都来看望躺在炕上的香婆。公蛋将翔龙拉到香婆的面前说："你留学八年，每次聚会时香婆就先念叨你，再就是在广东干事的爱塬和社安，今天都到齐了。婆呀，您老看一下，咱瓷窑的大科学家！"香婆奇迹般突地坐起来，老泪纵横地拉住翔龙的手。翔龙的泪水模糊了眼镜片，他看见那张熟悉的笑脸向他迎来，后来相互趴在肩头哭，再后来泪水渗入衣服。"婆记得你是1977年，大年三十出生在赵疙瘩的，你是出生在瓷窑船槁上的娃，你要撑方向的。"大家听得又是一惊，香婆的话是"神"话，所以大家就问香婆说："翔龙将来是村干部？不可能呀，人家是大科学家，咋可能！"香婆擦了擦泪说："我是高兴过头了，顺嘴说的，咱就听翔龙说说美国的经历和他的学习故事吧！"

翔龙一边擦眼镜上的泪水一边说："让我来说，我们20世纪70年代的自然环境就和美国很像，咱国这些年的经济发展是天翻地覆，日新月异！城市的摩天大楼比美国的还漂亮！他们的基础设施都是20世纪六七十年代建的，比咱们现在的车站、机场差远了！咱们北、上、广等城市的建设是世界一流的！美国、法国、英国等发达国家根本比不上！我们的国家是社会主义制度，优势是全国一盘棋，集中力量办大事！我们有制度优势！咱们社会安定，人们安居乐业。可咱的发展不平衡、不协调，特别是城市和农村的差别太大，偏僻的农村还是贫困呀！可能也是冬天，飞机一进咱国境就是雾霾，到西城更严重。车过西城河时，河水污浊！到了咱村，环境不能和小时候比！让人欣慰的就是村里的房都成了二层三层小楼房，各种家电一应俱全，生活条件大大改善！"

公蛋笑说："没有崇洋媚外呀，咱国现在也牛咧！"大家都笑了，"你就谝谝你在美国学了啥，过了年你还回美国去不？"翔龙腼腆地一笑说："过年还去美国，但待的时间不会太长，咱中国现在的情况也好了，应该很快就回国搞研究。不过我学习和研究的事，离咱的生活太远，就不说了！"公蛋大声地说："今晚在香婆家，咱开个会，翔龙讲宇宙，国利讲文学，向水讲艺术，还有……噢，给国华、国雅打电话，必须来，让她俩一个讲哲学，一个讲生命，最后香婆作总结！"大家就起哄说："你讲房地产，爱源、社安讲咋研制机械，国建讲咋开农家乐，品喜讲怎样造皮鞋，国强讲怎样当村干部，母蛋讲怎样炒菜，香女讲怎样教书育人，白妞讲如何发展水会音乐！"

公蛋给国华打电话，她说开车一个小时就到。

国雅电话接通后哈哈地笑："我们是工薪族，不比你们私人老板和人民教师，我还要上班，放假还在年底呢！"公蛋无奈地说："那你就先讲，这是必须的，婆也想见你！"国雅说："咱俩视频电话。""哎，现在科技发展得快，有 3G 网，隔得再远手机也能视频见人！"公蛋兴奋地说。从视频电话的屏幕上大家看到了气质优雅、有学者风范的国雅，国雅也看见了一起成长的发小，他们一个个都精神饱满，只有香婆苍老和消瘦了许多。她忍着不让泪水流出，同时拿起香婆的剪纸书说："婆，您真的很棒，您是我们心中的灯塔！这些剪纸是直达心灵深处的济世良药，我医的是人身体上的伤，您老医的是灵魂上的伤，我努力向婆学习！我正在研究人类大脑 DNA 的排列及变化区别，我的研究有明显进展，我发现 DNA 排列上有一个脑营养因子有区别，所以人有了聪明和一般之别，我将它分为 V 型和 M 型，M 型的人要优秀一些。"大家像是在听科幻小说，好奇心一下产生。公蛋笑问："这么说，咱现在在婆屋里坐的都是 M 型了！"国雅点了点头说："脑细胞 DNA 排列是很稳定的，只有极个别营养因子有变化，我研究发现 M 型的人只有 10% 左右。"公蛋笑说："那也就是说，我们村的 M 型比率是非常高的！"国雅同大家都笑了。国雅严肃地说："我这可是科学，不能笑！"大家又都静下听国雅讲。"我放了假一定要和大家聚聚，我还要和翔龙合作，我们想要为人类的发展寻找新出路！"公蛋说："有志向！"国利说："雅娃，甭吹得太大，为人类找新出路？我和国强脸有些红！"国雅又是一脸严肃地说："真理总是

287

掌握在少数人手里的！"香婆说："把电话给我，我和雅娃说，我娃好好研究！"国雅说："还是婆思维敏捷，思想解放！"电话传到了翔龙手里。翔龙说："国雅，我对你的研究非常感兴趣，我一定会配合你的研究！""那就一言为定，我今生立志要努力研究人的大脑！你就接着给大家讲讲太空宇宙的神奇和神圣吧，我晚上还有一个手术，只能谝（聊）到这，和大家再见了！"国雅恋恋不舍地挂了电话。

大家又是哈哈地笑，笑声中国华和丈夫风风火火地赶回。香婆问国华说："咋没领娃呢？"国华叹息地说："现在的娃们懒多了，怕动，上补习班回来躺在床上玩手机，人家说过年再回来，先不回，回家没网络，急呀！"大家也都同感地说："城里生活顺了，都不想回老家，小一辈对农村没了感情！"国华拉着香婆的手说："婆，我有你的书，看了很有感触，我辈只有愧疚，我们没有做好，我辈将来是要让子孙骂的呀！"香婆平和地说："世事就是这样，谁都不能平衡所有，只是现在有些过了。瓷窑村啥变化了都不要紧，可人的善良是不能变的，人心变坏了就麻达了！"国华的目光穿过公蛋、生平、国利等人的肩头，看到香婆柜盖上的一盆漂亮的墨兰花。墨兰花开得正盛，卵状的花在灯光下透亮，小屋里弥漫着兰花的清香。香女给香婆递了一杯热水，香婆喝了一口说："常言道，十年树木，百年树人呀！你是大学教授，读的书比我多得多，从三皇五帝到夏商周，再到春秋战国又到秦汉，唐宋元明清，哪一位开国皇帝不是将国治得井井有条，但为什么后朝的皇帝都被灭国呢？我想，关键是后人条件好了，忘了曾经的苦难，在享受私欲和快乐时，把一切危险都扔到沟里去了！"

香婆有些气喘，国华给按摩胸口说："我是职业病，喜欢说教！今晚能聚到一块不容易，钢锋打电话我必须回来；加之婆的书出版，看了婆的书后，我几天几夜没睡着，娃他爸以为我更年期提前了！香婆用剪纸告诉我们生命存在的意义！婆是宏大、长远、前瞻性思维，我等只能谈一小部分！人的生命在地球上好像是第一位的，错了！人的生命只是千万种生命之一，没人类，地球照样在；地球上少了人类，就像什么没有发生一样不值一提；是地球上的万物赋予人类是万物之灵长的机会，以及人类生命存在的意义；假设一切破败，生物灭种，就人类活着又是多么的孤独和无意义！伟大的哲学家康德说，世界上有两件东西能够深深地震撼人们的心灵，一件是我们头顶上灿烂的星空，另一件是我们心中崇高的道德准则。2500年前的圣贤老子说，其致之也，谓天无以清，将恐裂；地无以宁，将恐废；神无以灵，将恐歇；谷无以盈，将恐竭；万物无以生，将恐灭……这个道理几千年前就早懂得，但人们是很难做到的！"

香婆高兴地看着国华的脸，国华的脸从容自信，粉中透红。香婆对国华说："华，婆想听你讲理想的社会，婆追求奋斗了一辈子，我想在死前再好好听孙娃讲讲！"国华不好意思地摆手说："不敢在婆的面前说理想！婆是圣贤呀！在您面前我羞愧啊！"香婆笑说："时代、环境、人变了，但理没变！婆还是想听你们的理！"国华就红着脸说："现在的问题出在人的自身上，这个问题解决有理论、有办法；理论办法就是教育学习，但学习教育又是复杂、艰难的事情；人的安逸性、懒惰性是挡在学习面前的拦路虎！"

国华正说着，香婆家、仁庆家的猫，德德家的狗一声不吭地睁眼静听；香婆家的老鼠不在房顶上走动，房顶蜘蛛网上的花蜘蛛一动不动，它身边粘住的飞虫此时对它毫无吸引力。

国华脱了外套，拢了一把头发说："在如何做人方面，我们的老祖先早有名言，比如老子的'圣人之道，为而不争'，很简单的8个字；孔子的'仁义礼智信，温良恭俭让'10个字；毛泽东主席的'为人民服务'5

个字，这些为人的精髓总共加起来才 23 个字，多数人是没学会、没明白的。历史长河中只有少数的人做到了'先天下之忧而忧，后天下之乐而乐！'前事不忘，后事之师，在历史这本教科书面前，祖祖辈辈整天在学，可为什么还要不停地重蹈覆辙？！秦人不暇自哀，而使后人哀之，后人哀之而不鉴之，亦使后人而复哀后人也！哎，总是让同一块石头绊倒！"

国华喝了口水，神情深沉地说："我研究了多少年，也研究了世界各国发展史，从原始社会一直到资本主义社会和社会主义社会。研究发现，人类的发展是生产力和生产关系矛盾运动的结果；任何社会形态都有其产生、发展、灭亡的过程；一种社会形态由于自身的矛盾，必然会被另一种更高级的社会形态所代替。从各个领域研究发现，人类进步中教育的作用巨大，教育使自然科学发展迅速，使人的发展进步加快；但文化进步、科技进步、知识丰富并不代表人的教养、修养、德行也必然同步提高，前后两者不一定是正比关系！人性的劣根还是时现。比如，世界还不太平，局部战争从未停歇；侵略、掠夺，特别是极端、恐怖主义大有抬头之势！这是我研究的瓶颈和困惑！必须将人的教育搞好。如果人类贪婪性不收敛并发展，人类创造的一切文明终将毫无意义！又如，近年的国际战争，不仅民不聊生，社会倒退，还损毁上千年的人类文物古迹！人类的美好未来必须道德、环境、文化、梦想和谐共生！"大家听得一个个不发声。

国利站起来，他个头高，头就挨住了房子的檩，檩上香婆糊了一组剪纸，内容是《周易》《春秋》《离骚》《国语》《孙子兵法》《吕览》《说难》《孤愤》。国利用手平了平剪纸乍起的边角，又拍拍头顶说："发展就会有资源消耗，也会有环境污染，这是可以花钱治理的。但这个教训和代价是惨痛的！我们中华人民共和国几十年来的发展，举世瞩目，我们经济快速发展，物质丰富，列强不敢欺辱我们！我们有充分的自由和安宁，但我们发展的时候还要向历史深处看！文化是重中之重，文化是一个民族一个国家的灵魂！还是要对我国优秀文化有信心！祖先的智慧太宝贵了，现在必须重拾起来！美国前总统尼克松在他的《1999 不战而胜》中写道：'当有一天中国的年轻人已经不再相信他们老祖宗的教导和他们的传统文化，我们美国人就不战而胜了！'"大家都默默不语。

翔龙大胆地说："要用高科技改变人类的劣根。我是研究宇宙的，说得直接些，就是给人类找能生存的另一个星球！人类对地球生态的破坏再不收敛，地球温度再增高 2℃，就是人类的灾难！人类很聪明很伟大，说他聪明伟大，是因为他发现了一些宇宙的秘密，也创造了伟大文明，但同时也很无知和渺小，地球上的人应该思考怎样对待并珍惜地球，甚至关心太阳的寿命！"

国强突地站起来说："人类的目标是实现共产主义，你这样说人类还有啥存在的意义？！"香婆挡了国强，让翔龙接着说。"我们要承认人类在宇宙中的无知和渺小，但我们相信通过学习、努力会变得智慧和强大！目前人类认识的物质不到我们地球物质的 10%，就像我们人的大脑，一般人也只利用了 3%～5%，所以人类的发展还有巨大空间。我们不能总按人类的思维定式来思考和研究宇宙，宇宙生命不一定是我们地球人的结构，我相信地球以外宇宙智能生物的存在！"黑蛋说："翔龙，你说得太遥远，也太深奥，人类一时半会儿也达不到，只有像你这样的科技人员慢慢去研究！听了这么多，我只想知道把人咋样教育好，都成好人，哪怕是平凡的普通人！扫地的，扫好地；盖房的，垒好砖；各执其事。'勿以善小而不为，勿以恶小而为之'！不干小坏事就是对社会的大贡献！"翔龙说："你先问你钢锋哥，你哥是省政协委员，是对社会有贡献的人，让他说说。"

公蛋笑而不语，香婆让他给大伙说他的想法，公蛋就开了腔："首先我是一个凡人，我没有高深的理论，我只是从我成长的经历谝谝。小时家穷，我就想过好日子，所以努力！特别是憋气跑到西城闯荡，就发现同样是人，为什么人家过得好，咱过得差，所以我更努力！后来办醋厂、小水电站、开杂粮店、开大饭店、办小建筑队，到生态大酒店和房产公司再到外省的分公司，我给自己树一个理想和目标，努力，吃苦，向理想奋斗！我觉得苦干实干是成功的根本！我给村里建小学、打深水井、给品忠花钱看病，好像我成了圣人，其实不是。钱少时是自己的，有能力了，别人遇到难处就伸手帮一把，帮人后，心里是舒服和幸福的！钱多时，钱是社会的，因为巨大的财富说是你的，但实际什么你也拿不走。拿不走了，当然就是贡献给了社会！"

这时，房顶的花蜘蛛突然吐丝悬挂在大家的面前，在灯光的衬托下像一颗宝石，它优雅地旋转着。公蛋看着蜘蛛说："这是喜从天降呀！"大家也兴奋地看着蜘蛛跳舞。公蛋看着香婆笑着说："惭愧、惭愧！我也是在香婆的经历上，才刚刚悟出来的！有些人的成功是丧失良知换来的，一些人的幸福是以损害他人为代价！我们年轻人努力赚钱还房贷、车贷和养家糊口的同时，还要思考人生和生命的更高意义！更要思考民族、国家、人类的未来！"

国华笑说："钢锋说的明了又接地气，他是有境界的人物了！"国强急切地说："不是所有人都是钢锋哥，各人有各人的思想和生活方式，有些人会认为，我为何一定要帮别人，我辛苦赚的钱，凭什么一定要捐献给他人，我用我赚的钱想干啥干啥！有别人干涉的屁事！现在社会上这样有风格的人不多，大领导还当贪官呢！有的大企业黑了心，你如何解释？"国华说："都是人性的贪婪、自私和残忍引发的，到底怎样迅速解决，我真的一时半会儿不好答复！俗话说，物以类聚，人以群分，百人百性！只能持久地加强人的教育，特别是德育！"

翔龙自信地说："要用高科技来遏制犯罪，遏制人性的恶。给每个人建立人脸识别与道德识别电子信息，让坏人无处藏身！这个问题解决时间不会太久，交给电子、互联网等研究人员解决！"大家一下又来了精神，问如何解决长远问题。翔龙继续说："我们想到了人知识的重复性，它不能遗传。比如国华姐是大教授，她儿子生下来就不是教授，还必须从零开始学习，即便是努力学习了，也不一定能达到她的造诣！她若去世，本身的知识随她进了土，后来者可以借鉴她的著作，但不一定后来的研究者能赶上她的水平。再比如一些巨匠级人物去世了，后来者很难达到他的高度！所以，要把千千万万个哲学家、科学家、艺术家的知识，分别用现代的电脑芯片刻录下来，科学人机对接，人类智慧就能快速叠加！人类就能早日走出地月系、太阳系、银河系，甚至周游宇宙，从而找到并达到人类的崇高目标！"大家听完后一个个惊叹万分。

公蛋说："到那时候，全世界每个人大脑里全是个性的、丰富的知识，智慧的思维，积极的想法，再没有了杀戮，没有了战争，没有了贪官和腐败，那是何等的景象！想去一下月球、火星就像串门一样方便，随便到银河系以外的星球上和外星人谝个闲传，那才美呀！"社安笑说："咱的牛吹得有水平，吹得心舒坦，也是对善和美好生活的爱么！"

大家高兴地继续辩论着。突然，翔龙看见香婆面带微笑一动不动地靠在墙上，眼睛闭上了，他就用手轻摇香婆，但人没有动，公蛋摇了一下她，香婆顺着墙倒了下去。这下大家吓得乱了套，国华翻身上了炕，将香婆放平整，用手在鼻孔一探，再将手放在脖根压脉，她第一个"哇"地哭出声："香婆走了！"公蛋还不信就大声喊，但香婆还是微笑着不作回答，所有人的哭声四起。国华拍了公蛋一下说："快去叫人，给婆穿老衣（寿衣）！"

德德、会会、芬芳、仁庆、老黄、石纳、棱子等人都慌乱地赶来。

会会打开香婆的柜，发现从内到外的寿衣，香婆早准备得有了顺序，连鞋、枕头都放得整整齐齐，会会拉着哭腔说："婆是准备今儿个走呀……啊……"大伙给老人洗漱、梳头、剪脚指甲，寿衣穿戴齐备。在老人的柜里只有她和轩真早期的相片，二人当时气宇轩昂，虽然香婆大轩真好多，但还是很和谐。公蛋问："婆有寿枋吗？"羊娃媳妇说："有，在我家放着都快30年了，婆平时里将她的后事都安排好了！"公蛋大颗泪珠往下滚："婆一生都是有骨气，硬气得连一点难处都不给别人留，咱们想给她老尽个孝都没机会！！"

香婆的后事由公蛋主事，请先生看坟地，由于香婆没有亲戚，只是轩真的几门亲戚，让去报丧。先生看过墓址后，正是香婆说的龙口嘴下面，仅三天就出殡，公蛋长叹一声，是天意，更是婆的心意！腊月二十六正是送埋日，墓厅很快挖成并用砖箍好。腊月二十四日下午，大小花圈就将香婆的小屋围了几层。狗蛋、猪娃对公蛋说："香婆一生接生的娃记不清，主家都记着，十里八村要多少娃呀，这花圈太多，到后天出殡要挡路的！"公蛋想了一下说："那就让放到凤西翅滑坡的荒地上，那里地方大着哩！"

从腊月二十四日早到二十五日早上，整个凤西翅的滑坡处被十里八村的花圈堆成了山，一眼看不到头。二十五日大清早村支书和村主任也都来吊唁香婆，村上送的花圈最大，仁庆是礼房先生，要给花圈上写挽词。支书说："我们写好了，直接粘好的。"仁庆一抬头看见"是人中娇者却不骄，非神内显矣即成仙"的挽联；同时主任打开了十米的挽幛，上面也粘好"风范亘古，总要人想"。仁庆赞许说："也都是好联妙联呀！"支书回应说："比起你才子还须努力！"乐班起乐，支书主任一行到灵前进香，他第一眼就看到仁庆的颜体对联。上联为"虽乡妪却知德知人知天地"，下联是"居僻壤已好善好义好自然"，横批"天人合和"。支书莫名的一股敬意生上心头，他眼角发红，跪下深深地磕了三个头。公蛋招呼过支书等人后，就和白妞去请国顺坡上权陵村的水会音乐，白妞现在已是水会音乐团体中的一个成员。当年的老先生已不能出演，但他拉着公蛋的手说："是你上次让在你爷的事上演出，才有了十里八村的年轻人接班，还是要谢谢尚老板呀，我不能演，但我要送香婆最后一程，她是咱东川的大善人呀！"说着老人和白妞就要哭。

　　公蛋和白妞往回返的时候，公蛋突然从河北的国顺坡上看到对面的凤西翅，这时的凤西翅被无数个花圈垒起，滑坡的凤西翅成了洁白的凤翅。公蛋"哇"地哭着跪在路面上，他大声地喊："香婆呀，您老就是化作泥土也要保着瓷窑，你这样的圣人就应永远活着！"白妞见泣不成声的哥哥，忙说："哥你是咋了？"公蛋指着用花圈补起的凤西翅说："她老人家还在帮瓷窑，凤翅健全了！"白妞静目一看，也不由自主地跪了下去。

　　腊月二十六日早上九时，香婆出殡。村中 20 世纪六七十年代出生的男女都穿孝服。国华、国雅、惠佳、春霞、品忠、品农、香女、白妞、玉花、自贞等手拿燃香走在送葬队伍最前面；生平、社安、跟山、向水、宋灶、国建、国利、黑蛋、翔龙等抬着香婆的灵柩向龙口嘴走；国强腿不能负重，只能双手扶着膝盖上坡；品喜坐在轮椅上抱着写有"仁爱溶土，忠贞三世"的高幡紧随灵柩之后；成了老人的德德、会会、仁庆、芬芳、老黄、大撒、尊脉、麦芽、土头、楼花、石纳、粘娃、棱子、白梅、生生、毛丽等人低头蹒跚缓行；这些 20 世纪六七十年代生人的子女都拿了铁锨走在老人们的后面；立立半身不遂坐在轮椅上由狗蛋推着；猪娃、木旺、仁贤、仁达妻、羊娃妻、猪娃妻等都默默地跟在送葬队伍后边；疯子保川今天没有跑去外处，他跟在乐班的后面喊："圣人不积，既以为人，己愈有，既以与人，己愈多。天之道，利而不害；圣人之道，为而不争！"

　　十里八村的人将从村口到龙口嘴的路两旁站得密密实实，大家都不作声，在心里默送香婆。腊月二十六日晚，一场大雪给大地盖上了银色的厚被子。第二天一大早，洁白的雪让世界看不到一点污渍。

　　国强因参加香婆的葬礼，上下龙口嘴的坡，第二天腿又疼得架起了双拐。清早，他拄着双拐来到村小学，鉴于汶川地震的教训，国家要求山区的学校撤并，所以瓷窑小学搬到 5 里以外的寄宿制学校去了。国强隔着紧锁的栅栏铁门往里看，操场上枯萎的荒草被大雪覆盖，只有黑青的狼尾草的枯杆刺出雪面。这时，村广播的大喇叭传出了生态文明建设和反腐倡廉的社论。

　　公蛋独自又来到国顺坡，他一人坐在雪地里往南看，凤头虽然还是砸石厂，但洁白的凤身、凤尾、凤翅在太阳的映照下轻轻扇动。

后　记

　　我的故乡历史人文厚重，自然风光优美。我七八岁时给生产队割过草。当时我年幼，婆、爷、父、母、姐姐就将他们的口粮给我吃，他们的确受了苦，我却没有饿过几天肚子，回想起来不禁泪流！故乡于1983年春土地包产到户。我的学习历程充满艰辛，倒也按时完成了学业。

　　如今我已是不惑之年，对过去40多年的经历就越发地爱回忆。人最痛苦的是回忆，最幸福的也是回忆！回忆得太久，就有了写作的冲动。写作方面我是小学生，所以只能抽时间慢慢写，写写停停，不知不觉已有多年。我的本职工作是雕塑，艺术门类间是相通的，就自信地、张狂地坚持写了下来。

　　我的长篇小说《瓷窑》，就是将我辈经历的40多年岁月呈现出来。偶然，谁打发时间翻到，我就甚是欣慰。父母辈能从中忆起自己，同辈们能看到自己的影子，下辈通过这些文字了解了解那个时代，我就知足了。

　　故乡的变迁是千千万万个中国农村变迁的缩影。父辈以前的故乡人在故土上奋斗，我辈和下辈人大批大批地背井离乡。离开的人中，大多数比在土地上活得有出息，大家乐意在外面扑腾，不愿在故土上发展。有能力的、年轻的都走出去了，剩下的只有老弱病残。现在国家富强了，人民的生活富裕，现代化的家电齐全，轿车已经是寻常物，旅游出国平常，吃喝不愁，物品琳琅满目，人们对美好的生活充满了向往。

故乡有山有河，山河里砂石厂林立；故乡土层深厚，砖厂也出奇得多。在"绿水青山就是金山银山"的生态理念指引下，故乡加大生态文明建设，取缔了砂石厂和砖厂上百家。故乡的环境大为改善，生态得到较好恢复。人们钱是挣了不少，房子也盖得高大，装修精美，吃、住、行、游、购、娱也是不差，但仍有为钱物兄弟成仇，夫妻不义，妯娌反目，兄弟们多，却无人赡养年迈的父母的现象。

自人类有文字记载以来，文学艺术就在借助语言、表演、造型等手段塑造典型的形象，反映社会生活，描述或呈现故事、环境、人物等，我写这本书就是想通过揭示人物性格是复杂多面的，并用善恶的对比来惩恶扬善，达到启迪、警戒、教育后人之目的。当然，这也是文学的目的，用巴金的话说，就是"使人变得更好"。